KB110080

국수 먹는 남자

국수 먹는 남자

발행일   2019년 6월 7일

지은이   최예은
펴낸이   손형국
펴낸곳   (주)북랩
편집인   선일영   편집   오경진, 강대건, 최예은, 최승헌, 김경무
디자인   이현수, 김민하, 한수희, 김윤주, 허지혜   제작   박기성, 황동현, 구성우, 장홍석
마케팅   김회란, 박진관, 조하라
출판등록   2004. 12. 1(제2012-000051호)
주소   서울시 금천구 가산디지털 1로 168, 우림라이온스밸리 B동 B113, 114호
홈페이지   www.book.co.kr
전화번호   (02)2026-5777   팩스   (02)2026-5747

ISBN   979-11-6299-728-4 03810 (종이책)   979-11-6299-729-1 05810 (전자책)

잘못된 책은 구입한 곳에서 교환해드립니다.
이 책은 저작권법에 따라 보호받는 저작물이므로 무단 전재와 복제를 금합니다.

이 도서의 국립중앙도서관 출판예정도서목록(CIP)은 서지정보유통지원시스템 홈페이지(http://seoji.nl.go.kr)와
국가자료공동목록시스템(http://www.nl.go.kr/kolisnet)에서 이용하실 수 있습니다.
(CIP제어번호: CIP2019021891)

(주)북랩 성공출판의 파트너

북랩 홈페이지와 패밀리 사이트에서 다양한 출판 솔루션을 만나 보세요!

홈페이지 book.co.kr   •   **블로그** blog.naver.com/essaybook   •   **원고모집** book@book.co.kr

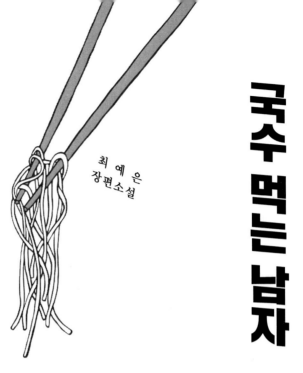

최예은
장편소설

국수 먹는 남자

북랩 book Lab

작가의 말

스무 살의 나는, 앞으로 펼쳐질 '청춘'이라는 단어에 대한 파스텔 빛 상상을 하는 것을 즐기는 사람이었다. 드라마나 영화, 하다못해 좋아했던 웹툰 속에 나왔던 '대학교'와 그 안에서 삶을 살아가는 사람들, 그들의 희노애락. 나는 이러한 일이 매일 아침 기분 좋게 마시는 카푸치노처럼, 뭉근한 거품과 향긋한 시나몬 향으로 내 하루하루를 적실 것이라 믿어 의심치 않았다. 그러나, 그렇게 막연한 꿈을 품으며 맞이하게 된 '청춘'이라는 것은 내게 있어 희미한 불빛에 의지해 걸어야 하는 터널이었다. 어디로 닿을지 모르는, 앞에 무엇이 튀어나올지 모르는, 심지어 출발지에서 얼마나 왔는지도 모르는, 그런 터널. 그래, 그 안에는 쌩쌩 달리는 자동차처럼 아주 많은 일이 일어났다. 그리고 그 터널 속에서 느리게 한 발자국씩 떼며, 그 걸음이 향할 길을 진심으로 사랑하게 되기까지는 생각보다 오랜 시간이 걸렸다.

이 이야기에는, 지금 이 순간에도 묵묵히 '청춘의 터널'을 건너고 있을 사람들이 많이 등장한다. 누군가는 길을 잃고 헤매며, 누군가는 비장하게 손전등을 켠 채, 또 다른 누군가는 자신이 선택한 길이 정말 '나의 길'인지 끊임없이 걱정하고 불안해하며 걸어가고 있을지도 모른다. 하지만 그 터널을 건너는 이들 모두가 바라는 것은, 그 터널의 끝이 자신이 원했던 곳으로 향하는 것이라는 것을 나는 안다. (적어도, 나에게는 그렇다.) 그래서, 나는 이 이야기가 '청춘'이라는 길을 걷는 이들에게 잠시 쉴 수 있는 시간을 줄 수 있길 바란다. 지금 걷고 있는 길이 어디로 향할지, 과연 맞는 길인지, 무언가 위험한 것이 눈앞에 닥치진 않을지에 대한 걱정은 잠시 내려 두고 앉아 두 뺨에 닿는 바람을 느낄 수 있는 시간. 같은 길을 걷고 있는 동료들과 시시콜콜한 담소라도 가볍게 주고받을 수 있는 시간. 그리고, 밥 한 끼와 따뜻한 마음을 원없이 나눌 수 있는 시간. 이러한 순간들이 모여 만들어 갈, '청춘 터널'의 끝을 향한 여행길에 이 이야기가 든든한 한 끼 식사가 되기를 바란다.

고로, 오늘도 '청춘'이라는 이름의 끝없는 여행을 하고 있을 나의 동료들에게 이 이야기를 바친다. 국수를 몹시 좋아하는, 그래서 '소박하지만 든든한 식사'로서의 국수의 가치를 몸소 느끼게 해 준 나의 동생에게도 이 이야기를 바친다. 지금 무엇보다도 힘겨운 길을 걷고 있을 모든 이들, 길을 잃고 헤매는 이들, 느리게나마 앞으로 나아가고자 하는 이들 모두가 원하는 것을 얻고 나서 뒤돌아 웃을 수 있기를, 그리고 이 이야기가 그들의 여정에서 '따뜻한 국수 한 그릇'이 되기를 바란다.

2019년 6월
최예은

차례

작가의 말 ··· 4

1. **멸치국수**: 아침, 그리고 만남의 시작 ··· 8

2. **김치말이국수**: 당신은 정말 누구십니까? ··· 26

3. **쇠고기뭇국 국수**: 낯선 듯 익숙해지는 풍경들 ··· 38

4. **바지락 칼국수**: 정신 차리고 보니 나도 모르게 ··· 53

5. **함흥냉면**: 그대 마음에 내가 들어갈 수 있다면 ··· 69

6. **콩국수**: '사이다' 같은 순간이 필요할 때 ··· 83

7. **막국수**: 즉석을 표방한 만남의 준비 ··· 102

8. **모리국수**: 국수장이, 그가 들려주는 이야기 ··· 116

9. **짜장면**: 시간은 촉박하고, 배는 고프고 ··· 129

10. **우동**: 아픈 사랑 위에 반창고를 붙여라 ··· 147

11. **잔치국수**: 소면이냐 중면이냐, 그것이 문제로다 ··· 170

12. **구포국수**: 특별한 인연은 색다른 곳에서 나타난다 ··· 191

13. **탄탄면**: 그래도 피는 물보다 진하다 ··· 228

14. **팥칼국수**: 과연 이 길이 내게 맞는 길일까 ··· 258

15. **올챙이국수**: 당신을 웃게 할 수는 없겠지만 ··· 281

16. **안동 건진국수**: 떠나가더라도 인연은 이어지리 ··· 306

에필로그: 또 다른 인연, 그 새로운 시작 ··· 337

1. 멸치국수:
아침, 그리고 만남의 시작

아침 일곱 시 반.

하루가 시작되는 이 시간이 되면, 언제나 나를 깨워 주던 것은 '삐비빅' 하고 사이렌처럼 줄기차게 울려퍼지는 알람 소리였다. 젖 먹던 힘을 겨우 짜내어 오른손으로 빽 울어 대는 알람 시계를 끄고 나면, 방은 다시 고요해지고 나는 다시 이불 위에서 뭉그적거리기 시작하고는 했다. 어떨 때는 슬그머니 가늘게 눈을 뜨고, 그러기가 무섭게 내 눈 안에 들어오는 숫자에 화들짝 놀라 이불을 옆으로 차 버리고 벌떡 일어나고는 했다. 그럴 때마다 허리 쪽에서 '두둑' 하고 울리는 관절 소리가 내 귀를 찔렀다. 전혀 조용하지도 평온하지도 않은 상태에서 깨어나면 세수를 마치고 옷을 대충 걸쳐 입는 시간이었다. 그런 다음, 작은 평상 위에 보이는 초코바를 손에 쥔 채 뭉그적대며 홍익대학교 학생들이 주로 자취하는 대학 앞 원룸 빌라 302호, 그러니까 내 자취방 현관을 향해 나아가고는 했다. 그러나, 늘 그렇듯 똑같이 쌀쌀한 3월의 아침이 될 것만 같던 오늘 아침에 나를 깨운 것은 그 지긋지긋한 알람 소리가 아니었다.

그렇다고 누군가가 나를 부르지도 않는 것 같았다. 하다못해 강의를 들으러 가는지 부리나케 뛰어가는 발걸음 소리도 그날은 도통 들리지 않았다. 본가에서 가끔 듣고는 했던 재잘대는 새소리는 이곳에서는 잊힌 지 오래고, 바람도 그렇게 시끄럽게 고막을 파고들지는 못한 채 파르르, 파르르 하고 살짝 내 뺨을 건드릴 뿐이었다. 아무것도 없을 것 같은 그런 상태에서, 나는 서서히 두 눈을 뜨기 시작했다. 그렇게 남극에 해가 뜨는 것처럼 서서히 내 정신이 깨어나는 순간, 나는 나를 깨운 것이 무엇인지 깨달을 수 있게 되었다.

나를 깨운 것은, 귓불 대신 콧날을 시큰거리게 하는 진득한 육수 냄새였다.

쇠고기뭇국에서 나는 것과 같은 달큼한 냄새 대신, 어딘지 모르게 짭쪼름한 냄새가 내 콧날을 간질였다. 불은 한밤중인 듯 환하게 켜져 있었고, 하늘은 예전에 엽서에서 본 모네의 그림에서처럼 푸른 듯 흐렸다. 아스라한 듯 번뜩이는 그 조명 아래에는, 키가 크고 등이 조금 굽어 있는 게 마치 새벽의 전봇대와도 같은 한 낯선 사람이 싱크대 근처에서 달그락거리는 소리를 내고 있었다. 낯선 사람이 입은 검은 정장 바지 밑에 드러나 있는 종아리에 털이 검은 밀밭처럼 난 것을 보아 그 낯선 사람은 사내라는 것을 알 수 있었다. 낯선 사내는 기다란 팔로 가스레인지의 오른쪽 스위치를 시계 방향으로 돌렸다. 가스레인지는 잘 길들인 동물처럼 나지막하게 '칙' 하는 소리를 냈다. 시퍼렇던 불길이 어느새 사그라들었다. 그는 분명 낯선 사람임이 분명했지만, 내가 3년째 사는 이 자취방을 나보다도 훨씬 더 잘 아는 듯했다. 사내의 덥수룩한 까치머리 위로 희뿌연 김이 모락모락 새어 나왔다. 짭쪼름한 육수의 냄새는 더욱 강해져 왔다. 아침이라 시야가 뿌예서 그런가, 희뿌연 김에 둘러싸인 낯선 사내는 이 세상에 존재하는 사람이 아닌 것처럼 보였다. '그럼 저 남자는 대체 어떤 방식으로 우리 집에 들어왔나'라는 질문이 자동반사적으로 뇌리에 스쳐 지나갔다. 그동안, 내 머릿속에서는 어젯밤 자각몽처럼 일어난 한 가지 사건이 주마등처럼 스쳐 지나갔다.

* * *

그 사건이 일어났다는 어제는 알고 보면 군대에서 막 제대하고 도무지 답이 안 나오는 복학의 길로 들어선 뒤 야속하게도 시작된 개강이 얼마 지나지 않은, 어떻게 보면 여느 때와 다름없었던 봄날이었던 것 같다. 함께 복학한 동기 철영이와 헤어지고 여기, 이 자취방으로 돌아오는 길에 나는 누군가가 우리 집 앞에서 서성이고 있는 것을 보았다. 정장을 차려입은 것을 보아 다른 집의 누군가를 기다리는 듯해 보였지만, 스산한 밤바람을 타고 넘어갈 듯 말 듯 하는 그의 덥수룩한 머리와 몇 달은 깎지 않은 듯한 수염은 어쩐지 길거리나 다리 밑에서 한가락 할 것 같은 인상을 더해 주었다. 그는 왼손에는 회사원들이 들고 다니는 검은 가방을 들고 있는 채, 오른손으로 핸드폰을 만지작거리고 있었다. 푹 수그러진 고개에 내리깔린 눈매가, 핸드폰 안에 그가 원하는 결과물이 들어 있지 않은 것 같다는 느낌을 주었다. 생전 본 적도 없고 앞으로도 볼 일 없을 줄 알았던 낯선 이가 우리 집 앞에서 하염없이 배회하는 것을 본다면, 이 시대의 지극히 상식적이고 평범한 사람은 경비원을 불렀을 것이다. 조금 더 철두철미한 사람은 경찰서에 전화를 걸었을 수도 있었을 것이다. 그러나 누르딩딩한 전등 밑에 비친 그 사람의 얼굴에는 너무나도 어두운 그늘이 깔려 있었다. 그리고 나는 당돌하게도 그 서늘한 그늘을 얼굴에 지닌 이에게 이렇게 말을 걸고야 말았다.

"저기, 거기서 누구 기다려요?"

말이 끝나기가 무섭게, 그 사람은 핸드폰에 기대고 있던 고개를 나에게로 들어 보였다. 그 사람의 눈빛이 게슴츠레한 게, 최면에서 깨자마자 만난 사람이 나인 것처럼 보였다. 그 몽롱한 눈빛으로, 그 사람은 고개를 이리저리 돌려 보았다. 여자들의 로망이라는 남자들의 키, 180㎝를 웃돌 것 같은 큰 키에 너무나도 부족한 체격이 그의 몰골을 앙상한 전봇대처럼 보이게끔 했다. 고갯짓을 하는 것을 멈춘 그 사람의 시선은 다시 나에게로 향했다. 체념한 듯 약간 한숨을 쉬며, 그는 이렇게 대꾸했다.

"… 아뇨."

그 사내가 그렇게 대답한 순간, 나는 그 사내를 무시하고 안으로 들어갈 수 있었다. 초면에 건들건들한 말투로 대답을 툭 내뱉는 태도가 영 마음에 들지 않았지만, 그래도 그것조차 상관없었다. 그러나 그때 내 앞에 있던 그 정장 입은 이상한 사내는 아무래도 나 말고는 말을 걸어 주는 사람이 아무도 없었던 것 같았다. 그렇지 않고서야, 한가운데로 몰리는 공을 노리는 4번 타자처럼 그토록 강렬한 눈빛을 내게 쏘지도 않았을 것이었다. 침묵이라는 것을 절대적으로 용납하지 않으려는 듯, 그는 다급한 투로 이렇게 말을 이었다.

"… 핸드폰 좀 충전할게요. 여분 배터리가 없어서 그런데."

생전 처음 보는 낯선 사람에게 대뜸 핸드폰을 충전해 달라고 부탁하는 사내의 당돌함이 인상적이어서일까, 나는 잠시 아무 말도 할 수 없었다. 내가 못 믿는 눈치였는지, 사내는 잠시 바지 주머니를 뒤지더니 핸드폰을 꺼내 보였다. '흠, 나와 같은 기종인데'라는 생각이 무의식적으로 내 머리를 스치는 순간, 사내가 거의 내 눈높이에 들이댄 핸드폰의 모니터에는 하얀 배터리 위에 대각선이 그어진 그림만 훤히 보였다. '그래도 처음 보는 사람인데 저 사람이 어떤 사람일지 어떻게 알아' 하고 내 이성이 말했지만, 그 핸드폰을 가까이에서 들고 있는 사내의 심정은 오죽할까 싶었던 것도 사실이었다. 그러고 보니 이곳으로 다시 되돌아오기 몇 시간 전, 철영이와 근처 술집에서 마셨던 소주 두 병의 기운이 여전히 내 머릿속을 뒤흔들어 놓는 것 같기도 했다. 결국, 내 입 밖으로는 이런 말이 힘없이 나오고 말았다.

"… 들어와요. 충전기 아주 잘돼요."

* * *

그렇게 된 것 같다. 사내와 내가 함께 방 안으로 들어가기가 무섭게, 그날따라 몹시 피곤했던 나는 있는 곳이 내 방인지, 아니면 이태원이나 강남 어딘가에 있는 모텔 방인지 헤아릴 길이 없이 그 자리에 털썩 누워서 잔 것 같고, 몇 시간이 지났는지 모를 순간들이 스쳐 간 뒤 찾아 온 멸치 육수 냄새를 따라 눈을 뜬 것이었다. 그렇다면, 내 직감에 따르자면 부엌에 서서 육수를 끓이고 있는 저 사내는 어제 핸드폰 충전을 하러 온 사내였던 것이었을까? 그 질문에 대답이라도 해 주듯, 거대한 머리를 가진 흰 뱀과도 같은 모습을 하고 널브러져 있는 충전 코드에 보기 좋게 꽂힌 충전기와 아이폰이 내 눈에 들어왔다. 꽉 찬 초록색 게이지를 보여 주는 핸드폰 속의 배터리와 태연하게 육수를 휘젓고 있는 사내의 모습이 동시에 겹쳐지면서, 내 입에서는 이런 말이 자연스럽게 새어 나왔다.

"저기요, 핸드폰 충전은 다 됐는데…."

"알아요. 그냥 신세만 지기는 좀 그러니까, 은혜 갚는다고 생각하쇼."

내 말 중간에 끼어들어 그걸 인제야 알았냐는 듯, 먹먹한 한숨을 한 번 푹 내쉬고서는 여전히 뒤를 돌아보지는 않은 채 대답하는 사내였다. '은혜라고? 아니, 은혜고 자시고, 내 방에 들어와서 핸드폰 충전을 했으면 그냥 조용히 사라질 것이지 뭐하러 이런 걸…' 하는 생각이 말로는 감히 내놓아지지 못한 채 머릿속에서만 하염없이 배회하는 동안 사내는 잠시 고개를 숙이더니 싱크대 밑에 있는 찬장을 뒤적이고 있었다. 이윽고, 다른 조그만 냄비 하나를 밖으로 꺼내면서 "아, 이 집에 냄비가 저거 말고도 또 있었나"라며 구시렁거리듯 중얼거리는 사내의 목소리가 들려왔다. 그 냄비를 정수기에 갖다 대고 물을 받은 다음 가스레인지 위에 올려놓고 불을 켜기가 무섭게, 사내는 왼손으로 가스레인지 옆에 있던 봉지에 가득 담긴 소면 한 움큼을 가득 쥔 채 그대로 방금 꺼낸 냄비 안에 넣어 버렸다. 라면과 과자 같은 인스턴트식품이 대부분인 것으로 알고 있는 우리 집에서 소면을 찾았다는 게 의아해진 순간, 귓가에는 지난겨울에 어머니의 "바쁘다고 라면이나 그런 거만 먹지 말구, 준호 니가 밥도 좀 해 먹고 그래"라는 잔소리 아닌 잔소리가 환청처럼 들려왔다.

그러고서 몇 분이 지난 후, 처음 그랬듯 사내를 핸드폰만 손에 들린 채 내쫓고 싶다는 마음을 먹기엔 내가 이미 사내의 물 흐르듯 자연스러운 요리에 매료되어 버렸다. 그가 육수를 끓이고, 끓인 물이 담긴 듯한 냄비에 소면을 넣어 버리고, 삶은 면을 다시 육수가 있는 냄비에 넣어 끓이는 짧다면 짧고, 길면 길다고 할 수 있는 시간 동안, 내 눈은 사내의 묵묵한 뒷모습에서 도저히 움직여지지 않았다. 어쩌면 사내는, 태어나면서부터 국수를 끓이는 모습으로 태어났을지도 몰랐다. 노련하면서도 현란한 사내의 솜씨가 내게는 그렇게 느껴졌던 것이었다.

"앉아요. 방금 겨우 일어난 것처럼 보이는데 잘 먹기라도 해야지."

이윽고 사내의 목소리가 무심하게 들려온 순간, 인생에서 처음 그래 보는 것인 듯 어색하기 짝이 없게 식탁 앞에 엉거주춤 앉아 있는 내 앞으로 새하얀 김이 모락모락 피어나는 그릇이 젓가락과 함께 날려 왔다. 멸치국수였다. 아니, 정확히 말하자면 멸치를 우려 낸 육수에 담긴 소면이라고 해야 하나. 〈마스터 셰프〉 같은 요리 프로그램이 무려 내 자취방 부엌에서 생방송을 촬영하기라도 하는 듯 현란함 그 자체였던 과정에 비하면, 결과물은 그렇게 특별하지 않은, 학교 급식에도 언젠가 이름을 올린 적이 있었을 멸치국수였다. 이걸 보고 실망해야 하는지, 아니면 몇 분 전에 그랬듯 여전히 호기심에 가득 차 있어야 하는지 의구심이 든 순간, 사내는 물 한 컵만 손에 든 채 내 맞은편에 앉았다. 그가 내 앞에 아무런 말도 하지 않은 채 정갈한 자세로 앉은 뒤에야, 나는 처음으로 사내의 얼굴을 똑바로 볼 수 있었다. 덥수룩한 머리와 그에 못지않게 단정함과는 거리가 먼 인상을 주는, 아무렇게나 난 수염은 어젯밤 집 앞에서의 그 모습과 다를 바 없었지만, 슬며시 밑으로 내리까는 그의 눈은 형광등 빛인지 아침 햇살인지, 아무튼 정체 모를 빛을 머금고 있었다. 그러고 보니 그의 눈썹은 수묵화 속에 그려진 두 개의 산등성이와도 같았고, 콧대도 외로운 바위섬 같았지만 그런대로 잘 빠지게 높이 솟아 있었다. 이발사의 손길만 잘 받는다면 웬만한 여자들의 관심 가득한 시선을 사로잡을 수 있을 것 같다는 예감이 들 무렵, 자신을 빤히 처다보는 것을 느꼈는지 사내는 나를 향해 턱을 위쪽으로 내미는 헛고갯짓을 해 보였다. 다 됐으니 이제 먹으라는 신호로 그 고갯짓의 의미를 알아들은 나는, 아직도 김이 채 식을 기미를 보이지 않는 멸치국수 한 가닥을 입안으로 갖다 대었다.

솔직히 말해서, 나는 멸치국수라는 것을 썩 좋아하지는 않는 편이다. 어렸을 때는 어머니께서 만들어 주면 그럭저럭 잘 먹었던 것 같은데, 중학교 시절 급식실에서 육수를 다 끓이고 미처 꺼내지 못했던 불어 터진 멸치 대가리를 잘못 씹은 탓이었을까. 아니면 잔치국수를 생각나게 하는 흔한 식감에, 육수의 재료가 하필이면 가장 흔한 국거리 재료 중 하나인 멸치인 탓에 그 진부함이 별로라고 딴에 생각했던 것이었을까. 그러나, 언젠가 인터넷에서 본 사진에서 운동복을 걸친 원빈은 또 왜 그렇게 잘생겨 보였던가. 내 또래 여자애들이 꺅꺅거렸을, 잘 차려입고 배우답게 치장한 원빈을 보면 시큰둥하던 내가, 놀랍게도 그랬었다. 분명 동네 백수 형이 늘상 입고 외출할 운동복이었는데도, '파리를 본거지로 하는 어느 디자이너의 공방에서 따끈따끈하게 만들어진 신상 스포츠용 아웃도어 트레이닝 수트…'라고 멋들어지게 수식어를 달아도 믿어질 것 같은 그런 모습이었다. 내 앞에 있는 저 기묘한 인상을 풍기는 사내의 손길에서 나온 멸치국수는, 마치 원빈의 몸에 완벽하게 걸쳐진 운동복과도 같았다.

사내가 그토록 오랫동안 고아 낸 육수에 어딘지 모르게 바닷가의 냄새가 진하게 배어 있었다. 그러나 그 끝은 밀려오는 파도의 맛, 그중에서도 그 시원함과 칼칼함, 그리고 적절한 짠맛이 뒤섞인 그런 맛이었다. 여름날 해수욕장에서 선크림을 바르는 것도 잊어버린 채 튜브를 끼고 파도를 바라보던 어린 시절 그 마음처럼, 나는 그 육수와 부드러운 국수 면발의 어우러짐에 자연스럽게 '텀벙' 빠져들고 말았다. 아니, 그 멸치국수가 나를 해수욕장에서 천진난만하게 노는 소년의 곁으로 이끌었다는 말이 더 잘 들어맞는 것 같았다. 그러다 정신이 깜빡 든 순간, 내 몫의 국수가 한가득 담겨 있던 그릇은 어느새 텅 비워진 채 아무것도 남은 것이 없게 되었다.

국수에 완전히 홀린 듯 정신이 잠시 멍해진 나와는 달리, 사내는 이 잠깐의 순간 동안 아무 일도 일어나지 않았다는 듯 그 묘하리만큼 평온한 표정으로 지그시 나를 바라보고 있었다.

"… 감사합니다. 국수를 참 잘 만드시네요. 이런 걸 먹을 만한 일도 하지 않은 것 같은데."

떨리는 목소리로 겨우 나온 내 앞에서, 사내는 대꾸를 하는 대신 고개를 살래살래 저으며 희미한 미소를 띠어 보였다. 잠깐 내 방 안에 들이닥친 고요함을 새소리와 풍경 소리로 채워야 할 것처럼, 사내는 그렇게 달관한 듯 나를 물끄러미 바라보았다. 불현듯, 식탁 옆쪽에 놔둔 내 핸드폰에서는 진동이 아주 세게 울렸다. 이런, 벌써 아침 여덟 시가 되어 버렸다. 아직 오늘의 첫 강의가 시작되려면 두 시간이나 남았지만, 그래도 빨리 준비해야 붐비지 않는 도서관에서 그나마 여유롭게 모레까지 내야 하는 건축설계 과제를 할 수 있을 것이었다. 나는 재빨리 그릇을 싱크대로 밀어 넣은 다음 되는 대로 가방을 챙기고, 옷장 안에 있는 남색 건축학과 점퍼를 꺼내 걸치는 둥 마는 둥 불이라도 난 것처럼 신발장으로 뛰쳐나왔다. 왠지 나를 향해 덤덤한 눈길로 바라보는 사내를 그냥 무시하고 가는 게 좀 그래서, 급한 대로 꾸벅 묵례를 하고 나오는 것도 잊지 않았지만, 마치 처음부터 그래 왔던 것처럼 사내는 그저 그 식탁에서 잠자코 우두커니 앉아 있었다. 마치 그 일이 세상에서 가장 급한 일인 듯 내가 뒤도 돌아보지 않고 문을 닫고 나선 뒤에야, 뒤통수에서 의자가 드르륵 움직이는 소리가 먼발치서 조금씩 들려올 뿐이었다.

＊ ＊ ＊

'그거 진짜면 언제 니네 집에 한 번 가야겠다. 국수나 한번 얻어 먹게.'

열 시에 시작했던 건축설계 강의가 다행히 두 시간 만에 끝나서, 운 좋게도 기다릴 필요 없이 바로 점심시간이 되었다. 학생식당으로 가는 길에 동기 민준이에게 오늘 아침에 있었던 일을 카카오톡으로 보냈더니, 예상대로 별로 진지한 답은 오지 않았다. 웃기긴 하다만, 나도 핸드폰 충전기를 빌린 대가로 멸치국수를 삶아 준 그 사내가 민준이가 내 방에 올 수 있을 때까지 그곳에 있으리라는 보장은 할 수 없다. 노숙자가 아니라면 그 사람도 어딘가 거처는 있을 것이고, 언제나 그 거처로 돌아가야 할 것이었기 때문이다. 하지만 그런 생각은 나중에 충분히 해도 괜찮다고 생각했기에, 나는 일단 아무렇지도 않은 척 민준이에게 이렇게 답을 보냈다.

'그럼 좋겠지만 나도 아직 잘 모르겠어. 일단 좀 더 지켜보려고.'

"… 안준호! 도끼가 뭐래냐?"

답장을 보내기가 무섭게, 내 옆에서 같이 학생식당으로 걸어가고 있던 철영이가 내 어깨를 툭 건드리며 늘 그랬듯 시원스러운 태도로 물었다. '도끼'는 동기들이 민준이를 부르는 별명으로, 래퍼 도끼와 형제 사이라 해도 믿을 만큼 많이 닮았다고 해서 붙은 별명이다. 나는 거기에 굳이 대꾸하는 대신, 내 핸드폰 화면을 철영이에게 보여 줬다. 그 화면을 지그시 들여다보던 철영이는 곧 너털웃음을 터트리며, 나를 똑바로 쳐다본 채 이렇게 대답했다.

"야, 근데 니가 나한테 얘기해 준 그 멸치국수 만든 사람 얘기가 진짜인 건 맞지? 니가 지어내거나 뭐 그런 건 아니지?"

"진짜라니까 그러네? 내가 니 앞에서 거짓말하는 거 봤냐?"

"캬! 그럼 뭐, 이건 X이득이네 X이득! 집에 있을 때 너한테 요리해 주는 사람 있다는 게 얼마나 좋아. 부럽다, 안준호. 진심으로 부럽다."

가볍게 한숨을 내쉬면서 내 어깨를 다시 한 번 툭 두들기는 철영이도 역시나, 그 사내가 만들어 줬던 멸치국수를 먹었다는 게 부러웠는지도 모른다. 아니, 나와 마찬가지로 자취를 하지만 요리치인지라 늘상 인스턴트 식품을 입에 달고 사는 철영이라면 그 사내가 우리 집에 있었다는 사실 자체가 꿈속에서 일어나는 일처럼 느껴졌을 수도 있다. 나는 그런 반응에 어깨를 한 번 으쓱해 보이고서는, 계속 철영이와 동행하던 길을 계속 가고자 했다. 날씨는 새삼스레 너무나도 화창했고, 도서관으로 걸어가는 길목에는 삼삼오오 짝지어 몰려다니는 여학우들과 시끌벅적하게 떠드는 남학우들, 이미 봄을 제대로 만끽하고 있는 커플들이 즐비했다. 새순이 파릇파릇 돋고 있는 나무들 덕분에, 우리가 도서관 앞으로 도착했을 때 그 일대는 이미 광채를 머금은 에메랄드를 엮은 줄을 주렁주렁 매단 것처럼 보였다. 아침에도 이미 이곳에 온 것 같은데, 이 시간이 되면 그토록 낭만적이고 아름다운 장소가 된다는 걸 나는 왜 몰랐던 것일까. 그래, 지금 나와 철영이가 있는 도서관 앞에서 얼마 더 걸어가면 바로 학생식당이었다. 그렇게 목적지가 얼마 남지 않는 길목에서, 들어가는 사람들보다는 나오는 사람들이 배로 많아 보이는 도서관 앞에서, 나는 자기 몸을 다 가릴 만큼 큰 피켓을 들고 있는 한 여자를 보았다.

　시각디자인학과 학우들이 입고 다니는, 하얀 왼 소매와 까만 오른 소매의 인상적인 점퍼를 말끔하게 입고 다니는 것을 보아 그녀는 이 학교에 들어온 지 별로 오래되지는 않은 것으로 보였다. 기나긴 고통의 입시가 끝나고 자유의 몸이 되는 날이 오기만을 벼르고 벼른 새내기들이 갖은 빛깔로 물들인 머리카락을 하도 많이 봐서 그런가, 그녀의 머리 위로 흐르는 겨울 밤바다의 고요한 물결이 유독 아스라하게 요동치고 있었다. 거기에다 짙지는 않지만 가지런한 눈썹 아래에는 옅은 쌍꺼풀이 외계 은하의 갈색 왜성 두 개를 품은 그녀의 눈 위를 감싸고 있었고, 높지는 않지만 오똑하게 서 있는 콧대에 미소 짓는 얄상한 입술이 그녀의 얼굴이라는 새하얗고 작은 캔버스 위에 은은한 유화풍으로 그려져 있었다. 눈에 띄게 아담한 체구는 어쩌면 조금은 가여워 보였지만, 나의 취향이라는 렌즈를 끼고 보았을 때 완벽에 가까운 그녀의 모습이 그 약간의 '아쉬운 점'마저 마론인형이 살아 움직이면서 과 점퍼를 입은 채 피켓을 들고 있는 것처럼 보이게끔 하였다. 도서관 앞의 반짝이는 황록빛 풍경 때문이었는지, 아니면 유달리 예뻐, 아니 아름다워 보이는 그녀 때문이었는지 굉장히 오랜만에 내 심장은 모터를 달고 질주하기 시작해 버렸다. 길거리에 누가 있는지 더 이상은 눈에 들어오지도 않은 지 오래, 내가 그렇게 그녀를 빤히 바라보는 것을 알아챘는지, 그녀는 내게, 아니 나와 철영이 곁으로 천천히 다가왔다. 한 발짝만 다가가면 그녀와 닿을 수도 있었던 거리에서 그녀가 이렇게 말을 걸었을 때까지, 시간은 그렇게 잠시 멈춰 있었다.

"… 과잠 보니까 두 분 다 건축학도분들이신가 봐요."

"병장 안! 준! 호! 네, 맞습니다! 그것도 같은 날 같이 입학해서 오리엔테이션 때 알게 된 동기입니다!"

그녀의 말이 끝나기가 무섭게 내 입 밖에서는 마치 그러기로 약속한 것처럼 나도 모르게 군대식 말투가 나와 버렸다. 아, 그렇게 고치려고 애를 썼건만 하필 이 순간에 튀어나오다니. 때 아니게 화끈거리는 내 얼굴을 보았는지 옆에서 철영이가 키득거리며 내 옆구리를 살짝 쳤지만, 다행히 그녀는 우리가 어떤 대답을 하든 신경을 쓰지 않기로 혼자 결심한 것처럼 자연스럽게 미소를 짓는 그 얼굴을 유지한 채 이렇게 말했다.

"건축학도분들이시면 본인이 설계한 건물의 장점을 어필하는 것도 중요할 텐데, 저희 광고 동아리 '애뜨림'에 들어오시면 많은 도움이 되실 것 같습니다. 꼭 나중에 광고 쪽으로 나가실 게 아니더라도 마케팅 기술을 많이 배우실 수 있을 거예요. 생각 있으시다면 홍익인에 첨부한 가입 원서 쓰신 다음에, 이번 주 목요일 네 시 반에 학생회관 415호실로 오세요. 그때 올해 첫 정모가 있을 거니까 '애뜨림'에 들어오고 싶으시다면 꼭 참석해 주세요!"

광장히 오랫동안 이 일을 했던 것처럼, 그녀는 능수능란하게 말을 끝내고서는 다시 피켓을 들고 도서관 앞 군중 사이로 몰려 들어갔다. 그러고 보니 동아리 박람회도 막 끝물에 들 때였던가. 입대하기 전에 이미 풍물패에 가입했지만, 복학하고 그간 놓쳤던 학업에 적응하느라 박람회에는 미처 참여하지 못했다. 부장인 주은 누나도 그 사정을 알아채고 이 주 뒤에 있을 첫 연습부터 나와 주면 된다고 한 게 나에게는 다행이었다. 하지만, 나는 일부러 시간을 내서라도 물결치는 머리카락의 그녀가 말한 시간에 그곳에 오고 싶었다. 그래, 바보 같고 청승맞다고 해도 좋다. 그 순간 나는 한마디로 첫눈에 그녀에게 반해 버렸고, 그녀의 모습을 내 마음에 더 깊이 각인시키고 싶었으니까.

"… 철영아, 너 목요일에 갈 거야?"

다시 학생식당으로 발을 옮기는 길에, 잠시 흐르던 우리 둘 사이의 침묵을 깨고 나는 철영이에게 이렇게 말을 걸었다. 철영이는 슬쩍 내 얼굴을 보는 것처럼 보이더니, 농담처럼 가볍게 한심스럽다는 투로 이렇게 대꾸했다.

"나 알바 있잖아. 가고 싶어도 못 간다."

그 말이 끝나기가 무섭게 철영이는 다시 광고 동아리 피켓을 들고 열심히 돌아다니고 있는 그녀의 모습을 한 번 쓱 훑어 보았다. 그리고, 마치 조금 있다가 재미있는 일이라도 벌어질 듯 회심의 미소를 지으며 은근한 목소리로 말을 이었다.

"짜식, 너도 드디어 사랑을 하는구나? 군대 갈 때 그렇게 많은 여자애들이 편지 써 주겠다고 해도 안 받아 주던 애가 이렇게 될 줄 누가 알았겠어? 그 시디과 여자애랑 잘 해 봐. 형이 응원한다."

"너도 나랑 같은 날 제대했으면서 형은 무슨. 학생식당 보이네, 줄이나 서자."

말은 비록 응수하듯 그렇게 했지만, 나는 동아리 모임에 몇 번 참석하고, 프로젝트 한 번 같이 하면 나와 그녀가 '짠' 하고 연인이 되어 있을 것처럼 말할 수 있는 철영이의 단순함이 부러웠다. 배치된 자대는 달랐지만 분명 비슷한 시점에서 군대를 갔고, 같은 날에 제대를 했을뿐더러 그 2년 사이에 너무 많이 바뀌어 버린 학교 생활에 적응하느라 힘든 건 마찬가지일 텐데 철영이는 군대 가기 전이나 이미 갔다 오고 난 지금이나, 남들이 자신을 어떻게 생각하든 전혀 신경 쓰지 않는 것 같았다. 나는 그렇게 쿨해지기에는 걱정되는 게 너무 많았고, 두려운 게 너무나도 많았다. 그래도 에메랄드빛 풍경에서 가장 빛났던 그녀만은 놓치고 싶지 않다는 것이 철영이가 말한 사랑이라는 것이 아닐까.

* * *

학생식당에서 늘 그렇듯 동기 대여섯 명과 얘기도 하며 찬찬히 밥을 먹은 다음, 다음 강의에 들어가기 전에 잠시 와우관 4층 매점에서 소다를 한 병 샀다. 선배들 사이에서는 강의 시간에 슬쩍 졸아도 귀신같이 다 알아채는 것으로 악명 높은 한국건축사 담당 교수님이셨기에, 물론 소다는 강의 전에 다 마시고 들어갈 생각이었다. 같은 층 옥상 정원의 의자에서 병뚜껑을 막 따려는데, 내 과잠의 왼쪽 주머니에서 강한 진동이 느껴졌다. 아뿔싸, 내 자취방이 있는 빌라의 건물주 아저씨로부터 온 전화다. 보나 마나 월세가 밀렸다든지, 민원이 들어왔다든지 하는 전화겠지 하며 약간의 불안감에 전화를 받은 나는, 기다렸다는 듯 밀려 오는 아저씨의 목소리에 아무 반응도 보이지 않은 채 잠자코 듣고 있었다.

"준호 씨! 아니, 급한 건 아니고 지금 302호에 있는데, 지금 구석탱이에서 곯아떨어진 저 별 거렁뱅이 땅강아지 같은 놈은 누구야? 왜… 아니 준호 씨한테는 손님이면 되도록 빨리 방에서 나가라고 하든가 해야 되는데…"

건물주 아저씨가 기어코 내게 핸드폰 충전기를 빌린 대가로 멸치국수를 만들어 준 그 사내를 발견했나 보다. 아니, 그건 그렇다 치고, 어떻게 그 사내는 이 시간이 되어서도 내 방에서 나가지 않았는가? 정녕 사내는 갈 곳이 없었던 것이었던가? 어젯밤 그 사내를 우리 집 앞에서 만난 상황에서처럼, 이 시대의 상식적이고 평범한 사람은 그 사내를 어떻게든 구슬러서라도 방에서 나가게 했을 것이었다. 그러나, 내 머릿속 어딘가에는 아침에 먹었던 그 멸치국수와 그 멸치국수를 통해 자동으로 기억된 어린 날 해수욕장에서의 추억이 뒤섞여 버렸다.

아쉽게도 나는 여전히 멸치국수를 만든 그 사내가 신기루일 뿐인지, 아니면 속담 속 호박처럼 말 그대로 내 방에 넝쿨째로 들어온 복인지 아직 알 수 없었다. 만일 이것이 정녕 복이 맞다고 해도, 그 복을 내 것으로 잘 만들 수 있을지도 확실하지 않을 것이다. 제대하고 나서 옷깃을 스친 것은 물론 옷 자체를 바꿔 입기라도 했나 했을 정도로 엄청나게 각별했던 인연마저도 되찾는 데 너무나 오랜 시간이 걸려 버린 나였는지라, 이런 식으로 우연히 마주치게 된 사람을 그저 스치는 인연으로만 남기기에는 너무나 겁이 났다. 아니, 사실 그 사람이 만든 국수를 더 맛보고 싶다는 단순한 사심도 약간이나마 있었던 것 같다. 결국, 내 입 밖에서는 매우 천연덕스럽게 이런 말이 새어 나왔다.

"… 아 네, 저희 친척 형인데 취업 준비생입니다. 직장을 구할 때까지 당분간 이 방에서 기거한다고 했는데, 갑작스러운 일이라 미처 알리지 못했네요. 죄송합니다."

2. 김치말이국수:
당신은 정말 누구십니까?

　그 뒤로 며칠 동안, 내 아침식사 식단은 그 국수 만드는 사내의 멸치국수였다. 김치를 곁들여 먹기도 했고, 위에 김이나 계란 지단을 고명으로 얹어 먹기도 했다. 덕분에 매일 해수욕장에 놀러 갈 수 있는 휴가와도 같은 기분을 만끽할 수 있었지만, 나흘째 되는 날, 그러니까 오늘 아침에는 모래 사장에 몸을 파묻고 몇 시간 동안 누웠을 때 느껴지는 지루함이 내 마음에 일렁이기 시작했다. 갈 곳이 없는 처지인 사내가 불쌍하다는 인도적 명분 뒤에 사내가 만들어 주는 국수를 더 먹고 싶었기에 빌라 건물주 아저씨께는 사내와 나의 관계가 친척 관계라고 둘러댔지만, 이런 식으로 하기를 딱히 바라지는 않았다.

　학교 생활은 다행히 나름 무난하고 괜찮은 편이었다. 늘 그렇듯 강의하는 동안 시간은 더럽게 안 가고, 과제는 또 더럽게 많으며, 한 달 뒤에는 시험이 있다는 것이 흠이다. 하지만 이미 입대 전에 이골이 나 버렸기도 했고 복학하면 또 다시 쳇바퀴 같은 학교의 커리큘럼에 적응해야 할 것을 감안했기 때문에 그것은 생각보다 별 거 아니었다. 몇 가지 특이 사항이 좀 있었긴 했다. 예컨대 화요일에 있었던 대면식에서 신입생들을 만난 일이라든가…. 그리고, 목요일이었던 어제 오후에 나는 기어이 광고 동아리 '애뜨림'의 첫 정규 모임에 참석했다.

그끄저께 도서관 앞에서 홍보 피켓을 들고 있던 아리따운 그녀는 매우 당연하고도 다행히 그 자리에 있었다. 어떤 강의라도 된 듯 다소곳하게 짝을 지어 앉아 있는 군중들 사이로 돌아다니면서, 그녀는 그들에게서 가입 원서를 걷기 시작했다. 긴 갈색 머리에 조금은 통통한 한 여학생과 키 크고 살짝 마른 체형에 각진 얼굴을 가진 한 남학생이 강단 바로 뒤에서 프레젠테이션을 준비하는 듯 자기들끼리 바쁘게 움직이고 있을 때, 그녀는 어느새 뒤에서 둘째 줄 자리에 앉은 내 옆으로 다가왔다.

"아, 이틀 전에 뵈었던 분이시구나. 결국 오셨네요…. 건축학과 16학번 안준호 선배님."

내 손에 들려 있던 가입 원서를 매우 자연스럽게 가져가며, 그 안에 있는 기재 사항을 잠시 읽었는지 그녀는 의미심장한 미소를 지으며 나를 똑바로 바라보았다. 사흘 전에는 사람이 꽤 많이 있는 곳이어서 잘 부각되지는 않았지만, 그날따라 그녀의 목소리는 굉장히 아름답게 들렸다. 남자들이 좋아한다는 맑고 카랑카랑한 목소리는 아니었지만, 내 이름을 부르는 그녀의 말투가 속삭이는 듯하게 들려지는 바람에 첼로로 연주하는 〈리베르 탱고〉처럼 나지막하면서도 은은하게 들려왔다. 어린 소녀 같은 외모에 카리스마 있고 음… 뭐랄까, 어른답게 나긋한 목소리라니. 이미 내 머리 속의 베일을 여

러 번 비집은 채 그녀가 들어와 있었기에, 내가 또 다시 색안경을
끼고 그녀를 바라보는 것이라면 아무래도 그게 맞는 것 같았다.

"'애뜨림'에서 서기를 맡고 있는 18학번 정혜주입니다. 자세한 사
항은 나중에 알려 드리겠습니다."

샐샐거리는 웃음을 슬쩍 띤 채, 그녀, 아니 혜주는 내뱉듯 그렇
게 말하고 나서는 내 뒷줄에 있는 사람들의 가입 원서를 걷으러 다
시 앞으로 걸어갔다. 내 뒤에 있던, 1학년 때 교양과목으로 같이
예술과 디자인을 들었던 산업디자인학과 동기의 가입 원서를 걷
었다. 쌓여 있는 가입 원서를 들고 다시 강단 앞으로 가는 혜주라
는 그녀의 모습을 나는 한참 동안 멍하니 바라보고 있었다. 새하
얀 바탕에 파스텔로 그린 듯 희미하게 푸르고 붉은 꽃무늬가 그려
진 원피스를 입은 혜주는, 주위에 있는 다른 모든 것들을 눈물이
촉촉하게 묻은 것처럼 흐릿하고 뿌옇게 만들었다. 애뜨림의 회장과
부회장이 파워포인트를 틀고 1년 치 프로젝트를 홍보하는 동안에
도, 내 눈에 가장 먼저 들어온 것은 그 옆에서 리모콘을 들고 파워
포인트를 넘기던 혜주였다.

이름만 들으면 다 알 것 같은 프레젠테이션 제작 사이트에서 만
든 듯한 파워포인트까지 대동하며 열심히 올 한 해의 계획을 성토
했을 동아리 회장과 부회장에게는 미안하지만, 나는 그들의 발표
에 그다지 열심히 귀를 기울이지는 않았다. 다만, 부회장 옆에 서
있는 그녀는 눈이 부시도록, 그리고 눈을 감히 뗄 수가 없을 정도
로 고왔다. 이 교실 안에 분명히 예쁜 여학생들은 많았을 텐데도,

내 눈에는 오롯이 그녀만이 내 머릿속에서 뚜렷한 입체감을 가진 사람으로 비쳐졌다. 수많은 사람들 중 단 한 사람이 내 눈과 마음에 들어왔다는 것, 또한 그렇게 사랑에 빠졌다는 것이 나는 좋았다. 얼마 전까지만 해도 상상하지 못했던 광고 동아리에 들어온 순간, 창 밖에서 들어온 햇살이 비로소 진정으로 따스하고 아스라하게 느껴지게 되었다는 것이 마냥 좋았다.

위잉.

발표를 듣기 지루한 마음을 대변해 주는지, 진동을 울리며 응석을 부리는 핸드폰 화면을 연 순간 나는 슬그머니 피식 웃을 수밖에 없었다. 철영이에게서 온 카카오톡이었다.

'동아리 잘 갔어? 어떠냐, 그 홍보하던 여자?'

그 말에 답을 해 주려던 순간 회장이라는 사람이 나를 지그시 바라보는 것 같았고, 나보다 기껏해야 한두 살 정도밖에 차이가 나지 않을 텐데 눈빛은 중학교 때 늘 교문 앞에 있던 학생 주임 선생을 연상시켜 약간은 고까웠다. 사실상 그 옆에서 화이트보드 위에 검은 마카로 글씨를 쓰고 있는 그녀, 정혜주라는 이름을 가진 그녀, 최대한 빨리 이 여자를 낳고 키운 부모님을 빨리 찾아 뵙고 싶은 그녀만 아니었으면 나는 진작에 이 모임을 바람처럼 빠져 나갔을 것이었다. '2019년 5월 14일까지 대한주택공사 공모 출품작 마감'이라고 쓴 검은 글씨 하나가 어째서 나에게는 그녀의 칠흑 같은 머리카락만큼 아스라한 느낌을 주는지 나 자신에게 의문이 들 때,

내 손은 재빠르게 남들 몰래 핸드폰을 만지작거리며 답장을 보내고 있었다.

'에이.'

며칠 전에 그랬던 것처럼, 어쩌면 늘 그렇게.

　　　　　　　　* * *

"… 네. 알겠습니다. 죄송하지만 마지막으로 다시 한 번 면접 일자를 말씀해 주실 수 있겠습니까? 아… 네. 날짜가 좀… 많이 남았군요. 아무튼 감사합니다. 좋은 하루 되십시오!"

　맑고 화창하다 못해 사람을 나른하게 할 정도로 더운 봄날 오후에 늘상 하고 싶었던 것처럼, 오전 강의가 끝나고 학생식당에서 식사하기가 무섭게 내 자취방으로 달려오듯 돌아와 우연인 듯 빠져 버린 나의 낮잠을 깨운 것은 이 나지막하고 차분하면서도 다급하고 격앙된 음성이었다. 게슴츠레 눈을 떴을 때 내가 본 것은, 국수 만드는 사내가 핸드폰으로 통화를 하다가 힘없이 핸드폰을 식탁에 툭 내려 놓는 모습이었다. 그리고 나기가 무섭게, 사내는 나를 흘낏 보더니 살며시 냉장고 문을 열었다. 한참 동안 냉장고를 털 것처럼 뒤적이던 사내는 자연스럽게 그 안에서 새로운 국수 다발과 최근 사흘 동안 멸치국수를 만들고 남은 듯한 육수가 담긴 잔, 식초병, 고추장이 담긴 락앤락, 그리고 참기름병을 꺼냈다.
　잠이 깬 듯 만 듯한 정신에도 '우리 집 냉장고에 언제 저런 것들이 있었지' 하는 생각이 불현듯 든 동안, 싱크대와 가스레인지 사이에 냉장고에서 꺼낸 모든 재료를 올려놓은 사내는 그 앞에서 잠시 고민하는 듯 가만히 서 있더니 다시 한 번 냉장고의 문을 열었다. 땅을 파고 집을 만들려는 두더지같이 잠시 동안 냉장고에 머리를 파묻고 있던 사내는, 곧 꽤 깊숙한 곳에서부터 꺼낸 듯한 김치 통을 들고 왔다. '엊그저께 멸치국수와 같이 먹은 김치가 저기 있네' 하는 생각이 무의식적으로 스쳐 지나갔다. 사내는 싱크대 뒤에 잘 말려진 도마를 왼손으로 살며시 가져가더니, 그가 방금 냉장고에서 꺼낸 통에서 잘 익은 듯한 김치를 꺼내 다시 자기 앞에 가져다 놓았다. '서걱, 서걱, 서걱' 하고 그 길쭉했던 김치 포기가 한 입 크기로 먹기 좋게 썰어지는 소리가 내 귓가에 알람 시계의 알람처럼 울리기 시작했다. 그렇게 썬 김치가 위에 올려진 도마를 슬쩍 옆으로 밀어 넣은 후, 사내는 오른손을 뻗어 위에 있는 찬장을 열고서는 작은 그릇 한 개와 큰 그릇 한 개를 꺼내었다. 내 시야에도 보일 정도로 사내의 팔을 슬쩍 비껴 간 위치에 있는 작은 그릇에, 사내는 그가 조금 전까지 썰고 있었던 김치를 담았다. 그 작은 그릇 안에 무언가를 넣는 듯, 숟가락이 달그락거리는 소리가 만화영화 속 작은 종이 울리는 것처럼 시나브로 들려왔다. 그 소리가 멈출 무렵, 사내는 아까 전 냉장고를 찾아 봤을 때에 그랬듯이 나를 다시 한 번 흘낏 쳐다보았다. 그러더니, 그는 나에게 넌지시 이렇게 말했다.

"여기서 체는 어디 있어요?"

'내가 이 집에서 체를 써 본 적이 있던가' 하는 의문은 둘째치고 잠에 빠져든 것도, 그렇다고 완전히 깬 것도 아닌 애매모호한 정신이 내가 대답을 하는 대신 사내를 한참 동안 덜 떠진 눈으로 멍하니 쳐다보게끔 만들었다. 하지만 비몽사몽한 상태에서도 사내가 나를 지그시 바라보고 있는 것은 알아챘기에, 노래방에서 기본 90분에 또 서비스로 한 시간을 더 받아서 놀고 집으로 돌아온 것처럼 힘없이 가라앉은 목소리로 나는 이렇게 대꾸했다.

"… 저기 싱크대 밑에 보면 있을 거예요. 저도 써 본 적은 없어서 몰라요."

"네, 고맙수."

내가 대답하기가 무섭게, 사내는 무안할 정도로 정중하게 묵례를 하면서 나지막한 목소리로 대꾸했다. 그러고 나서, 사내는 재빨리 싱크대 밑 찬장을 열고서는 냉장고를 뒤질 때 그랬던 것처럼 고개를 파묻었다. 달그락, 달그락, 달그락 하고 그가 싱크대 밑을 헤집는 소리가 난타 공연의 절정 부분처럼 꽤 웅장하게 들려왔다. 하지만, 그 소리에 눈이 활짝 떠지기는커녕, 김치 써는 소리를 들은 듯 지나가던 행인같이 스며들듯 스쳐 온 햇빛에 내 눈꺼풀은 더없이 무거워졌다.

"… 아, 체가 생각보다 좀 굵네. 하긴, 이것보다 더 가는 건 구하기가 쉽지 않을 테니까."

싱크대 밑에서 체를 찾은 듯 사내가 혼잣말로 중얼대는 소리가 나지막하게 들려올 무렵, 내려앉는 눈꺼풀 속에 아까 전 내가 보았던 풍경은 동아리 첫 모임에서 본 혜주의 원피스 위 소담스러운 꽃들같이 흐릿해져만 갔다.

＊ ＊ ＊

"저기요. 일어나쇼. 김치말이국수 다 됐어."

내가 다시 한 번 눈을 떴을 때에는, 어두컴컴한 하늘을 형형색색으로 밝히는 홍대 거리의 네온사인들이 내 방 창문이라는 작은 틀 안에서 살아 숨 쉬는 듯 눈꺼풀을 깜빡이고 있었다. 내 귓가에 직접적으로 울려퍼져 버린 사내의 목소리는 늘 그렇듯 나지막했지만 어딘지 모르게 사근사근한 면이 있었다. 무슨 이상한 꿈이라도 꿨길래 머릿속이 처음 술에 취해 봤다는 그날처럼 어지럽고 내 방마저 중력을 거스른 채 뒤집히는 것 같은지, 나는 창문 밖 번뜩이는 네온사인처럼 몇 번씩이나 눈을 깜빡거려야 했다. 화장실에 가서 부리나케 찬 물로 세수한 순간, 슬쩍 식탁 속을 쳐다본 내 입에서는 무의식적으로 '억' 소리가 새어나와 버렸다. 사내는, 내가 그를 홧김에 집안에 들어오게 했던 밤의 다음 날 아침에 그랬던 듯, 얼음이 동동 떠 있는 국수 두 그릇을 나란히 둔 채 수행하는 고승처럼 꼿꼿한 자세로 가만히 앉아 있었다. 저 국수가 어디선가 이름은 상당히 많이 들어 보았지만, 정작 먹은 기억은 없는 김치말이국수였던가. 조심스럽게 사내의 맞은편에 자리를 잡고 앉은 뒤에야 나는 아까 전 그가 김치를 그렇게 열심히 썰었던 이유를 대략적으로 파악할 수 있을 것 같았다.

그릇에 담겨진 국수는 그야말로 붉은색이란 색이 뭔지 미각적으로 설명할 수 있을 것 같았다. 그것도 응급실 의사의 가운에서 채 닦아내지 못한 핏물이나 떨어진 단풍나무 낙엽을 연상시키는 그런 짙은 붉은색이 아니라, 저물어 가는 둥그런 해가 호수에 담겨질 듯 비친 색이었다. 그 무렵 하늘을 물들이는 노을의 붉은색이기도 했고, 잘 익은 채 먹음직스럽게 접시에 담겨진 사과나 토마토의 붉은색이기도 했으며, 가을이면 산을 빽빽히 물들이는 단풍나무를 뒤덮은 손바닥만 한 잎사귀들의 붉은색이기도 했다. 그 위에 떠 있는 얼음들은 전등 빛을 받아 유달리 더 반짝였다. 새빨간 국물에 비친 내 얼굴이 붉은 셀로판 테이프로 눈을 가린 것처럼 뻘겋게 보였던 순간, 고요하면서도 무언가 힘이 담겨진 목소리로 사내가 이렇게 말하는 것이 내 귓가에 바람처럼 스쳐 왔다.

　"뭐 해요? 안 드시고."

　"아, 네? 네…."

　그의 말에 나도 모르게 어정쩡한 말투로 이런 대꾸가 나와 버린 채, 내 젓가락은 빨간 국물 속에서 놀랍도록 새하얀 면발을 건져낼 수 있었다. 사내가 그렇게 나를 유심히 지켜보는 동안, 나는 면발 한 덩어리에 고명처럼 올려진 잘 익은 김치를 함께 입 안으로 들이넣고 잠시 삼키지 않은 채 맛을 음미했다.

　국수의 부드러우면서도 어딘지 모르게 쫄깃한 면이 있는 맛은, 솔직히 말해 쪽잠에서 다시 한 번 깬 지 몇 분도 채 지나지 않은 나를 다시 재울 수 있을 듯했다. 그러나, 다시 한 번 내려가려던 내 눈꺼풀은 곧이어 들려오는 '아삭' 하는 소리에 곧바로 들어올려졌다. 산 정상에서 들리는 다른 이의 메아리처럼, 아삭거리는 소리는 꽤 여러 번 반복해서 다시 귓가에 울려퍼졌다. 이 정도에서 끝나지 않았다는 것을 알리고 싶었던 듯, 김치의 알싸한 향이 내 입 안을 봄날 학교 앞에서 불어 오는 산들바람처럼 감싸고 돌았다. 김장독 대신 락앤락 속에서라도, 몇 개월간 그 안에서 사람의 몸 안으로 들어갈 날을 기다리고 있었을 김치는 그 붉은 수트를 입은 아이언맨의 필살기와 같은 강렬한 맛으로 노련하게 내 혀를 가지고 놀았다. 여기서 끝나지 않은 채 김치의 향과 아삭거리는 소리는, 쫄깃쫄깃한 뒷맛이 마냥 부드럽지만은 않은 잘 삶아진 소면과 바이올린과 첼로의 이중주와도 같이 완벽한 조화라는 것이 무엇인지 증명해 주는 듯했다. 아삭함과 물큰함, 그리고 시원함이 마치 찬물로 세수를 한 듯 약간의 졸음과 나른함에서부터 나를 다시 의식이 지배하는 현실의 세계로 이끌었다. 내 눈은 김치의 사각거리는 알싸함과 차가운 국물의 얼큰함에 번쩍 떠졌고, 국수 면발의 부드러움이 나의 놀란 의식을 부드럽게 달랬다. 난 내 팔에서 소름이 쫙 돋는 것을 느낄 수 있었다. 물론 가뜩이나 냉면이나 동치미, 혹은 나박김칫국처럼 시원한데 거기에다가 얼음까지 동동 뜬 국물을 막걸리 마시듯 한 번에 다 비워 버렸기 때문에 그랬을 수도 있지만, 분명히 우리 집 냉장고에서 꺼내 온 재료들로 이런 국수를 만들 수 있는 사내의 비범함에 다시 한 번 감탄할 수밖에 없었다. 그러고 보니, 유명한 연예인의 냉장고 속에 있는 재료를 이용해서 셰프들이 요리를 만드는 어느 텔레비전 프로그램이 꽤 인기 있지 않았던가. 그 프로그램에 만일 특별한 상황이 일어나서 지금 내 앞에 있는 이 사내가 출연을 하게 된다면 어떨까? 최소한 면 요리에 있어서는, 그 날고 기는 요리사들 사이에서도 전혀 꿀리지 않을 듯싶다. 아니, 오히려 지난번의 멸치국수로 나의 어린 시절 기억까지 끌어올리고 지금의 김치말이국수로 나의 쏟아지는 잠을 깨운 것처럼, 그 어느 유명한 음식점을 경영하는 스타 셰프보다도 더 먼저 냉장고 주인의 미각을 사로잡을지도 모른다.

그는 대체 누구일까?

자신이 만든 국수가 나에게 무슨 생각을 하게 했는지는 전혀 상관없다는 듯, 마치 아침식사로 샌드위치를 먹거나 버스를 타고 출근을 하는 것처럼 매우 자연스러운 무표정으로 지그시 나를 쳐다보기만 할 뿐 자기 몫의 그릇에는 손도 까딱하지 않는 저 사내는 대체 어디에서 온 인물일까? 지난번에 들었던 생각 그대로, 사내는 이 나른한 복학생의 자취방에 갑자기 굴러 들어온 복 그 자체일 수도 있다. 아니, 어쩌면 사내는 돈 없고 요리에는 그렇게 큰 자신이 없는 자취생을 위해 하나님(아, 평소에 바쁘다는 핑계로 교회도 안 가던 사람이 왜 이 순간에는 하나님을 떠올렸는지는 잠시 잊자)께서 직접 보내주신 '국수의 화신'일지도 모른다. 세상에는 현실의 언어로 감히 표현할 수 없는 환상적이고 기묘한 일들이 많은데, 그중 하나는 단연 그 사내의 국수가 될 듯했다. 결국, 내 입 밖에서는 이런 말이 매우 뜬금없이 새어 나오고 말았다. 눈앞에 인기 연예인이라도 둔 것처럼 숨이 턱 막혀 오고 겨우 빠져 나오는 목소리마저 떨려 나오는 것은, 아쉽게도 나도 어찌할 방도가 없었다.

"당신은 대체 누구십니까?"

"… 네?"

막 자신 몫의 국수 면발을 아주 조금씩 입 안에 가져다 대려던 사내는, 나의 이 질문에 살짝 놀란 듯 둥그런 눈으로 나를 바라보았다. 그 모습이 어릴 적 본가에서 조금만 지나면 나오는 농장에서 본 송아지 같다는 생각이 들었지만, 일단은 나의 궁금증이 사내의 식사를 방해했을 것이라는 생각에 당황스러움부터 밀려 왔다. 아니, 미묘하지만 후회와 미안함도 새어 들어왔을 것이었다. 그러나, 내가 봤던 그의 표정 중에서 가장 놀라 보였던 얼굴을 하고 나를 바라보는 사내를 향해 내 입에서는 어쩌면 방정맞게도 이런 말이 나와 버리고 말았다.

"당신은 대체 누구길래, 이렇게 국수를 맛있게 하시는 겁니까? 혹시 식당 일 하세요? 아니면 알고 보니…"

내 말을 반쯤 끊는 듯, 사내는 나를 향해 자애로우면서도 굉장히 씁쓸해 보이는 미소를 지은 채 한숨을 푹 내쉬어 버렸다. 곧이어, 사내는 방금 내뿜은 한숨과 함께 이런 말을 곁들이듯 무던하게 내뱉었다. 내가 질문을 했을 때 왜 목소리가 떨렸나 하는 무안한 마음이 들 정도로, 사내는 그렇게 지나가듯 말을 내뱉었다.

"… 그냥 평범한 국수장이일 뿐입니다. 그게 다예요."

3. 쇠고기뭇국 국수:
낯선 듯 익숙해지는 풍경들

그 뒤로도 나와 사내, 아니 이제는 '국수장이'라는 더 명확한 호칭으로 언급할 수 있는 그 사람의 공존은 내 자취방에서 계속되었다.

국수장이는 여전히 내게 너무나도 기묘한 사람이었다. 그가 우리 집으로 처음 들어온 다음 날 만든 멸치국수는, 어쩌면 유전자 조작으로 엄청나게 커진 멸치를 연상시키는 큰 키에 삐쩍 마른 몸매를 가진 그가 나름대로 '자기 소개'를 한 것일지도 모른다. 다행히 부엌에 있을 때는 고무줄로나마 묶는 산발머리와 인중과 턱 주위에 아무렇게나 난 수염은, 국수장이의 그 체격에 이 세상의 상식을 초월한 것 같은 분위기를 얹어 주었다. 그 인상 덕분에 국수장이가 주로 자아내는 표정 없는 얼굴, 그러면서도 언뜻언뜻 보이는 미소나 놀람 같은 감정의 표식, 적은 말수와 언뜻 보기에는 건방져 보일 정도로 무뚝뚝한 말투는 오래된 암자에서 은둔하는 스님이나, 영화 속에서 나오는 숨겨진 무림 고수에게 완벽하게 어울리는 얼굴이었다. 어떨 때는 흰 반팔 티셔츠, 어떨 때는 처음에 입고 왔던 그 양복을 입은 채로 국수장이는 식사 시간이면 이 방 안에서 국수를 만들었고, 결국 냄비가 비어 있게 되는 것을 보니 자기 몫의 국수는 나중에나마 먹었을 것으로 보이며, 밤마다 겨울이면 가끔씩 쓰는 무릎담요를 베고 평상 옆에서 잠을 청했다. 그러다 아침이 되면 그는 다시 국수를 만들어 나에게 대접하고, 전화통화를 하고, 다시 또 국수를 만들고 전화통화를 하다가 담요를 베고 잠을 자는 일상을 반복할 것이다. 흉악한 범죄자와는 거리가 멀어 보이는 이 사람에게 나는 아무에게도 이야기하지 않겠다는 약속을 다섯 번씩이나 받고 내 방 비밀번호를 알려 주었지만, 냉정히 말하자면 그는 좋은 친구가 되기에는 꽤 거리가 있는 사람인 듯했다.

나는 국수장이의 강렬하고 비현실적인 인상이 여전히 낯설었지만, 그가 내 자취방에서 만들어낸 국수만큼은 의심할 여지 없이 긍정적으로 생각하고 있었다. 그 국수의 자세한 맛은 뭐라고 자세히 표현한다면 입만 아플 것이었지만, 딱 한 가지 확실한 것은 지금까지 먹어 본 국수 중에서 가장 맛있었다는 흔한 찬사마저 무색하게 했다는 것이었다. 재미있는 소설이나 흥미진진한 드라마를 봤을 때처럼, 나는 이 집에서 사내가 다음에는 무슨 국수를 만들 것인지 궁금해 안달이 난다.

대학 생활로 숨가쁘게 돌아가는 나의 일주일에 주말은 분명히 단비 내리는 오아시스 같은 것이지만, 오전 내내 상암동에 있는 홈플러스 안에 있는 버블티 체인점에서 아르바이트를 하므로 오후 네 시가 되어서야 진정으로 나의 주말이 시작된다고 할 수 있다. 버블티나 다른 음료수를 사려는 손님들의 주문을 받고, 음료를 직접 만드는 선배님들께 알려 주고, 계산을 한 뒤 필요에 따라 영수

중을 뽑아 주는 게 그 매장에서 내가 주로 하는 일이다. 아르바이트라는 것도 난생 처음 해 보는 데다 이곳에서 일한 지 오래되지는 않았지만, 본사에서 와 내가 매장에 들어온 지 일주일이 지난 후까지 같이 일했다가 그만둔 누나의 말에 따르면 내가 아주 빨리 배웠다고 한다. 그 말마따나 일은 의외로 어렵지 않았지만, 너무하게도 과제가 꽤나 몰려 있는 날이면 아르바이트가 끝나자마자 도서관으로 달려가 낮에 몰려 있는 손님들을 상대하는 것처럼 내 앞의 과제들을 상대해야 했던 일도 적지 않게 있었다. 어찌 되었든 간에 국수장이가 나와 같은 곳에 기거하게 되었다는 것은, 이런 상황에서도 아주 좋은 일일지도 몰랐다. 사소해 보이겠지만 집에 들어왔을 때 아무도 없는 것보다, 한 명이라도 불 켜진 방 안에 있을 때에 드는 느낌은 정말 다르지 않던가.

이제 내 방에 나 혼자가 아닌 다른 이가 살고 있다는 사실에 왠지 모를 든든함을 가득 품은 채, 토요일 오전 근무를 마치고 신명나게 대학생 빌라로 돌아오는 중이었다. 할리우드 청소년 영화의 시작 부분처럼 지나가던 다른 학우들에게까지 인사까지 해 주고 나서 하교하고 나면 결국에는 언제나 내 목적지가 되었던 302호로 들어서는 순간, 내가 본 광경은 음식이 든 비닐봉지 하나를 옆에 둔 채 핸드폰으로 통화를 하고 있는 국수장이였다. 어수선한 머리와 수염을 제외하면 통화에 한창 열중하고 있는 국수장이의 모습이 영락없는 주부의 모습을 떠올리게끔 만들었지만, 그의 모습을 보며 키득거리기에는 그의 표정이 너무나 진지했다. 그리하여 나는, 정수기에서 물을 받아 마시는 척하며 그의 통화를 살며시 엿들었다.

"… 그럼 지금은 사람을 구하지 않는다는 겁니까? … 아, 조만간 연락드리겠다고요? 알겠습니다. 그럼 기다리고 있겠습니다. 감사합니다."

국수장이는 매우 사무적이면서도 왠지 모를 애틋한 감정이 희미하게 배어 있는 목소리로 핸드폰에 대답하고서는, 잠시 멈추고 있다가 힘없이 엄지손가락을 모니터에 툭 갖다 대었다. 핸드폰을 평상 위에 올려놓고 나서, 그는 온 세상의 근심이 다 자기 가슴 깊숙히 맺혀 있었다는 듯 깊은 한숨을 들입다 내뿜었다. "조만간, 조만간, 조만간. 맨날 조만간 하겠다고 하면서 나중에 하겠지. 아니면 아예 연락하지를 않든가"라는 혼잣말을 조곤조곤하게 말하며, 국수장이는 싱크대와 가스레인지 사이에 있는 공간에 비닐봉지를 내려 놓아 버렸다.

'국수를 만드는 것을 제외하고는 어떠한 생산적인 활동을 하지 않는 사람은 아니구나' 하는 짐작이 내 머릿속에서 피어날 무렵, 국수장이는 무언가 찌뿌드드한 듯 팔을 쭉 뻗어 자기 머리 위로 올렸다. 어깨 쪽에서 '뿌드득' 하는 뼈 소리는 신경조차 쓰지 않은 듯, 무심하게 그는 팔을 내린 후 등을 꺾었다. 또 다시 '뽀드득' 하는 관절 소리가 이번에는 그의 허리에서 났고, 내 입에서는 저절로 '헉' 하는 소리가 산 정상에서 들이마시는 들숨처럼 새어 들어왔다. 이런 내 소리를 인기척이라고 알아챘는지, 국수장이는 뒤를 돌아 짐짓 쌩뚱맞다는 듯 내 얼굴을 빤히 쳐다보았다. 이미 내가 모를 걸 알았다고 속으로 말하고 싶었다는 듯 덤덤하면서도 우악스런 힘이 배어 있는 국수장이의 목소리가 내 귓가에 들려왔다.

"뭐요? 허리에서 뼈 소리 나는 사람 처음 봤수?"

"아… 아뇨. 저도 과제나 아르바이트하다가 가끔씩 그런 소리가 납니다. 전 다만 그쪽 뼈 소리가 굉장히 커서…."

"당신이 조금 더 당신 생활에 익숙해지게 되면 나처럼 큰 소리가 날 수도 있지, 홍익대학교 건축학과 16학번 안준호 씨. 고향은 아… 음성이던가?"

통화 후 그가 보인 반응으로 보아, 국수장이도 나름대로 굉장히 예민한 것 같아 애써 조심스럽게 대답을 했던 것 같았다. 그 말에 놀랍도록 시원스럽게 내뱉은 국수장이의 응수, 그리고 그 입에서 자연스럽게 나와 버리는 나의 기본 정보는 또 어디서 어떻게 알았는가. 아까 전에 한 대답과 거의 비슷한 투로, 나는 그의 말에 이렇게 대응했다.

"네, 맞습니다. 근데 그쪽이 어떻게…."

이에 이번에는 대답 대신 냉장고를 향해 손가락을 가리켜 보이며, 회심의 미소를 날려 보내는 국수장이의 반응에 나는 말을 미처 끝낼 수 없었다. 아뿔싸, 냉장고 표면에 내가 받았던 성적표며, 강의 시간표며, 서울이라는 이 복잡하고 큰 도시에서 본가로 돌아가는 다양한 대중교통의 방편 같은 것들이 온갖 배달음식점의 전화번호들과 함께 대자보 공지처럼 걸려 있는 것을, 왜 나보다도 냉장고를 더 많이 들여다보고 있을 국수장이가 보지 않을 것이라 생각했던가. 그런 식으로 내 개인정보를 국수장이가 알게 된 것도, 조금은 기분이 좋지 않지만 한편으로는 어쩔 수 없는 일이라는 생각이 든다. 냉장고 표면과 아무렇지도 않게 비닐봉지에서 식재료를 꺼내며 바스락거리는 소리를 내는 국수장이를 번갈아 쳐다보던 나를 향해 국수장이의 목소리가 무던하게 들려왔다.

"이거는 근처 슈퍼에서 사 온 거예요. 여기 오기 전에 이미 다 봤고, 돌아올 때 다행히 때마침 누군가 이 빌라로 들어오더군요. 일단 기다리고 있어요."

그는 그렇게 말하면서 또 한숨을 푹 쉬고서는 비닐봉지 안에 있는 식재료들을 해체하기 시작했지만, 나는 차마 그곳을 떠날 수가 없었다. 그가 꺼낸 것은 스티로폼에 담긴 소고기, 무 반 토막, 그리고 대파 두 개였다. 이 자가 웬일로 국수가 들어 있지 않는 다른 음식을 만드나 하는 의문이 내 머릿속을 기나긴 면발이 내 입속을 뚫고 식도로 넘어가는 속도로 지나갈 무렵, 그는 냉장고로 저벅저벅 걸어가 내 어깨를 말없이 잡고 천천히 냉장고 밖으로 밀어낸 뒤, 유유히 냉장고 문을 열고 이미 비닐 포장이 뜯겨진 소면을 꺼냈다. '혹시나 했더니 역시나구나' 하고 혼잣말을 중얼거리고 싶은 마음을 겨우 참고, 나는 부업을 나와 월요일까지 해 와야 하는 건축환경계획 과제를 해결하기 위해 노트북을 열었다.

* * *

과제가 생각보다는 어렵지 않아서 거의 끝나갈락 말락 할 무렵,

학창 시절 참 지겹도록 맡았던 냄새가 났다. 추억이라고 해야 할지 아니면 흑역사라고 해야 할지는 알 수 없었지만, 점심시간이면 특별한 것이 나올 일은 드물 걸 알면서도 괜히 내 배를 꼬르륵거리게 만든 그 냄새였다. 아니나 다를까, 김이 모락모락 나는 그릇 두 개에는 각각 그 시절 급식실에서 매점에 갈 돈도 없으니 배라도 채우자 하는 생각 속에 그렇게 좋지도, 싫지도 않은 무덤덤한 기분으로 수저를 들었던 쇠고기뭇국이었다. 비 갠 후 길가에 증발되지 않은 채 여전히 남아 있던 물웅덩이 같은 채도와 색상을 띤 쇠고기뭇국에 신비하고 불가사의한 해초라도 되듯 소면이 작은 물결을 따라 흩날리고 있었다는 것 빼고는 딱 내가 예상했던 대로였다. 내가 상에 앉자, 그릇에 담긴 내용물이 내뿜는 엄청난 김이 먼저 나를 맞았다. 그 엄청난 수증기 너머로, 드라이아이스를 쓰는 무대 공연 위의 출연진처럼 초연한 자세로 팔짱을 낀 채 국수장이는 여태까지 그래왔듯 무심한 표정으로 나를 계속 바라보고 있었다. 그는 말을 하는 대신, 펼친 오른손을 나를 향해 내밀었다. 언제나 그런 행위를 보면 그렇게 생각했듯이, 이 몸짓을 나더러 식사를 시작하라는 신호로 받아들인 나는 일부러 '호로록' 소리까지 내며 이 독특하면서도 어딘지 모르게 추억의 냄새를 풍기는 국수를 입 안에 들이밀었다.

학교 급식은 나에게 그렇게까지 좋은 추억을 선사하지는 않았다. 특히 식판 왼편에 덩그러니 담겨져 있는 쇠고기뭇국은, 정작 '쇠고기'도 '무'도 별로 없었을 뿐더러 그저 기름방울만 동동 떠 다니는 묽은 국이었을 뿐이었다. 나보다 밥을 느리게 먹었던 친구들을 앉은 자리에서 기다려 주는 동안 국 위에 희미하게 떠 있는 둥

그런 기름방울들을 젓가락으로 슬슬 긁으며, 내가 이놈의 학교만 나가면 이런 걸 다시 먹게 되는 일은 만들지 않을 거라 다짐을 했을 것이었다. 그렇게 다짐하는 내 얼굴은 그 둥그런 기름방울 안에서 수십 개로 분할된 채, 교복 입은 앳된 모습과는 전혀 어울리지 않게 쓸데 없이 진지한 표정을 하고 있었을 것이었다. 그러나, 만일 국수장이가 끓인 국이 내가 난생 처음 먹은 쇠고기뭇국이었다면, 그 국에 대한 내 감상은 전혀 달랐을지도 모른다. 고향에 있었을 때 학교에서도 먹었다고 화는 냈지만, 내심 먹고는 싶었던 어머니께서 끓여 준 쇠고기뭇국이 바로 이런 맛과 비스무리하겠구나 하는 생각이 들어 눈물이 났다. 쇠고기와 무의 향이 짙게 밴 국수장이의 국은, 놀랍게도 그 안에 말아진 소면과 따로 노는 느낌을 전혀 주지 않았다. 흔하디흔한 재료들로 이런 깊고 진한 감칠맛을 낼 수 있다는 것을 증명한 국수장이의 가공할 만한 요리 실력이 방정식의 해처럼 들어맞는 듯한 느낌이 들어, 나는 괜스레 콧날이 시큰했다.

행여 내 앞에서 여전히, 그리고 가만히 나를 응시하고 있는 그가 왜 눈물을 흘리느냐고 물어본다면, 국수가 뜨거워서 그런 거라고 둘러대기라도 했을 것이었다. 그러나 고맙게도 국수장이는 내 표정에 대해서는 아무런 말도 하지 않았다. 그게 오히려 나에게는 좋았다. 어디에서도 볼 수 없었던 국수를 가만히 먹으면서, 그 순간만이라도 어디에서도 느낄 수 없었던 새로운 맛을 음미할 수 있게 해주는 게 오히려 고마웠다.

＊ ＊ ＊

그 특이하면서도 경이로웠던 쇠고기뭇국 국수를 먹고 나기가 무
섭게, 친한 동기 네다섯 명과 함께 술을 먹자며 온 철영이의 카카
오톡에 나는 입대 이후로 꽤 오랫동안 드나든 적이 없었던 술집으
로 들어갔다. 마시면서 일주일 동안 있었던 일들에 대해 얘기하고,
장난스럽게 술 게임도 하는 동안 벌써 해는 뉘엿뉘엿 지고 있었다.
우리가 앉은 상 위에 있는 맥주 피처 두 개도 이제는 모두 거의 바
닥을 보이고 있었고, 벌써 술에 거나하게 취한 듯 볼이 벌게진 민
준이가 약간의 삑사리가 섞여 있는 목소리로 이렇게 대뜸 말하는
소리만 다 비워진 안주 접시 대신 테이블을 가득 메우고 있었다.

"아니 그래서, 우리가 라면 처먹고 있는 동안 안준호 이 자식은
국수 먹었다는 거 아냐, 국수. 그것도 쇠고깃국에 소면 말아서. 야,
좋겠네, 좋겠어."

"쇠고기뭇국이래, 뭇국."

"아, 쇠고기뭇국이나 쇠고깃국이나 그게 그거지. 난 계란 프라이
라도 먹고 싶다. 크고~ 아름답고~ 동~ 그란 계~ 란 프라이…."

"누가 도끼 입 좀 막아라, 막아! 술 좀 그만 마시게 하고."

"야, 장동규 니가 뭔데 날 막아! 나한테 이래라저래라, 감 놔라
배 놔라 하지 마! 이미 학교에서 교수한테 들은 걸로도 충분…!"

그렇게 한참 나를 손가락으로 가리키면서 늘어지는 목소리로 주정을 부리다가, 곧이어 각각 조소과와 경제학과에 있어 평소에는 자주 만나지도 못하는 동규와 승현이가 경호원처럼 민준이를 막아세웠다. "이 새끼 취했네, 취했어"라고 나지막하게 중얼대는 동규의 목소리는 약간 질린 듯 잠겨 있었고, 승현이는 아무런 말도 하지 않았지만 만일 '고삐 풀린' 민준이가 군대 얘기라도 했으면 우리 중 유일한 미필인 승현이가 가만히 있지만은 않았을 것이었다. 이 모습을 보기 눈꼴이 시렵다는 듯, 철영이는 인상을 찌푸리며 자기 몫의 맥주를 들이켠 다음, 혀 차는 소리를 내더니 살짝 진흙을 발로 찍어 밟는 것처럼 뭉근한 목소리로 이렇게 말했다.

　"긍께 남자들끼리 술 마셔 쌀라면 이 사단이 난당께? 토요일 저녁에 남자 다섯 명밖에 없어 어따 쓰겄냐?"

　"그러면 니가 여자 좀 부르든가. 너 핸드폰에 여자애들 번호 서른 개 넘는 거 다 알거든?"

　"아따, 서른 개는 뭔 놈으 서른 개여. 거시기 열 개만 넘어도 오메 허벌나게 미쳐부릴 거 같당께… 나보단 준호가 더 가능성 있겄다잉."

　그 말에 짜증을 내는 동규의 말에 연극배우처럼 살짝은 격앙된 투로 대꾸하던 철영이가, 어느 순간 나를 손가락으로 가리키며 뭐라도 할 것처럼 회심의 미소를 지어 보인다. 그냥 조용히 맥주나 홀짝이고 있는 와중에 '왜 또 나야?'라는 어이 없는 물음이 내 머릿속에 비집고 들어올 무렵, 잠시 엎드려서 뭔가를 중얼거리고 있던 민준이가 좋은 건수가 생겼다는 듯 고개를 바짝 들고 손가락을 하늘로 치켜세우며 이렇게 맞장구를 쳤다.

"그러고 보니까 안준호 쟤, 좋아하는 여자 있~ 다! 그것도 겁나 이쁜 시디과 여…"

"… 아니, 그게, 내가 언제 좋아한다고 말한 적 있어?"

민준이가 말을 잇는 것을 더 이상은 가만히 두고 볼 수가 없어 나는 이렇게 끼어들었다. 하지만 내가 어쩔 수 없던 것은, 그럼에도 불구하고 내 볼은 자꾸만 화끈거렸던 것이었다. 마치 이 술집의 바깥 창문에 혜주가 지나가기라도 하는 것처럼 말이다. 그걸 눈치챘는지 철영이가 내 어깨를 자기 팔로 감싸쥐며 이렇게 말했다.

"어메, 그란해도 표정 보믄 다 안당께. 솔찬히 내 앞에선 속이지를 말드라고."

그 말에 모두들 키득거리면서 웃었고, 나도 그런 철영이의 말이 조금은 어이가 없어서 헛웃음이 나왔다. 아까 전에는 혜주가 지나가는 것 같다는 느낌을 받았다면, 이번에는 혜주가 이 술집 안에 들어온 것같이 내 몸은 뻣뻣하게 굳어가는 느낌을 잔뜩 받았다. 그런 내 반응을 아는 듯 모르는 듯, 맥주잔을 오른손에 곱게 쥔 채 승현이가 이렇게 말을 이었다.

"아, 그러고 보니 준호는 잘될 거 같지 않아? 학과 성적 괜찮지, 성격도 좋지, 얼굴도 뭐, 인정하긴 싫지만 그 정도면 여자들이 좋아할 만하지…. 솔직히 그 여자애가 누군진 몰라도 얘가 꿀릴 게 어딨냐? 안 그래?"

"내가 지난번에 너한테 말해 준 거 있잖아. 수업 들어가는데 어떤 패디과 여자애들 둘이 지나가면서 준호 얘기 한 거 같다고. 누구였더라? 우리 준호가 군대 가기 전에 준호한테 고백했다는 그 여자애들인가?"

승현이에게 그렇게 말하던 동규가 나에게 정말 여자친구가 생기기라도 한 것처럼 요상한 눈빛으로 나를 바라보고, 이에 나를 뺀 나머지 동기들의 입에서는 보던 드라마에 오글거리는 대사가 나오면 늘상 나오는 초등학생들의 감탄사처럼 '우!'라는 때 아닌 고음이 흘러 나왔다. 이번에는 내 앞에 앉아 있는 혜주에게 팬티만 입고 돌아다니는 모습을 들키기라도 한 것처럼 나는 차마 고개를 들 수가 없었다. 그런 내 모습 위로 민준이가 이렇게 말을 이었다.

"게다가 얘는 누나도 있고 여동생도 있지 않냐? 야, 처음부터 우리랑은 달랐네, 달랐어. 어? 그런 의미에서 나중에 니네 누나 좀 소개시켜 주라, 응? 아이~ 제발."

그렇게 내 어깨를 부여잡고 되지도 않는 앙탈을 부리는 민준이 옆에서, 철영이가 "동생은 왜 안 돼?"라고 물어보는 동규의 말에 '요거여, 요거'라며 수갑을 찬 듯한 손짓을 하는 철영이를 나는 슬쩍 보았다. 이번에는 입고 있던 팬티마저 벗겨져 벌거벗은 상태로 혜주 앞에 있는 것처럼 아무 말도 나오지 않았다. 내가 아무 말도 없이 맥주를 들이키며 웃기만 하자, 민준이는 내 어깨를 부여잡던 팔을 놓은 다음 승현이에게 '내가 얘네 누나 만나 봤는데 진짜 이쁘다'라는 식의 말을 연신 중얼거리고 있었다. 어떤 관계가 되었든 주위에 이성이 존재한다고만 하면 군대에서도 그렇고 남자들 주위에만 부대끼며 지내던 사람들의 눈이 자동으로 돌아가는 것을 많이 볼 수 있다. 여자 형제가 둘이나 있는 것도 생각보다는 그렇게 특별하지 않지만, 군대에 있을 때는 내 친누나나 혹시 모르게 찾아올 동생을 면회에서 만날 생각에 나에게는 조금 덜 부담스러운 내무반 생활을 만들어 줬으니 쏠쏠하기는 쏠쏠했다. 하지만 보이는 게 다가 아니라는 격언은, 내가 우리 집 가족들을 보면서도 절절하게 느껴진다. 보험회사에 다니며 나처럼 객지생활을 하는 누나는 같은 서울에 있는데도 일이 바쁜지 요즘은 자주 만날 수 없지만, 본가에 내려가면 만날 수 있는 동생 지호는 정말이지 '열여덟 꽃다운 나이'라는 말이 새빨간 거짓말처럼 느껴질 정도로 선머슴이나 다름없다. 주말 밤에 몸빼바지 같은 잠옷이 걸쳐진 다리 한쪽을 소파에 올린 채 감자칩을 우적우적 씹어 먹으며 텔레비전 앞에 뻔뻔하게 앉아 있는 모습이란…. 아우, 저 친구들 중 한 명이라도 본가에 놀러오지 않은 것이 천만다행이라고 생각한 순간 내 바지 주머니에서는 진동이 울렸다. 떨리는 손길로 겨우 켠 핸드폰 모니터에는 초록색 바탕에 '안지호'라는 세 글자가 무덤덤하게 박혀 있다. 역시 호랑이도 제 말 하면 온다더니.

"… 어, 왜? 오빠 돈 없다."

주위에서 '오빠'라는 소리를 반복하며 아까 전같이 뜬금없는 환호성을 내지르는 동료들에게 그런 게 아니라는 의미로 고개를 설레설레 젓고서는, 술집 밖 현관으로 천천히 나왔다. 이런 시간에 카톡이나 문자가 아니라 굳이 나에게 전화를 거는 것은 집에 오면 돈 빌려 달라는 얘기가 대부분이었기에 내 입에서는 자연스럽게 이런 말이 나왔다. 내 목소리 톤이 조금 늘어진 것을 알아챘는지, 핸드폰 너머로 울리는 지호의 목소리는 왠지 나를 한심해하는 듯했다.

"오빠 또 취한 거? 으유, 인간아! 그렇게 적당히 좀 마시지!"

"누가 보면 내가 술만 마시고 사는 줄 알겠다, 야. 대학 생활이 그렇게 만만한 게 아녀. 엄마가 여쭤 보면 친구가 불러서 마셨던 거라고 말씀 드려, 알겠지?"

"생각해 보고. 엄마 지금 어디 나가셨어. 아, 다다음 주말에는 서울로 올라가실 수도 있대. 뭐 먹고 싶은 거 없는지 물어보래서 전화건 거."

먹고 싶은 거라. 어머니께서는 서울로 올라 오실 때면 으레 음식을 함께 가지고 오시고는 하셨다. 저번에 먹었던 김치말이국수에 들어 있던 김치도, 그리고 라면이나 레토르트 음식, 3분 조리 식품이 아닌 음식들은 대부분이 어머니께서 들고 오셨을 것이었다. 하지만, 지금 이 순간 내 머리는 어디서 나왔는지 모를 국수가락들이 뇌주름 하나하나까지 감싸쥐고 있는 것 같다. 오로지 생각나는 것이라고는 국수장이가 만들어 준 멸치국수, 김치말이국수, 그리고 낮에 먹었던 쇠고기뭇국 국수밖에 없는 것처럼 나는 덥석 전화기에 대고 이렇게 대답했다.

"… 소면. 소면이 아주 많이 필요할 것 같애."

"국수 안 좋아하는 거 같더니, 웬일이래? 알겠어. 소면 세 봉지면 웬만하지?"

"… 어."

얼버무리듯 그렇게 대답하고 나서 간단한 마무리 인사를 하고 난 다음, 핸드폰 너머로 전화 끊는 소리가 들릴 듯 말 듯했다. 다시 안으로 들어가 앉아 있던 테이블로 돌아가기가 무섭게 동생과 통화했다는 걸 이미 다 아는 듯 나를 영웅을 보는 눈빛으로 쳐다보는 친구들을 슬쩍 보는 동안, 내 머릿속에는 잠시 어머니께서 국수장이를 보신다면 무슨 생각을 하실지에 대한 걱정과 궁금함이 섞인 감정이 스쳐 지나갔다. 하지만, 뇌리의 다른 쪽에서 그 잡념을 국수가락으로 만들어 먹어 버린 듯 그 생각은 다시 사라진 채 나는 친구들과의 왁자한 술자리에 또 다시 합류했다. 오늘 밤에 제정신으로 집에 돌아가기는 틀렸다는 이성적인 생각도, 그렇게 마음속에서는 한 번에 삼킬 수 있는 소면 가락으로 만들어진 채 친구들과 즐기고 싶다는 감정에 그야말로 먹혀 버렸다.

4. 바지락 칼국수:
정신 차리고 보니 나도 모르게

언젠가 올 것이라고 예상은 했지만, 내심 절대 오지 않기를 바랐던 조별 과제가 기어이 시작되었다. 나를 포함한 네 명으로 이루어져 있는 우리 조가 건축설계 교수님 말마따나 '힘을 합쳐' 해결해야 하는 과제는 '좁은 면적을 사용하지만 넓은 평수처럼 보이는 건물의 모형을 만들어 오는' 것이었다. 나 같은 복학생들이 주로 자의반 타의 반으로 조장을 떠맡는다던데 그렇게 되면 007 작전을 보는 듯한 온갖 수법을 써 가며 요리조리 빠져 나가려는 다른 조원들을 어떻게 할 도리가 없다는 얘기를 너무 많이 들어 버렸지만, 정작 1학년 때 잠시 참여했던 조별 과제는 걱정했던 것보다는 과제 자체가 그렇게 어렵지 않았다. 하지만 그동안 내가 실제로 겪어 왔던 조별 과제는 모두 애들 장난이 될 것 같다는 예감이, 늘상 드나들던 설계실 안으로 들어가자마자 스멀스멀 들기 시작했다.

"일단 역할 분배를 하는 것이 좋을 것 같아요. 조장부터 정해야 할 것 같은데, 누가 하는 것이 좋을 것 같아요?"

일부러 그러는 듯 무미건조한 목소리로 말을 꺼내는 졸업반 선배의 맥북 표면에 있는 특유의 사과 로고가 새하얗게 빛났다. 선배의 말이 가늠이 안 간다는 듯, 모두들 잠시 어물어물 아무런 말도 하지 않았다. 좋은 의미인지는 잘 모르겠지만, 현실은 이쯤에서 누군가 '형이 제일 나이가 많으니까 조장 하시는 게 어때요?'라고 말할 코미디 프로그램과는 달랐다. 아무도 대답을 하지 않는 것을 알아챘는지, 조장은 왠지 모를 석연찮은 표정을 짓고서는 다시 한 번 똑같은 말을 되풀이하려는 듯 입을 벌렸다. 그러고서는 아까 전의 무미건조함을 유지하면서도 왠지 모르게 나직한 목소리로 말을 이었다.

"그럼 제가 조장 할게요. 불만 없죠? 그럼 이제 뭐가 남았더라…"

"… 제가 자료 조사 해 오겠습니다. 그리고 찾은 자료에 관련된 사진 인쇄해 올게요."

순간적으로 내 입 밖에 새어나오듯 나와 버린 이 대답이 끝나기가 무섭게 세 쌍의 눈동자가 스포트라이트처럼 동그랗고 크게 나를 비췄다. 식은땀이 목 뒤로 죽 날 법도 했지만, 이상하게도 그러기에는 머릿속이 너무나 초연했다. 시종일관 무표정으로 일관했던 조장 선배의 얼굴에도 살며시 미소가 그어졌다. 이렇게 보면 내가 모두에게 좋은 일을 한 건가, 싶으면서도 한편으로는 그 기대대로 정말 잘해 낼 수 있을지 확신이 들지는 않았다. 왠지 모를 부담스러움이 내 속을 더부룩하게 했다고나 할까.

"고마워요, 준호 씨. 제가 지금 구글 폴더를 만들 테니까 그쪽으로 내일까지 사진 보내 주세요. 모형은 만들 때 다시 역할 분담을 하면 될 테니까 일단은 준호 씨가 보내 준 자료를 참고해서 설계도 스케치에 자신 있는 사람과 재료 구상하고 구해 올 사람이 필요합니다."

"음… 형! 제가 설계도 그려 올게요."

"그럼 제가 재료를 구해 올게요!"

일전에 있었던 대면식에서 본 듯한, 자연스럽게 휘날리는 곱슬머리에 눈이 유달리 똘망똘망한 남학생이 왼손을 살짝 들고 조장 선배의 말에 먼저 대답했다. 조장 선배가 그 말에 고개를 끄덕이는 순간 오른쪽으로 땋은 황갈색 머리가 유달리 숱이 많고 윤기가 나는 여학생이 그 뒤를 이었다. '이거 생각보다 일이 제대로 돌아가려 하는데'라는 생각이 속으로 들었다. 막상 본격적으로 시작하게 되면 뭔가 다른 일이 벌어질 수도 있겠지만….

"네, 그렇다면 준호 씨는 아까 제가 했던 말 다 기억하셨으리라 믿고, 첫 조 모임은 내일 모레 여기서 합니다. 혹시 그때 시간이 안 되는 사람 있어요?"

"없습니다."

"그럼 이상입니다. 내일 모레에 봅시다."

조장 선배의 말이 그렇게 끝나자마자, 이것만을 기다렸지만 내색은 하지 않았다는 듯 모두들 앉아 있던 자리에서 일어났다. 설계실을 빠져 나가는 선배에게 묵례를 하고 난 다음 고개를 들어 보니, 강의에 늦은 것 같은지 곱슬머리 신입생은 나에게 급하게 인사하고 쌩 달려가 버렸다. 그 와중에, 아까 전 재료를 구해 오기로 한 땋은 머리 여학생이 천천히 가방을 싸면서 내 쪽을 슬쩍 바라보는데 한쪽 눈에 애교살이 도톰하게 올라와 있다. 저 여자, 왠지 앞으로 굉장히 신경 쓰일 것 같다.

* * *

대부분의 학생들이 그날에 들은 강의를 모두 끝냈을 시간인 오후 네 시 반이었기에, 언제나처럼 중앙 도서관에는 사람들로 북적였다. 다행히 주위에는 엄청나게 쌓여 있는 전공 서적을 옆에 두고 과제나 시험 공부에 집중하는 사람들이 많아 대체로 조용한 분위기였고, 자리만 차지해 놓고 도망치듯 사라져 버린 사람도 없었다.

이 시끄러울 법하면서도 한적한 분위기의 가운데에서 나는 내 노트북으로 조별 과제에 쓰일 자료를 검색하고 있었다. 내 옆에 있는 같은 과 후배도 자기 조에서 따로 정한 일과가 있을 텐데, 나처럼 자료를 미리 조사해야 하는 역할은 아닌지 일단은 건축학개론 책자와 건축설계 교본만 펴 놓고 설계에 요긴하게 쓰일 법한 것들을 정리하고 있었다. 그리고 보니 철영이는 아까 전에 카톡으로 나에게 이번 조별 과제도 망한 것 같다며 투덜거리더니, 아무래도 매일마다 '우연찮게도' 경조사가 끼어 있는 사람, 학생회 미팅이 있다며 먼저 가는 사람, 그리고 귀찮음 때문에 남에게 떠넘기는 사람이 한 명이라도 있거나 아니면 모두 다 있는 소위 '죽음의 조'의 조장이라도 되었나 보다.

그렇게 내가 철영이가 아니라는 것에 거의 오랜만에 감사해하며 원색으로 칠해진 벽이 인상적인 땅콩집의 사진들을 과제용으로 만든 폴더에 집어넣고 있는 참에, 그간 비어 있던 내 오른 어깨 옆에 누군가 털썩 앉는 것 같은 느낌이 났다. 깜짝 놀란 상태로 고개를 돌린 나는 더 놀란 눈을 하고 말았다. 그것도 그럴 것이, 내 옆에서는 빨간 책가방을 멘 혜주가 나를 똑바로 바라보며 앉아 있었기 때문이었다.

긴 머리를 뒤로 단정하게 묶은 채 흰 티셔츠에 검은 데님 바지라는 무난한 패션을 해도 그녀가 광고 모델처럼 예쁘고 빛나 보인다는 사실은 변치 않을 것 같았고, 이런 그녀를 마음에 두고 있는 것만 해도 과분하고 감사할 지경이었다. 그리고 몇 번씩이나 내 머릿속을 헤집었던 드라마 속의 한 장면처럼, '혹시 시간 되면 식사 한 번 같이 할까요?'라는 말이 내 목구멍까지 거의 올라와 있었다. 그 짧은 순간 내가 무슨 말이라도 하려 입을 벌린 순간, 그녀는 꽤 발랄한 말투로 내게 이렇게 말했다.

"준호 선배, 혹시 토요일 저녁 7시에 시간 되시나요?"

토요일 저녁 7시라. 원래 그 시간은 아르바이트가 끝나고 나서 피곤을 풀고 쉬고 있는 시간일 것이다. 그러나 나는 내 앞에 있는, 정혜주라는 여자만 괜찮다면 토요일 저녁 7시에 아주 중요한 일이 있다고 해도 충분히 그 시간을 그녀와 함께 보낼 수 있을 것만 같았다. 거의 오랜만에 내가 아닌 누군가를 위해 시간을 비워 주고 싶은 생각이 들고, 그 누군가에 대해 알고 있는 모든 것을 마음에 두면서 어쩌면 그녀와 함께 웃으며 사랑한다고 당당하게 말할 수 있을 것만 같다는 것. '그러니까 사랑에 빠졌다는 것 자체가 이렇게 아름답고 찬란한 감정인 줄 알았다면, 그리고 조금 더 일찍 이 사람을 알았다면 더 좋았을 텐데' 하는 생각이 내 머릿속에 혜성처럼 재빠르게 스쳐 지나가고 있었다. 한편으로는 혜주가 여전히 나를 빤히 쳐다보는 게, 내가 빨리 대답해 주기를 바라는 것으로 보여 나는 얼른 고개를 끄덕였다. 그 모습이 영 쑥맥 같아 보였을까, 혜주는 입을 가리며 키득거렸고 나는 두 뺨이 가스레인지 불을 켠 것처럼 확 달아오르는 것을 느끼며 고개를 푹 수그렸다. 그때만큼은 내 심장이 근육과 혈액으로 만들어진 것이 아닌, 뺨에 달아오르는 열기에 녹는 파라핀으로 만들어진 것만 같았다. 그럼에도 불구하고, 용케 정신이 살아 있었던 귀는 혜주가 여전히 발랄한 투를 유지하며 이렇게 말을 잇고 있는 것을 들었다.

"… 다행이네요. 그때 저녁식사 겸 회식 겸 '애뜨림'에서 론칭할 새로운 프로젝트에 대해 회의를 할 겁니다. 아까 말씀드린 대로 저녁 7시에 개화기 요정으로 오세요…. 아, 그건 건축학과 과제인가 봐요. 집 사진 예쁘다!"

불현듯 내 노트북 모니터에 혜주의 손가락이 닿았고, 핑크색 매니큐어를 바른 손톱의 끝은 정확히 제주도 어딘가에서 온 듯한 노란 벽의 땅콩집 사진을 정확하게 가리키고 있었다. 무언가 보이지 않는 치부를 들킨 듯 내 머리는 살짝 어지러웠지만, 한편으로는 열기구에 태운 듯 붕 띄워지는 묘한 감정이 머릿속의 다른 부분을 헤집고 들어오고 있었다. 입꼬리가 슬슬 올라가는 것을 거우 참고, 애써 아무렇지도 않은 척 나는 이렇게 대답했다.

"조별 과제입니다. 물론 이걸 직접 만들 건 아니고, 그랬으면 좋겠지만⋯. 아무튼 감사합니다. 수고하세요."

"네! 선배도요. 토요일 저녁 7시 개화기 요정 3층입니다! 잊지 마세요!"

그렇게 혜주는 발랄하게 콩콩 뛰며 사라졌지만, 그녀의 새빨간 책가방은 한참 동안 내 머릿속에 남을 것만 같았다. 단 둘만의 자리는 아니라는 것이 못내 아쉬웠지만 이걸로도 어디야. 노트북 모니터에는 여전히 혜주가 눈여겨본 노란색 땅콩집 사진이 띄워져 있었다. 그 아담하지만 예쁜 땅콩집을 짓고 나의 자식이 될 미래의 아이와 나의 부인이 될 한 여자, 이왕이면 방금 내 일상의 한 부분을 또 스치고 지나간 혜주와 오손도손 살고 싶다는 유치하지만 순수한 생각을 또 한 번 하고 말았다.

내 머릿속에서 화사한 파스텔 빛으로 그려지던 — 어릴 적 귀에 딱지가 앉도록 듣던 동화 속 '그래서 두 사람은 오래오래 행복하게 살았답니다'라는 멘트가 어울릴 법한 — 장면은, 내 앞자리에 작지만 묵직한 소리가 울려퍼지자 눈 녹듯 사라졌다. 어느새 내 눈 앞에서는, 민준이가 아마 전공과목 참고 도서로 보이는 두꺼운 책과 노트북을 동시에 책상 위에 올려놓은 채 나를 향해 의미 모를 웃음만 짓고 있었다. 민준이의 시선이 나와 내 뒤쪽을 번갈아 비추는 것을 계속 지켜보다가, 그가 이렇게 작게 속삭이듯 말한 뒤에야 나는 민준이가 오자마자 갑자기 웃은 의중을 알아챌 수 있었다.

"야, 저 사람이 니가 좋아하는 그 여자야?"

민준이의 시선을 따라 나도 뒤를 돌아보니, 여전히 새빨간 책가방을 멘 채 표지를 자세히 들여다보기 전까지는 알 수 없을 책을 향해 지그시 눈을 내리까는 혜주의 긴 머리칼이 창틈으로 들어오는 바람 한 줄기에 버드나무 가지처럼 찰랑거렸다. 마치 창 밖에 눈이라도 오는 것처럼 잠깐 그 광경을 멍하니 쳐다보던 나는, 민준이의 "맞나 보네"라는 한 마디에 정신이 번쩍 들어 버렸다. 다시 앞으로 고개를 돌린 나를 향한 민준이의 짓궂은 미소는 더욱 강렬해져만 갔고, 두 볼이 열기로 화끈거리는 것을 겨우 추스른 채 나는 이렇게 조그맣게 대꾸할 수밖에 없었다.

"그건 또 어떻게 알았나?"

"어떻게 알긴, 아까 얘기하는 거 다 봤지. 아주 좋아 죽더만, 안준호. 으이?"

본인이 그렇게 대꾸하기가 무섭게 쥐구멍에라도 숨고 싶어져 버린 내 마음을 아는지 모르는지, 민준이는 슬쩍 아무렇지도 않은 척 책을 펴들고 열심히 노트북으로 자료를 찾는 것처럼 보였다. 그러다 지루해졌는지, 그는 어느 순간엔가 다시 내 쪽으로 고개를 낮추고 이렇게 속삭였다.

"저 사람, 잘 보니까 처음 보는 얼굴은 아니야."

"뭐? 너 혜주 씨 알아?"

"아니, 그게 아니라, 수업 같이 듣는 후배가 있다는 스터디에 저분도 있나 봐. 교양과목 때문인가⋯. 아무튼, 저분 얼굴이 보다시피 이쁘장하고 그러니까 스터디에서 인기가 있긴 한데⋯."

왠지 '있긴 한데'에서 목소리가 높아져 버렸다가 혹시라도 엿듣지 않을까 싶었는지 잠시 주위를 흘겨보던 민준이는 다시 아까보다도 더 목소리를 낮추고 말을 이었다. 언제 책장에 기대어 책을 읽었는지 혜주가 온데간데없다는 것이 어쩌면 민준이에게는 다행일지도 모른다.

"⋯ 저분 별명이 '금요일 신데렐라'라고 하더라고."

그 '별명'이란 것이 긍정적이든 부정적이든, 혜주에 대한 — 어디까지나 내 기준에 — 새로운 사실을 그렇게 우연히 알게 되니 놀라울 따름이었다. 내 시선을 잠시 온전히 민준이가 하는 이야기 그자체에 집중한 채, 나는 슬쩍 이렇게 물어보았다.

"왜 하필 금요일?"

"아, 금요일 저녁 8시만 되면 갑자기 하던 걸 멈추고 나간다 하더라고."

"8시? 그건 좀 이른데… 혹시 통학하는 거 아냐?"

"그건 아닌 거 같애. 나갈 때 싱글벙글 웃는 얼굴로 핸드폰을 얼굴에 댄 채 나간다고 했으니까, 알바도 과제도 아무것도 아닌 것 같더라고. 혹시 광고 동아리에서는 갑자기 일찍 가 버리고 안 그래?"

"흠… 글쎄. 아닌 걸로 알고 있는데."

일단은 그렇게 대답하긴 했지만, 내 마음 한편에는 왠지 식사를 하고 나서 오랫동안 양치를 하지 않은 것처럼 찜찜한 느낌이 증폭되었다. 혜주에 대해 민준이가 한 이야기가 정말 사실이라면, 나야말로 혜주가 왜 금요일 저녁 스터디 그룹을 일찍 나가는지 알고 싶었다. 그렇지만, 이 와중에도 살아 있는 내 이성이라는 것이 그런 질문을 조용히 머릿속에서 지워 버리려 하고 있었다. 나는 민준이의 과 후배가 하는 스터디의 멤버도 아니었고, 비록 안면은 있더라도 그녀와 그런 이야기를 주고받을 만큼 친한 사이는 아니라고 생각했다. 결국, 현실적으로 내가 굳이 그 질문을 혜주에게 해야 하는 이유는 없다고 단정지었다. 그녀에게 정말 좋지 않은 일은 아닌 듯 해서 다행인 것 같았을 뿐이다. 그 화제에 대한 내 견해는 이렇게 '에라 모르겠다, 그냥 하던 과제나 계속하자'로 마무리지어져 버렸다. 그렇게 나는, 다시 말간 하늘 아래 옹기종기 모인 땅콩집의 사진들에 내 자신의 시선을 힘겹게 붙잡았다.

* * *

　자료 정리를 모두 해서 조별 과제를 위해 만든 조원들의 단톡방으로 보내고, 그래도 나름 가뿐한 마음으로 자취방으로 돌아오니 벌써부터 육수를 끓이는 듯 보글거리는 소리와 함께 부두에서 온 듯 짭쪼름한 육수의 냄새가 내 코를 살며시 건드린다. 신발을 벗고 들어가기가 무섭게 내가 본 것은, 언제나 그랬듯이 싱크대와 가스레인지 사이에 있는 공간에서 뒤를 돌아본 채 움직이지 않는 국수장이였다. 여전히 액체가 보글대는 소리를 내는 동안 무언가를 썰고 있는 듯 '탁탁탁' 하는 소리를 내는 국수장이가 이번에는 또 무엇을 만들려나 하고 궁금한 마음에 가까이 다가가기가 무섭게, 고개를 슥 돌린 국수장이는 마치 내가 오기만을 기다렸다는 듯 회심의 미소를 지으며 이렇게 말을 건넸다.

　"아, 준호 씨. 마침 잘 오셨네. 혹시 바지락 해감하는 거 좀 도와주실 수 있수?"

　그 말을 듣기가 무섭게 내가 얼떨떨한 표정을 짓고 있는 동안, 국수장이는 말없이 집게손가락으로 싱크대 밑을 가리켰다. 주문만 외우면 국수장이의 손가락 끝이 마법이라도 걸어서 싱크대 하수구에서 뱀이라도 나오게 할 것처럼 약간은 떨리는 마음으로 주춤주춤 싱크대 밑으로 가니, 그곳에는 껍질이 잘 닫힌 바지락들이 오로로 담겨진 스테인리스 그릇과 작고 빈 도자기 그릇이 덩그러니 놓여 있을 뿐이었다. 그 그릇을 빤히 쳐다보고 나서 국수장이의 얼굴을 한 번 돌아보자, 그는 나를 세상에서 제일 멍청한 사람을 본 것 같은 표정으로 잠시 바라보았다. 그리고 나서 국수장이는 한숨을 푹 내쉬면서, 식초가 들어 있는 통을 내게 불쑥 내밀고서는 이렇게 말을 이었다.

"노량진에 가서 사 온 제철이라 모두 살아 있어요. 모래가 들어간 조개는 먹기 싫잖아요? 소금물보다 이걸로 해감하는 게 훨씬 더 빨라요. 여기서 식초 두 스푼을 넣으시고, 10분 정도 기다리면 얘네들이 알아서 모래를 뱉을 겁니다."

"아… 네."

기어들어가는 목소리로 이렇게 대답하고서, 나는 숟가락을 들고 움푹 패인 동그라미가 노랗게 변하도록 식초를 부어 그릇에 넣고, 그것을 한 번 더 반복했다. 중학교 때의 요리 실습 이후로 완성품이 아닌 재료를 그릇에 넣는 일 따위는 상상도 하지 못했었는데, 이왕 이렇게 된 거 조개가 모래를 뱉는 신기한 모습이나 구경하겠노라는 마음으로 꽤 정성스럽게 넣은 것 같았다.

라디오에서 노래 세 곡이 연달아 나오는 것을 계속 듣고 난 뒤에야, 내가 방금 식초를 넣은 그릇에서는 한 마리의 바지락이 수영장에서 겨우 참을 숨을 내뱉듯 '픽' 하고 조그마한 입을 벌렸다. 국수장이가 '알아서 모래를 뱉을 것'이라길래 여의주 뱉는 용처럼 무슨 거대한 것이라도 뱉는 줄 알았더니, 나오는 것은 계곡에서 아기가 물장구를 치면 쓸리는 모래보다도 더 적었다. 약간의 실망감이 내 마음에 들이닥치려 하는 순간, 마치 이때 터지기를 약속이라도 한 듯 바지락 껍질들은 하나둘 열리기 시작했다. 입을 쩍 벌리는 모습이 영락없이 선생님 안 계실 때의 초등학교 교실 풍경 같기도 하고, 넋 나간 모습의 만화 속 캐릭터들 같아서 웃음이 나올 때, 바지락들은 웃음 대신 갯벌에서 오랫동안 머금어 왔을 모래를 내뱉고 있었다. 그렇게 하나하나 속에 있는 응어리를 풀듯 모래를 내뱉는 조개의 기분은 어떨까, 하면서 넋놓는 동안 벌써 스테인리스 그릇에 담겨져 있던 투명한 수돗물은 많이 탁해져 있었다. 요리를 많이 해 본 적 없는 나였지만, 본능적으로 위에 걸어 둔 체를 들고 재빨리 걸러진 바지락들을 옆에 있는 도자기 그릇에 내려놓았다. 설거지를 할 때처럼 도자기 그릇에 물을 받고 약간 탁해진 물을 버린 동안, 잠자코 그릇 안에 옹기종기 모여 있던 바지락들은 어느새 귀신같이 입을 굳게 닫고 있었다. 그 도자기 그릇을 싱크대에서 꺼내 여전히 칼질을 하다가 막 칼국수 두 움큼을 비닐봉지에서 꺼내 작은 냄비에 펼쳐 놓은 국수장이에게 내미니, 별거 아닌 듯 슥 그릇을 돌아보던 국수장이의 스산했던 두 눈이 번쩍 뜨이는 모습을 나는 볼 수 있었다.

"오, 용케도 해감하고 난 걸 씻어 주셨네. 정말 고마워요. 이제 가서 일 보쇼."

잠시 나를 신기한 눈으로 바라보던 국수장이는 옅은 미소를 지으며 아무렇지도 않은 듯 이렇게 말을 이었지만, 눈 밑에 푹 패인 애굣살이며 슬쩍 올라간 보조개 같은 건 그의 표정에서 평소에는 볼 수 없었던 것이었다. '봐 봐, 웃으니까 얼마나 잘생겨 보여'라는 말을 하고 싶은 것을 굳게 참음과 동시에, 그의 자세히 보면 꽤나 멀쑥한 모습이 드러나게 하기 위한 마지막 수단은 그놈의 덥수룩한 머리와 수염을 다듬는 것밖에 없다는 결론이 그리 예민하지는 않은 내 패션 감각마저 침으로 급소를 찌르는 것처럼 마구 자극했다. 결국 머리와 수염을 번갈아 보고 나서야 나는 또 머쓱한 느낌이 들어 머리를 긁적이고서는, 어찌저찌 대꾸를 하고 다시 탁상 앞에 내 몸을 앉혔다. 내 앞에서 등을 돌린 국수장이는 칼국수를 담은 작은 냄비를 들고 정수기로 가서 물을 받고, 육수가 담긴 냄비가 올려진 부분의 불을 내린 다음 그 냄비에 방금 전까지 내가 똑똑히 본 도자기 그릇에 든 바지락을 망설임 없이 부었다. 그 반사작용인 것처럼 작은 냄비가 올려진 부분에 불을 올리는 과정까지, 국수장이가 요리하는 모든 순간이 유달리 눈에 더 들어왔다. '치치치' 하는 소리와 함께 가스레인지는 기특하게도 칼국수 면이 삶아지고 있다는 것을 암시해 주고 있었고, 짭조름하면서도 구수한 냄새가 내 코끝을 꽃가루처럼 간지럽히는 동안 다시 도마 앞으로 돌아온 사내의 칼이 내는 둔탁한 소리는 힙합 노래의 빠른 비트처럼, 혹은 전기 충격기의 패드처럼 내 가슴의 한편을 자극하고 있었다.

* * *

책상 앞에서 겨우 내일까지 해 가야 하는 한국건축사 과제를 끝내고 숨을 고르려던 차에 국수장이는 이 시간쯤 되면 늘 그랬듯이 김이 모락모락 나고 있는 그릇 두 개를 식탁으로 날랐다. 아까 전

국수장이가 썼던 재료를 보고 무엇이 그릇 안에 담겨져 있을지 어느 정도 예상은 하고 있었지만, 여전히 깜짝 택배를 들고 가는 마음으로 가벼운 발걸음을 치고 나는 식탁에 앉았다. 국수장이가 웬일로 호기롭게 내 앞에 놓은 그릇에는, 뿌옇고 뜨거우며 짭조름한 연기가 내 눈과 코를 먼저 간질이는 바지락 칼국수가 담겨져 있었다. 늘 그랬듯 사내는 나더러 국수를 먼저 먹으라는 듯 펼친 오른손을 나를 향해 내밀어 보였다. 그러기가 무섭게, 나는 젓가락으로 그 뜨거운 칼국수를 내 입에 대었다.

한 가닥, 두 가닥씩 그렇게 그릇 위에 있는 바지락까지 껍질이 비워지는 동안, 사내는 잠자코 나를 바라보며 옅은 미소를 짓고 있었다. 그 자애롭다 못해 어딘지 모르게 인간성을 초월한 무언가가 있을 것 같은 표정은, 아무것도 하지 않고 한참 동안 바라보고만 있어도 환청처럼 '마하반야 바라밀다' 하는 불경 소리와 머리를 깔끔하게 울리는 풍경 소리가 들리는 마법 같은 현상이 일어날 것만 같았다. 게다가, 이 바다 내음이 진하게 밴 바지락 칼국수야말로 이 절간 같은 식탁에 그 어느 산해진미보다도 더 잘 어울리는 음식인 것 같았다. 아까 전, 내가 해감시키고 손질했던 그 바지락들은 스테인리스 그릇에서 모래를 뱉으며 번뇌를 씻어 내고 있었던 것이었을까, 아니면 고향 땅, 아니 갯벌에 두고 온 미련을 먹히기 직전에 더 큰 번뇌로 대체하려는 것이었을까. 자신을 감싸는 펄펄 끓는 물 속에 짧은 생애를 마감한 바지락들이 향하는 곳은 극락일까, 아니면 지옥일까. 어쩌면 내 앞에 앉아 있는 국수장이는, 아니 지금 칼국수를 먹고 있는 나도 한때는 누군가의 식탁에 오른 칼국수에 들어 있었던 바지락이었을지도 모른다. 그렇게 꼭 윤회 같은 듣기 좋은 소리를 붙이지 않고서라도, 새하얗고 두꺼운 칼국수 면은 현실에서는 아무런 연관성이 없을 바지락과 나를 동앗줄처럼 연결하고 있었다. 정신을 차리고 보니, 어느새 그릇은 또 바닥을 드러내고 있었다. 여전히 식을 줄 모르는 김이 피어나는 그릇을 앞에 놓고 나를 빤히 쳐다보고 있던 국수장이는, 내 그릇이 비워진 것을 슬쩍 보고 나서 그제서야 내가 아까 그랬던 것처럼 칼국수에 젓가락을 대었다. 그도 어쩌면, 칼국수를 먹으면서 바지락과 자신을 연결시킬 수 있지 않을까. 길고 긴 윤회의 끈이 아니더라도, 진한 바다 내음 나는 육수부터 쫄깃하기 그지없는 바지락 자체의 살을 먹으면서 그도 해감되는 바지락이 뱉어 낸 모래만큼 크고 무거운 모래를 가슴속에서 뱉어 낼 수 있지 않을까.

5. 함흥냉면:
그대 마음에 내가 들어갈 수 있다면

그렇게 되었다.

'정혜주'라는 이름 석 자가 동기들과 선후배들 사이에서 언급될 때마다 나를 한 번쯤 돌아보고 키득거리던 친구라는 녀석들에게는 아무렇지 않은 척했지만, 속으로는 그 어느 순간보다도 기다리고 또 기다렸던 토요일 저녁 6시. 마침 날씨도 봄답게 따뜻한 낮과 선선한 밤이 공존하는 날, '개화기 요정'이라는 요릿집 겸 술집에서 광고 동아리 '애뜨림'은 첫 회의 겸 회식을 했다. 과연 이 시간을 무턱대고 허비할 생각은 없었는지, 동아리 회장과 부회장은 재빨리 그간 구상해 왔고 올해 가동될 프로젝트를 줄줄이 읊었고 부원들이 최소 한 가지 프로젝트에 참가하게끔 했다. 회장 옆에서 긴 검은 머리를 풀고 웃으면서 소주잔을 들고 있던 그녀와 같은 조였으면 좋았을 테지만, 그녀에게서는 아무런 말이 없었다. 대신, 건축학과라 이런 것에는 유리할 것이라는 이유로 두 명의 선배와 교양과목을 같이 들었던 그 동기가 대한주택공사 대학생 광고 공모전에 출품할 광고를 기획하는 프로젝트에 합류할 것을 제안해 그렇게 되었다. 이 일련의 프로젝트가 끝난 다음에는 대학 광고동아리 공모전에 출품할 광고를 동아리 멤버들이 모두 다 함께 만들 계획인데, 정확히 무엇을 할 것인지는 아직 아무도 못 정했다고 한다.

　물론 술과 음식이 빠질 수는 없었다. 내가 지금까지 쭉 봐 온바, 학교에서 날고 긴다 하는 주당들은 모두 이 광고 동아리에 모여 있는 것만 같았다. 잎새주, 참이슬, 제주올레, 시원소주, 좋은데이, 처음처럼 같은 온갖 라벨이 붙어 있는 초록색 병들은 어느새 단체석 맨 왼편에 트로피처럼 쌓여 있게 되었고, 몇몇 사람들은 얼굴이 시뻘개진 채 탁자에 그대로 박히거나 옆 사람의 어깨를 부여잡고 평소에 싫어했던 사람의 뒷담화를 퍼대고 있었다. 운이 좋게도 안주로 나온 명란 모찌 치즈 요리가 맛있었기 때문에 그것을 먹는 데에 집중하느라 나는 술에 그렇게 많이 취하지는 않은 것 같다.

　시간이 어느새 많이 지나고, 모두들 슬슬 정리하고 집으로 돌아가려던 참에 누군가 벌떡 일어나 "저 먼저 집에 갈게요!"라고 대뜸 큰 소리로 말했다. 고개를 돌려 보니, 그렇게 말하고 나서 머쓱한 듯 얼굴이 거나하게 벌게진 혜주가 씨익 웃음을 짓고 있었다. 나도 정신이 이제 막 알딸딸해질 참이었지만, 왠지 그녀를 이대로 집에 보내기에는 하늘이 너무 어두워져 있었다. 결국, '누가 얘 좀 집에 데려다 줄래?'라고 할 준비를 한 듯 입을 벌린 회장의 앞으로 저벅저벅 걸어가며 혜주의 옆에 벌떡 선 사람은 바로 나였다.

　"제가 혜주 바래다 주겠습니다. 저도 어차피 집에 가 봐야 될 것 같아서…"

　"그래요! 두 분 다 오늘 와 주셔서 정말 고마웠어요. 자세한 건

다음 주쯤에 홈페이지에 올릴게요."

'처음처럼' 반 병이 약간의 용기를 주었을까, 객기라고도 용기라고
도 할 수 없이 두 사람 치 돈과 함께 대뜸 내민 그 말과 왠지 모르
게 하나도 취하지 않은 얼굴로 이에 응수했던 부회장의 대꾸가 교
차하고 난 뒤에 나는, 아니 우리 둘은 일본 여행에 갔을 때 잠시 들
어갔던 이자카야에서 느낀 것 같은 단단한 바닥을 지나 요릿집을
나왔다. 안은 여전히 왁자하고 시끄럽겠지만, 밖은 유달리 선선하
고 시원했다. 호기로 혜주를 바래다 주겠다고는 말했지만, 처음에
는 감히 혜주를 만질 자신이 없어 그냥 거리를 둔 채 걸어가기만
한 것 같다. 그런 내게 자신이 옆에 있다는 것을 몸짓으로라도 알
려 주려는 듯, 발목에 보이지 않는 사슬이라도 묶인 것처럼 혜주의
발걸음은 터덜터덜 나를 쫓아 오고 있었다. 고개를 수그린 채 비틀
거리는 모습에 이대로 놔두면 넘어지기라도 할까 봐, 나는 얼른 그
녀의 어깨를 붙잡아 주고서는 이런 말을 이었다.

"혜주 씨… 많이 취하신 것 같아요. 택시 불러 드릴까요?"

혜주는 나를 바라보며 왠지 게슴츠레한 웃음을 짓더니, 아니라
는 의사를 표현하고 싶은 듯 고개를 살래살래 젓기만 했다. 혜주의
검고 긴 머리는 많이 흐트러져 어느새 그녀의 실없이 웃기만 하는
얼굴을 반쯤 가렸다. 그럼에도 불구하고 나의 취향이라는 렌즈를
끼고 봤을 때 이런 그녀의 모습마저도 흐드러지게 핀 붉은 모란과
도 같다는 생각이 들 무렵, 자꾸 옆으로 기울 듯 비틀거리며 알아
들을 수 없는 말을 몇 차례 웅얼거리던 그녀는 마침내 내 귀로 알

아들을 수 있는 단어를 입 밖으로 내뱉었다.

"냉면. 냉면 먹고 가요. 냉면이 먹고 싶어요. 선배."

'냉면'이라는 두 글자의 단어가 내 귓가로 들어온 순간, 나는 내 귀를 의심했다. 개나리도 갓 핀 이 시점에 한여름에만 먹는 줄 알았던 냉면을 지금 먹자니. 아무리 좋아하는 여자라고는 하지만, 그런 말은 정말이지 이해가 가지 않았다. 하필 길가에는 '빈 차'라는 등을 켜 놓은 채 다가오는 택시도 몇 대 보이지 않았고, 대신 나처럼 술에 취한 누군가를 부축해 가는 사람들만이 보일 뿐이었다. 그 이면이 얼마나 낭만과는 거리가 먼지 나는 잘 알고 있었지만, 그럼에도 불구하고 절정에 오른 술집의 등불들은 콘서트 야광봉처럼 환하게 켜져 있었다. 지상에 그렇게 붉고 노란 조명의 꽃이 피어나고 있는 동안, 잠시 걸음을 멈추고 벤치에 앉아 있는 동안 내 어깨에 힘없이 기대어진 혜주의 가느다란 손가락은 어둑한 하늘에 홀로 떠 있는 달의 일부분을 베어다 그녀의 손바닥에 붙인 것만 같았다. 지금 내가 처해 있는 상황이 어떻든 간에, 내 옆에 있는 사람 덕분에 거리가 조금이나마 달라 보였고 이 시간이 너무나도 덧없게 느껴졌다는 것을 부정할 수는 없었다.

"집에 가기 싫어…. 어차피 아무도 없는데. 냉면 먹고 가요, 네? 냉면."

엄마, 아니 이 경우에는 아빠에게 장난감을 사 달라고 조르는 어린아이처럼 자꾸만 내 어깨에 기대어 보채는 혜주의 늘어지는 목소리가 자꾸 내 오른쪽 귀를 미친 듯이 두드릴 때, 이 시대의 지극히 평범한 상식인이라면 정말 내 옆에 있는 여자를 어떻게 하고 싶지 않은 이상 얼른 택시를 태워 보내거나, 하다못해 대리운전 센터에라도 전화를 걸었을 것이었다. 정 어찌할 방법이 없다면 근처에 있는 냉면집을 찾아봤을 테지만, 내 머릿속에는 우리 집에 기거하는 국수장이의 모습이 스케치로 그린 것같이 선명하게 나타났다. 그 모습을 애써 지워 보려 해도 어디선가 나타날 것 같은 섬뜩한 기분을 떨쳐 내지 못한 채, 목이 콱 막히는 듯한 기분으로 나는 이렇게 대답을 했다.

"… 그럼 제 방으로 가요. 요리 잘하는 룸메이트한테 부탁해 보게."

* * *

책가방 같은 그녀를 내 등에 업고 자취방으로 돌아오자, 누군가와 또 전화를 하고 있어서 이 광경을 보지 못할 것이라고 생각했던 내 예상과는 달리 국수장이는 짐짓 놀라 커다랗게 변한 눈으로 나를 똑바로 바라보았다. 내가 고개를 저으며 혜주 몰래 나지막하게 그런 거 아니라고 말하고 나서야 국수장이는 고개를 끄덕이며 조금 전에 하던 대로 바닥에 등을 돌리고 누운 채로 있었다. '그래, 차라리 그러는 게 그냥 손님도 아니고 무려 '좋아하는 여자'까지 데리고 온 상태인 나에게 훨씬 더 도움이 되는 일이다'라고 생각하며 혼자 안도하는 동안, 한 손에 턱을 괴고 무언가를 생각하고 있는 듯한 국수장이가 마치 동네 음식점의 개라도 되는 것처럼 주춤주춤 다가가 슥 얼굴을 마주보더니 이렇게 대뜸 큰 목소리로 외쳤다.

"… 저 사람이 선배의 요리 잘한다는 룸메이트세요? 와 진짜 추노에서 튀어나온 거 같이 생겼다! 그 뭐냐, 삶은 계란 먹고 잘 울 거 같이 생긴…"

"… 얘한테 냉면 좀 만들어 주시겠어요? 동아리에서 만난 후배인데, 취해서 냉면 먹고 싶다고 자꾸 그래서 겨우 여기로 데리고 온 겁니다."

겨우겨우 혜주를 앉히고 나서 최대한 침착한 얼굴로 국수장이에게 그렇게 말해 보였지만, 그야말로 젖은 빨래처럼 늘어지게 내팽개쳐져 있다가 허리에서 '우두둑' 소리를 내며 고개를 돌려 본 국수장이의 더벅머리와 수염 너머에는 세상에서 제일 굉장한 광경이라도 본 듯 휘둥그레한 눈망울이 보였고, 그가 얼른 왼쪽 손목에 끼고 있던 머리끈을 잡고 어지러운 머리카락을 묶자 그의 표정에서 보여지는 놀라움이 더욱 선명하게 드러났다. 그런 표정을 잠시 유지하며 혜주를 스윽 쳐다보던 국수장이는, 왜 그런 것인지는 모르겠지만 고개를 살며시 끄덕이고는 다시 한 번 우리 둘을 게슴츠레한 눈으로 바라보며 이렇게 은근한 목소리로 대꾸했다.

"… 근데 어쩌나, 난 예약은 안 받아 주는데. 이 여성분이 동아리 후배가 됐든, 아니면 준호 씨의 이게 됐든."

그러면서 자신의 오른쪽 소지만 뻗어 까딱대는 얄궂기 그지없는 모습이 웃겼는지 혜주는 '흐헷'이라는 웃음을 손으로 가린 입에서 겨우 뱉어 냈다. 그 모습을 옆에서 지켜보던 내 얼굴은 더없이 뜨거워져만 갔고, 그 위에 계란을 깨도 프라이를 해 먹을 수 있을 것 같았다. 그런 우리의 반응 따위에는 관심이 없다는 듯, 국수장이의 게슴츠레하게 지은 미소는 점점 흐릿해져 가더니 잠시 후에는 그 특유의 무언가 붕 뜬 듯하면서도 무덤덤한 말투만이 내 귀를 가만히 간지럽혔다.

"그래요. 저 국수 만드는 사람 맞는데, 누군가가 부탁해서 만들어 주는 게 아니라 제 마음 가는 대로 만드는 거 거든요. 아가씨같이 예쁜 여성분이라도 예외는 없수. 밤이 많이 늦은 거 같으니 부모님 마음 애타게 만들지 마시고 집으로 돌아가쇼."

"어머, 지금 저한테 끼 부리시는 거예요? 저 임자 있는데. 저기요. 제 남자친구 안 보인다고 이러시면 안 되는 거예요~ 아무튼 안 갈 거니까 안 만들어 주면 신고할 거야! 경찰 아저씨 여기 노숙…."

"아, 얘가 많이 취한 거 같아요. 그러니까 술 깨게 한 번만 만들어 주세요. 제발요. 제발…."

혜주의 입에서 나온 '임자 있는데'라며 이어지는 말이 굉장히 신경 쓰이기는 했지만, 그 뒤로 계속 나오던 말처럼 술 취해서 나오는 헛소리려니 생각하면서 나는 최대한 침착하고 차분하게 국수장이에게 말을 건넸다. 사실 굉장히 울고 싶었지만, 이 미쳐 돌아가는 상황 속에서 나까지 제정신을 유지하지 못한다면 큰일이 벌어질 것만 같았다. 국수장이는 대답을 해 주는 대신, 한참 동안 주위를 둘러 보면서 나와 혜주를 번갈아 쳐다보았다. 마지막으로 잠시 덧없이 돌아가는 시계의 초침만 멍하니 바라보며 한숨을 내쉬던 국수장이는, 나지막한 기합 소리와 함께 몸을 일으켜 세우고 부엌으로 저벅저벅 걸어 갔다. 아까 전 혜주를 처음 봤던 국수장이가 그랬듯이, 이번에는 도리어 내 눈이 번쩍 뜨이는 듯한 느낌이 들었다. 그런 내 표정을 눈치챘는지 국수장이는 다시 뒤를 돌아보며, 늘 그랬듯 무심한 목소리로 이렇게 내뱉었다.

"… 이번 한 번만입니다. 이번 한 번만 특별히 해 드리는 거요."

* * *

국수장이가 부엌에서 냉면을 만드는 모습은 평소보다 더 분주해 보였다. 싱크대와 가스레인지, 그 중간에 있는 공간, 그리고 냉장고 앞을 하릴없이 왔다갔다하며 재료를 손질하고, 썰고, 냉장고 문을 여닫고, 썬 재료를 냄비에 넣고 가스레인지에 불을 지피고 난 다음, 그가 볼멘소리로 '에이 씨, 왜 하필 냉면이야'라고 중얼거리는 소리가 들렸다. 냉면 만드는 것이 내가 예상했던 것보다 훨씬 더 어려운 일이라는 것을, 눈치가 그렇게 빠르지 않은 나도 덕분에 직감으로 알아채 버렸다. 그 사이에 내가 평소에 앉아서 국수를 먹었던 식탁의 맞은편에는 이틀 연속 밤을 꼬박 샌 수험생처럼 정신을 잃고 그대로 엎어져 버린 혜주가 누운 듯 앉아 있었다. 국수장이가 일단 마시라고 준 헛개컨디션 병을 들기도 힘들 만큼 그녀의 상태가 너무 안 좋아 보였다. 식탁의 딱딱한 면도 그녀에게 목침이라고 느껴졌는지 그대로 고꾸라져 졸고 있는 혜주의 모습은, 그녀의 상태를 감안하자면 사뭇 평온해 보였다. 그녀가 졸고 있는 모습과 동시에 그녀가 원하는 냉면을 만들기 위해 부엌에서는 무슨 일이 벌어지고 있는지 이미 눈에 다 보였던 나에게는, 하루 종일 말썽 피운 어린 자식을 막 재운 어머니가 나지막히 내뱉을 것처럼 '이러니 화낼 수도 없고'라는 속말이 그대로 피어 올랐다. 이런 내 속마음을 그대로 대변하는 것처럼, 가스레인지의 큰 냄비 속 뜨거운 육수는 부글부글 끓고 있었다.

저녁 라디오가 끝나고 광고가 방송되는 와중에, 국수장이는 가스레인지의 레버를 돌려 육수가 든 냄비의 불을 껐다. 곧이어 싱크대 위에서 큰 그릇을 꺼내 국자로 국물을 떠 내고, 마치 태어나면서 그래야 한다고 배워 온 것처럼 빠른 속도로 냉장고에서 국간장과 식초를 꺼냈다. 그 재료들을 집어 넣고 설탕과 소금마저 힘 있게 뿌리는 국수장이의 모습이 어느새 어린 시절 애니메이션에서 본 물약을 만드는 마녀처럼 보이기 시작했다. 혜주도 어느 정도 정신을 차렸는지 자기 옆에 놓인 헛개컨디션 병뚜껑을 흐느적거리면서 따고 병나발을 부는 것처럼 멋대로 가져가는 동안, 육수를 냉장실에 집어 넣은 국수장이는 그 시간마저 낭비하기 아깝다는 듯 다시 바쁘게 움직였다. 다시 도마 앞에 선 국수장이는 얼른 오이를 채썰고 작은 냄비를 꺼내 달걀을 삶은 다음, 그간 비닐봉지에 고이 봉인되어 있던 냉면사리까지 꺼내 방금 달걀을 삶았던 그 냄비에 다시 깨끗한 물을 붓고 면을 삶았다. 그 면을 삶은 물을 작은 컵에 붓고 남은 물은 버리고 나서야, 국수장이는 한숨을 내쉬면서 허리를 뒤로 젖혔다. '우두둑' 하는 소리가 그의 허리에서부터 나고 나서, 나는 헛개컨디션의 병을 다 비우고 나서 "캬" 하는 외마디 혼잣말을 내뱉는 그녀를 향해 겨우 이렇게 말을 이었다.

"… 정신은 좀 들어요? 혜주 씨."

"… 네?"

약간은 나지막한 목소리로 대꾸하며, 여전히 병을 손에 든 채로 나를 슬쩍 바라보는 혜주의 게슴츠레한 눈빛이 꽤 요염해 보였다. 조명만 조금 더 어둑어둑했다면 고혹한 여배우가 내 앞에 앉아 있는 것 같은 착각을 줄 수도 있었을 것 같았다. 그래, 혜주는 예뻤다. 많은 사람들이 이 상황에서 남녀 한 쌍이 있을 때에는 하룻밤을 같이 보내라고 했지만, 인간의 이성이란 것이 그야말로 산산조각나는 술 취한 상황에서도 어마무시하게 아름다운 그녀를 만지기만 해도 그것 자체가 죄일 것 같았다. 아름다운 여자를 장미와 같다고 하는 비유는 많이 보았지만, 내가 생각하기에 혜주는 협죽도였다. 학창 시절 생명과학 숙제를 하다가 심심해서 '독이 있는 식물'이라고 찾아보았을 때 리스트에 언제나 있었던, 거대한 복사꽃같이 생긴 협죽도. 상기된 볼과 같은 분홍빛 혹은 티 없이 맑은 피부의 흰색 꽃이 피어나지만, 댓잎같이 생긴 잎 한 장으로도 사람을 금세 죽일 수 있을 정도로 치명적인 독을 가지고 있는 협죽도 말이다. 가까이 하기엔 너무 멀기에 멀리서 지켜보는 것만으로도 감사한 혜주는 그렇게 사진 속에서 본 새빨갛고 커다란 협죽도 꽃 송이의 잎을 붉히고 나를 똑바로 바라보았다. 그 얼굴을 한참 동안 멍하니 바라보며, 나는 이렇게 말을 이었다.

"아까보다는 많이 나으신 것 같아 다행이네요. 냉면 거의 다 된 것 같은데, 좀만 기다리시면 드실 수 있을 것 같아요."

그 말을 함과 동시에 혜주는 반색하며 몇 번이고 뒤를 돌아보았다. 아마 냉면을 먹고 싶다는 말이 그저 주사의 일부분이 아닌, 진심이 어느 정도 담긴 말이었으리라 하는 추측이 들었다. 그런 나와 그녀의 모습을 뭔가 아련한 표정으로 바라보던 국수장이는, 시계를 슬쩍 보더니 냉장고 앞으로 달려가 문을 활짝 열었다. 어느새 식은 것을 넘어 많이 차가워진 육수를 그렇게 더 작은 그릇 두 개에 나눠서 뜬 다음, 마치 예술 작품을 만드는 것처럼 정성스럽게 국수장이는 면을 넣고 그간 손질했던 재료들을 위에 올렸다. 그런 다음 무언가가 빠져 허전했는지 한참 동안 뒤에 있는 찬장을 응시하던 국수장이는, 곧 평소에 숨겨 두기만 했던 다대기를 한 스푼씩 떠서 넣었다. 그렇게 완성한 냉면을 국수장이는 우리가 앉아 있는 식탁으로 옮겨 준 다음, 자기도 은근슬쩍 내 옆에 앉았다. 뭔가 부담스럽지만 혜주 옆에 앉는 것보다는 낫다는 생각이 든 순간, 혜주는 자기 앞에 놓여 있는 것이 정말 냉면인지 확인해 보는 듯 자꾸만 젓가락으로 면을 들쑤셨다. 그런 혜주를 보며 헛웃음 같은 웃음을 내뱉던 국수장이는 불은 라면처럼 뭉근한 목소리로 이렇게 말문을 틔웠다.

"아, 저 다대기를 풀어서 드시고 계란 노른자를 육수에 풀어 드시면 더 맛있게 먹을 수 있어요. 준호 씨도 마찬가지고."

"우와… 그렇구나! 감사해요…"

"뭘. 드시고 술이나 깨세요, 아가씨."

연신 감탄을 퍼붓고 싶은 느낌을 겨우 참는 것같이, 뭔가 억눌린 듯한 혜주의 대구에 국수장이는 특유의 무덤덤함이 냉면 육수처럼 차갑게 흘러내릴 것만 같은 말투로 응수했다. 이와 동시에 혜주는 기다렸다는 듯이 식사를 하기 시작했고, 후루룩 하는 소리가 내 귓가를 때렸다. 사실 내 귀에는 그 소리가 음란한 동영상에 나오는 어떤 효과음보다도 더 자극적인 소리였을 것이었다. 확실히 국수장이가 곱게 올려놓은 새빨간 다대기며 예쁘게 잘린 계란, 그리고 초록빛의 싱그러움이 살아 있는 채 썬 오이는 적지 않은 시간을 들여 만들었을 냉면을 더욱 아름답게 보이게끔 만들었다. 그러나, 혜주가 그랬던 것처럼 계란 노른자를 육수에 번지게끔 만들고 냉면 사리를 풀어 먹기 시작하자, 어느새 언제 그렇게 화려한 디스플레이를 했냐는 듯 냉면 그릇 속의 재료들은 어질러지고 흐트러졌다. 하지만, 국수장이가 오랜 시간 동안 볼멘소리를 해 가면서까지 끓였던 육수와 쫄깃한 메밀면의 조화는 엄청난 시너지를 일으켰다. 차가운 육수의 맛에 깨어나 버린 내 정신은 어느새 '이것이 바로 케미라는 것인가'라는 생각을 생산해 내고 있었고, 면을 이미 다 먹어 버렸는지 혜주는 어느새 그릇을 들고 국물을 물 마시듯 소리도 내지 않고 마시고 있었다.

너무 빠르지도 그렇다고 너무 느리지도 않는 속도로 냉면 그릇을 비우고 있는 동안, 뭐가 어디에 있는지 알 수 없는 내 냉면이 어쩌면 아까 전의 그 화려하고 단정했던 구성보다 더 내 마음에 더 가까웠을지도 몰랐다. 차이가 있다면 내 마음속 냉면 그릇에는 계란이 있는지, 오이가 있는지, 하다못해 싸구려 다대기라도 있는지에 대해 확실할 수 없었고, 내 냉면을 헤집어 놓은 젓가락은 혜주의 존재라는 것일 뿐이었다. 그러나 그녀가 이미 그녀의 냉면 그릇을 깨끗하게 비워 버린 것처럼, 나의 마음이라는 또 다른 냉면을 그녀가 맛있게 먹어 줬으면 하는 바람이 매일 밤 나의 무의식 속에서 육수처럼 들끓고 있었다. 그걸 직접적으로 입으로 표현할 배짱이 아쉽게도 나에게는 없었지만, 최소한 그녀를 다음 달에 있을 것이라는 풍물패 정기 공연에는 꼭 초대하고 싶었다. '불현듯 찾아온 손님의 신분에도 불구하고 내 생활의 일부, 그러니까 국수장이의 국수, 아니 냉면을 일단은 거리낌 없이 받아 준 그녀라면 분명히 내 일상의 다른 부분도 보여 줄 수 있을 것이다'라는 멋모를 자신감이 냉면집에서 식전에 마시는 육수처럼 뜨겁게 내 목구멍으로 들어왔다.

결국 나도 내 냉면 그릇을 다 비우고, 용케 콜택시를 불러 술이 깨지는 못했지만 최소한 아까보다는 상태가 더 나아 보이는 혜주를 보내 준 다음, 다시 왠지 모르게 고독해 보이는 방으로 돌아왔다. 조금 전 그랬던 것처럼, 국수장이는 바닥에 등을 돌린 채 자기 핸드폰을 들여다보고 있었다. 나를 맞으러 다시 돌린다면 분명 '두둑' 하는 뼈 소리가 날 것만 같은 그의 등을 보며 왠지 모를 미안함과 안쓰러움이 밀려 왔다. 그리고, 한편으로는 불시에 찾아 온 내 손님을 위해 불평은 하면서도 맛있는 냉면을 만들어 준 그가 고마워졌다. 지금쯤 택시를 타고 비몽사몽에 집으로 향하고 있을 그녀도 맨정신이라면 분명 국수장이를 고마워할 것이었다. 그런 부푼 마음과는 달리, 막상 내 입에서는 힘없이 이런 말이 툭 튀어 나와 버리고 말았다.

"갑자기 그렇게 되어서 미안했어요. 무리한 부탁이었을 거 알아요… 그래도 들어 주셔서 정말 고마워요."

내 말에 반응을 하듯, 국수장이는 고개만 슬쩍 나를 향해 돌아보았다. '어제는 어느 길에서 주무셨나요'라고 물어봐도 꽤 그럴싸해 보일 정도로 초췌한 몰골의 국수장이는 대답 대신 고개만 살짝 끄덕이며 알 듯 말 듯 희미한 미소만 씨익 지어 보였다. 비록 아무 말도 하지 않았지만, 왠지 '그 냉면 아가씨랑은 잘되길 바라'라는 그의 덤덤한 목소리가 울릴 것만 같았다.

그렇게 길었던 밤은 깊어만 갔다. 졸음이 드디어 덮쳐 왔는지 국수장이의 코 고는 소리가 사실은 굉장히 좁은 방을 요동칠 것만 같았고, 내 마음속 냉면이 바닥을 보일 날은 언제인지 알 수 없다. 그래도 부푼 기대감이 가득 담긴 육수쯤은 이미 다 마신 것만 같은 기분 좋은 느낌을 받으며, 나는 내 침대에 털썩 누웠다.

오늘 밤에는 왠지 눈이 감기지 않을 것만 같다.

6. 콩국수:
'사이다' 같은 순간이 필요할 때

"오랜만이다, 야. 한동안 통 연락이 없더니. 잘 지냈냐?"

내 앞에 앉아 이런 말을 넌지시 태연한 말투로 던지며, 진한 눈썹의 한 쪽만 까딱이며 방금 나온 아이스 아메리카노를 빨대로 한 번 빨아들이는 저 녀석은 고등학교에 다녔을 때 2년 동안 나와 같은 이과 반에 있었던 문정웅이다. 벌건 대낮에 오랜만에 서울 왔는데 니 생각이 났다는 둥, 하면서 여자 지인에게 해 줘도 낯간지러울 카카오톡을 날려 버렸던 것이다. 그렇게 뜬금 없이 명동의 한복판에 있는 카페로 나오라고 툭 던지는 모습에 나는 주섬주섬 옷을 입으면서도 '저 녀석 변한 게 하나도 없구나'라는 생각만 들었다. 공항철도를 거쳐 서울역에서 명동역까지 가는 4호선을 타면서 녀석의 페이스북에 들어가 본 결과 지방에서 학교를 다닌다고 하더니, 서울에 올라온다고 꽤 차려입은 것 같았다. 학창 시절 때 나와 그렇게 친하지는 않았던 것 같았던 정웅이 녀석이 왜 하고 많은 사람들 중 나를 보고 싶어 하는지는 잘 모르겠지만, 어제 술에 취한 혜주를 데리고 들어온 나를 보았을 때 지었던 국수장이의 표정이 자아냈던 심드렁함을 마음속에 묵혀 둔 채 나는 묵묵히 머그잔에 담긴 내 커피를 마셨을 뿐이었다. 카푸치노의 액체가 차마 내 목을 감기도 전에, 몽실몽실한 우유 거품과 진한 계피 향이 입 안을 가득 채웠다. 윗입술에 묻은 거품을 애써 혀로 닦아내며, 나는 녀석의 말에 이렇게 대꾸를 했다.

"나야 잘 지냈지! 2개월 전에 복학해서 학교 다시 다니느라 좀 힘들긴 하지만…. 그래도 졸업 잘 하려면 열심히 따라 가야지."

"그래, 그래야겠지…."

내가 애써 웃으면서 그렇게 말하고 나자, 녀석은 무언가 불편한 게 있는지 옅고 씁쓸한 웃음만 지은 채 커피를 한 번 더 빨았다. 남자 둘이 일요일 대낮에 굴지의 번화가 한복판에 있는 카페에 들어와 아무 말조차도 하지 않고 있는 게 영 어색해서 나도 다시 한 번 커피만 마셨다. 카푸치노는 뭉근하리만큼 부드러웠지만, 내 혀끝을 살짝 아리게 할 정도로 뜨거웠다. 자기 몫의 커피가 반 정도 남을 때까지 열심히 빨아대기만 했던 정웅이마저도 이 침묵이 민망했는지, 한숨을 푹 내쉬며 다시 말을 이었다.

"… 에휴, 넌 그나마 공부라도 계속할 수 있어서 부럽다. 난… 제대하고 나서 쭉 휴학하고 있어. 아니 아니, 등록금 내기 힘들다는 건 절대 아닌데! 그… 그냥 그렇다고…."

그 말을 하는 동안에도 녀석은 웃고 있었지만, 그 미소는 아까 전에 지었던 씁쓸한 헛웃음에 더 가까웠다. 녀석이 굳이 언급하지 않아도, 녀석의 어색한 표정에서 나는 녀석이 경제적으로 꽤 힘들다는 것은 사실이라는 걸 유추할 수 있었다. 정말 상대방을 믿을 수 있거나 아니면 '난 돈 같은 건 신경 안 써'라고 당당하게 말할 수 있는 성격이 아니고서야 당연히 어떤 사람이 '나 돈 없어서 휴학하고 있어'라고 천연덕스럽게 말할 수 있겠는가. 그렇게 따지자니 정웅이 녀석의 일도 남의 일만은 아니라는 생각이 들었다. 학창 시절에는 내신이 평균 7등급을 넘어 8등급을 노릴 무시무시한 기세를 보여주면서도 동시에 "오늘 교원대 식당에 짜장면 나오니까 먹으러 가자"라고 말할 수 있는 패기를 가진 녀석이었던 것 같은데. 녀석도 참, 어쩌다 이런 신세가 되었을까. 그런 씁쓸한 생각이 머릿속에 들고 나서, 다시 애써 이 말을 듣지 못한 척 나는 다시 카푸치노를 마셨다. 아까 데었던 혀가 내성을 가지게 되어서인지, 커피는 아까보다는 그렇게 뜨겁지 않았다. 그것을 다 마시고 난 후, 나는 마치 소주처럼 커피를 벌컥벌컥 들이키는 녀석을 빤히 쳐다보며 이렇게 말을 이었다.

"음… 그렇구나. 휴학이면 시간이 많을 텐데 뭐 하고 있는 거 있어? 유학 준비를 한다든지, 아니면 자격증 준비를 하고 있다든지 하면 도움도 되고 좋잖아."

내가 그렇게 말을 떼기가 무섭게, 녀석이 잔을 테이블에 치는 소리가 '쾅' 하고 범죄 스릴러 영화 효과음처럼 세게 울렸다. 아까 전의 그 어색한 미소는 어디로 가고, 처음에 나를 보았던 그 능글맞고 자신감 넘치는 미소를 보며 나는 녀석이 어느 정도 자기 미래에 대해서는 자신감이 있는 것 같으니 막말로 "완전 노답'은 아니구나'

라는 순진한 생각을 했다.

"사실… 내가 하고 있는 일이 하나 있기는 한데, 뭐 하는 건 별거 없지만 벌이는 나름 쏠쏠해. 특별히 하는 거 없으면 너도 같이 해 볼래? 마침 내가 근무하는 데도 요 앞에 있어."

그렇게 말하면서 남은 커피를 여유롭게 빨고 있던 녀석은, 옆에 놓여 있던 핸드폰을 왠지 다급하게 확인하는 것 같았다. '여자친구가 문 앞에서 기다리고 있나'라고 생각했던 찰나, 핸드폰을 보는 그의 표정을 똑바로 보니 여자친구나 친구에게서 온 문자라고 하기에는 정웅이의 웃는 얼굴이 참 어색해 보였다. 나는 남은 카푸치노를 최대한 한 번에 마실 수 있는 대로 마신 다음, 아무렇지 않은 척 이렇게 대답했다.

"아, 괜찮아. 나 마침 알바 하고 있어. 어차피 공부하느라 시간도 없을 것 같고…"

내가 그렇게 말하기가 무섭게, 혹시나 정웅이 녀석을 서운하게 했지 않나 싶어 녀석을 똑바로 바라보았다. 녀석은 처음에 나를 봤을 때 그랬던 것처럼 또 한 번 커피를 빨고 있었지만, 잔 안에 든 얼음이 약간 흔들리고 있었던 것은 고인 액체의 흐름 때문만은 아닌 것 같았다. 녀석의 이마 아래를 기어다니는 검은 송충이 두 마리 사이에는 좁은 골짜기가 패어 있었고, 그의 왼손은 어떤 농구 만화에 나오는 대로 핸드폰 커서를 밑으로 넘기는 것을 '거들 뿐'이었다. 바쁘고 애타게 핸드폰을 두들기고 있는 정웅이 녀석이 '흐'

하고 가쁜 한숨을 뱉는 모습은, 잘못한 것을 들킬까 봐 안절부절 해하는 것 같았다. 그렇게 나에게는 한 시간보다도 더 길게 느껴졌던 순간이 지나고, 녀석은 다시 한 번 한숨을 쉬고 난 후 씁쓸한 웃음을 지으며 이렇게 대답했다.

"그래. 할 수 없지 뭐. 생각해 보니까 너도 아직 학교 다니고 있어서 시간이 없을 것 같기도 하고…. 그래도 마음이 바뀌면 언제든지 내 번호로 다시 연락해. 그럼 난 가 봐야겠다. 쉬는 시간 다 지나서."

그렇게 말하고 난 뒤, 정웅이 녀석은 뭔가 어설퍼서 언뜻 보면 불쌍해 보이기까지 하는 헛웃음만 몇 번 터트리면서 자리에서 일어났다. 커피 잔을 매우 시원스럽게 분리수거함에 버리고 난 후, 그렇게 한국교원대학교 부속고등학교 2학년 2반 10번이자, 동기들 사이에서 알아주는 '파티 보이'였던 문정웅은 '잘 있어'라는 한 마디의 인사조차 하지 않은 채 사라져 버렸다.

미숫물을 다 마시고 남은 가루처럼 무언가 찝찝한 것이 마음에 느껴졌지만, 나는 애써 그걸 잊으려고 노력하며 머그잔에 남은 커피를 비우려 애썼다. 햇살은 또 유난스럽게 좋았고, 정웅이 녀석은 녀석이 다닌다는 그 회사로 돌아갔는지, 아니면 어디 다른 곳으로 갔는지는 알 수 없었다. 그렇게 그 녀석을 언제 만났나 싶을 정도로 너무나도 고요한 시간이 흘러 가던 와중에, 내 핸드폰에서는 진동이 울렸다. 고등학교 때 절친했던 동창이자, 아무도 기대하지 않았는데 떡하니 고려대학교에 합격해 버려서 모두를 놀라게 했던 박병규에게서 온 카카오톡이었다.

'너 최근에 문정웅 만난 적 있냐?'

'왜 갑자기 문정웅 얘기를 하는 거냐'라고 생각하며 나는 '응'이라고 보냈다. 이 상황에 정웅이 녀석을 카페에서 나가게 한 운명의 장난이 오늘만은 나에게 더없이 유리하게 되었다. 그렇게 보내고 나서 다시 한 번 너무 달지도 않고 너무 쓰지도 않은 카푸치노를 목구멍으로 넘기려 한 순간, 내 왼손에 잡힌 핸드폰은 다시 한 번 웅웅거렸다. 성적표를 보는 마음으로 모니터를 켰더니, 병규의 이런 답장이 나를 기다리고 있었다.

'걔랑 만났을 때, 걔가 회사 얘기 같은 거 하지는 않았어?'

'회사 얘기….'

이렇게 어물쩡거리면서 애매모호하게 답장을 보내기는 했지만, 순간 '하는 일은 별거 없는데 벌이는 쏠쏠하다'는 일을 하고 있다고 말하며 내용답지 않게 영 꺼림직한 표정을 하고 나를 바라보았던 정웅이 녀석의 표정이 떠올랐다. 핸드폰의 스크롤을 쭉쭉 넘기며, 찌푸린 미간을 한 채 아이스 커피를 빨아마시던 녀석의 모습도 지워지지 않는 스케치처럼 내 머릿속에 다시금 살아났다. 일 얘기가 나온 이후로는 간혹 지어 보이던 미소마저 영 어색했던 그 녀석의 얼굴이 카푸치노 위의 라떼 아트처럼 희뿌옇게 그려졌던 순간, 잠시 '1'이라는 숫자만 지워진 채 아무런 일도 일어나지 않았던 톡방에는 이런 답장이 붕 띄워졌다.

'아니, 걔 다단계 한다는 얘기 어디선가 들은 거 같아서.'

'다단계…'

또 그렇게 말을 채 끝내지도 못한 채 이렇게 답장을 보냈지만, 나는 녀석이 어물쩡한 표정을 지었고 나와 왠지 찜찜한 이별을 하게 된 이유를 어렴풋이나마 알게 되었다. '하마터면 큰일 날 뻔했다' 하면서 순간의 안도감을 느낀 나는 그 길로 남은 커피를 다 마셨고, 머그잔을 내려놓는 순간 병규로부터는 이런 답장이 와 있었다.

'아무튼 조심하는 게 좋을겨. 정웅이가 나쁜 애는 아니지만, 혹시라도 큰일 나서는 안 되니까.'

* * *

여전히 날씨는 화창했지만 마음 한구석은 비구름이 낀 것처럼 먹먹해지기만 했다. 그러나, 애써 다른 이들에게까지 우울한 얼굴을 보이긴 싫어 지하철에서 내리자마자 얼른 내 방으로 돌아온 것 같다. 신발을 벗고 겨우 한숨을 돌릴 무렵, 부엌에서는 폭포가 내려가듯 엄청나게 센 물소리가 들려왔다. 슬금슬금 다가가 보니, 수도꼭지를 틀어 놓은 채 큰 그릇에 물을 채우고 다시 그 물을 따라내기를 반복하는 국수장이의 뒷모습이 보였다. 국수장이가 바지락 칼국수를 만들었을 때가 떠올려지는 모습이었다. 아, 그때 내가 바지락 해감하는 것을 도와줬었나? 여러 모로 느껴지는 뜻밖의 데자 뷰를 그대로 마음에 담아 둔 채 부엌의 더 깊숙한 곳으로 다가온 내 인기척을 알아챘는지, 국수장이는 뒤를 돌아보고 언뜻 희미해 보이는 미소를 띠며 이렇게 말을 걸었다.

"준호 씨! 잠시만 여기 앉아 봐요. 이번에도 나를 좀 도와줘야겠 어."

역시나, '바지락 칼국수를 만들었던 때와 크게 다를 바 없구나' 하는 넋두리 같은 생각을 하며 나는 식사 시간 때면 국수장이가 앉아서 내가 먹는 것을 묘한 눈길로 바라보고는 했던 자리에 앉았 다. 옛날 역사 드라마에 종종 나오던 주막이라도 되듯, 국수장이는 종종거리는 걸음으로 내내 물받이를 했던 그릇을 내 앞으로 턱 내 밀었다. 물기가 그대로 살아 있어 어쩌면 냄새까지 날 그릇에는 새 하얀 콩들이 자글자글하게 모여 있었다.

"준호 씨가 있는 동안 불려 놨던 콩들을 삶았고 껍질도 걸러 놔 서 이제 준호 씨는 소금을 넣고 믹서기에 갈기만 하면 돼요. 싱크 대 밑 선반에 보니까 조그만 믹서기 하나 있던데요? 이야, 쬐끄만 부엌에 있을 건 다 있네."

그렇게 국수장이는 약간은 자습 시간을 주고 할 일을 정해 놓는 선생 같은 말투로 나에게 그렇게 일러 놓고서는, 조그맣게 중얼거 리며 다시 싱크대와 가스레인지 사이에 있는 공간으로 사라졌다. 국수장이가 알려 준 위치에 정말 놓여 있는 믹서기를 갖고 돌아온 테이블에는 나 혼자 앉아 있게 되었다. 믹서기 옆에 놓인 그릇에 오밀조밀하게 모인 콩들은 정웅이 녀석의 허여멀건한 얼굴을 하고 나를 똑바로 응시하는 것 같았다. 소금통 뚜껑을 따고 소금을 뿌리고 난 다음에는, 수많은 정수리들 위에 눈이 소복이 내린 것 같았다. 하지만, 짜증나는 손님들을 소금을 뿌려 쫓아내는 옛날 식당 주인이 된 것 같기도 했다.

다시 한 번 말하지만, 이 시대의 지극히 똑똑하고 상식 있는 사람이라면 소위 '다단계 판매'라고 하는 것의 위험성을 충분히 알고 있을 것이다. 내가 조금만 더 정의감이 넘치고 영리했다면 세상의 모든 다단계 판매 업체를 신고했을 수도 있을 것이었다. 내가 만난 내 또래의 사람들 중 (조금 단순하긴 해도) 가장 유쾌하고 쿨한 사람을 다섯 손가락 안에 꼽으라면 당당하게 맨 먼저 꼽을 수 있을 철영이마저도, 내가 만일 그 얘기를 했더라면 정색하면서 다시는 연락하지 말라고 할지도 모른다. 사실 그게 정상이다. 내가 아무리 제대한 지 얼마 안 됐고, 실제로 다단계를 접해 본 일도 오늘이 오기 전까지는 거의 없었으며 어르신들 말마따나 '세상을 아직은 잘 모른다'고 하지만, 이런 일에 엮이면 내가 얼마나 위험해질지는 눈 감고도 달달 외울 수 있을 정도다. 그러니까 내가 그 녀석의 유혹을 우회적으로나마 뿌리친 것은 잘한 일이고, 녀석이 나를 회사로 꾀는 것을 포기하고 먼저 돌아가 버린 일은 총알이 내 옆을 아슬아슬하게 비껴간 것만큼 천만다행일 일이었던 것이었다.

믹서기의 뚜껑을 왼손으로 꾹 잡은 채 오른손으로 믹서기의 뚜껑을 누르자, '위잉' 하는 큰 소리와 함께 하얗고 동그랗던 수백 개의 콩들이 하나로 뭉쳐 새하얗고 걸쭉한 액체가 되어 가고 있었다. 그렇게 갈려질 콩들이 만일 자신들에게 닥쳐 올 미래를 알고 있었다면, 그들은 분명히 문정웅 녀석이 마지막에 자리에서 일어나며 내게 지어 보였던 슬픈 표정을 하고 나를 바라봤을 것이었다. 하지만 덤덤하게 믹서기 뚜껑을 누른 것처럼 나는 앞으로 녀석과의 연락을 피해야 할 것이었다. 녀석을 정말 지금 하고 있는 일에서 빼줄 생각이 없다면, 혹시라도 내가 녀석이 하는 일에 휘말려 위험에 처할 수도 있으니까. 그렇지만 갈리지 못하고 믹서기 벽면에 붙어 있는 콩들처럼 미처 가시지 않는 감정이, 이번에는 내가 감싸고 있는 것보다 더 작은 믹서기가 된 내 마음속 깊은 바닥에 여전히 남아 있었다.

내가 지금 하려는 것처럼, 녀석을 최근에 만난 적이 있다는 수많은 동창 녀석들이 열이면 열, 수십 명이면 수십 명, 모두 다 녀석과의 다음 만남을 피했을 것이었다. 몇몇은 병규처럼 녀석과 만나지 않은 동창들에게 '알려 주는' 역할을 하고 있을 것이다. 그들이 학창시절 친구도 몰라 보는 냉혈한도 아니고, 정웅이 녀석이 특별히 나쁜 녀석도 아니었으며, 그의 말솜씨에 넘어가 휘말리면서 호되게 당한 사람들도 있겠지만 모두 다 그런 것은 아니었을 것이다. 하지만 나는 녀석이 하고 있는 일을 딱히 좋아하는 것 같지는 않은 것 같다는 생각이 들었다. 녀석에게 물어보면 아니라고 하겠지만, 내가 아까 전에 보았던 녀석의 어색한 웃음과 다급한 손놀림은 누구에게 보여 주어도 내 짐작의 근거를 납득할 수 있었을 것이다. 수많은 거절과 수많은 연락두절을 맞딱뜨리다 못해, 녀석은 어쩌면 마지막 지푸라기라도 잡는 심정으로 나에게 다가온 것이었을 수도 있었다. '녀석의 제안에 '그래'라고 할 수는 없어도 최소한 물건을

샀더라면 어땠을까' 하는 안 좋게 보자면 지극히 감상적인 되물음은 결국 '오죽하면 그랬을까'라는 한숨 같은 생각으로 귀결되었다. 휴학하는 이유도 본질적으로는 돈 때문이고, 수능 성적도 그렇게 좋지는 못한 것으로 알고 있는 녀석이 돈벌이로 삼을 만한 것들은 극히 제한되어 있을 것이다. 게다가 녀석의 마지막 모습, 그리고 바로 뒤에 병규로부터 온 카톡을 겹쳐서 생각할수록 녀석이 조금씩 더 측은한 마음이 일었다. 하지만, 왜 하필 녀석은 나에게 다가왔을까? 그리고 왜 하필 다른 것도 아니고 다단계 판매였을까?

녀석에 대한 측은함 뒤에 찾아온 두 가지 의문들 중 첫 번째는, 믹서기의 버튼을 끈 다음 내가 생각했던 것보다 녀석이 나에게 친밀감을 가지고 있었으리라는 짐작으로 나름대로 해결될 수 있었다. 녀석이 만일 나를 그저 이용해 먹기 좋을 봉이라고 생각했다면 학교와 아르바이트를 그만두라고 협박해서라도 나를 꾀었을 것이었다. 반대 입장이 되었어도 내 뒤에 돈과 상사에 대한 두려움이 깔려 있었다면 나도 그랬을 테니까. 내가 더 알고 싶은 것은 두번째 의문, 그러니까 거의 오랜만에 만난 동창이라는 녀석은 왜 하고 많은 일들 중 다단계 판매를 하고 있는지 그 이유였다.

내가 알고 있는 학창시절 때 녀석에 대해서 조금 더 구체적으로 생각해 본다면, 그렇게 멍청하고 둔한 녀석은 아니었다. 어떻게 하면 급식 메뉴를 미적분 그래프 공식들보다 먼저 알 수 있는지, 어떻게 하면 야간 자율 학습에서 언어 영역 해설보다 더 그럴듯한 이유를 대고 빠질 수 있을지, 그리고 어떻게 하면 여학생들을 쇠구슬이 시속 30킬로미터의 중력가속도를 달고 100미터 아래에서 떨어지는 속도보다 빨리, 그리고 주기율표 안의 원소들보다 많이 꼬실 수 있을지에 대해서 공부하는 것보다 훨씬 많이 생각했을 녀석이었지만, 최소한 다단계 판매를 아무런 고민 없이 할 만큼 생각 없는 녀석은 아니었던 것으로 알고 있다. 정말 내가 생각했던 대로 돈이 기어이 녀석을 그곳으로 이끌었을까? 그것이 맞다면 가장 납득하기 쉽겠지만, 그렇기에 더 안타까울 수밖에 없을 것이다.

  믹서기 안의 콩들은 어느새 다 갈려 뽀얗고 뭉근한 액체를 형성하게 되었다. 저 콩들이 자신이 그렇게 갈려 형체마저 보이지 않을 것이라는 것을 미리 알 리는 없었을 것이다. 마찬가지로, 교복을 입고 책상에 어쨌거나 앉아는 있었던 정웅이 녀석도 자신의 미래가 이렇게 될 줄은 몰랐을 것이었다. 지금도 내가 만나지 못한 동창들, 심지어 같은 학년인 것만 어렴풋이 알고 있었던 이름 모를 여자애마저도 그들 자신도 몰랐던 모습을 가지고 있을 것이다. 그리고 나도 언젠가는 나도 모르고 있는 미래를 향해 저절로 나아가게 될 것이란 걸 알고 있다. 하지만 지금 나는 식탁 밑의 어스름한 등 밑에서, 믹서기 안에 갈린 콩들만 멍하니 바라보고 있었다.

  믹서기 안의 콩국물을 그릇에 붓고 나니, 또 무언가를 썰고 있는 듯 국수장이의 뒤에서 '두두두두' 하는 가볍고도 둔탁한 소리가 빠르게 울리고 옆쪽에서는 보기만 해도 뜨끈할 것 같은 김이 새고 있는 냄비가 보였다. 그 안에서는 국수가 삶아지고 있으리라는 것을 이제 나는 아주 잘 알게 되었다. 콩국물이 가득 든 그릇을 그렇게 국수장이의 옆쪽으로 들이밀고서, 나는 부엌을 나와 내 책상 앞에 주저앉았다. 그렇기가 무섭게, 내 바지 주머니 속에서는 기다렸다는 듯이 진동이 울렸다. 무심하게 핸드폰 화면을 열어 보던 나는 순간 멈칫했다. '과연 내가 이 문자를 받아도 되는 것인가, 이것이 진짜 그 사람에게서 온 문자인가' 하는 의문이 여러 차례 내 머리 속을 쏘다녔지만 어쨌거나 내 마음 한편을 뭉클하게 했다. 그것은 혜주로부터 온 카카오톡이었다.

'이제야 일어나서 문자 보내네요. 죄송해요, 숙취가 좀 심했나 봐…. 어제는 고마웠어요. 선배가 데려다 줬다고 누군가 말했는데, 선배 댁에서 냉면 먹었던 것까지는 기억나네요. 덕분에 즐거웠어요. 다음 미팅 때 봬요.'

'가장 중요한 부분이 기억났다니 다행이네'라고 내 마음속의 한 구석이 말하고 있었다. 좀 늦은 감이 없지 않아 있었지만, 그녀의 말에 따르면 이제서야 일어나 문자를 보낸 거라니 내가 달리 무슨 말을 할 수 있겠는가. 아무튼, 그녀가 보낸 이 문자는 오늘 내 머릿속에 공책 속 학습 목표처럼 지워지지 않은 채 새겨질 것만 같다. 그녀가 어제 먹었던 냉면을 좋아했는지는 애매모호하지만, 순간 부엌에서 삶은 면을 식히고 있는 국수장이가 눈에 확 들어왔다. 애써 활짝 웃으면서, 나는 아무렇지도 않은 듯한 태도로 이렇게 말을 꺼냈다.

"… 저, 어제 해 주셨던 냉면이 맛있었다고 그때 그 동아리 후배가 전해 달래요."

"또 오고 싶다는 얘기는 안 하고?"

내 말에 기다렸다는 듯이 고개를 돌리고서는, 한쪽 입꼬리를 스 윽 올린 채 이렇게 말을 꺼내는 국수장이의 반응은 굉장히 묘했다. 문자상으로는 그런 것은 알 수 없었기에 나는 고개를 저어 보였지 만, 국수장이는 여전히 표정을 바꾸지 않은 채 고개를 여러 번 끄 덕이며 다시 하던 일을 계속 하기 시작했다.

여전히 나는, 어제 술에 취한 혜주를 바래다 준 일이 잘한 것인 지 알 수 없었다. 물론 그녀가 고마워하는 것은 나에게는 굉장히 잘된 일이지만, 이것이 그녀와 나의 접점의 연장선이 될지, 아니면 어제의 일이 유일한 접점으로 남을지는 알 수 없었다. 그렇지만 그 녀를 내 방으로 데리고 와서 냉면 한 그릇을 먹이고 보낸 일만큼 은, 나라는 사람의 역사 속에 길이 남을 일인 것은 틀림없었다. 그 녀가 어떤 반응을 보이든지 나로서는 그녀에게 최선의 존중과 정 성을 다했고, 사실 그녀가 그것을 최소한 나쁘게는 여기지 않았다 면 그것만으로 충분하다.

내가 혜주의 문자에 막 답장을 보내려고 할 찰나, 내 핸드폰에서 는 무료 보이스톡이 걸렸다는 것을 나타내는 화면이 아주 크게 떴 다. 동그란 화면 안에는 황갈색 머리를 하고 옅은 화장을 한 여자 의 사진이 뽀얗고 밝게 찍혀져 있었고, 나는 그 사진을 보며 은연 중의 데자뷔를 느꼈다. 그 데자뷔는 프로필 사진의 아래쪽에 아주 작게 쓰여 있는 '2조 배다현'이라는 이름에서 더욱 강렬하게 느껴 졌다. 조별 과제에서 같은 조인 그 여학생이 이 주말 오후에 왜 전 화했는지에 대한 궁금증보다는, '그 여자애 이름이 배다현이었구나' 라는 무료한 생각만 머릿속에 든 채 나는 전화를 받았다.

"여보세요?"

"아… 건축학과 안준호 선배 맞으시죠?"

내 말의 바로 뒤로 걸려 온 여자, 아니 다현이라는 아이의 사근사근한 말투에는 경상도 억양이 고명처럼 얹어져 있었다. '네, 맞습니다'라고 애써 시원스럽게 대답했지만, 그 얘기만 듣고서는 다현이 왜 내게 전화를 걸었는지 알아챌 수 없었다. 수화기 너머 다현은 잠시 두어 번 헛기침을 하는 것 같더니, 다시 그 부드럽고 고요한 목소리로 내 오른쪽 고막을 향해 내뱉었다.

"아, 선배가 보내 주신 자료 잘 받았고 재료도 구했는데, 한 사진이 좀 흐리게 나와서 조금 헷갈렸어요. 사진 속에서는 지붕 마감재가 약간 누르스름해 보여서 카나리옐로우 마분지로 사 왔는데 개안… 아니 괜찮겠죠?"

아직 곱슬머리 신입생 — 이름이 권상록이었던가 — 이 설계도를 다 그리지는 못했을 텐데 벌써부터 재료를 구한다고 하는 것이 의문스러웠지만, 그래도 미리 준비하는 철저한 면이 있는 것 같아 뭐라고 할 수는 없었다. 그래서 내가 살짝은 어물쩡거리면서도 괜찮을 것이라는 대답을 해 준 순간, 수화기 너머로는 잠시 아무런 말도 들리지 않았다. 전화기를 대고 있지 않은 귀로는 국수장이가 그릇에 재료를 넣고 뒤섞고 있는지 연신 시끄럽게 달그락거리는 소리가 났다. 아무런 말도 내뱉지 않는 다현이 무언가를 적고 있든지, 아니면 사 온 준비물을 꺼내고 있든지 둘 중 하나를 하느라 늦겠지 하고 생각했던 찰나, 핸드폰 너머로는 다시 다현의 말소리가 배어 나왔다. 부드럽고 사근사근한 것은 같았지만, 말 끝이 다급하게 떨리고 있다는 것은 알 수 있었다.

"… 선배. 다음주 목요일 건축설계 수업 전에 한 번 더 만나는 게 좋을 것 같아요. 한 번이라도 더 만나서 서로의 결과물에 익숙해지는 게 효율적이고 좋을 것 같아서… 어떻게 생각하세요?"

"네, 좋습니다. 그럼 그때 만나죠."

"아… 선배."

그렇게 태연하게 대답하고 내심 전화를 끊으려 준비하고 있었던 나를, 전화기 너머 다현은 그렇게 말하면서 멈춰 세운 것이나 마찬가지였다. 내내 유지했던 부드럽고 사근사근한 말투가 아니라, 들어주지 않으면 당사자에게 치명적인 문제가 생길 수도 있는 중요한 부탁을 하는 것처럼 다급하다 못해 어딘가 애절하기까지 했다. 나는 은연중에 귀찮아지는 마음을 애써 참은 채, 짧게 "네"라는 말로 응수했다. 잠시 일 분과도 같은 침묵이 흘렀다. 시계는 말 없이 똑딱거리며 흘러 가고 있었고, 국수장이가 그간 굽혀졌던 허리를 피니 '두둑'거리는 소리가 강하게 들려왔다. 그것이 식사 시간이 엄습해 온다는 나름의 신호라고 생각했기에, 도리어 내가 초조해지고 다급해지기 시작했다. 하마터면 빨리 말하라고 채근까지 할 뻔한 순간, 다현의 입에서는 이런 말이 여름날 미풍으로 틀어 놓은 선풍기 바람처럼 은근하면서도 거리낌 없이 흘러 나왔다.

"… 앞으로 오빠라고 불러도 돼요?"

그렇게 말을 끝내고 내가 미처 "어… 그래"라고 말을 잇기가 무섭게, 다현은 짧은 끝인사를 하고서는 전화를 끊어 버렸다. 누군가 내 등 뒤에 얼음 조각을 집어 넣은 것같이 나는 잠시 아무것도 할 수 없었지만, 내 눈앞에서는 이미 국수장이 그릇 두 개를 놓으며 테이블에 상을 차리고 있었다.

* * *

내가 아까 전에 갈았던 콩들은 결국 국수장이의 손길을 거쳐 한 그릇 콩국수의 허여멀건한 국물이 되었다. 국물 자체는 두부를 먹는 듯 고소하면서도 어딘지 모를 뭉근한 맛이 은연중에 살아 있었다. 하지만, 그 위에는 소면 면발의 부드러움, 채 썬 오이의 사각거림과 약간의 물 맛, 그리고 뒤끝에서 느껴지는 짭짤함이 도화지 위의 물감처럼 각자의 특징을 뽐내고 있었다. 끝내 어느 맛보다도 강렬하게 배어 나오는 시원함이 내 혀끝을 강타하자 순간 소름이 돋았다. 그렇게 콩국수 한 입을 삼킴과 동시에, '앞으로 오빠라고 불러도 돼요?'라는 맹랑한 질문이 내 머릿속을 헤집고 돌아다녔다. 그냥 호칭으로 그렇게 부르려니 하고 생각하려 해도, 이상하게 그 말은 그 전에 받은 혜주의 카톡 문자를 연상하게 되었다. 만일 다현이라는 아이가 나를 '오빠'라고 부르는 것에 대해 특별한 의미를 담고 있다면, 나는 마음이 가는 이에게 최소한의 친밀감이라도 표현할 수 있는 용기가 있는 그 아이가 부러울 것이다. 특히 콩국수를 먹으면서도 한편으로는 혜주의 카톡 답장을 뭐라고 할지 고민하는 나로서는, 그 아이가 가지고 있을 어떤 다른 특징보다도 그것이 특히 부러울 것이었다. 나에게는 그럴 용기가 없을 뿐만 아니라, 설령 그렇게 말할 상황이 온다고 해도 상대방이 거절할지에 대한 걱정만 많았을 것이었다. 그런 의미에서 아까 전에 거절을 받더라도 자신이 하는 일에 대해서 운을 띄워 보기라도 한 정웅이 녀석마저 부러워졌다. 아니, 그 행동의 매개체가 자신의 의지인지는 잘 몰랐지만 말이었다.

국수장이는 늘 그렇듯 내가 먹는 모습을 지그시 바라보고 있었다. 그의 내리깐 눈에서 비치는 빛에서 뿜어 나오는 묘한 자애로움은, 어쩌면 자식이 먹는 것을 하염없이 지켜보기만 하는 어머니의 모습과도 같았다. 콩국수 국물에서 두부 맛이 나기 시작하는 순간, 국수장이는 고개를 살짝 끄덕여 보더니 나지막한 목소리로 말을 걸었다.

"오늘은 걱정이 좀 많아 보이네요. 무슨 일 있나 봐?"

국수장이가 식사 중에 말을 거는 것은 그가 이 방에 초대받지 않은 손님처럼 들어온 이후로 처음이었기에, 나는 하마터면 입에 물고 있던 국수를 뱉을 뻔했다. 겨우 그것을 삼키고 나서, 여전히 입술을 뭉근하게 적시고 있는 국물을 휴지로 닦고 난 뒤 나는 애써 아무 일도 아니라고 대꾸했다. 이에 국수장이는 한쪽 눈썹을 스윽 올려 보더니, 계속해서 국수를 또 한 모금 먹고 있는 나를 향해 살짝 혀를 차며 이렇게 말을 이었다.

"에이, 있는 거 같은데… 그것도 아주 많이."

'당신이 생각하는 그런 걱정은 아니야'라고 대꾸하고 싶었지만 왠지 굳이 국수를 빨리 삼키고 대답해도 될 말은 아닌 듯싶었다. 대신, 나는 잠자코 콩국물이 가득 밴 면을 잘근잘근 씹기 시작했다. 미숫가루가 떠오르는 멀건한 콩국물과 유려하게 흐르는 국수의 면발, 이 둘은 어울리지 않는 듯하면서도 묘하게 잘 어울렸다. 그 둘의 요상야릇한 조합을 입 안에서 연성하기만 해도 충분했다. 그렇게 국수를 삼킨 나를 국수장이는 다시 한 번 지그시 바라보면서, 짤막하게 말을 이었다.

"무슨 걱정인지는 모르지만, 다 잘될 거요. 이거 먹는 동안 사라지게 될 걱정이라면 사실은 별거 아닌 걱정이겠죠."

국수장이는 그렇게 말을 잇고서는, 자기 몫의 그릇을 들고서 싱크대를 향했다. 그의 말에는 딱히 미사여구가 들어 있는 것도 아니었지만, 그의 뒷모습에서는 왠지 모를 포스와 든든함이 느껴졌다. 그가 자기 입으로 말한 대로, 국수장이는 나의 걱정을 모르고 있고 나도 굳이 자세한 내력을 가르쳐 주고 싶지는 않다. 그러므로 정말 그의 말대로 콩국수 한 그릇을 다 먹으면 사라질 걱정인지는 알 수 없지만, 그 말과 그 국수는 오늘만은 그 어떤 것보다 내 마음을 편안하게 해 주었다. 국수장이가 이 방에 기거한 지 두 주 정도는 지난 것 같지만, 꽤 오랜만에 누군가와 같이 살고 있다는 느낌이 따스하고 맑은 느낌으로 다가왔다.

7. 막국수:
즉석을 표방한 만남의 준비

학교 건물 밑에 담장처럼 피어 있던 철쭉이며 벽면을 샛노랗게 만들었던 개나리는 어느새 서서히 저물어 가고 있는 날이었다. 어제와는 한 치도 다를 바 없어 보이지만 해야 할 과제며 일들은 눈덩이처럼 불어가기만 한 바쁜 학교 생활을 끝내고 내 방으로 돌아왔을 때, 부엌 쪽에 새하얀 조명등이 켜져 있고 무언가를 써는 듯 둔탁한 소리가 들리는 것에 나는 이제 어느 정도 익숙해졌다. 국수장이가 만들어 준 국수는 과장을 조금 보태서 완벽하리만큼 환상적이었다. 솔직히 먹을 때에 나의 미뢰가 느꼈을 감흥보다, 뒤로 갈수록 내 몫의 한 그릇 국수의 맛, 그리고 면과 다른 재료가 이루는 조화가 더 생생하게 머리 속에 떠올랐다. 여전히 국수장이가 인간으로서 어떤 사람인지는 잘 몰랐지만, 부엌에서 국수를 삶고 한 끼 식사를 만드는 그 모습이 좋았다. 국수장이는 여전히 말이 많은 사람이 아니었지만, 그냥 지금껏 해 왔던 대로 식사 중에 지그시 나를 지켜보기만 하는 모습, 굳이 말을 해야 한다면 지나가듯 툭툭 내뱉는 그의 말투마저 어딘지 모르게 털털하고 소탈해 보였다. 유일하게 그에 대해 신경 쓰이는 게 있다면, 바로 그의 덥수룩한 머리카락과 수염일 것이다. 그의 곱슬기 있는 터럭은 요리할 때는 묶여 있었지만, 머리카락 한 올도 국수에 들어가지 않는 것이 나로서는 굉장히 신기했다. 하지만 '그 머리카락을 짧게 다듬고 수염을 밀면 더 좋을 텐데'라는 쭉정이 같은 생각이 그를 볼 때면 내 머릿속에 떠돌아다니고는 했다.

복학 이래 처음으로 풍물패 연습에 나온 나는, 군대에 있던 나날들 동안 북을 치는 법을 잊어버린 줄 알았지만 막상 북채를 잡고 보니 딱히 그러지는 않은 것 같다. 고등학교에 들어가기 전까지 사물놀이부에 있었던 경험이 떠올라 어찌저찌 들어갔던 동아리였던지라, 군대 가기 전 나의 실력이 어땠는지는 잘 기억이 나지 않는다. 하지만, 다시 풍물패에 적응하기가 무섭게 축제 때 할 공연을 앞두고 있는 이 상황에서 나 자신에게 바랄 것은 다른 사람들에게 뒤처지지만 않았으면 좋겠다는 것뿐이다. '아, 축제에서 할 공연에 혜주가 꼭 와 줬으면 좋겠다' 하는 생각이 들었으려나.

"형. 여기서 이거 말해도 되려나…."

어쩌다 보니 학생식당에서 상록이와 밥을 먹게 된 나는, 같은 과라고는 하지만 기껏해야 조별 과제에서 같은 조에 배정되고 학교 풍물패에 있는 것밖에는 큰 접점이 없는 복학생에게까지도 스스럼없이 '형'이라고 부를 수 있는 그의 친화력이 부러웠다. 상록이는 내가 그간 생각했던 것보다 훨씬 좋은 녀석이었다. 싹싹하고 상냥한 것은 물론이고, 눈치도 꽤 빠른 것 같았다. 게다가 뽀얀 얼굴의 꼭대기를 덮는 반들반들하고 윤기 나는 곱슬머리에 똘망똘망한 눈망울과 항상 미소짓는 얄상한 입술까지, 학교에 조금 더 이름이 알려지면 '연하남'을 좋아하는 수많은 여자애들의 물망에 오르내릴 만한 인물이었다. 녀석이 아직 군대도 가지 않은 신입생이라는 것을 자각한 순간, 막연하게만 느껴졌던 '세월의 무게'라는 것이 내 어깨 위를 전공책이 든 가방처럼 짓눌렀다. '권상록'이라는 사람을 겉모습의 일부분만 들여다볼 수밖에 없는 나조차도 녀석에게는 사람의 이목을 끄는 힘이 있다는 것을 알 수 있었다. 이쯤 되면 풍물패의 귀여움을 충분히 받을 수 있을 것 같았다. 물론 녀석이 바로 공연에 상쇠로 나선다고 하면 대부분의 사람들이 고개를 갸웃거릴 테지만 말이었다. 아무튼, 김이 모락모락 나는 오므라이스를 숟가락으로 떼어 먹던 상록이 녀석이 목소리를 낮추고 이렇게 속삭인 순간, 녀석의 시시콜콜한 말에 별 신경을 쓰지 않으려 했던 나조차도 녀석처럼 고개를 푹 숙이고 목소리를 낮춰야 할 것만 같았다. 하지만 상록이가 이렇게 말을 잇는 순간, 나는 잠시나마 그런 생각을 했던 내가 못내 쑥스러워졌다.

"… 상암에 되게 맛있는 막국수집 있던데 가 보셨어요?"

"아니… 막국수를 나가서 먹은 적은 거의 없어서. 맛있대?"

씹고 있던 오므라이스를 삼킨 다음, 나는 어물쩡거리면서 이렇게 대답했다. 오늘따라 오므라이스 위에 뿌려진 갈색 소스가 약간 짰지만, 행여 인상을 찌푸렸다가 녀석의 오해를 사고 싶지는 않았다. 그러거나 말거나 상록이는 한 번 어깨를 으쓱해 보이더니, 태연하게 오므라이스를 한 술 더 뜨며 그 상태에서 특유의 발랄한 말투로 응수했다.

"저도 안 가 봤는데, 제 동기랑 걔 여자친구가 같이 갔는데 꽤 괜찮았다고 한 거 같아요. 그럼 시간 되면 그 막국수집에 같이 갈래요?"

그렇게 내뱉으면서 나를 바라보는 녀석의 동그란 눈동자에 들어간 학생식당 조명이 유달리 반짝였다. 뭐랄까, 내게 나이 차이가 많이 나는 남동생이 있었다면 이런 아이이지 않았을까 하는 생각이 들었다. 딱히 내일 하는 일도 없었을뿐더러 나와 친해지려 하는 이 싹싹한 아이에게 나쁘게 대할 이유도 없어, 나는 오므라이스를 우물거린 다음 이렇게 대답했다.

"안 될 것도 없지. 내일 수업 끝나고 가자."

* * *

그렇게 무심하게 말을 마치긴 했지만, 가족들이나 평소 진득하게 마주쳤던 동기 녀석들이 아닌 다른 누군가와 함께 식당에 간다는 것은 내 마음은 은연중에 붕 뜨게 만들었다. 한편으로는 '상록이가 나와 식사를 하려고 하는 이유는 무엇일까'라는 생각이 들었지만, 녀석은 내가 만난 남자 후배들 중 좋은 축에 속하는 편이었기 때문에 지금이라도 거절하고 싶지는 않았다. 게다가 나는 임기응변을 하고 둘러대는 것이 마음에 썩 내키지 않았다.

강의가 끝나고 방으로 돌아오자, 통화 내용이 마음에 썩 들지 않았는지 인상을 살짝 찌푸린 국수장이 핸드폰을 테이블에 내던지

듯 놓은 뒤 옆에 있던 비닐봉지에서 묵직한 꾸러미 하나를 꺼내었
다. 회색 내지는 연한 갈색 털뭉치 같은 꾸러미를 들고 국수장이는
한참 동안 생각하듯 멍하니 앉아 있었다. 그러다 신발을 벗고 들어
오는 내 발자국 소리를 들었는지, 그는 고개를 들고 나를 잠시 멍
하니 바라보았다. 덥수룩한 머리칼 아래에 있는 또렷한 눈매에 내
어깨가 본능적으로 움찔한 순간, 나는 국수장이가 내가 들었던 말
투 중에 가장 자연스러운 말투로 이렇게 말을 꺼내는 것을 들었다.

"간만에 메밀면을 구해 왔는데, 먹고 싶은 거 없수?"

그제서야 나는 내 최대한의 눈썰미를 발휘해, 국수장이가 들고
있는 실뭉치 같은 꾸러미에 메밀면이 들어 있다는 것을 알아챘었
다. 주위에서 나에게 너무 과분한 호의를 베풀어 준다는 생각이 들
어 쑥스러워지기 전에 내 머릿속에서는 막국수의 아련한 이미지가
돌아다니고 있었다. 사실 내게 막국수란, 보쌈이나 닭갈비, 혹은 족
발 같은 음식을 시키면 부록이나 사은품처럼 딸려 나오던 존재일
뿐이었다. 이 하루가 지나고 나면 직속 후배와 함께 먹으러 갈 수
도 있는 막국수의 그늘진 면발은 시계의 기다란 분침이 '2'의 언저리
에서 '3'을 완전히 가르게 되는 순간이 와서야 머릿속에서 떠다니던
잡념을 한데로 묶어 버렸다. 그렇게 내 머릿속의 한구석에서는, 크
리스마스를 앞둔 어린아이처럼 막국수를 간절히 원하고 있었다.

"… 막국수요. 막국수 만들어 주세요."

내가 그렇게 입을 뗀 순간, 국수장이는 잠시 어깨를 으쓱하더니

오른손에는 메밀면 꾸러미 하나를, 왼손에는 비닐봉지를 들고 부엌으로 향했다. 시큼털털하지만 기분이 썩 나쁘지는 않은 투로 잠시만 기다리라고 한 뒤, 일사천리로 도마와 칼을 꺼내고 일을 하기 시작했다. 나는 내일 모레까지 한국건축사 과제 계획안을 짜는 것도 잠시 잊은 채, 비닐봉지에서 각종 채소를 꺼내 자동분쇄기처럼 썰어 대는 국수장이의 행위가 만들어 내는 빠르고도 둔탁한 리듬에 매료되었다. 국수장이가 그렇게 채소를 모두 썰고, 마늘이며 배며 그 모든 것을 가는 소리, 그리고 간장이 쪼로록 부어지는 소리가 내 고막을 지나가고 국수장이가 굽혔던 허리를 잠시 펼 때야 나는 노트북을 켜고 고개를 숙였다. 급하게 과제 계획안이 들어 있는 다운로드 파일을 꺼내기는 했지만, 부엌에서 들려오는 보글거리는 물의 소리를 듣는 것이 나의 진정한 과제가 될 것 같았다. 그렇지만 자신이 요리하는 모습을 본다면 행여나 저번에 김치국수를 만들었을 때처럼 국수장이가 언짢아할까 봐, 나는 그저 조용히 그 소리를 듣기만 할 뿐이었다. 내가 컴퓨터에서 고개를 든 것은, 식탁 위로 접시 놓는 소리가 막 들렸을 때였다.

그렇게 나는 늘 식사를 할 때면 앉던 자리에 앉아, 새하얀 그릇에 담긴 막국수를 보았다. 실과도 같이 가느다란 막국수는 산처럼 올려져 있었고, 화산이 폭발하고 난 뒤의 용암처럼 고추장이 시뻘겋게 흘러가고 있었다. 그 고추장이 마치 새빨간 흙이라도 되는 것처럼 파릇파릇한 채소들이 위에 흩뿌려진 모습에 나는 웃음까지 났다. 놀랄 법도 하고 신기해할 법도 했겠지만, 그 익숙하면서도 낯선 막국수를 들여다보며 내가 가장 먼저 발견했던 것은 면의 빛깔이었다. 물론 국수장이가 꾸러미처럼 들고 있던 것을 잠시 보기는 했지만, 여전히 나는 그 국수가 '메밀면'이라는 것이 내 눈과 직감의 착각이었던 건지 궁금했다. 그렇게 면을 한참 동안 들여다보는 나의 모습을 슬쩍 보았는지, 국수장이는 넌지시 말을 꺼내었다.

"왜요? 무슨 문제라도 있수?"

"다른 건 아니고… 면 색깔이 좀…."

"아, 모르셨구나. 예전에는 메밀 껍질이 들어가서 거무스름했는데, 요즘은 제분이 잘 되기도 하고 메밀 껍질을 넣는 게 불법이라서 까무잡잡하지가 않아요. 그렇다고 해도 여전히 까무잡잡한 막국수가 나온다면 볶은 메밀가루를 쓰거나, 통메밀을 그냥 갈거나 하는 거죠. 자, 아무 문제 없으니까 어서 드쇼."

그렇게 말하는 국수장이의 얼굴에는 은연중의 미소가 떠올랐다. 저 지식이 무언가를 보고 안 것인지, 아니면 다른 이유로 알게 된 것인지 나는 알 길이 없었지만 그래도 내 눈에 보이는 갈빛의 면이 생경해 보이지 않게 하는 것에는 도움이 되었다. 나는 국수장이를 향해 어깨를 으쓱해 보이고, 이 낯선 듯 낯설지 않은 국수를 양념장과 비볐다. 어느새 불그스름하게 변한 막국수는 어딘지 모르게 비빔국수 같기도 했다. 그 모습을 보니 왠지 잘 익은 고기 한 점이 생각나기는 했지만, 지금 이 모습도 그런대로 괜찮아 보인다고 나름대로 위로하며 나는 한 젓가락에 걸쳐진 국수를 내 입 안으로 가져다 대었다.

처음에는 특유의 매운 향기가 입천장과 혀의 미뢰를 뒤덮었고, 그다음에는 아삭하게 씹히는 채소가 내 고막으로 하여금 무언가를 섭취하고 있다는 사실을 자각시켰다. 물 흐르듯 부드러우면서도 어딘지 모르게 구수한 향기가 밴 국수는 이 모든 것을 베이스의 선율처럼 감싸고 있었다. 결국 그 국수가 내 치아로 인해 잘게 씹혀지면서 목구멍으로 넘어갈 때까지, 나는 이 국수의 맛이 '매운 것'인지 아니면 '달콤한 것'인지 정의할 수가 없었다. 아니, 이 국수는 흑백논리를 세우기에는 너무나도 그 이상의 것들을 담은 국수였다. 막국수 위에 어떤 채소를 올리든, 어떤 고추장으로 양념을 하든 그것은 아무래도 상관없는 일이었다. 그 막국수의 맛은 심지어 연한 갈색의 면에서 느껴졌던 위화감도 한 소인배의 덧없는 편견처럼 느껴지게끔 만들었다. 젓가락은 더 대면 댈수록 내 머릿속을 숫구치는 의문들은 더 많아졌고, 그 질문들의 답을 알아내는 것은 내 뇌세포가 아니라 내 혀에 잠자고 있는 미뢰였다. 누군가가 시켜서 보쌈을 먹거나 아주 가끔 족발을 시켜 먹을 때 들러리처럼 나왔던 막국수는 그렇게 내 눈앞에서 단독 주연이 된 채 나났다. 그 주연 배우는 블록버스터 영화에 나온 신예 배우처럼 자신의 연기를 내 입 안이라는 무대 위에서 신들리게 해 내고 있었고, 그 훌륭한 자태에 홀린 정신을 다시 차리고 보니 어느새 내 몫의 막국수는 홀연히 사라진 지 오래였다. 빈 그릇에서 고개를 들고 보니, 이 무렵이면 늘 그래 왔듯이 국수장이는 자애로운 어머니 같은 눈빛으로 나를 바라보고 있었다. 이번에야말로 그 국수장이에게 고마워해야겠다는 생각이 기다랗던 국수 가락처럼 가늘게, 그러나 고추장의 맛처럼 강렬하게 내 머릿속을 울렸다. 하지만 그 생각은 그만큼 확고한 행동도 아닌, 그저 지나가는 말처럼 내 입 밖으로 내뱉어진 이런 말이었다.

"… 고마워요. 정말 잘 먹었습니다."

"뭘. 만들어 달라는 거 만들어 줬을 뿐인데. 아, 다른 데서 막국수 먹게 된다면 이것 하나는 기억해 두쇼."

그렇게 평소보다 더 무덤덤한 목소리로 대답했던 국수장이였지만, 어쩐지 그의 옅은 입가에는 미소가 막국수 위의 채소처럼 얹어져 있었다. 칡덩굴처럼 어지럽게 턱 주위를 감싼 그놈의 잔수염을 깎는다면, 아마도 보조개까지 보일 것만 같았다. 그러나, 말을 끝내고 나를 빤히 쳐다본 국수장이의 눈빛에는 왠지 모를 비장함까지 담겨 있는 것 같았다. 국수장이의 대답이 뭔지 궁금해서 싱크대에 그릇을 내려놓고 바라보기가 무섭게, 국수장이는 중요한 비밀을 이야기하는 것처럼 나지막한 목소리로 속삭이듯 대답했다.

"혹시 막국수집에서 먹는데 국수에서 비릿한 냄새가 난다면 그건 가성소다를 쓴 거예요. 면을 쫄깃하게 만들려고 가성소다를 쓰는 건데, 건강에도 안 좋고 메밀 향기가 다 날아가 버리니 안 쓰는 게 제일입니다."

국수장이가 갑자기 그런 말을 왜 하는지 나는 알 길은 없었지만, 국수장이의 꾹 다문 입술로 보아 왠지 중요한 말인 것 같다는 생각이 들어 그냥 고맙다고 대꾸했다. 그 뒤로 우리 둘 사이에는 별 말이 오가지 않았지만, 내가 그와 한자리에서 먹었던 막국수의 오묘한 맛만은 국수장이가 내게 해 준 말과 함께 기억 속에 오래도록 남아 있을 것만 같았다.

* * *

"이번엔 동아리 회식 때문에 못 와? … ×발, 그걸 왜 조별 모임 두 시간 전에 말하냐고."

철근콘크리트 구조학 교수님이 웬일로 늦게 오시는지, 평소에는 컴퓨터나 전공 서적을 꺼내는 소리 빼고는 쥐 죽은 듯했던 강의실이 새 학기 첫날 교실인 것처럼 시끌시끌했다. 내 옆자리에서 핸드폰 스크린을 집게손가락으로 시원스럽게 넘기고 있던 철영이는, 별안간 마음에 안 드는 것을 보았는지 얼굴에 있는 모든 근육을 미간을 찌푸리는 것에 집중한 것만 같았다. 볼멘소리로 누구 들으라는 듯 살짝 크게 말하는 철영이의 목소리에 나는 본능적으로 주변을 살펴볼 수밖에 없었다. 내가 그러거나 말거나 본인에게는 별 상관이 없다는 투로, 철영이는 여전히 구시렁거리듯 말을 이었다.

"아, 우리 조에 하필 '조별 과제 ×노답 3대장'의 조건에 모두 들어가는 새끼가 왔어. 아니, 저번에 할머니 장례식에 가야 한대서 보내 줬는데 그저께도 또 무슨 일이 있어서 못 온다고 하더라고? 그래서 참다 참다 할 건 미리 하고 볼일 보라고 했어. 근데 애새끼가 지가 뭘 해야 되는지 모르겠다는 거야. 아니, 내가 구글닥도 만들어서 올렸고 첫 시간에 한참 얘기해서 단톡방에도 올렸는데 그때는 아무 말도 안 하고 이제 와서 못 알아들었다 하면 어쩌겠다는 거냐, 준호야? 아니, 그리고 나한테 한다는 말이 '선배가 제대로 전달을 안 하니까 이 사달이 벌어진 거 아닙니까'. 하… 방바닥에 널부러진 레고 조각 같은 새끼, 그놈의 협동력 점수만 없었어도 저 개놈 자식 이름을 피피티에서 확 빼버렸을 텐데. 동아리 회식이라고? X발, 누구는 동아리 안 가고 싶어서 안 가는 줄 아나."

"와, 그건 진짜 너무했네. 동아리 회식 그거 한 번 빠지면 뭐 있나? 아… 그리고 보니까 나 저번에 애뜨림에서 회식 있었잖아. 일찍 안 나왔으면 그다음 날부터 나도 내 성적도 완전 떡이 되어 있었을 거야."

"… 그래서? 회식은 그렇다 치고. 그 여자하고는 어떻게, 진도는 좀 나갔어?"

(지난번에 있었던) 광고 동아리 애뜨림 주관의 회식 이야기가 그렇게 얼떨결에 내 입에서 나와 버리자, 아까 전까지 얼굴이 거의 시뻘개질 기세로 씩씩거리던 철영이는 금세 재미있는 영화를 기대하는 관객의 표정을 하고 나를 바라보았다. 가면 갈수록 철영이의 그 단순함이 너무도 부러워진다. 초승달처럼 올라간 입꼬리가, 그리고 어스름한 밤에 담장을 넘으려는 도둑의 눈길은 철영이 녀석이 무엇을 생각하고 있는지 확실한 단서를 집어 주었지만, 나는 애써 그것을 무시하고 한숨을 쉬며 대꾸했다.

"… 술에 취했길래 데리고 나와서 내 방으로 데리고 갔어."

"그리고? 그다음엔? 불 꺼진 빈 방 안에…."

"아니, 저번에 말한 내 룸메이트가 있었어."

"아, 괜찮아. 괜찮아. 그 정도는 뭐… 에이, 알면서. 아무튼 계속해 봐. 방 안으로 들어가서… 걔는 술 좀 깼어?"

철영이가 '괜찮아. 괜찮아'라고 말하는 것에 순간 어이가 없어져 헛웃음을 내뱉고 싶은 심정이었지만, 그렇다고 화를 내기엔 철영이의 말투와 표정이 지루한 수업시간에 선생님의 첫사랑 이야기로라도 무료함을 달래고 싶어 하는 중학생 같았다. 나는 수천 명의 사람들 앞에서 연설을 하기 직전인 것처럼 나지막하게 심호흡을 하고, 다시 말을 이었다.

"아니, 막 취해서 횡설수설 헛소리도 하고, 거의 내 방에서 쓰러질 직전까지 가서, 아니 진짜 잠깐 내 방에서 졸았어. 그리고… 결국 냉면 먹고 갔어."

'냉면 먹고 갔어'라는 말에 철영이의 눈빛이 잠시 그 어느 때보다도 더 강렬하게 빛나는 것 같은 느낌이 들었지만, 곧 자기 나름대로 무언가 이상하다는 걸 감지했는지 손으로 턱까지 괴며 나에게 다시 미심쩍은 목소리로 이렇게 물었다.

"냉면… 먹고 갔다고?"

"응, 냉면 먹고 갔어."

내가 그렇게 애써 시원스럽게 대답했지만, 철영이는 살짝 혀를 차는 소리를 낸 다음 이렇게 다시 한 번 물었다. 순간 이런 (나로서는 조금 쑥스러운) 이야기에 사건을 조사하는 탐정 같은 표정을 짓고 있는 철영이의 반응이 참 의미 없다는 생각을 했지만, 이제는 살짝 실눈까지 뜨고 있는 철영이는 세상 그 무엇도 이것처럼 자신에게 진지한 것은 없다는 듯 나를 빤히 보고 있었다.

"그 '냉면'이라는 게 설마 진짜 냉면만 먹고 갔다는 거야, 아니면 우리가 아는…."

"준호 형! 오늘 수업 끝나고 막국수 먹기로 한 거, 설마 까먹지는 않으셨겠죠?"

대뜸 철영이의 말을 끊고 그렇게 발랄하게 올라온 목소리의 주인은, 다름이 아니라 나와 철영이가 앉아 있는 책상 바로 앞에 성큼 나타난 상록이였다. 새 옷 냄새가 채 가지 않았을 과잠을 입고 서 있는 상록이 녀석의 '화려한 등장'에 당황했던 건지 철영이의 눈이 동그랗게 떠졌고, 나는 곤란한 상황에서 벗어났다는 사실에 왠지 모를 안도감이 들었다.

"어이 신입생, 방금 전까지 아주 중요한 얘기 하고 있었는데 갑자기 끼어들면 어쩌잔 말이야? 용건만 말하고 저쪽 가서 니 동기들이랑 놀아."

순간 '중요한 얘기 같은 소리 하고 앉아 있네'라는 혼잣말이 내 목구멍까지 차오를 뻔했다. 결국 나는 철영이와 상록이 몰래 조용한 웃음을 터트리며, 파리 쫓듯 미간을 살짝 찡그리며 손사래까지 치는 철영이에 잠시 시선을 두었다. 하지만, 그럼에도 불구하고 이에 굴하기는커녕 오히려 해맑은 미소를 잃지 않으며 곰살궂게 구는 상록이 녀석의 대답도 사뭇 의기양양하게 들려왔다.

"형이 최철영 선배… 맞으시죠? 헤헤. 형도 같이 막국수 먹으러 갈래요?"

"막국수? 지금 그 얘기 하러 여기까지… 그래, 니가 사는 거 맞지?"

"아, 그럼요. 그렇게 비싸지도 않은 걸요, 뭘."

마치 이 순간을 기다리기라도 한 것처럼 자연스럽게 받아치는 상록이와 그 말에 방금 전까지 후배를 그야말로 '제대로 갈굴' 기세였던 철영이도 금세 밝은 표정으로 "그럼 콜!"이라고 대답하는 모습에 나는 또 다시 웃음이 나왔다. 나중에 사회 생활을 하면 몰라볼 정도로 크게 나갈 상록이 녀석의 넉살과 이에 맞서 철천지 원수라도 먹을 것이 걸려 있다면 금세 몇십 년지기 친구처럼 대할 수 있는 철영이의 단순명료함이 기묘하게도 서로 잘 어울려 보였다. 그렇게 당초에는 둘만 가기로 한 '막국수 소모임'이 셋으로 늘어나 그 막국수집의 주력 메뉴 이야기를 막 하려던 무렵, 언제 시끄러웠냐는 듯 음소거 처리가 되어 버린 강의실에 교수님께서 자연스럽게 강단으로 걸어 들어와 버렸다.

8. 모리국수:
국수장이, 그가 들려주는 이야기

　국수장이가 해 준 막국수를 먹은 날이 '어제'라는 두 단어로 불리게 된 날, 결국 나와 상록이, 그리고 먹을 걸 사 주겠다는 한마디에 군말 않고 따라온 철영이는 전날 상록이가 언급했던 바로 그 막국수집에 갔다. 국수에서 사람이 먹을 수 없는 맛이 난다고 해도 만남 그 자체 때문에 좋았겠지만, 상록이 녀석이 가는 길 내내 침이 마르도록 말한 대로 국수 그 자체는 맛있었다. 다만 소스가 묻어 있지 않은 면을 씹었을 때 입 안에 비릿한 냄새가 퍼지는 것 같은 느낌이 드는 것은 그냥 기분 탓이라고 할 수 없었다. 어제 국수장이가 나에게 속삭였던 말이 머리에 떠올랐다.

　그렇게 약간은 찜찜한 마음을 여러 사람과 그득한 한 끼 식사를 했다는 만족감으로 애써 달래며 식당을 나와 다시 학교 앞으로 돌아가는 길, 내 바지 주머니 속에서는 진동이 울렸다. 은행에서 온 문자메시지였다. 내용을 보아하니 아르바이트를 하는 버블티 체인점 사장님이 드디어 내 통장에 급여를 입금해 주신 모양이다. 처음에는 급여 따위는 기대하지도 않은 채 그저 가까운 곳에서 생활비를 벌 수 있는 곳을 찾은 건데, 막상 내가 힘들게 일해서 번 돈이 수중에 들어온다고 생각하니 지금 당장 혜주를 만나러 가는 것이라도 된 양 설레었다. '내가 번 돈'이라는 말이 나온 김에 머릿속에 명품 시계나 최신형 핸드폰 같은 것들을 떠올렸다. 등록금의 일부로 쓰거나 본가로 보내도 되었을 것이었다. 하지만, 내 머릿속에 가장 확연하고도 선명하게 들어오는 장면은 덥수룩한 수염과 머리를 한 국수장이였다. 마음만 먹으면 중력을 거슬러 하늘로 날아갈 수 있을 것만 같은 오징어 먹물 파스타빛의 머리칼과 만지면 가시덤불 같은 촉감이 날 것 같은 수염을 단정하게 다듬는다면 어떤 모습이 나올지, 그리고 내가 그가 만들어 준 국수를 먹을 때마다 지그시 나를 바라보는 그 모습이 어떤 이미지를 자아낼지 늘 궁금했었다. 자주 다니는 은행의 어플리케이션에 '안준호 님 급여'라고 적힌 채 들어와 있는 14만 4,000원을 보면서, 나는 그의 얼굴에 자라난 울창한 숲을 개간하고 싶은 충동이 들었다. 그가 온 이후로 숙소를 제공해 준 것 말고는 별로 한 것도 없이 국수를 얻어먹기만 했던 것이 미안하기도 했기에, 그 충동은 결국, 집으로 돌아오자마자 국수장이에게 신데렐라 이야기의 요정 대모 노릇을 하겠노라는 나름 대담한 결심으로까지 이어지게 되었다.

* * *

그렇게 해서 어느새 나는 이발소에 와 있게 되었고, 쓸어 올린 검은 머리칼이 인상적인 이발사가 국수장이의 머리와 수염을 다듬는 것을 묵묵히 지켜보게 되었다.

"저한테 이러지 않으셔도 되는데…"

이발사가 능숙한 솜씨로 국수장이의 몸에 새하얀 가운 같은 것을 손수 걸쳐 주기 직전, 마치 사형수가 처형장으로 가는 것과 비스무레한 표정을 하고 국수장이는 나에게 이렇게 말했다. 하지만 내가 뭐라고 대답하기도 전에, 이발사는 "앞을 보세요"라는 말과 함께 국수장이의 오른쪽 뒤통수를 슬쩍 밀어 버렸다.

이발소 구석에 있는 텔레비전에서는 예능 프로그램을 하고 있을 것 같았지만, 내 시선은 오직 국수장이가 완전히 다른 사람인 것처럼 변해 가는 것만이 보였다. 엉킨 실타래와도 같았던 국수장이의 수염이 바닥으로 떨어질수록, 어디에 있는지도 모를 나의 십 년 묵은 체중도 점점 보이지 않을 만큼 깊은 곳으로 빨려 들어가고 있었다. 그렇게 얼굴을 덮고 있던 머리칼이 잘려 나갈수록, 썰물 진 갯벌의 뻘흙처럼 까무잡잡한 그의 이마 아래에는 선명하게 산 모양으로 이뤄진 두 군데의 김 양식장이 줄을 치고 있었다. 우뚝 선 날렵한 콧날과 조각칼로 그은 듯 깊게 파인 턱선과 그야말로 국수 면발 같은 입술의 조합은, 인정하기는 싫었지만 마주치는 여성들을 한 번 더 돌아보게 할 수 있을 정도였다. 하지만, 그의 쌀국수 같은 눈매에 내린 그늘은 너무나도 깊고 짙었다. 잘려 나간 머리칼과 수염이 못내 아쉬운 듯 내리간 눈매를 한 국수장이는, 그러나 "다 되었습니다"라며 나긋하게 말하는 이발사의 얼굴을 슬쩍 바라보며 미소를 띠었다. 그렇게 국수장이는 여전히 눈가에 어딘지 모르게 애틋한 수심을 담은 채, 나와 함께 이발소를 빠져 나왔다.

그렇게 다시 불빛이 번쩍거리는 홍대 앞 거리를 국수장이와 함께 거니는 것은, 큼지막하고 하얀 곰인형을 껴안고 혼자 길거리를 돌아다니는 것처럼 영 어색하기 짝이 없었다. 원래부터 키가 크고 후리후리한 데다, 머털도사가 떠올려지는 모습에서 벗어나 요즘 유행한다는 자연스러운 투블럭컷을 하고 단정해진 국수장이에게서 나는 실로 오랜만에 '낯선 이'에 대한 경계심을 느꼈다. 하다못해 '머리가 잘 어울리네요' 따위의 말을 꺼내면서 우리 사이에 흐르는 어색함을 깰 자신이 나는 없었지만, 그래도 혹시나 하는 마음에 슬쩍 옆쪽을 돌아보니 이번에는 국수장이가 늘 입던 새하얀 티셔츠와 후줄근한 검은 바지가 눈에 들어왔다. 순간 핸드폰 화면에 보였던 급여의 액수와 이발소에서 만 원을 벌써 써 버렸다는 사실이 내 머릿속에 들어왔지만, 내 입에서는 깨진 바가지에서 새어나오는 물처럼 이런 말이 살며시 흘러 나오고 말았다.

"… 이번에는 새 옷이 있으면 좋을 것 같아요."

그 말을 하기가 무섭게, 국수장이는 천천히 내딛던 양반걸음을 멈추고 나를 슬쩍 바라보았다. 그 사이에 우리 바로 옆을 지나가던 여자 두 명이 국수장이를 보면서 소곤거리는 것을 본 것 같았지만, 요상야릇한 우연의 연속이라고 생각할 수밖에 없었다. 국수장이는 미동도 하지 않은 채 한동안 나를 바라보다가, 내 제안이 싫지는 않은지 슬쩍 웃음을 띠어 보였다. 그러나, 그의 눈가에는 여전히 기다란 수심이 차양처럼 드리워졌다.

옷가게에서 나왔을 때에는 콧날에 걸린 바람이 다소 차갑다는 것을 느꼈다. 어제 식당에서 막국수를 먹었을 적, 나나 철영이 둘 중 아무도 물어보지 않았는데 상록이가 자신이 입고 있던 파란색

남방을 싸게 살 수 있었다며 언급했던 옷가게에서 발견한, 생각보다는 꽤 비싸서 놀랐던 흰색과 검은색 줄무늬 남방에 남색 슬랙스는 이제 국수장이의 몸에 걸쳐져 있었다. 옷이 날개라더니, 이제야 내 눈에 보이는 국수장이의 이미지가 얼추 바뀌었다는 것이 실감 났다. 그의 쭉 뻗은 콧대로 비춰지는 누르스름한 가로등 불빛마저도 화보를 찍기 직전의 카메라 불빛처럼 보였다. 길가를 걷는 동안 나는 더 많은 여자들이 한 번 더 본인들 기준에서 뒤쪽을 돌아보는 것을 보았고, 소곤거리는 소리가 들리는 것도 점차 우연이라기엔 너무 노골적인 반응이 되어 버렸다. '과연 이 남자가 매일 부엌에 틀어박혀 국수를 끓이던 사람이 맞나' 하는 생각이 들 정도로. 그래, 다시 봐도 국수장이의 모습은 그의 주변에 거대한 병풍처럼 둘러진 홍대 거리를 한층 더 아름답게 만들어 내고 있었다. 그러고 보니, 서울 굴지의 번화가라는 홍대 앞 거리에 상주해 있으면서도 국수장이는 이 거리의 밤을 그렇게 많이 알지는 못할 것이었다. 별빛 대신 처연하게 반짝이는 네온사인 꽃밭이 싫지는 않은지, 국수장이의 입가에는 좀처럼 볼 수 없었던 순진한 미소가 어려 있었다. 한 사람에 국한된 것이 아닌, 자신의 주변에 있는 모든 것을 향한 미소였다. 하지만, 그 천진한 미소마저 국수장이의 눈가에 드리워진 투명한 베일이 주는 서글픔을 덮을 수 있을 정도는 아니었다. 더욱더 어색해지는 분위기를 이번에는 정말 깨야 한다는 마음으로 내가 우물쭈물하며 입을 벌린 순간, 내 옆에서는 이런 목소리가 들려왔다.

"준호 씨, 너무 무리하는 거 아니에요? 아르바이트해서 번 것도 그렇게 많지는 않을 거 같은데…."

"아, 괜찮아요. 그동안 국수 맛있게 끓여 주신 것의 보답을 받았다 생각하세요."

국수장이의 무덤덤한 듯 나지막한 목소리에 그렇게 아무렇지도 않은 척 대꾸를 해 주며, 나는 이제서야 내 옆에 있는 남자가 내 방에 기거하는 '국수장이'가 맞다는 것을 깨닫고 안심이 되었다. 국수장이는 내 대답에 어깨를 으쓱해 보이더니, 잠시 주위를 슬쩍 돌아보았다. 사실은 굉장히 짧았을 그 순간이 지나고, 국수장이는 아까와 같은 말투로 이렇게 말을 이었다.

"그래도 학생인데, 오늘 이후로는 돈 좀 아껴 쓰는 게 좋을 거요. 그러니까 술은 내가 살게."

그렇게 말을 끝내고 나서, 국수장이는 자신의 오른편에서 저물듯 저물지 않고 빛나는 간판 아래의 편의점 쪽으로 발걸음을 옮겼다.

"… 뭐 해요? 빨리 안 오고."

약간의 채근하는 말투가 끝에 붙어 있는 이 말이 국수장이의 목소리에 담겨진 뒤에야, 나는 그때까지도 멍청하게 가만히 서서 국수장이의 행동을 보았다는 것을 자각할 수 있었다. 밤새도록 돌아가는 네온을 담은 간판처럼 화끈거리는 느낌을 차마 삭히지 못한 채, 나는 뛰어가듯 편의점 안으로 들어갔다.

* * *

남자 둘이 편의점에서 맥주를 사는 것은 늘상 있을 수 있는 흔한 일이었지만, 집에 오는 내내 내가 신경 쓰였던 것은 국수장이가 맥주를 사 주는 일 그 자체였다. 국수장이 자신도 그렇게 지갑이 두껍지는 않다는 것은 둘째치고, 내가 신경 쓰였던 것은 국수장이의 지갑 안에 든 사진이었다. 사진 속에서 곧 자기 앞으로 다가오는 누군가에게 직각으로 인사를 할 듯 공손한 자세를 취하는 훤칠하게 생긴 남자는, 어쩐지 어제까지 봐 왔던 국수장이의 모습보다는 지금의 말쑥해진 모습을 더 닮았다. 하지만 사진 속에 있는 남자는 셰프들이 입을 법한 새하얀 앞치마를 두르고 있었고, 지금의 쓸쓸함이 담겨진 눈매를 하는 대신 자신감이 넘치고 당당한 표정을 했다. 낯선 듯하면서도 어쩐지 내 주위에 있을 법한 그 남자의 정체에 대해 내 호기심은 실로 오랜만에 일렁였다.

방으로 들어오자마자 국수장이는 검은 비닐봉지를 식탁에 놓은 뒤, 그 안에서 맥주 두 캔을 꺼냈다. 국수장이가 손으로 캔을 연 뒤에 들리는 '딸깍' 소리는 왠지 모를 상쾌함을 불러일으켰지만, 마치 죽은 친구의 영정 앞에서 마시려는 듯 국수장이의 쓴웃음은 물에 젖은 솜처럼 무거워 보였다. 그런 자신의 표정에 신경 쓰는 나를 알아봤는지, 국수장이는 애써 자신의 얼굴에 드리운 그늘을 걷어 보려 앳된 미소를 나를 향해 지어 보였다. 나에게 아직 열지 않은 맥주 캔을 손에 쥐어 주고 난 다음, 국수장이는 그만큼 매우 먹먹하게 울리는 목소리로 내게 말을 건넸다.

"아까 머리 해 주고 옷 사준 거, 고맙다고 말하고 싶었어요. 이러지 않아도 되는데… 옛날 생각 많이 나네요."

말을 끝내고 나서 내리깔린 국수장이의 눈매는, 금방이라도 눈물을 국수 가닥처럼 가느다랗고 길게 흘릴 듯하였다. 짧으면 짧고 길다면 길 인생에서 본 사내들의 얼굴 중 가장 서글픈 표정을 본건 둘째치고, 본능적으로 나는 국수장이의 '옛날 생각'이 어디에서 나온 것인지 궁금했다. 창 밖 골목길의 불빛은 오늘도 환했고, 멀리서 보이는 밤 하늘은 유달리 칠흑같았다. 내 입에서는 이윽고, 이런 목소리가 연기처럼 피어 올랐다.

"… 옛날 생각이요? 그게 어떤 겁니까?"

* * *

국수장이는 이름을 들으면 최소한 어디선가 많이 들어 봤다고 할 수 있는, 그런 화려한 호텔에서 일했다. 어쩌면 나처럼 군대를 갓 제대할 때쯤, 국수장이는 호텔에 있는 투숙객들이 단잠을 자고 있을 때 출근해서 재료를 손질하고 육수를 준비했으며, 아침 뷔페를 먹으러 오는 사람들 앞에서 새하얗고 긴 쌀국수 면을 삶았다. 호텔 안에는 쌀국수를 좋아하는 사람들이 생각보다는 꽤 많아 몸은 바빴지만, 식당 문이 잠시 닫히고 동료와 교대할 준비를 하고 있노라면 그 피곤함마저 잊을 수 있었다고 한다. 처음 들었을 때는 믿을 수가 없었지만, 깨끗한 요리사 제복을 입은 단정한 모습의 남자 사진을 보여 주면서 설핏 쓴웃음을 짓고 있는 국수장이의 모습이 놀랍게도 사진 속의 그 남자와 비슷해 보였다.

아무튼 국수장이는 그 단정한 제복을 입고 그렇게 단정하지만은 않을 수도 있는 것들을 다루면서 면발처럼 길게 느껴졌을 아침을 보냈다. 싱싱한 숙주나물과 다른 채소들이 담겨져 있는 바구니들이 쳐 낸 장막 뒤에서, 국수장이는 그릇과 젓가락을 들고 찾아오는 한국인, 일본인, 중국인, 미국인, 베트남인, 그리고 아쉽게도 이름을 잊어버린 동남아시아의 몇몇 나라들에서 온 사람들을 보아 왔다. 만일 세계의 언어가 '고맙습니다'나 '잘 먹겠습니다', 이렇게 단 두 가지로만 해결될 수만 있었다면 자신은 전 세계에서 가장 많은 나라의 언어를 쓸 수 있는 사람이 되었을 것이라고, 국수장이는 그 사진을 다시 자기 지갑 속에 집어 넣으며 대꾸했다. 국수장이가 자신이 만든 쌀국수를 먹을 수 있었는지 나는 알 수 없지만, 많은 시간이 흘렀을 텐데도 국수장이는 그 일에 대해 그 흔한 '힘들었다'라는 말조차 하지 않았다. '요리를 하고 싶다는 일념하에 군대를 제대하고 고향을 떠나 다른 식당에서 눈칫밥깨나 먹었다'(국수장이가 직접 그렇게 말했다)는 수습생 시절에도 그 호텔에서 일할 생각을 했었는지 나는 알 수 없었지만, 최소한 자신이 대학을 졸업하고 어엿한 요리사가 되어 일하게 된 직장, 그리고 그곳에서 면을 삶고 손님이 고른 재료를 섞어 넣고 그 위에 뜨겁게 끓인 육수를 붓는 일만큼은 아직 손질하지 않은 면발처럼 길게 갈 것이라고 생각했을 것이다. 다시 한 번 말하지만 그 호텔은 꽤나 괜찮은 호텔이었고, 이름만 대면 모두가 알 수 있을 법할 정도로 유명한 이름들이 '투숙객' 리스트에 오른 적이 있던 곳이었으니까.

국수로 누군가의 인생을 묘사하는 것은 그것이 길고 오래 갈 것이라는 의미도 있겠지만, 언제 어떻게 끊어질지 모른다는 불안감 속에 오직 한 가닥의 면발을 끊임없이 삼키고 있어야 한다는 어두운 부분마저 담고 있을 것이다. 영원할 것처럼 빛이 나던 호텔의 간판은 어느 날 갑자기 언제 빛났냐는 듯이 꺼져 버렸고, 그 이유는 기분이 찝찝하게도 돈 때문이었다. 다음 날 아침 신문에는 호텔의 모기업이 부도났다는 기사가 큼지막하게 1면에 실렸고, 이 기사가 갖은 포털 사이트에 올라오고 사람들이 기사에 댓글을 달았던 순간 국수장이는 동료들과 마찬가지로 더 오래 입을 수 있을 것 같았던 유니폼을 벗어야 했다.

그렇게 조촐한 짐을 싸고 몇 년 동안 집과도 같이 살았던 주방에서 내쫓기듯 떠나간 후 도착한 바깥세상에서, 국수장이에게는 수많은 주방이 있지만 그중 어느 하나도 들어갈 수 없는 곳이 되어 버렸다. 이미 가족들 앞에서 요리사로 성공해서 돌아올 것이라고 말하고서 떠나 온 고향도, 주방에서 일하던 동료들 같은 몇 안 되는 사람을 제외하면 딱히 아는 사람 하나 없는 서울도 국수장이에게는 너무나 어색했다.

수중에 들어 있는 돈이 없어 식당을 열기는커녕 살던 집의 월세를 내는 것조차 힘겨워져 거의 쫓겨나다시피 도망쳐 나가야 했고, 자신 있는 '요리'라는 특기를 살려 직장을 구해 보려고도 했지만 세상은 아직까지도 '자산도 인맥도 없는, 일하던 호텔에서 구조 조정된 전직 요리사'에게 너무나 험했다. 전 직장이 있던 자리에는 새로운 호텔이 들어섰지만, 안타깝게도 국수장이가 있을 곳은 더 이상 없었다. 결국 그렇게 왔다가 사라지는 바람처럼 길거리를 전전하던 국수장이는, 끝끝내 홍대 앞까지 나타나 가장 유동인구가 없어 보이는 곳, 즉 내가 사는 빌라로 발걸음을 옮기게 되었던 것이다. 그곳에서 국수장이는 자신의 핸드폰이 어느새 닳아 버리고, 여분으로 가지고 있던 핸드폰 보조배터리마저 턱없이 부족하다는 것을 깨달았겠지. 뭐, 그다음부터는 내가 너무나 잘 아는 얘기일 테니까.

* * *

"… 그래서 그렇게 되었던 거죠. 다른 직장을 구해 보려고는 하지만 요즘 세상에 어디 그게 그렇게 쉽나. 신세한탄한 거라고 생각하면 미안해요, 오늘같이 좋은 날에."

파란만장하고 끝이 (내가 그날따라 슬픈 일을 겪었다면 눈물이 나지 않을 수 없을 정도로) 기구한 과거는 이제 자신에게 아무것도 아니라는 듯, 너무나도 초연하기 그지없는 표정을 지으며 국수장이는 김이 모락모락 퍼올려지는 그릇 하나를 내가 앉아 있는 식탁 위에 살포시 올렸다. 국수장이의 구구절절한 사담을 듣는 동안 국수는 끓여져 있었고, 덕분에 나는 그가 우리 방에 들어온 이래 처음으로 그가 국수 만드는 과정을 자세히 볼 수 없었다. 대신 내 몫의 맥주 캔은 어느새 비어 있었고, 지극히 기초적인 목마름과 알코올을 향한 갈증을 채운 것으로는 불충분한지 내 위장은 과제 마감 하루 전의 교수님처럼 나에게 음식 섭취라는 의무를 수행할 것을 갈구하고 있었다.

국수장이가 마지막으로 내뱉은 이 한마디에, 내 어깨는 누군가가 그 위에 얼음을 얹은 듯 잠시 떨려 왔다. 원래 남의 구구절절한 사연 같은 것을 듣는 것은 별로 좋아하지 않았지만, 내 시선에서는 어느새 김이 모락모락 나는 붉은 국물의 국수와 내 쪽을 겸연쩍게 바라보는 국수장이의 아련한 눈빛이 교차되었다. 이것이 무슨 국수인지에 대한 호기심보다는 허기가 먼저 앞세워지는 바람에, 나는 젓가락을 그릇에 가져다 대고 국수 한 가닥을 내 입 안으로 넣었다. 그러기가 무섭게 국수 면발의 맛이 부드러우면서도 강렬하게 내 미뢰를 자극하고 있었다. 고춧가루와 미나리의 알싸한 향기로도 가릴 수 없는 생선 육수의 짙은 내음 또한 내 입 안을 물론 코까지 자극하고 있었다. 처음에는 그 자극이 나에겐 너무나도 강해서, 국수장이의 굴곡 있는 과거사를 듣고 흘려야 했을 눈물이 그 순간에 나올 수 있겠다고 생각했다.

"좀 맵죠? 이게 원래 매운탕 같은 종류라서…"

"아뇨… 아, 솔직히 얼큰하긴 한데 맛있습니다."

그렇게 국수장이의 새삼 따사로운 말에 팬시리 또 마음 한편이 혼자 양파를 썰고 온 듯 찡해져, 나는 그만 자그마한 목소리로 사실은 완전한 진실이 아닌 말을 해 버렸다. 그러나, 국수를 자꾸만 탐닉하듯 먹어 치우다 보니 새하얗고 통통한 동태 살이 국수의 맛인 건지, 아니면 부드러운 면발이 국수의 맛인지조차 점점 헷갈려지기 시작했다. 어떻게 보면 해물탕과도 같고, 얼큰한 맛이 어떻게 보면 해물라면과도 같은 이 묘한 국수를 국수장이는 이렇게 설명했다.

"저도 모리국수를 만들어 본 건 처음인데, 호텔에서 일하던 시절 사형이 포항 출신이어서 어떻게 만드는지 알려 줬었어요. 이게 맞으려나…."

국수장이도 웬일인지 그렇게 얼버무릴 만큼 이 '모리국수'라는 국수의 정체가 애매모호했던 건지, 아니면 개인적인 얘기를 하느라 잠시 마음에서 고요하면서도 차가운 바람이 불었던 것인지 나는 여전히 확실하지 않았다. 그러나 이 상황에서 확실한 게 있다면 이 국수가 대단히 맛있었다는 것이었다. 국수장이가 내 방에 첫눈처럼 들어오기 전 생선의 맛을 썩 좋아하지는 않았던 나의 미뢰는, 어느새 수 가지 생선과 해산물들이 선보이는 강렬함에 면발처럼 섞여 들어가기를 바라게 되었다. 결국 내 그릇을 다 비우고 나서, 그와 공존한 이래 처음으로 나는 낯선 듯 익숙한 국수장이에게 이렇게 말했다.

"… 고맙습니다."

그 말을 들은 뒤 시계침 소리가 세 번 똑딱거렸지만, 내 앞의 국수장이는 아무런 말도 하지 않았다. 다만, 낯선 듯 익숙한 그 말쑥하고 단정한 얼굴로 내게 웃어 보일 뿐이었다. 만일 내가 남자를 좋아했다면 그의 국수 맛과 그 사람 자체 중 어느 것에 홀려야 할지 진지하게 고민했을 수도 있었을 정도로, 새삼 살가운 국수장이의 미소는 단편 영화의 마지막 장면처럼 짧막하면서도 선명했다. 그리고, 영화제가 폐막하듯 나직하면서도 느린 움직임으로 국수장이의 얼굴은 그렇게 내게서 멀어져 갔다.

9. 짜장면:
시간은 촉박하고, 배는 고프고

국수장이의 모습이 박씨 부인의 그것처럼 환골탈태한 날, 그리고 맥주 캔과 모리국수와 '옛날 이야기'가 함께한 그날 이후로 국수장이는 내게 조금 더 살가워졌다. 하기사 내가 아는 한 말 많고 수다스러운 성격은 아닌 국수장이가 자신의 개인적인 이야기를 들려줄 정도면 이미 충분히 내게 호의적이었던 것일 수도 있겠다. 마찬가지로, 나도 국수장이의 그 기구한 이야기를 들어 버렸으니 더 이상 내 방에 공존하는 타인은 아니라는 생각이 들었다. 그래서 나는 그에게 빌라로 들어오는 비밀번호와 상암동 홈플러스에 가는 길을 알려 주었고, 국수장이가 내 방 냉장고를 열고 새로 사 온 재료를 담는 횟수는 더 늘었다.

조별 과제 미팅이 어느덧 바로 몇 시간 후에 잡혀 있는 상황에서, 오늘도 국수 끓일 재료를 담는 건지 텅 빈 비닐봉지와 함께 냉장고 문을 닫던 국수장이는 냉장고 문을 한참 동안 들여다보는 것 같았다. 환경설계 과제에 참고해야 할 리포트를 찾느라 노트북 화면에 집중한 탓에 그 장면은 틈틈이 봤을 뿐이었지만, 과제의 말머리에 그 리포트의 출처를 적으려 할 무렵 국수장이는 넌지시 이렇게 물어봤다.

"… 준호 씨, 짜장면 좋아하나 봐?"

"네. 좋아하죠. 점심시간에 시켜 먹을 때는 짜장면이 최고 아니 겠어요? 제가 좋아하는 중국집 전화번호가…."

"… 좋아하면 만들어 줄까 해서요. 면까지 직접 뽑아서."

순간 이 사람이 하는 말이 진심으로 하는 말인가 싶어서, 나는 노트북에서 고개를 떼고 국수장이를 보았다. 국수장이가 얼굴에 보인 삐딱한 웃음마저 나로서는 갑작스럽게 개구리 뒷다리를 먹어 보라는 것처럼 굉장히 당황스럽게 느껴졌다. 국수장이의 팔짱 낀 자세처럼 무덤덤하게 초침 소리를 내는 시계에 순간적으로 눈이 돌아간 것도, 아마 '원숭이 엉덩이는 빨개, 빨가면 사과'라고 부르는 동요처럼 뜬금없으면서도 잘 보면 논리적인 연상작용 때문인 것 같았다. 새삼스럽고 자랑스럽게 말해서는 안 될 사실이기는 하지 만 나는 요리에는 영 서툴다. 그럼에도 불구하고, 여러 매체에서 보 여 준 요리사들의 멋들어진 손놀림과 가스레인지 위로 피어난 불 그스름한 불길 사이로 중압감 있게 들어오는 거대한 검은 그릇 같 은 팬 속에 달궈지는 채소, 그리고 팬만큼 새까만 소스는 막연하 게나마 짜장면을 만들기 힘든 요리로 인식하게끔 만들었다. 굳이 짜장면이라는 급할 때는 더할 나위 없이 환상적인 음식을 만들어 준다고 하면, 어린 시절 그놈의 광고 때문에 일요일에 정말로 아빠 가 만들어 줄 거라고 기대했다가 허탕만 쳤던 브랜드 말고도 다른 인스턴트 짜장면들도 많을 테지만 국수장이가 그런 것들을 좋아할 것이라고는 생각하지 않았다. 결국 나로서도 '마음은 고맙지만 그냥 시켜 먹읍시다'라는 얘기가 막 나올 즈음, 내 눈에는 국수장이가 다시 냉장고 문을 열고 밀가루와 쟁여 놓았던 생수 한 병을 가져가는 것을 보았다. 냉장고 문을 닫고 그것들을 싱크대와 가스레인지 사이에 있는 곳에 놓아도 영 만족스럽지 않은지, 국수장이는 다시금 냉장고 주위를 보물찾기하는 것처럼 샅샅이 뒤지기 시작했다. 그 모습이 나에게는 아직 네발 자전거를 타고 다니는 어린아이들 앞에서 두발 자전거를 끌고 와서는, 안장에서 엉덩이를 뗀 채 타 보라는 한 아이의 말에 득달같이 바로 도로로 나가 거의 서다시피 하고 자전거를 타는 소년과도 같았기에 내 입에서는 헛웃음이 나왔다. 그걸 아는지 모르는지, 한참을 찾아보던 국수장이는 내게 다시 고개를 들고 이렇게 물었다.

"혹시… 여기에 짜파게티 같은 거라도 있나?"

"냉장고 왼쪽 옆에 보면 짜왕 꾸러미가 하나 있어요. 그거 한 봉지가 남았나…"

"… 다행이네요. 난 중식 전문은 아니지만, 요즘에는 좋은 춘장을 구하기가 힘들다던데."

그렇게 짤막한 말 한마디만 남기고서는, 국수장이는 특유의 덤덤한 태도로 오른쪽 어깨만 으쓱해 보였다. '이번에는 또 무슨 일이 벌어질까' 하는 기대감과 우려가 교차하는 생각을 담고, 나는 애써 다시 숙제에 집중하려 노력했다. 아니나 다를까 조별 과제 단톡에는 스무 개도 넘는 문자가 내가 모르는 사이에 퍼지고 있었고 내 오른손은 그것들을 읽으며 화면을 살며시 미느라 바빴다. 그 찰나의 사이에, 부엌에서는 둔탁하면서도 끈적한 면이 만들어지는 소리가 났다. 그것은 누군가를 주먹으로 때리는 소리와도 같아, 국수장이가 그런 일을 하지는 않을 것이라는 것을 알면서도 괜스레 등골이 오싹해질 정도였다. 수없는 톡 문자들에 겨우겨우 답을 하고 다시 과제에 집중할 무렵, 이번에는 부엌 쪽에서 '탁, 탁' 하는 소리가 났다. 내 고막을 울릴 만큼 둔탁하고 크면서도 한편으로는 가벼운 그 소리는, 흡사 막장 드라마에서 시어머니가 며느리의 싸대기를 날리는 소리와도 같았다. 그 소리는 또한 내게 폭풍이 치는 바닷가 마을로 들이닥치는 파도 소리였고, 어머니가 갓 세탁한 이불을 터는 소리였다. 그러면서도 국수장이의 두 팔은 누군가를 안아주기 직전인 것처럼 끝없는 지평선을 그렸고, 그 선을 따라 상아색 밀가루 반죽도 뜨거운 피자 속의 모자렐라 치즈처럼 쭉쭉 늘어나기만 했다. 국수장이는 그렇게 늘어진 반죽을 한데 묶고, 또다시 '찰싹' 하는 소리를 내며 길게 늘리고 다시 한데 묶는 것을 여러 번 반복했다. 그의 손끝에서 반죽들은 점점 더 얇은 여러 갈래로 나뉘어지고 있었지만, 내게 더 인상 깊었던 것은 소리였다. 반죽 하나를 만드는 과정에서 났던 소리들이 무언가를 생산하는 것보다는 치열하게 겨루고, 싸우는 소리와 더 가깝다는 사실을 깨달은 순간, 나는 내가 그 모습을 한참 동안 넋 놓고 보고 있었다는 것까지도 자각했다.

국수장이는 자신이 하는 일에 집중하는 동안 뒤쪽으로 한 번도 돌아보지 않았으니, 나에게는 다행스럽게도 그는 내가 자신이 부엌에서 분주하게 움직이는 것을 빤히 쳐다보는 것을 알지 못했을 것이었다. 그동안, 면을 만들어 내느라 바쁘게 움직였던 국수장이의 손길은 이제 그 옆에서 불이 붙여진 냄비에 면발을 던지듯 넣고 있었다. 흡사 고등학생용 시집에서 본 어떤 시에 나오는, '튀는 빛의 꼬리를 물고 쏟아지는 물고기'들이, 이 장면 속에서는 면발과 같았다. 국수장이가 면을 만들 때 나왔던 온갖 전투적인 소리들은, 아마 한시도 한눈팔 수 없는 그의 현란한 손놀림에서 비롯된 것이 아닌가 싶었다. 면발들이 모두 냄비 속으로 들어간 후, 국수장이는 잠시 쉴 새도 없이 짜왕 꾸러미를 뜯었다. 내가 보지 않는 곳에서 어찌어찌 소스 봉투만 뜯어냈는지, 국수장이가 뜯어진 짜왕 봉지들의 마지막 흔적을 깨끗이 치우는 모습은 어째 미련이라고는 찾아 볼 수 없었다. 이것들을 과연 어디에 쓸지 고려할 시간도 주지 않은 채, 국수장이는 면이 들어 있을 냄비 밑에 있는 가스불을 끄고 그 냄비를 싱크대에 기울였다. 싱크대 속에서 피어오르는 김이 정녕 그 냄비 속에서 나고 있는 것인지 아니면 국수장이의 치열한 손길을 상징하는 것인지, 멀리서 봐서는 분간할 수가 없었다. 이쯤 되면 늘상 드는 예상대로, 국수장이는 싱크대 위에 있는 찬장에서 그릇 하나를 꺼내 그 안에 면발을 담았다. 눈이 아플 만큼 국수장이만 뚫어져라 쳐다보던 내가 시선을 옮긴 것은 한편에서 둔탁한 소리가 명확하게 들려왔을 때였고, 내 시선 끝에는 어느새 새벽의 목욕탕 굴뚝에 버금갈 만큼 자욱한 김을 내뿜는 그릇 두 개가 식탁 위에 올려져 있었다.

"빨리 와서 드쇼"

얼핏 보면 근엄하면서도 친척 어른 같은 면모도 보이는 국수장이의 목소리에, 나는 집에서 공부하다가 식사 시간을 맞이한 수험생처럼 뭉그적뭉그적 식탁에 앉았다. 시계는 어느새 한 시를 가리키고 있었고, 초침은 덧없이 동그란 원반 위를 돌고 있었다. 거짓말처럼 내 앞에는 새카맣기보다는 갈색에 조금 더 가까운 짜장면이 김을 내뿜고 있었고, 그런 색깔의 눈동자를 가진 사람을 어디선가 본 적이 있는 것 같았다. 처음 만난 사람에게 은연중에 기싸움을 거는 양아치처럼, 나는 그 눈동자 같은 짜장면을 빤히 쳐다보고 있었다. 늘 그렇듯 국수장이가 나보고 들라는 듯 오른손을 내 앞으로 내민 뒤에야, 내 젓가락이 만들어 낸 은색 우주선은 나름대로 진한 냄새를 풍기는 블랙홀 속으로 빠져들었다. 그 블랙홀은 수없이 많은 내 미뢰들 속에서도 생겨났는지, 나는 국수장이가 손수 만든 면의 가공되지 않은 쫄깃함과 소스에서 느껴지는 인공적인 짜임새의 묘한 조화를 느꼈다. 늘 푸르른 잎을 뿜내는 나무가 우거진 진짜 숲속과 그 자리를 밤이 되어도 별과 같은 빛을 내뿜는 마천루로 채워진 빌딩 숲속을 모두 돌아다니는 기분으로 나는 그 기상천외한 조리법을 가진 짜장면을 홀린 듯 해치웠다. 비록 소스는 가공식품의 것을 이용했다고는 하지만 국수장이가 어떻게 그렇게 빨리 파는 면 하나 없이 짜장면을 완성할 수 있었는지, 지난번 국수장이가 본인 입으로 들려 주었던 그의 과거를 되짚어 보니 어느 정도 납득이 갈 것 같았다. 그는 재야의 고수일 뿐만이 아니라, 모종의 사건으로 현역에서 비껴나간 베테랑이었다. 조금만 비틀면 무협지 속의 훌륭한 주인공의 모습으로 적합하지 않은가?

'정신을 차리고 보니 어느새 내 몫의 그릇은 비워져 있었다…'라는 행동이 당사자인 나에게도 익숙해져 갔다. 눈앞에서는 자신이 만들어 낸 피조물을 응시하는 신의 모습을 한 국수장이가, 여전히 김이 모락모락 나는 자신의 그릇을 한 번 바라보더니 자신의 젓가락을 들고 정신 없이 먹기 시작했다. '후루룩, 후룩' 하는 흡사 액체를 빨아들이는 것 같은 소리가 조금 전까지만 해도 내가 냈던 소리라고 생각하니 묘했지만, '빠른 시간 안에 괜찮은 한 끼 식사를 할 수 있다면 우스운 모습을 하는 것쯤은 괜찮지 않을까' 하는 생각이 들었다. 옆에 있는 내 핸드폰 시계는 어느새 한 시 반을 가리키고 있었고, 모니터 위로 덩그러니 올라와 있는 노란색 카카오톡 마크가 나에게 할 일이 있다는 것을 다시금 상기시켰다. 짜장면의 면발이 내 입 안으로 들어왔다가 결국 내 목을 타고 넘어가는 속도로, 나는 국수장이에게마저 겨우 고개를 바싹 숙이고 자리에서 급하게 일어났다.

* * *

"… 준호 형, 점심으로 짜장면 먹었죠?"

결국 양치질도 되는 대로 한 다음에 나름 빠르게 준비하고 난 다음 설계실로 뛰어오기까지 했건만, 먼저 와 있던 상록이 옆에 앉으니 나름 살가운 웃음을 지으며 나지막히 한다는 말이 바로 이거다. 혹시나 해서 핸드폰 화면으로 입가에 미처 닦지 못한 짜장면 자국이 있었는지, 아니면 행여나 옷에 까무잡잡한 반점 같은 춘장 국물이 튀지는 않았는지 살펴보려 한 순간, 상록이는 별안간 내 맨투맨 소매를 살짝 당기면서, 그 특유의 장난기 가득한 목소리로 이렇게 말을 이었다.

"형 옷에서 짜장면 냄새 나요. 먹을 거면 저 좀 부르지…"

"나도 내가 점심으로 짜장면을 먹을 줄은 몰랐다."

"아이, 준호 형~! 형은 왜 이렇게 맛있는 걸 많이 먹고 다녀요!
다음번에 짜장면 먹을 때는 진짜 저 부르셔야 돼요, 네?"

"불러 봤자 내 자취방일 텐데 니 동기들하고나 먹으러 가라"라는
말이 목구멍 위에까지 올라왔지만, 칭얼거림 같은 앙탈을 부리는
상록이의 모습이 새삼 터울 많은 남동생 같아서 나도 모르게 웃음
이 나왔다. 그런 모습을 볼 때면 '나도 신입생 때 저랬을까' 하는 생
각이 들었다. 저 녀석 집에는 입영통지서가 오기나 했을까. 권상록
이라는 녀석은 분명 미워할 수 없었지만, 아직 소년 티가 채 가시
지 않는 녀석의 모습을 볼 때면 내 어린 시절을 떠올리는 것과 같
은 마음이 들고는 한다.

"… 어? 준호 선… 아니 오빠랑 상록이 일찍 왔네? 조장 선배는?"

이번 과제를 위해 꽤나 열심히 준비해 왔는지, 뭔가 부피가 큰
재료들을 집어넣은 듯한 재료가 담긴 하얀 비닐봉지를 오른손에
들고 온 다현이였다. 만일 이 만남의 목적이 조별 과제가 아니었고
그래서 내가 비닐봉지 안에 들어 있는 재료를 몰랐다면, 다현이 입
고 있는 무릎까지 오는 기장의 하늘색 원피스와 어울려져 그 비닐

봉지 안에는 디저트를 만드는 재료가 들어 있을 것이라고 생각했을 것이었다. 그것도 그냥 디저트가 아니라, 유튜브에 간간히 올라오는 밝은 색감의 영상들에 나올 법한 타르트나 쿠키 같은 것들.

아무튼, 그 비닐봉지가 다현에게 무거워 보이지는 않는 것 같아서 나로서는 조금 마음이 놓였다. 허나 내 머릿속에는 순간 이 만남을 제안하면서 나를 '오빠'라고 불러도 되냐는 허락을 맡은 그녀의 목소리가 울려퍼졌고, 그래서 햇빛을 머금고 밝게 빛나는 다현의 갈색 눈동자를 온전히 바라보는 것이 부담스러웠다.

"아, 정훈이 형? 그 형 사정이 있어서 못 오신다던데…. 근데 제 생각에는 알바를 못 빼서 못 오시는 것 같아요."

'정훈이 형'이 조장 선배의 이름이었구나. 언제 조장 선배와 통성명을 했는지, 그리고 아르바이트를 한다는 건 또 언제 알았는지 내 옆에서 새삼 해맑은 미소를 지으며 또박또박 대답해 주는 상록이의 사교성이 다분히 놀라웠다. 그 말을 듣고 다현은 뭔가 조용히 중얼거리는 것 같았지만, 곧 비닐봉지를 책상 위에 올려놓고서는 재료들을 꺼내며 이렇게 큰 소리로 대답했다.

"아, 조장 선배한테 물어볼 거 있어서 안 계시면 곤란한데… 아무튼 그것 빼고는 우리 조 조원들, 참 좋은 것 같아요. 다음에도 꼭 같이 했으면 해요."

말을 하는 동안 비닐봉지에서 갖은 재료들을 꺼내는 다현의 모습이 흡사 국수장이 같다는 생각이 들어 하마터면 '풉' 하고 오해를 살 만할 정도로 큰 웃음이 나올 뻔했다. 말을 끝내기가 무섭게 왠지 다현의 밝게 빛나는 눈동자가 다시 내 시선을 만난 것 같았지만, 자존심 때문에 독감 백신 바늘의 따끔함을 참는 중학생처럼 나는 애써 내 마음 한편에 쿡쿡 박히는 따끔거림을 무시하려 했다. 그런 내 마음을 아는 건지 모르는 건지, 턱까지 괴고 다현을 바라보며 속삭이듯 말을 잇는 상록이의 눈가는 왠지 모를 회심을 머금고 있었다.

"에이, 조 배정은 누나 맘대로 안 될 거 잘 아실 텐데? 저 같은 신입생이 선배들과 같이 하는 건 앞으론 거의 없을 것 같고. 아, 준호 형이랑은 또 할 수도 있겠네요. 둘이 한 기수밖에 차이 안 날 테니까…"

"… 야, 권상록. 분위기 좋을 때 조용히 설계도나 꺼내자, 응? 주… 준호 오빠도 노트북에서 사진 폴더 좀 열어 주세요. 저 잠깐 어디 갔다 올게요."

나지막하면서도 어딘지 모를 섬뜩한 면이 느껴지는 목소리로 그렇게 대답을 하고 난 다음, 다현은 이어지는 상록이의 "누나 어디 가요?"라는 물음에 "화장실!"이라는 퉁명스러운 목소리로 대꾸하고 사라졌다. 그 찰나의 순간 다현의 볼이 상기된 것을 보았던 것 같지만, 강렬한 햇빛을 맞아 상기되어 보였던 것인지는 잘 분간할 수 없었다. 다현이 그렇게 사라지고 난 후 내 가방 속에서 노트북을 꺼내는 동안, 자기 손에 둘둘 말려진 설계도를 쭈욱 펼친 상록이는 이내 나를 향해 아까 다현에게 지었던 미소와 비슷한 미소를 지으며 이렇게 나지막히 말을 걸었다.

"… 다현이 누나, 아무래도 형 좋아하는 거 같지 않아요? 전 저번 미팅 때부터 그렇게 느꼈는데."

상록이 녀석의 눈치가 빠른 건 익히 알고 있었지만, 사실 다현의 하늘색 원피스와 나를 빤히 바라보던 갈색 눈동자, 그리고 갑자기 화장실을 간다고 하며 이곳을 빠져나가는 그녀의 행동을 퍼즐처럼 짜맞춰 본다면 충분히 이해할 수 있을 법한 상황이었다. 하지만, 저번 모임과 그 후로 며칠 뒤 다현에게서 전화를 받으면서도 긴가 민가했던 추측을 그렇게 바로 입 밖에 내뱉을 수 있는 녀석의 확신 이, 그러나 안 좋게 말하자면 뻔뻔함이 한편으로는 부럽기도 했다. 입가에 춘장이 흥건하게 묻었을 때나 느낄 수 있을 법한 당혹스러 움을 애써 참으며, 나는 이렇게 대꾸했다.

"야, 그렇다고 대놓고 그렇게 말하면 되냐. 사람이 무안해하잖 아."

"… 어? 잠깐 잠깐. 방금 다현이 누나 생각해 주는 거였죠? 그래 서 누나가 형을 좋아하나 보다! 형 여자들한테 인기 많죠? 그렇 죠?"

아니, 그걸 그런 식으로 연결시키면 나더러 어쩌라고. 이때 내 동 기들, 특히 철영이나 민준이 같은 애들이 옆에 있었다면 상록이 녀 석에게는 재미있는 구경거리였겠지만 나로서는 이들이 없다는 게

천만다행이었다. 벌거벗고 설계실에 덩그러니 앉아 있는 듯한 느낌이 스멀스멀 기어 들어오는 순간, 내 입 밖에서는 채 다듬어지지도 않은 이런 말이 나와 버렸다.

"… 그럼 뭐해. 내가 좋아하는 사람은 내가 걔를 좋아하는지도 모를 텐데."

"준호 형, 좋아하는 여자 있었어요? 헐, 완전 대박."

정말 놀란 듯한 목소리로 손을 입까지 가리면서 대답하는 녀석을 보며 속으로 온갖 욕을 내뿜을 준비를 할 수도 있었지만, 다행히 그걸 정말 행동으로 옮길 필요 없이 상록이 녀석은 더 이상 그것에 대해 오두방정 떨지 않고 한참을 곰곰히 생각하는 듯 설계도 쪽만 내려다보고 있었다. '녀석도 자기 딴엔 이 엄청난 상황을 보며 어떻게 해야 할지 몰라 머리를 굴리고 있기는 한가 보다'라는 생각이 든 순간, 별안간 다시 그 특유의 만화 속 아기 악마 같은 눈웃음을 치는 상록이의 속삭이는 대답이 내 고막을 찔렀다.

"… 형, 이번주 금요일에 홍익공원 앞에서 버스킹을 한대요. 이름은 기억이 안 나는데 막 페북에서 되게 유명해진 사람 있던데. 아무튼 그 여자분을 불러서 같이 데리고 보러 가고 끝나면 집에 데려다 주면 다음 날에 바로 그 여자분이랑 사귀는 건 몰라도 형을 좀 좋아하게 되지 않을까… 어… 뭐, 형이 알아서 하는데, 그냥 뭐라도 같이 보러 가면 그 여자분이 좋아할 것 같아서 그냥 하는 말이에요."

＊ ＊ ＊

올해 건축학과에 들어온 신입생으로서는 굉장히 많은 사람들과 두터운 친분을 쌓고 있는 듯한 상록이가 나에게 조언이라고 한 말은 어느 정도 신뢰가 갔지만, 사실 나는 혜주와 연락을 하지 못한지 꽤 된 것 같았다. 카카오톡을 켤 때면 저 멀리 사라지지 않은 혜주와의 채팅창이 눈에 어른거렸지만, 그녀는 나와 같은 과도 아니었고, 회식 이후로 나는 광고 동아리에서 최대한 쥐 죽은 듯 가만히 있었기 때문에 딱히 먼저 무슨 말을 할지 떠오르지 않았다. 행여나 그녀와 오래 대화하다가 내 진심을 담은 말이 뻔뻔스럽게 불쑥 튀어나와 버린다면 어떻게 할지, 그리고 그것에 대해 혜주가 껄끄럽게 생각한다면 또 어떻게 할지 계산이 서기에는 내 마음이란 것이 겁이 많았다.

그렇게 집으로 돌아와 핸드폰의 카카오톡 화면만 왔다갔다하다, 국수장이가 짤막하게 "아, 네" 하고 전화를 끊고 한숨을 깊게 내쉰 뒤 다시 시계침이 똑딱대며 중력을 거스르는 소리만 들리는 중에야 나는 군대에서 했던 공수훈련을 다시 하는 기분으로 혜주에게 카카오톡을 보냈다.

'혹시 시간 되신다면 금요일 오후에 같이 버스킹 보러 가실래요?'

이 문자 한 통만 보냈을 뿐인데도 내 심장 안에 있는 시계는 째깍대는 초침 소리만 수백번 울려 댔다. 그렇게 나 혼자서만 영겁같이 느껴졌을 시간이 지나고 난 뒤 그녀에게서 이렇게 문자가 온 순간 낡은 펌프로 부풀어 가던 내 마음이라는 바퀴에는 바람 빠지는 소리가 날 것만 같았다.

'죄송합니다. 그때 시간이 없을 것 같네요.'

아무튼, 그렇게 혼자 버스킹을 한다는 공원 앞에 온 날에 내가
봤던 하늘에 비친 연보라빛과 분홍빛, 그리고 어스름한 하늘빛의
향연은 유독 아름다웠다. 그 하늘의 빛깔 중 태양의 빛이 자아낸
붉은빛만을 내려받았을 듯한 맨투맨을 입고 있던 남자는 기타를
치면서 나도 한 번쯤은 들어 봤을 법한 노래를 몇 곡 불렀고, 구름
처럼 몰려온 관중들 중에서 내가 찾고 싶어 했던 그녀의 모습은 정
말로 없었다. 지루한 수업시간에 창 밖에 날아든 새를 바라보는 것
처럼 고개를 기웃거리던 나는, 내가 보고 싶었던 모습이 없다는 것
을 슬프게 깨달으며 '아 맞다, 시간이 없을 것이라고 했지'라는 혼
자만의 위로를 할 뿐이었다.

"이 노래는 별로 유명하지는 않지만, 제가 개인적으로 정말 좋아
하는 노래예요. 슬프면서도 솔직한 가사가 특히 마음에 들더라고
요… 규현의 〈조용히 안녕〉[1]입니다."

담담하게 말을 끝내고 나서, 남자는 메고 있던 기타를 한쪽에
조용히 내려놓은 다음 앰프 위에 살포시 올려져 있던 핸드폰을
잠시 손가락으로 툭툭 쳤다. 피아노로 연주한 조용하고 잔잔한
반주가 잠시 나온 다음, 남자는 눈을 지그시 감고 노래하기 시작

---

1) 규현의 〈조용히 안녕〉(솔로 미니3집 《너를 기다린다》 수록곡, 작사 심은지, 작곡 심은지).

했다. 그 모습에서 어렴풋한 슬픔이라도 느꼈는지, 그가 핸드폰을 건드리는 동안 환호성을 질렀던 관중들은 소나기 그치듯 고요해졌다.

"눈물 쏟으며 거창하게 서로 이별할 수 있음이 축복이라 느껴진다. 나의 이별은 혼자서 보잘것 없이 치러지는데. 이별했다고 따뜻하게 위로 한 번 받을 수 있음이 사치라고 느껴진다. 나의 사랑은 아무도 모르게 접어야만 하는데…"

남자는 마이크를 한 손으로 붙잡고, 그 안에 자신의 비밀을 털어놓듯 담담하게 노래를 불렀다. 노래를 그런대로 '체계적으로' 배워본 일이라고는 학창시절 음악 시간과 초등학교 학예회 때의 합창이 전부였지만, 남자의 나지막한 목소리는 아무런 기교도 없이 깔끔하면서도 진중했다. 슬프면서 솔직한 가사가 마음에 든다는 남자의 소개말에도 나는 동감할 수 있었지만, 노래가 계속될수록 내 머릿속에는 단 한 가지의 확신이 들었다. 이 사람, 짝사랑을 꽤나 많이 해 봤겠구나. 아니, 떠난 뒤에도 흔적이 남을 만큼 진하고 강렬한 혼자만의 사랑을 단 한 번이라도 해 봤겠구나.

"… 참 오래도 끌어왔다. 시작에도 마지막에도 어차피 혼자였을 것을 돌아보니…"

반주가 약간이나마 고조되는 것을 보니 이 부분은 후렴으로 넘어가는 부분임이 틀림없었다. 고조되는 반주가 책이나 시를 읽어주듯 사근사근한 남자의 음성과 섞여 내 머릿속에 혜주로부터 받은 마지막 카카오톡의 잔상이 떠올려지게끔 만들었다. 수없는 망설임 끝에 보낸 내 카카오톡에 바쁘다며 거절한 그녀가 만일 나와 함께 이곳에 있었다면, 상황은 조금 더 달라졌을까. 그렇게 꿈에서나 겨우 그릴 법한 상상을 하며, 나는 주위를 둘러보았다. 많은 사람들이 남자의 노래를 진지하게 듣고 있었고, 몇십 개의 스마트폰 화면 속에 무심하듯 애틋하게 노래하는 남자의 모습이 비춰졌다. '그들도 나와 같은 생각을 하고 있을까' 하는 마음에도 없는 생각을 떠올리던 순간, 내 눈에는 겨울 바다의 고요한 물결을 작은 머리에 이고 다니는 여자가 보였다. 그녀의 몸에 걸쳐진 분홍색 스웨터는 그녀에게 더없이 어울렸지만, 그녀의 팔짱 긴 왼팔 끝에는 그 지긋지긋한 탁한 카키색 군복을 입은 남자가 묵묵하게 서 있었다. 모자까지 단정하게 쓴 모습이 불과 1년 전의 나를 떠올리게끔 만든 남자는 자기 옆에 있는 여자를 향해 뭐라고 다정하게 말하는 듯 웃음 지었고, 그건 고개를 돌린 여자도 마찬가지였다. 무언가가 신경 쓰이는 듯 뒤쪽으로 살짝 돌려진 여자의 옆얼굴을 본 순간, 나는 마하의 속도로 내 뒤통수에 얼음을 얹은 것처럼 얼얼했다. 여자의 얼굴은 내 머릿속에 오랜 시간 속에 돌아다녔던, 사랑스러운 그녀의 모습이었다. 다른 점이 하나 있었다면, 그녀가 군복 입은 남자에게 짓고 있었던 미소는 이 거리에 그녀와 그 사내만 있어도 충분했을 법한 미소였다. 내가 그녀의 얼굴에서 단 한 번도 본 적이 없는, 그런 미소였다.

"… 너무 초라했던 고단하기만 했던 내 사랑. 헛된 기대와 잦은 실망에 지쳤을 내 사랑. 혼자 이별하는 날, 뭐든 해 주고 싶지만, 가엾은 내 사랑 마지막까지도…"

노래 가사는 그렇게 어린 아이의 피부를 뚫는 독감 예방 주사 바늘처럼 나를 아프게 찔러 왔지만, 나는 나의 '사랑'이란 것이 '초라하고 고단하다'고 생각하지 않았다. '헛된 기대와 잦은 실망에 지쳤을' 것이라고도 생각하지 않았다. 술에 취한 그녀를 내 방으로 데려와 냉면을 함께 먹었던, 그 한여름 밤의 꿈과도 같았던 날을 생각하며 나는 계속 그녀를 내 마음속에 담았다. 그런 그녀가 내 마음속에서나마 살아 있어 난 바보같이 좋았다. '이 시대의 지극히 상식적이고 평범한 사람이라면 그렇지 않았을 텐데'라는 알 수 없는 압박감이, 그녀가 내 머릿속에 나타날 때면 눈 녹듯 사라졌고, 대신 평소 같았으면 쓸데없게만 생각했을 낭만적인 생각들이 빈 공간들을 채웠다. 그녀를 마음에 품을 때마다 했던 온갖 '헛된 기대'가 있어 난 행복했다. 감히 언젠가 그 기대들이 현실로 이루어질 것이라고도 생각했었다. 하지만, 지금은 잘 모르겠다. 내가 이곳에 오지 않았으면 좋았겠지만, 언젠가는 마주쳐야 했을 진실이었을 것이었다. 차라리 비가 시원하게 와서 눈물이라도 흘리고 싶은 내 마음을 대변해 줬으면 좋겠다는 헛된 바람까지 들었다. 얼굴 모르는 이 노래의 작사가에 내가 동의하는 마지막 부분, 즉 '가엾은' 건 내 사랑만이 아닌, 그녀에게 모두 내 줄 수도 있었던 나의 정신이라는 작은 세계 그 자체였던 것이다.

원래 나 혼자서 보러 갈 것이 아니었던 버스킹의 끝물에, 나의 마음속에 연꽃처럼 곱게 피어난 정혜주라는 여인은 그럼에도 불구하고 노래가 끝날 때까지 발버둥치다가, 그렇게 연못에서 익사한 사람처럼 사라졌다.

"… 너무 초라하다. 보잘것없이 저문다. 내 사랑. 마지막이라도 웃을 수 있게 해 주고 싶지만…. 할 수 있는 거라곤, 해 줄 수 있는 전부라곤 안녕. 네게 고작 안녕…."

10. 우동:
아픈 사랑 위에 반창고를 붙여라

아무리 이런 일이 벌어질 것이라고는 예상하지 못하는 것이 인간 지성의 한계라지만, 그녀를 담았던 내 마음의 창은 보석함이 아닌 프린터였어야 했다. 그녀에게 비웃음을 당하며 거절당하더라도, 그냥 한 번쯤 '좋아한다'고 말했다면 이렇게 당혹스럽지는 않았을 텐데. 그랬다면 그 군인의 자리를 내가 채우고 있지는 않더라도, 조금이라도 덜 아쉽지는 않았을까 하는 생각은 이미 다 소용없는 일이었다. 나는 더 이상 정혜주를 내 마음속에 담고 있을 수가 없다. 하지만 내 마음 위에 적힌 그녀의 이름은 선명한 마카펜으로 쓰여 있었고, 나의 망각은 그저 평범한 문방구 지우개일 뿐이었다. 마음속에서 남몰래 좋아하던 누군가를 또 남몰래 보낸다는 것은 그만큼 아프고 고통스러운 일이라는 게, 그리고 그것이 더 이상 나에게는 막연한 것이 되지 못한다는 게 슬펐다. 한 편의 꿈이나 영화 같았던 나의 봄날을, 나는 마찬가지로 영화처럼 떠나 보내고 싶었다. 그래서 술을 입에 댔다. 평소에는 드나들지도 않던 사람 없는 술집에, 그렇게 나는 무작정 여행을 떠나듯 들어왔다.

"아따, 고 가시내 낯짝이 쪼까 반반한갑네. 시상에 안준호 맴에

허버 불을 다 질러부렀어야, 짠혀서 우찌아스까잉…"

술기운이 조금 오른다 싶으면 늘상 나오는 찰진 전라도 사투리를 하며, 왼손으로 자연스럽게 병을 들고 비어 있는 내 소주잔을 채우는 철영이의 웃음이 게슴츠레하다. 그래도 혹시나 하고 술 마시러 왔다고 보낸 카카오톡에 두말 않고 달려와 준 철영이가 고마운 마음도 들어 웃음을 지어 보려 하지만, 내 입에서 외마디로 나온 웃음소리는 방금 마셨던 소주의 끝맛같이 씁쓸하기 그지없다. 나와 철영이가 앉아 있는 테이블에는 버터구이 오징어와 땅콩이 있었지만, 왠지 안주에는 입맛이 돌지가 않았다.

"있냐, 그래도 시상에 널리고 널린 게 니같은 낯짝에 환장하는 가시내라 했웅게 껵정은 하덜 말어야. 솔찬히 나보단 니가 낫제…. 아야, 근디 안주는 안 먹냐? 니 그러다 한방에 뻗친다잉."

여전히 풀린 눈동자에, 얼핏 보면 바보 같아 보일 정도로 심하게 올라간 한쪽 입꼬리가 신경 쓰였지만, 목소리로 들어 보니 철영이는 의외로 진심으로 나를 걱정해 주는 것 같았다. 그러고 보니, 내가 몇 잔이나 마셨는지 점점 기억이 나지 않는다. 가늠할 수 있는 것은 다만 빈 녹색 병이 서너 병 정도 보였을 뿐이었다. 철영이의 말에 나는 있는 대로 대답해 보려 했지만, 나오는 말은 오래된 카세트 테이프에서 나오는 것처럼 한없이 늘어졌다.

"너야말로 한 번에 훅 갈 것 같은데에…. 철영아, 나 몇 잔 마신 거 같냐?"

"몇 잔? 아야, 니는 몇 잔이 아니고 몇 병인지 물어봐야 쓰겠다. 흐미 거시기, 또 겁나 징허게 처먹어싸서야, 어데 인자 쪼매 있다간 네 번째 병 까겄네 까겄어이. 차인 거만 아녔음 개구녕에 확 처박 아버릴랑게…"

내 등에는 서늘한 기운이 느껴졌지만, 그게 철영이의 마지막 말 때문인지 아니면 테이블에 놓여져 있는 저 병들에 든 술 중 반을 내가 삼켰다는 사실에 충격을 받은 것인지는 가늠이 가지 않았다. 초록색 병 안에 조명이 들어 있는 것인지, 술집 안에 들어 있는 다른 사람들이 들어 있는 것인지, 아니면 눈앞에 뜬금없이 어른거리는 혜주의 환영 때문인지도 알 수 없었다.

수능이 끝난 해 제야의 종이 울리고 나이의 십의 자리 숫자가 바뀐 이래로, 어떤 술자리에 가든 내가 가장 많이 마셨던 소주의 양은 두 병 정도였다. 그만큼 지금 나는 홍대 거리의 술집이 아니라, 유럽 어딘가의 깊은 숲속이나 태평양 한가운데 망망대해에서 길을 잃은 미아가 된 것 같았다. 나의 세상은 그야말로 빙빙 돌았고, 내 주위의 모든 소음들이 고막을 사정없이 때려 헤비메탈 콘서트에 온 것으로 착각하게끔 만들었다. 아지랑이 피어오르듯 흔들리는 건물 안에서, 하마터면 철영이의 어깨를 붙잡고 '베수비오 화산이 한창 폭발하고 있는 폼페이 같은 이곳이 어떻게 버젓하게 사람들을 채울 수 있는 거지?'라고 물어볼 뻔했다.

외줄타기를 하고 있는 정신으로 본 세상은 전쟁터였고, 아마 술기운으로부터 시작되었을 망각은 어릴 때 즐겨 보던 만화책 속 폭발 말풍선과도 같이 터져 나왔다. 사지가 애달픔이라는 깊은 강물

속에 적셔진 솜 보따리처럼 천근만근인 상태에서 내 목구멍은 판도라의 상자였다. 누군가 말을 시키면 평소에는 전혀 떠오르지 않았을 헛소리들이 새어나올 것 같아 아무런 말도 할 수 없었다. 그다음 순간부터, 내 영혼은 깊고 깊은 블랙홀 속으로 빨려 들어가는 우주선이 되어 버렸다. 테이블 위의 초록색 병들도, 철영이와 내 사이에 놓여진 오징어 땅콩 접시도, 술집의 샛노란 조명도, '아야 괜찮냐?'라며 나를 향해 팔을 뻗는 철영이도, 심지어 지긋지긋한 혜주의 환영도 서서히 내 시야에서 비껴가고 있었다. 만일 우주선을 타고 태양계를 막 벗어나려는 시점에서, 우주선의 시스템 오류 같은 것으로 컴컴하고 텅 빈 공허 속 한가운데에서 흔들리고 있다면 바로 이런 느낌이지 않을까 싶었다. 겉보기에는 잠이 들어가는 것과 차이가 없겠지만, 내 눈이 감기고 있는지 아니면 뜬 상태에서 이 지경까지 가고 있는지 나는 알 수가 없었다. '내가 만일 지금 당장 죽는다면 이런 느낌일까…' 하는 생각이 들 정도로 정신이 아득해져만 갔다. 굳이 비유법을 쓰자면 길을 잃었다고도 할 수 없었다. 그것보다는 날 옴짝달싹 못하게 하는 함정이나 늪과도 같았고, 달도 모습을 감춘 칠흑같은 밤에 오아시스를 찾을 길 없는 사막 위를 걷는 것 같았다.

초등학교 때 읽던 어느 책 속을 스쳐 지나갔던 한 편의 이야기가 문득 떠오른다. 코끼리는 평소에 무리를 지어 살지만, 생을 마칠 때가 되면 속해 있던 무리를 떠나 '코끼리 무덤'을 향해 홀로 죽음을 맞이하는 길을 걸어간다는, 섬뜩하고도 심오한 이야기였다. 한 발짝도 제대로 뗄 수 없는 무거운 발걸음 위에, 나는 임종을 맞이한 코끼리의 길을 걸어가고 있다. 정말 나만의 '코끼리 무덤'에 다

다를지, 아니면 중간에 돌아갈 수 있을지는 애석하게도 내 정신에 달려 있게 될 것이다.

* * *

어쩌면 정말 영원히 감겨질 것만 같아 무서웠던 내 두 눈이 마침내 떠졌을 때, 나는 이불을 덮고 누워 있었다. 노트북이 거대하고 네모난 조개처럼 닫힌 채 올려져 있고, 뒤에는 전공책들이 있는 책상이 내 눈앞에 있었고, 중국집의 그것처럼 보이는 부엌과 그 사이를 가로지르는 벽의 맨 위에 걸려 있는 시계가 초침을 돌리고 있는 것을 보아 내가 살고 있는 방이 맞는 것 같았다. 무엇보다도, 가스불이 작동되고 있는 부엌에는 국수장이가 있었다. 마치 국수장이를 이 집에서 처음 발견한 아침인 것처럼, 그의 바로 앞편에는 김이 모락모락 오르고 있었다. 간밤에 등산하면서 롤러코스터를 탄 듯 온몸이 뻐근하고 살짝 어지러운 것을 제외한다면, 놀랍게도 평소와 같은 아침 풍경이었다. 그 낯선 듯 익숙한 풍경에, 그리고 굳이 강의를 들으러 가지 않아도 되는 토요일이라는 사실에 나는 마음이 놓였다. '기어코 코끼리의 무덤가에서 살아 돌아왔구나' 하는 생각이 들어 괜스레 안심이 되었다. 하지만 내가 몸을 일으키자 내 허리는 기묘한 악기라도 된 듯 '뿌드득' 하는 관절 부딪히는 소리를 내었다. 입에서 절로 '아' 하는 외마디 신음소리가 내뿜어진 순간, 그제서야 인기척을 느꼈는지 국수장이는 뒤를 돌아보고서는 이렇게 지나가듯 대꾸했다. 어떻게 들으면 어머니의 잔소리 같고, 어떻게 들으면 길바닥에 누운 취객을 마주하는 경찰 같았던 국수장이의 말투가, 이상하게도 눈물나게 반가웠다.

"못 일어날 줄 알았더니만 어째 일어나긴 했네? 이왕 이렇게 된 거 나중에 준호 씨를 여기까지 무사히 데려다 준 사람한테 감사나 하쇼. 그쪽 눕히고 돌아갈 때 전라도 말씨로 뭐라고 중얼거렸던 거 같은데… 친군가 봐요?"

"… 네. 아니 뭐, 솔직히 기억은 잘 안 납니다. 술 마실 때 제 친구와 같이 있었긴 했는데…"

'기어코 철영이가 여기까지 날 데려다 줬구나' 하는 생각이 스쳐 지나가며 이런 대답이 나오던 순간, 국수장이는 가스불을 껐다. 멸치 육수와 비슷했지만, 그것보다는 조금 더 진하고 걸쭉한 느낌이 나는 냄새가 내 코끝을 간질였다. 내 말을 듣고 나름대로 생각을 했는지, 국수장이는 잠시 헛기침을 하고서는 김이 모락모락 나는 그릇 하나를 들고 이렇게 대꾸했다.

"어젯밤 들어왔을 때 설마설마 했더니 기억까지 깨끗하게 지워질 정도였구만요? 으이, 그렇게 들입다 부어마신 거 보니까 알겠네요. 웬만해서는 떨칠 수 없는 게 있었나 보네… 스트레스 받을 만한 거 있었수?"

"스트레스라기보다는… 그것보다도 더 심오할 수도 있는 다른 게 있었죠"라고 감히 대답할 수 있는지 내가 영 계산이 서지 않았다. 내가 그와 같이 산다고 해서 국수장이와는 관련이 전혀 없는 나만의 문제, 나의 개인사를 털어놓아도 되는 것인지 망설여지는 건 사실이었다. '국수장이도 나와 마찬가지로 생각하고 있지 않을까…'

라는 생각이 든 순간, 그가 모리국수를 만들면서 들려주었던 그의 과거가 머릿속에 떠올랐다. 술기운이 조금이나마 들어가 있었다는 걸 감안해야 하지만, 국수장이가 나에게 들려준 이야기의 무게를 생각한다면 나도 내 나름대로 심각하다고 느끼는 일을 못 털어놓을 필요는 없다고 생각했다. 그 사이에 내 입은 이런 말을 수증기처럼 내뿜고 있었다.

"… 뭐, 그냥 좋아하는 여자가 알고 보니 남자친구가 있었어요."

내 말이 그렇게 끝나고 나서, 국수장이는 잠시 아무 말도 하지 않았다. 다만 김을 내뿜고 있는 작은 그릇 두 개를 가져와서 상을 차리고는, 내 맞은편에 털썩 주저앉을 뿐이었다. 그러고서는 자신도 온전히 나를 이해한다는 듯, 어딘지 모르게 쓸쓸해 보이는 미소를 지으며 고개를 끄덕였다. 국수장이가 고개를 다시 똑바로 들고 나를 지그시 바라본 다음에야, 나는 누군가 초고속 카메라로 나를 찍은 것처럼 천천히 국수장이의 맞은편에 앉았다. 그제서야 나는 주위에 안개 같던 김만 무성하던 그릇에 정말 무엇이 들어 있는지 알아채었고, 그것은 다름 아닌 우동이었다. 해 질 무렵의 모래사장 같은 빛깔의 국물에서 솟아오르는 김은 짭쪼름한 내음을 품고 있었다. 그릇 위에 둥둥 떠다니는 각종 고명들과 아래에 얽혀 있는 듯 잠긴 새하얀 면은 어쩐지 내게 '우동' 하면 떠올려지는 그 익숙한 느낌을 주었지만, 호수 위에 떨어진 꽃잎같이 유유히 그릇 위를 오가는 정체 모를 부스러기 같은 것들이 나를 신경 쓰이게 했다. 면이 없었으면 이상한 나라의 흙탕물 호수처럼 보였을 우동에 차츰 새삼스러운 시선 대신 침이 고일 무렵, 국수장이는 마침내 입을 열어 이렇게 말을 꺼냈다.

"큐우가니 키타토로가 코코다카라, 와타시가코노 헤야니 스왓 테이루요니낫테, 소시테 아나타가이테…. 혼또니 요캇타."[2]

국수장이 특유의 나직한 목소리로 속삭이는 일본어는 어딘지 모르게 액션 만화 속 성인 남성 주인공 목소리 같기도 했지만, 정작 '혼또니'나 '와따시' 같은 단어를 빼고는 무슨 말을 하는지 통 알 수가 없었다. '한 번만 더 말해 보라고 한 뒤 녹음해서 고등학교 때 제2 외국어로 일본어를 들었다는 숭현이한테 물어봐야 하나'라고 생각한 순간, 국수장이는 고요하다 못해 사람 기분을 쎄하게 만드는 목소리로 말을 이었다.

"열 여섯 살 때였죠…. 이 말을 처음이자 마지막으로 들었던 때가. 제가 아직 동두천에 있었을 때, 그리고 아직 앞에 아무런 수식어를 붙이지도 않은 '그냥' 성현태였을 때. 아, 내 이름… 을 몰랐었겠구나."

그렇게 말하며 애써 씽긋 웃어 보이는 국수장이를 바라보며 나는 그저 우동 한 가닥을 입 안으로 빨아들였지만, 그 말 속에서 국수장이의 가장 중요한 두 가지를 드디어 알아버렸던 것이었다. 지난번 그가 냉장고에 붙여진 것을 보고 내 이름과 고향을 말했던 것이 떠올려지면서, 내 일상에서 그가 또 하나의 익숙한 존재가 될

---

2) (日) 휴가 온 곳이 여기라서, 내가 이 방에 앉아 있게 되어서, 그리고 네가 있어서 참 다행이야.

때까지 왜 그것을 궁금해하지 않았던가. 아마 그가 있다는 게 너무나 익숙하고, 정신을 잃을 정도로 술에 취해 친구의 등에 업혀 돌아온 다음 날 눈을 뜨면 그가 부엌에서 국수를 삶고 있을 것이라는 사실이 조건반사를 넘어 당연한 것이 되어 버린 탓일 것이다. 의식하지도 않았던 궁금증이 마침내 해결된 것일까, 나는 마치 시원한 물 한 잔을 들이켠 것처럼 목이 뻥 뚫린 느낌을 받았다. 국수장이, 아니 현태 씨와 나 사이에 흐르는 어색함을 지우고자 우동면은 두세 가닥 더 집어 넣었지만, '후루룩' 하는 소리가 정말 면을 삼키면서 내는 소리인지 알 수 없게 했을 뿐이었다. 이 모든 광경을 눈앞에서 분명히 지켜봤을 텐데도, 내가 국수를 먹기 직전이면 늘상 그랬듯 현태 씨는 그저 웃기만 했다. 그것도 보는 사람이 미안해질 정도로 굉장히 애처롭고 애달프게 웃었다. 그 웃음은 국수장이가 다시 한 번 운을 띄운 순간, 그렇게 희미하게 사라졌다.

"지금도 그때는 가끔씩 어제 일처럼 기억이 나네요. 고향에서 일어난 일들 중 제가 기억하고 있는 가장 좋았던 일… 일본에서 왔다는 어떤 여자아이가 옆집 대문을 열고 나타났고, 그녀가 동두천을 떠날 때까지 그녀가 하는 말들, 했던 행동, 그리고 그녀와 내가 접점이 생겼을 때의 그 모든 일들이 하나하나 빠짐없이 모두 다."

* * *

소녀에게는 두 개의 이름이 있었다.

하나는 소녀가 태어나고 자란 일본에서 쓰이는 이름인 '미나미 메구미'였고, 또 하나는 거창하게 말하자면 소녀의 가족의 뿌리가 있는 곳이지만 그녀 입장에서는 단지 '부모님의 나라, 외가가 있는 곳'일 뿐이었던 한국에서 불렸을 이름인 '남혜미'였다. 이 외에도 학교에서 불렸을 '미나미'와 가까운 사람 사이에서 불렸을 '메구짱' 같은 게 있었겠지만, 어쨌든 소녀는 여러 가지 이름이 있다는 사실을 부담스러워하기는커녕 오히려 그 사실에 흥미로워하고 있는 듯했다.

'자신의 정체성을 더 잘 알아야 한다'는 그럴 듯한 미명, 그러나 이민 2세들에게는 끝도 없는 딜레마가 될 이 명분하에 그때까지 한 번도 들어 본 적이 없었을 동두천이라는 곳에 도착했을 때, 그리고 한국에 있는 동안 머물렀던 외갓집의 옆집 대문으로 자기 나이 또래의 소년이 들어오고 있었을 때 소녀는 자신을 오사카에서 온 '미나미'라고 소개했다. 그 말을 끝내고 처음 보는 사람에게 짓는 표정치고 너무나도 발랄했던 소녀의 미소를, 소년은 당혹스러워했지만 일단은 답으로 자신의 이름을 말하고서는 도망치듯 문을 닫아 버렸다.

소년의 옆집 노인 내외는 바다 건너 온 외손녀를 귀한 손님처럼 매일 곰살스럽고 따뜻하게 대해 주었지만, 부모에게는 고향이어도 자신에게는 끝도 없는 타향인 나라에서 소녀는 외로웠다. 일단은 이왕 고등학교에 갈 거 최선을 다해야 하지 않겠느냐는 부모의 조언하에 그냥저냥 밤이 될 때까지 독서실과 학원에 다니며 친한 친구들 몇과 농구라도 할 시간조차 내기 빠듯했던, 그렇게 방학 같지 않은 방학을 보내던 소년도 자신의 일상에 치이기는 마찬가지였다. 그러나 소년의 부모와 소녀의 외조부모는 이웃답게 서로 마주칠 때마다 살가운 안부를 나누었다. 차츰 각자의 보호자가 옆에 없을 때에도, 소년과 소녀는 두 집의 낡은 현관 사이에서 간단하게나마 안부를 묻고 인사하는 사이가 되었다.

그렇게 자의 반 타의 반 정해진 자신들의 일상이라는 곧은 도로 위를 흐르듯 지나던 자전거 두 대와도 같던 그들에게, 서툰 운전자가 전봇대에 부딪힌 것만큼 강렬한 접점이 다가온 것은 유달리 화창하고 바람마저 선선했던, 한국의 여름치고는 굉장히 이질적인 날이었다. 소년은 전날에, 그리고 그 전날에도 그랬던 것과 다를 바 없이 학원 갈 때 늘상 가지고 갔던 가방을 메고 현관문을 나섰다. 하지만 소년이 가장 먼저 보았던 것은 짙은 남색 문패 위에 금색 글씨로 박힌 '703'라는 숫자가 아닌, 그 집에 사는 노인 내외의 외손녀였다. 처음 만났을 때 자신을 '미나미'라고 했던, 말투가 맹랑하리만큼 발랄했던 그 소녀의 생김새를 소년은 그 순간 처음으로 자세하게 볼 수 있었다. 살 없이 마른 체격, 몸에 맞는 흰색 반팔티에 찢어진 청바지의 골반 부분에 걸치듯 묶인 새빨간 난방, 그 시절 일본에서는 패션계의 우상이었던 '요피'의 헤어스타일을 따른 듯 위로 자유분방하게 묶인 검은 머리와 보일 듯 말 듯한 앞머리 사이로 보이는, 곧고 가는 눈썹. 자신의 모습을 멍한 듯 뚫어져라 바라보는 소년을 발견하자마자, 소녀는 방 안에 나타난 거대한 타란튤라처럼 쉽게 잊히지 않을 것 같은 인상이 무상하게 활짝 웃었다. 눈이 거의 감겨질 듯 그렇게 한껏 웃어 보이던 소녀는 소년에게 이렇게 물었다.

"저기, 어디 가? 학교?"

"아니, 아직 방학이라 학원."

그 사이에 엘리베이터 옆의 버튼을 누른 소년의 답에는 그렇게 무덤덤한 듯 살짝 퉁명스러운 면모가 담겨 있었다. 작은 모니터 안의 '15'라는 붉은 숫자는 빠르게 순서를 거스르고 있었고, 소녀는 가벼운 한숨을 내쉬며 이렇게 받아쳤다.

"역시 한국 애들은 학원에 많이 가는구나. 어쩐지 친해질 친구가 보이지를 않더라니…. 음, 그 학원에서 배우는 게 너한테 중요한 거야?"

모니터 안에 있는 숫자는 어느새 '11'이 되었고, 소년은 방학이 되기 직전 보았던 기말고사 성적과 학원에서 내 주는 과제들을 떠올렸다. 똑같은 것을 계속 풀고, 풀고 또 풀고, 그것은 분명히 지루하기 그지없는 일이었지만 언젠가는 꼭 해야 했던 일이라고 생각해 왔다. 잠깐, 언젠가? 만일 내가 세상을 떠날 때까지 그것을 미룬다면, 그리고 늙어 죽기도 빠듯할 판에 그 문제들을 붙들고 앉아 있기 싫다면 어떻게 해야 할까? 그렇게 아무에게도 감히 내뱉은 적 없었던 질문이 머릿속에 홀연히 맴돌 무렵, 그리고 모니터 안에 흐르는 시간은 '10'에서 잠시 멈출 무렵 소년의 입에서는 이런 대답이 흘러 나왔다.

"아니. 꼭 그렇지만은 않은 것 같아."

"그럼, 오늘은 나와 놀러 가지 않을래? 할머니도 친구분들하고 놀러 가셨고, 할아버지는 경로당에 가 계신데 나만 누군가와 함께 있지 않은 건 뭔가 억울한 것 같아서 그래. 당분간 이 동네에 있게 되는데 지리도 좀 알려 주고… 안 그래?"

　기다렸다는 듯이 바로 받아치는 타이밍도 그렇고 분명 소년에게는 쌩뚱맞은 부탁이었지만, 막상 말을 마친 소녀는 해맑다 못해 청승맞은 미소를 짓고 있었다. 자신을 '미나미'라고 소개한 첫날처럼 천진하고 발랄한 목소리였다. '10'에서 멈추었던 숫자는 다시 빠르게 '9'로 내려오고 있었다. 소년은 자신이 소녀의 제안을 거절하고 '착실하게' 학원에 가게 된다면 일어날 일을 머릿속에 그렸다. 어제와 똑같은 문제들, 어제와 똑같은 답안지와 늘 그랬듯이 너무나도 어려울 오답들, 어제와 똑같은 수업 앞자리에 앉아 있을 전교 1등, 어제와 똑같을 학원 버스와 소년보다 먼저 하차하는 아이들 그리고 밤하늘에 총총히 박힐 별들, 어제와 똑같은, 전혀 다를 바 없는… 모니터는 어느새 '8'이라는 숫자를 박았고, 소년의 마음속에는 단 한가지 생각만이 확고하게 자리잡았다. 소년이 가장 가지고 싶지 않은 것은 바로 '어제와 똑같은, 전혀 다를 바 없는' 일과였다. 소년이 고개를 돌리고 소녀를 바라본 순간 엘리베이터 문은 열렸고, 그의 입에서는 이런 대답이 내뱉어지듯 나왔다.

　"… 그래, 그러지 뭐."

＊ ＊ ＊

"그럼 미나미… 그분을 위해 학원 스케줄… 아니 최소한 부모님 께 혼나는 걸 감수하고 같이 놀러간 건가요? 에, 여기서 끝났네 끝 났어."

내 몫의 우동 한 가닥을 삼키고 나서, 나는 겨우 소리 내서 이렇 게 대답했다. 현태 씨가 그 어떤 직책도 이명도 없는 순수한 자신 의 이야기를 또 한 번 들려주기 시작했을 때, 우동 국물에는 어떻 게 할 수 없는 짜디짜고 단 맛이 흘렀다. 단지 술을 마시고 처음으 로 먹는 음식이었기에 자극적으로 느껴진 것만은 아니었다고 나는 믿고 싶었다. 그럼에도 불구하고, 현태 씨는 아무 말도 하지 않은 채 조용히 사그러져 가는 그릇 위의 수증기를 한참 동안 바라보기 만 했다. 그의 말이 수리 끝낸 수도꼭지처럼 다시 새어나온 것은 그로부터 시계침 소리가 서너 번 들린 뒤였다.

"어차피 제가 하고 싶은 일을 결심한 뒤로부터는 별다른 의미를 느끼지 못했을 일과였을 뿐이죠. 오히려 그 순간 그녀를 마주친 게 고맙더라고요. 그게 모든 것의 시작이 되었으니까…"

＊ ＊ ＊

아침이면 맑은 하늘에 날벼락 치는 소리를 내며 낮게 떠다니는 전투기가, 저녁이면 알아들을 수 있는 범위를 뛰어넘는 말을 중얼 거리며 외국인 관광특구와 보산동 유흥가를 삼삼오오 지나가는 미군이 일상의 일부분이 되었던 근과거의 동두천. 그 시절 그곳은 '청춘'이라는 단어가 주는 이미지에 어쩐지 껄끄러운 도시일 테였지만, 일상의 고리 한 부분을 잠시나마 끊은 소년에게 그것은 사실 별 상관 없는 일이었다. 중앙동 구시가지 동광극장의 하나밖에 없는 영사관에서 내용은 유치했던 것으로 기억하는 로맨스 영화를 보며, 큰길가에서 소년을 알아보는 혈기왕성한 동네 소년들의 '어이 성현태! 학원 땡땡이?'에 멋쩍은 회심의 미소로 답하거나 '이쪽은 여자친구?'라는 말에는 애써 말을 딴 곳으로 돌리며, 하늘이 여전히 푸른빛을 띠고 있건만 가로등 빛은 어스름하고 누렇게 번진 골목길을 걸으며, 그리고 그 사이에서 의미가 있든 없든 상관 없는 대화를 길게 이어나가며 '미나미'는 어느새 '메구미'가 되었다. 하지만 호칭이 어떻게 바뀌든 소년에게 그녀가 여전히 자기 옆에 있는 '소녀'였다는 것은 변하지 않았다. 해가 저물어 가는 길목에 깔린 오색빛 레드카펫 같은 노을이 진 하늘이 변치 않기를 소년은 감히 바랐다. 그러다 어느 누가 말할 것도 없이 그들은 허기를 느꼈고, 걸어가던 골목길에 가장 눈에 띄는 식당에 택시 잡듯 달려갔다.

어느 동네에서나 흔히 볼 수 있을 법한 그 작은 식당에서는 김밥과 우동을 팔고 있었고, 소년이 김밥을 사 먹는 동안 소녀는 마치 그것이 자신의 습관인 양 자연스럽게 우동 한 그릇을 시켰다. 소년이 김밥을 먹는 모습이 소녀가 보기에는 오니기리를 먹는 것 같아 보였던지, 반대로 소녀가 입김을 후후 불어가며 우동을 먹는 모습이 소년이 보기에는 잔치국수나 인스턴트 라면을 먹는 모습과 다를 바가 없어 보였는지는 불행히도 알 길이 없다. 그러나, 그것은 어쩌면 상관없는 일이었다. 당최 학원에서 풀었어야 할 문제집이 버젓히 들어 있는 가방을 옆에 끼고, 김밥 한 줄을 조용하게 삼킨 소년은 우동 한 그릇을 시끄럽게 해치운 소녀를 그저 간간히 바라볼 뿐이었다. 함께 식사를 할 때는 유창해 보이지만 살짝 서툰 소녀의 한국어도, 알 수 없는 그녀의 패션도, 그리고 그것의 완벽한 대척점이 되는 과묵하고 무던한 어투도 필요 없었다. 그저 시선과 음미, 그리고 두 사람 사이에 공존하는 시간만이 필요했을 뿐이었고 그것만이 그 순간에 대한 소년의 아름다운 기억으로 남을 수도 있었다.

식사가 끝나고 조금 더 걷다가 마침내 집으로 다다랐을 때, 기다리고 있는 부모님께 수업이 일찍 끝났다고 둘러댈 마음의 준비를 하고 있던 소년에게 소녀는 짤막한 인사를 건넸다.

"오야스미."

밤에 열려 있는 창문 사이로 불어 오는 바람 같았던 그 목소리는, 소녀의 집 대문이 열리고 닫히면서 그렇게 사라졌다. 자신의 이름 앞에 있는 말을 소년은 알 수 없었지만, 그저 '소녀가 중요한 말을 할 때, 하고 싶은 말이 너무 많은데 시간이 촉박할 때는 일본어로 말하겠구나' 하고 생각하기만 했다.

그다음 날부터 장마가 시작되었다. 하루 종일 비가 줄기차게 내렸지만, 어느새 소년의 마음에는 소녀라는 우산이 씌워지게 되었다. 그들은 여전히 자신들의 일상이라는 줄 위를 걸어가고 있었지만, 간간히 마주칠 때마다 그들이 나누었던 대화는 길어졌고 누구

하나 끝맺는 말을 먼저 하기 망설여지기 시작했다. 무의식이 지배하게 되는 밤이 오면 소년은 소녀의 미소를 통해 비가 그친 날의 아침을 떠올렸고, 자신을 바라보던 눈빛을 통해 풀잎에 송송히 맺힐 이슬을 떠올렸다. 소년의 마음에 걸린 그림 같은 이미지와는 달리 소녀는 가녀릴 만큼 청초하기보다는 어딘지 모르게 맹랑한 부분이 있었고, 간혹 소년이 알아들을 수 있는 범위를 훨씬 넘어선 일본어를 나지막히 중얼거리며 혼란을 끼치긴 했지만, 소녀의 그런 면모가 어느새 소년에게는 또 다른 매력으로 다가오고 있었다. 그러나 장마철 소나기같이 매일같이 나타났던 소녀는 비가 그쳤던 어느 날 소년의 눈에서 사라졌다. 그 전날까지 소년의 옆에서 종알종알 이야기를 나누었던 소녀가 보이지 않자 소년은 옆집 초인종을 누르고, 지나가는 이웃들과 가까운 경로당에 옆집 노인 내외의 행보를 물어보는 등, 평소에는 하지도 않던 일을 했지만 모두 헛수고였다.

하루로 끝날 줄 알았던 마음의 가뭄은 며칠로 바뀌었다. 일주일이 채워졌다는 것을 느낄 새도 없이 소년은 바쁘게 학생이라는 신분 아래에서 살았고, 어디론가 가족 휴가까지 다녀왔던 것 같다. 그러나, 소년은 학원 가방을 메고 현관문을 나설 때마다 습관적으로 옆집의 칙칙한 회색 문에 눈길을 두었다. 그 문 너머에 사는 소녀가 만약 다시 돌아온다면, 단 둘이 공유한 일탈의 중심에서 소녀가 먹었던 우동 한 그릇을 자신도 한 번 먹어 보겠다고, 소년은 그간 말할 기회를 놓치기만 했던 다짐을 했다.

그리고 그로부터도 며칠 뒤 소년이 학원에 가지 않은 날, 맞벌이에 나가 있는 부모가 각자의 일터에서 돌아오지 않고 빗줄기가 베란다의 유리창에 옅은 무늬를 그리고 있었을 때였다. 문제집을 펼쳐 놓고 멍하니 다른 곳을 바라보고 있던 소년의 귀에 별안간 노크 소리가 들렸다. 문을 부술 것 같은 커다란 쾅음이 몇 번 더 처절하게 울려퍼지자, 소년은 나지막히 구시렁대며 문을 열었다.

현관 너머에는, 그간 보이지 않던 소녀가 눈시울이 붉어진 채 소년 앞에서 고개를 푹 숙이고 있었다.

* * *

조금 전까지 홀로 멍하니 앉아 있던 탁상 위에 갑작스런 손님을 맞이하게 된 소년은 잠시 아무런 말도 할 수 없었다. 시계의 초침바늘은 째깍거리는 소리만 내고 있었고, 탁상에 앉아 마찬가지로 묵묵부답이다가 눈 밑에 붉은 핏기가 어린 소녀는 애써 그런 자신의 눈을 소년의 것과 마주치기를 피하며 이렇게 말을 꺼냈다.

"… 저, 갑자기 이렇게 찾아와서 많이 놀랐지? 그동안 할아버지… 께서 많이 편찮으셔서 병원에 있었어. 할머니는 지금도 병원에 계시고…"

그 말을 하며 소녀는 애써 미소를 지어 보려 했지만, 왼쪽 눈에 눈물이 흐르는 것을 막지는 않았다. 맑은 날에 내리는 여우비처럼 만감이 교차한 표정을 짓고 탁상에 거의 엎드려 있던 소녀를 보며, 소년은 무슨 말을 할지 생각이 나지 않았다. '이럴 때 말주변이 조금 더 좋았더라면 소녀를 위로해 줄 말을 충분히 할 수 있었을 텐

데' 하는 생각이 스친 순간, 소년의 입에서는 생뚱맞게도 이런 말이
나와 버렸다.

"아… 메구미. 그건 그렇고, 너 식사는 했어?"

"아니… 오전까지 병원에 있었어…."

그 말에 '피식' 하는 힘없는 코웃음을 지으며 대답한 소녀는 살래
살래 고개를 저었다. 소녀의 반응이 눈에 들어오기가 무섭게, 소년
은 급한 일이 생긴 것처럼 부리나케 부엌으로 가 냉장고 문을 열었
다. 변변한 재료도 없었고, 딱히 할 줄 아는 요리도 없어 뭔가 기
운이 빠지는 것 같았지만 가뜩이나 복잡한 상황에 처해 있는 소녀
에게 더한 실망감을 안겨 줄 수 없다는, 나름대로 막중한 책임감이
소년의 뇌리를 지배했다. 그 순간, 소년의 머릿속에는 식당에서 우
동 한 그릇을 먹는 소녀의 모습이 떠올랐다. '내가 우동을 끓여 줘
도 맛있게 먹어 줄까' 하는 단 한 번의 검토조차 없이 소년은 냉장
고를 뒤져 파, 간장, 다시마, 그리고 적당히 두꺼운 면발을 가진 국
수 뭉치 같은 재료들을 되는 대로 꺼냈다. 분명 아침식사 시간에
콩나물국을 끓였던 냄비를 꺼내 면발을 제외한 고체 재료들을 모
두 넣고, 닥치는 대로 물을 넣고 중간중간 간장을 넣어 간을 맞춘
뒤 끓은 물에 면을 넣는, 어떻게 보면 '야매'의 끝을 보여주는 재빠
른 요리 수법이었지만 부엌에서 나는 냄새에 소녀는 민감하게 반응
했다. 소년이 '3분 우동'을 다 끓이고 내용물을 그릇에 담을 무렵,
식탁에는 이미 소녀가 눈을 반짝이며 앉아 있었다. 소년은 소녀 앞
에 '우동'이 담긴 그릇을 놓아 준 뒤, 소녀가 한 입을 삼킬 때까지

아무런 미동도 하지 않았다. 30분 동안 달리기를 한 듯 소년의 이마에는 식은땀이 흐르기 시작했고, 온몸에 송골송골 맺힌 땀방울처럼 힘겹게 소년의 말은 이렇게 나왔다.

"… 미안. 그때 니가 우동을 너무 맛있게 먹길래 내 손으로 우동을 만들어 주고 싶었는데, 재료가 변변치 않았어."

"괜찮아. 정말 맛있어."

그릇을 향해 두 번째 젓가락질을 하기 직전에 슬그머니 말한 소녀의 대답이 어쩌면 소년이 가장 듣고 싶었던 것이었을지도 모른다. 그것이 진심이었든 빈말이었든 간에, 소년의 마음을 잠시 옥죄고 있던 긴장감은 비에 씻겨 나가듯 사라졌다. 며칠 굶은 사람처럼 게걸스럽게 우동을 먹는 소녀의 모습을 지켜보며, 소년은 안쓰럽다는 생각과 함께 '정말 맛있다'는 소녀의 그 말만 들을 수 있다면 귀찮음을 무릅쓰고 매일 요리를 하고 싶다는 생각이 들기 시작했다. 만족한 소년이 자신의 몫을 한참 입 안에 삼키고 있을 무렵, 맞은편에 앉아 있던 소녀는 그릇을 모두 비워 버린 듯 가벼운 한숨을 쉬며 나지막히 혼잣말을 했다.

"큐우가니 키타토로가 코코다카라, 와타시가코노 헤야니 스왓테이루요니낫테, 소시테 아나타가이테…. 혼또니 요캇타."

그렇게 말을 끝낸 소녀는 학원에 빠지고 자기와 같이 놀러 가자고 했을 때 지었던 그 미소를 짓고 있었지만, 더욱더 붉게 충혈된

두 눈은 그 해맑은 웃음마저 애잔하게 보이게끔 만들었다. 넋을 잃은 소년이 멍하게 바라보는 것을 눈치챈 듯, 소녀는 고개를 숙이고 다시 드는 것을 반복하며 이렇게 말을 이었다.

"저, 현태야. 내 진짜 이름은 혜미야. 남혜미. 앞으로 다시 날 만나게 되면 '미나미'나 '메구미'가 아닌, 혜미라고 불러 줘…. 언젠가 꼭 말해 주고 싶었어."

그렇게 말하는 소녀의 두 눈에는 눈물 두 줄기가 흐르고 있었다. 창 밖의 비는 그치지 않는 듯 흘러 내리기만 했고, 소녀가 애써 두 손으로 눈물을 닦아 내려 했지만 눈물은 흐르고 또 흘렀다. 영락없는 얼굴 위의 싸락비, 소나기였다. 숨을 잠시 들이삼킨 소녀는 이윽고 자리에서 일어났다. 소년은 그 모습을 보고 뭐라고 한 마디라도 하려 했는지 입을 열었지만, 소녀의 말은 그녀 주위에 있던 다른 모든 것들과 마찬가지로 그저 흘러갈 뿐이었다.

"오늘, 아니 그동안 고마웠어…. 잘 있어."

소녀의 마지막 말은 소년이 잡을 수 없을 정도로 그토록 덧없게 흘러내리고서는, 소녀의 육신과 함께 부엌에서, 그리고 소년의 집에서 나가자마자 걷잡을 수 없이 소년의 마음을 흔들었다. 흐린 날씨의 파도처럼 소년의 가련한 심장을 뒤엎는 그 말씨는, 곧 소년이 소녀에게 전하지 못한 마지막 한 마디를 상기시켰다. 가장 아름다우면서도 아릿한 슬픔이 깃든 말, 가장 솔직하면서도 용기가 가장 많이 필요한 말, 가장 쉬우면서도 가장 어려운 말이었다.

"널, 좋아해."

* * *

"그게 제가 본 그녀의 마지막 모습이었수. 그다음 날 그녀는 보이지 않고 대신 부모님 또래의 부부가 왔는데… 간간히 옆집에 사셨던 할머니 얘기를 하는 걸 보니 아무래도… 그 뒤로 전 미나미 메구미, 아니 남혜미라는 여자를 한 번도 본 적이 없수. 일했던 호텔에도 그런 이름을 가진, 일본어와 한국어를 모두 할 줄 아는 제 또래 젊은 여성은 보이지 않았수. 그녀를 보면 이제 너 먹을 우동 한 그릇을 훨씬 더 잘 끓여 줄 수 있다고… 말해 주려 했었는데."

정신을 차리고 보니 어느새 내 몫의 우동 한 그릇은 비워져 있었고, 현태 씨는 세상을 다 산 듯한 허심탄회한 표정을 지으며 슬쩍 고개를 돌리고서는 그렇게 말을 꺼냈다. 국물 하나 남겨지지 않은 그릇의 상태를 보니, 나도 현태 씨의 '첫사랑 그녀'처럼 게걸스럽게 우동 한 그릇을 해치웠던 것일까. 내 그릇에 담겨 있는 게 평범한 동두천 소년인 열여섯 성현태의 '야매 우동'이 되었든, 아니면 전직 호텔 요리사 출신인 스물여덟 성현태 씨의 '보다 더 프로 같은 우동'이 되었든, 현태 씨에게는 마음을 담아 만든 자신의 요리였던 것이다. 단순히 사람의 허기를 채우는 것보다는 자신의 귀찮음을 조금 양보하고, 칼이나 뜨거운 물 같은 온갖 부상의 위험을 극복하며 결국에는 그런 작은 노력과 정성이 모여 만든 결과물 덕분에 소중한 단 한 사람의 하루가 행복했으면, 그리고 불행의 연속에서 약간이라도 위로를 받을 수 있기를 바라는 마음이 담긴 그런 요리.

그래, 열여섯에 맞이한 장마철 이후로 만든 현태 씨의 국수에 빠지지 않는 것, 그리고 그 맛을 깊고도 인상적이게 하는 것은 바로 사랑이었던 것이다.

그 우동이 현태 씨에게 만감을 교차하게 만든 기억을 불러일으킨 건 어떻게 보면 조금은 슬픈 일이다. 하지만 나는 도리어 길다면 길고 짧다면 짧은 시간 동안 남몰래 했던 사랑이 헛되지 않다는 걸, 현태 씨가 만든 우동에 반찬처럼 곁들여진 현태 씨의 이야기가 알려 준 것 같아서 고마웠다. 할 수 있다면 눈물이라도 흘리고 싶었지만, 그건 우동의 뜨끈하고 짭쪼름한 국물로 대신할 수 있을 것만 같았다. 대신 내 입에서 내뱉어지듯 마지막으로 나온 말은 바로 이것이었다. 세상에서 가장 쉬우면서도, 그럴듯하게 말하기가 가장 어려운 말이었다.

"… 고맙습니다. 정말 맛있었어요."

11. 잔치국수:
소면이냐 중면이냐, 그것이 문제로다

'사랑'이라는 단 두 글자로 줄일 수 있는, 세상에서 가장 복잡한 감정의 소용돌이가 그렇게 지나갔다. 다행히 나는 다시 내 앞에 놓은 일상에 매진해야만 한다는 걸 생각보다 빨리 깨달았다. 그것도 그럴 것이 조별 과제는 결국 무사히 마무리되었지만, 그것은 이제부터 내가 해치워야 할 모든 것들의 시작일 뿐이었기 때문이다.

몇 번의 쪽지시험과 과제들의 연속이 끝났고, 차라리 그런 것들은 내가 광고 동아리를 그만둘 수 있게 한 좋은 구실이 되었다. 하지만 그렇게도 최대한 늦게 오게 해 달라고 평소에는 믿지도 않는 신에게 빌었던 중간고사가 기어이 다가왔을 때, 나는 흐드러지게 핀 벚꽃을 보지 않으려 애썼다. 자취방에서 간단한 짐을 챙기고 도서관에 가는 길목에 장관을 이루는 벚나무 군락은 그저 내가 차를 몬다면 언젠가는 지나가게 될 터널과 다를 바 없다고, 다만 색이 은은한 연분홍빛일 뿐이라고 내 자신에게 최면을 걸며 거의 뛰는 듯 걷는 듯 빠르게 발길을 옮겼다. 와우관의 모습이 슬슬 눈앞에 바싹 다가올 무렵, 황갈색 머리카락을 길게 늘어뜨린 여학생이 가방을 멘 채 반대편에서 다가오고 있었다. 흰 티에 청바지 그리고 검은색 작업복 점퍼, 그야말로 무난한 조화를 이루는 옷들을 갖춰 입은 그녀는 익숙한 듯 낯선 얼굴을 하고 뒤를 돌아보았다. 나와 시선이 마주친 그녀가 가까운 미래에 벌어질 일이 궁금해지게 만드는 미소를 나에게 한껏 날리며 왼쪽 눈만 찡긋 깜빡였을 때, 나는 그녀가 조별 과제 발표에서 나와 함께한 배다현이라는 것을 깨달았다.

"어… 준호 오빠. 설계실 가세요? 마침 거기서 돌아오는 길인데."

꽤 임팩트 있게 내 머릿속에 박힌 표정과는 달리 의외로 덤덤하게, 다현은 그렇게 말을 꺼냈다.

"아니, 도서관 가. 친구들하고 스터디 하기로 해서…. 시험 범위가 혼자서 공부하긴 참 힘들어, 그치?"

점차 흘러오는 어색한 기류를 억누르고 애써 태연하게 대답했지만, 그 순간 밝은 햇빛이 나를 향해서 내리쬐었고 살랑살랑 불어오는 미풍에 연분홍빛 벚꽃잎이 이슬비처럼 살포시 내렸다. 순간 출처 모를 느낌이 재채기 기운이라도 된 것처럼 내 코끝과 머리, 그리고 손끝을 간질였다. 나는 이 모든 것을 다 내려놓고, 내 앞에 있는 황갈색 머리 여자의 손을 잡고 벚꽃이나 보러 가자고 말하고 싶은 기분이 들었다. 이 기쁨과 낭만, 젊음과 설렘의 연분홍빛 터널 속을 인사만 나눈다고 하기에도, 그렇다고 친하다고 하기에도 애매한 여자와 함께 지나간다면, 10여 년 동안 서로를 알아 왔던 막역한 친구가 되어 다시 화사한 색깔이라고는 없는 일상으로 돌아갈 수 있을 것만 같았다. 봄이라서 느낄 수 있는 동화 같은 기대감, 그것도 시험 기간인 주제에 갖은 유혹을 하게 만드는 맑고 화창한 날씨였기에 언제든 걸릴 수 있는 다행증(多幸症)이었다. 자신의 어깨 위에, 그리고 길게 늘어트린 머리카락에 스친 벚꽃잎을 조심히 떼서 다시 날려 보내던 다현은 이번에도 나에게 활짝 미소 지어 보였다. 하지만, 지그시 내리간 눈이며 겨울밤 달처럼 차갑고 쓸쓸해 보이는 눈빛은 마냥 지금 이 순간이 좋은 것만도 아님을 무언으로 나타내는 것 같았다. 그리고 잠시 후, 영화 속 명대사를 말하듯 비장한 면모가 보이는 다현의 목소리가 내 귀에 들려왔다.

"… 벚꽃은 이렇게 예쁘고, 사람도 별로 없는데, 일행 없이 이렇게 단 둘이 마주친 이 상황에 하필 타이밍만 안 좋았네요."

* * *

오는 길에 들었던 다현의 마지막 말이 목에 걸린 생선가시가 되어 내 마음을 찜찜하게 만들었음에도 불구하고, 나는 쌓여 있는 시험 범위보다 더한 번뇌를 가득 안기는 날씨를 애써 무시하며 한국건축사 교재를 폈다. 평소 강의를 들으면서 형광펜으로 곱게 그어진 밑줄에 여백은 교수님께서 말씀하신 내용을 메모한 글귀로 빡빡 채웠건만, 정작 눈에 들어오는 것은 아무것도 없었다.

"야, 안준호."

맞은편에 앉아 있던 철영이가 나지막한 목소리로 내 이름을 불렀고, 내 어깨를 쿡 찌르며 민준이가 확인사살을 했다. 한창 교재에 나와 있는 '시대에 따른 기와의 변천사'를 보며 나름대로 마인드맵으로 정리를 하고 있었던 나는, 그제서야 책상 바닥을 향해 숙이고 있던 고개를 들고 만만치 않게 피곤해 보이는 철영이를 보았다. 눈이 마주치기가 무섭게, 철영이는 아주 다급한 목소리로 인상까지 살짝 찡그리며 이렇게 물었다.

"야 야 야, 종묘 있잖아 종묘. 종묘의 구조가 조선시대의 제례 문화하고 무슨 상관이 있었냐?

"내가 어떻게 알아. 난 과가 다르잖아, 멍청아."

"그러니까 너한테 안 물어봤거든요, 이놈아?"

철영이와 민준이가 그렇게 티격태격하는 사이, 나는 한국건축사 교재에서 '종묘 건축'이 언급된 부분을 찾아 보았다. 동당이실제(同堂異室制), 풍수지리와의 연관성, 묘수제한(墓數制限) 같은 것들은 몇 번이나 봐도 도무지 이해할 수가 없었다. 수업시간 때 이런 것들을 한 적이 있었나 하는 의문이 들 정도였다. 철영이의 목적은 그게 아니었겠지만 어쨌든 걔가 귀띔해 줬기에 망정이지, 하마터면 그쪽이 시험 범위에 포함된 것인지도 모를 뻔했다.

"모르면 굳이 안 찾아봐도 되는데… 그냥 너 하던 거나 해."

내가 그렇게 애를 써서 종묘의 구조와 조선시대 제례 문화의 상관성을 찾는 것이 여간 힘들어 보였는지, 철영이는 곧 나지막한 목소리로 이렇게 말을 이었다. 그 말에 나는 어깨를 조금 수그리고, 책을 그대로 편 상태로 내 앞에 놓여져 있는 마인드맵을 조금 더 정리했다. 그렇게 한참 동안 우리 셋은 모두 아무 말도 하지 않은 것 같다. 나는 내 공부에, 민준이는 나름대로 자기 전공 공부를 하고 있었지만, 철영이는 공부를 어느 정도 하나 했더니 아주 피곤한 날 침대로 기어들어가듯 스르륵 책상 바로 위로 액체처럼 녹아 엎어졌다. 밤을 샜을 거라 짐작하고 가는 길에 커피라도 뽑아 마시라고 말해야겠다는 생각이 들고 나서, 그다음부터는 그냥 나의 공부에 집중했다. 시간이 어떻게 가는지도 모르고 그렇게 간만에 책에 파고들어 마인드맵을 거의 다 정리할 무렵, 우리 셋이 앉아 있던 침묵은 아주 갑작스럽게 깨졌다.

"야, 안준호! 서민준!"

마치 백 년 동안 땅속에서 잠자고 있던 좀비가 벌떡 일어나는 것처럼 갑자기 책상 바닥을 내 어깨를 감싸쥐고 민준이의 눈을 똑바로 보며 그렇게 말을 꺼낸 사람은 철영이었다. 그런 철영이의 말 중간중간에 민준이가 인상을 살짝 찡그리며 입술 가운데에 집게손가락을 갖다 대는 이 광경이, 나는 오히려 굉장히 신경 쓰였다. 아무래도 중간고사 준비로 정신이 없는 고요한 도서관의 분위기를 깰까 봐 걱정이 되는 듯한 민준이의 반응에도 아랑곳하지 않은 듯, 철영이는 마치 내일이 갑작스런 휴일이 된 것을 들은 것처럼 환하고 밝은 웃음을 자기 얼굴에 그리며, 그러나 이번에는 약간 더 조용한 목소리로 이렇게 말을 이었다. 역시, 이래야 '16학번 최강의 마이페이스'라고도 불리는 철영이답지.

"이 촉박한 시험기간에! 시간도 돈도 다 아까운데 저녁에 학식 먹지 말고 준호네 집에서 먹는 거 어떠냐? 그 있잖아, 준호네 룸메이트가 국수 엄청 잘한대. 아니, 그냥 잘하는 게 아니라 국수장인 이래 장인! 으어… 사실 시간 아깝다고 한 건 다 구라고 나 그 국수 엄청 먹어 보고 싶었단 말야. 오늘이 기회라고!"

"야, 너만 먹고 싶다고 다 되는 줄 알아? 준호랑 준호 룸메님이 된다고 해야지. 아… 근데 나도 먹고 싶긴 하다. 준호야, 어떻게 좀 안 되냐, 응?"

"… 흠, 그래. 알았어. 일단 현… 아니 그 사람한테 연락 좀 할게."

구실이라도 만들어서 현태 씨의 국수를 먹어 보고야 말겠다고 오두방정을 떠는 철영이는 물론, 민준이마저도 은근한 회심이 담겨 있는 말로 이렇게 한 술 더 뜨니 하는 수 없다. 일단 핸드폰을 열어서 현태 씨와 연락할 방법이 있는지 잠시 생각해 본 결과, 내 머릿속에는 현태 씨가 나에게 우동을 만들어 준 ― 그리고 청소년 대상의 멜로영화 한 편을 본 것 같은 그의 첫사랑 이야기를 들은 ― 날 그와 전화번호를 주고받았다는 사실이 떠올랐다. 첫 아르바이트 월급 정산으로 현태 씨의 이발비와 옷값을 대 주고, 그의 과거사와 첫사랑 이야기를 들었으며 마찬가지로 나도 첫사랑과 다름없이 좋아했던 여자에 관해 상담을 받고, 그 전에 그녀를 데려와 불편을 무릅쓰고 숙취라는 핑계로 냉면을 대접받은 것으로, 그리고 이제는 서로의 이름과 고향을 알고 있는 관계로 나와 현태 씨, 두 사람은 그저 그런 공존관계에서 벗어났기에, 내 핸드폰의 '연락처' 망에서 그의 번호를 찾고 다음과 같이 문자를 보내는 것은 그렇게 어려운 일이 아니었다.

'불편을 끼쳐드려서 죄송하지만, 현태 씨의 국수에 대해서 제가 이야기를 해 주었더니 제 친구들이 모두 현태 씨의 솜씨에 대해서 궁금해합니다. 그래서 오늘 저희 방에 초대해서 함께 식사를 하기로 했는데 괜찮으신지요?'

그렇게 문자를 보내고, 일단 국수에 대해서는 모두 언급하지 않은 척한 다음 우리 셋은 다시 공부를 시작했다. 내가 기어이 '종묘 건축' 부분을 복습하는 것을 끝냈을 무렵, 핸드폰에서는 진동이 울렸다. 현태 씨에게서 온 답장이었다.

'네, 원하시는 대로 하세요. 예약 손님이 찾아오는 건 오랜만이지만, 친구가 있다는 건 좋은 일이니까.'

* * *

그래서 그렇게 되었다.

공부를 제외한 모든 것이 재미있다는 시험기간에 아지랑이처럼 솟아나는 치기로 친한 친구들을 데리고 온 — 고향에서도 한동안 해 본 적이 없었던 — 일이 벌어졌고, 현관 문을 연 현태 씨는 적잖

이 놀란 표정으로 우리 셋의 눈만 번갈아 마주보았다. 예고는 했지만, 내 친구들이라는 사람들의 얼굴을 이렇게 실제로 마주하는 것은 여전히 놀라운 일이었던 것인가. 냉면을 먹었던 날 그녀를 데리고 왔을 때 보였던 반응과는 영 상반되었지만, 그것은 현태 씨의 단잠을 깨웠다는 변수를 감안해야 한다. 하지만 그 찰나의 놀라움은 잠시, 너무나도 당연한 통성명을 한 뒤 내 자취방은 항상 그러기라도 한 것처럼 왁자지껄했고 부엌에서 풍겨 오는 음식 냄새는 내 방을 자그마한 식당으로 만들었다. 짭짤한 멸치 육수였다. 서당 개가 삼 년이면 풍월을 읊는다더니, 그 정도는 이제 나도 판별해 낼 수 있었다.

"잔치국수의 맛을 형성하는 데 뭐가 가장 중요하다고 생각하쇼?"

무엇을 얘기하든 결론은 항상 '시험이 빨리 끝났으면 좋겠다'로 넘어가던 우리 세 사람의 담소를 불현듯 멈춰 세운 것은, 한동안 능숙한 솜씨로 팔팔 끓는 물 속에 커다란 멸치를 넣고 육수를 우리기만 하던 현태 씨였다. 현태 씨의 말투만 보자면, 해외 유명 관광지의 가이드나 퀴즈 쇼 진행자가 눈앞에 있는 것 같았다. 현태 씨가 내게 '그의 분야', '그의 국수'에 대해 알려 주는 경우는 많았지만, 이런 말투가 현태 씨에게서 나타난 것은 처음이었다. 아무튼, 현태 씨가 내 친구들에게 경계심을 풀고 스스럼없이 대하고 있는 것처럼 보이니 나로서는 다행이다.

"글쎄요. 국물 맛 아닐까요?"

"흠, 어쨌거나 면만 아니라 재료도 먹어야 되니까 재료의 신선도 아닐까요?"

철영이부터 털털하게 어깨를 으쓱거리며 말을 시작하고, 민준이가 나름 신중하게 말을 끝낸 순간 그 뜬금없음에 모두들 웃은 뒤 "왜! 틀린 말은 아니잖아!"라고 따지듯이 말을 하는 민준이의 모습이 소름 돋도록 자연스럽게 연결되었다. 현태 씨는 그런 둘의 대답을 듣고 슬며시 미소를 지으며 이렇게 대꾸했다.

"음… 두 분 말씀도 틀린 건 아니에요. 보통 잔치국수를 할 때는 멸치 육수를 많이 쓰지만, 지역에 따라서는 쇠고기 육수를 쓰는 경우도 있어요. 대표적인 경우가 우즈베키스탄 고려인들이 만들어 먹는 잔치국수인데, 현지 사정에 따라서 닭고기나 쇠고기 육수를 쓰고 차게 만들어서 대접하죠. 제가 말한 잔치국수 그 자체의 맛을 판가름하는 것은 바로 면의 종류입니다. 잔치국수는 보통 소면 또는 중면으로 만드는데, 둘 중 어느 것을 쓰냐에 따라서 여러분이 맛보는 국수의 질감이 달라집니다."

"소면이 뭔지는 알겠는데, 중면은 뭔가요?"

"국수는 보통 밀가루 반죽을 해서 말려서 만들죠. 그래야지 삶으면 금방 부드러워져서 바로 먹을 수 있게 되니까요. 그렇게 해서 만든 건면 중에 가장 얇은 건 세면이고, 굵어봤자 머리카락 굵기입니다. 그다음으로 얇은 게 바로 소면이에요. 여러분 본가에 가면 많이들 있을 텐데, 보통 비빔국수 만들 때 많이 쓰죠. 중면은 소면

보다는 조금 더 굵은 면입니다. 소면이 철사 굵기라면, 중면은 뜨개질할 때 쓰는 털실 두께예요. 잔치국수집에서는 보통 중면을 많이 씁니다."

길게 이어지는 설명에 참다 못한 내가 꺼낸 질문에 또박또박 대답을 하면서, 현태 씨는 단 한 번도 뒤를 돌아보지 않고 그동안 우린 육수를 세 개의 그릇에 담았다. 세면, 소면 그리고 중면의 차이를 열변하며 싱크대 바로 옆에 있는 비닐봉지에서 애호박이며 15개입 달걀 한 판을 꺼내는 데에 현태 씨는 그렇게 큰 어려움을 겪지 않는 듯했다. 부엌 군데군데를 돌아다니며 갖은 소근육을 총체적으로 이용하는 현태 씨의 솜씨에, 나는 새삼 감탄하지 않을 수가 없었다. 재료들을 꺼내서 도마 앞에 내려놓고 난 후, 현태 씨는 한 손에는 나도 많이 봤던 소면 봉지를, 다른 한 손에는 정말로 그것보다는 약간 더 굵은 건면이 있는 봉지를 비닐봉지 안에서 꺼내 들었다. 마치 오늘은 위해 이 모든 것을 계획해 온 듯, 현태 씨의 모든 행동은 유들유들하고 자연스럽기 그지없었다. 우리 눈앞에 나와 방을 같이 쓰는 성현태 씨가 있는 게 아니라, 보이지 않는 텔레비전 모니터가 어째서인지 내 방을 배경으로 요리 프로그램을 중계하고 있는 것 같았다. 군대까지 갔다 온 세 명의 '젊고 혈기왕성한' 남정네들이 자신을 어떤 식으로 보는지는 전혀 신경 쓰지 않는 듯, 현태 씨는 잠시 헛기침을 하고선 덤덤하게 말을 던졌다.

"자, 이제 저는 면을 삶아야 합니다. 소면과 중면에 대한 설명은 아까 전에도 잠시나마 들었을 테니, 이제 본인의 잔치국수에 넣었으면 하는 면을 각자 골라 보쇼. 소면, 아니면 중면. 각자 하나씩만."

"전 중면이요. 아무래도 잔치국수집에서 그걸 많이 쓴다니까…"

"그럼 전 집에서 먹는 거 같은 소면이요."

　누가 먼저 입을 떼고 자신의 선택을 말했을지는 모르지만, 여섯 개의 눈동자가 나를 지그시 바라보고 있는 것을 보니 아직 나만 선택을 하지 못한 것 같았다. 가늘고 부드러운, 그리고 나에게 익숙한 맛인 소면인지, 아니면 든든한 한 끼 식사를 할 수 있고 잔치국수와 조금 더 잘 어울린다는 중면인지 나는 잠시 생각해 보았다. 하지만 중면이라. 처음 현태 씨의 입에서 튀어 나왔을 무렵부터 나는 '중면'이라는 게 뭔지 궁금했고, 행여 오늘 이전에 그것이 무엇인지 알았다 해도 상관없다고 생각했다. 현태 씨는, 내가 무엇을 상상하든 그 이상의 것을 만들었으니까. 최소한 자신이 가장 자랑스러워하고 그 이상으로 자신의 삶 전체를 관통하는 국수에 관해서는 그랬다.

"전… 그럼 중면이요."

　이제 선택은 정해졌다. 나는 그저 그가 수돗물을 받아서 끓이고, 팔팔 끓은 물에 면발을 넣고, 싱크대에서 수증기가 나올 기세로 면을 삶은 물을 버린 다음 그 면을 찬 물에 넣어 헹구고 육수가 들어 있는 그릇에 담길 때까지 기다리기만 하면 되는 것이었다. 그러기가 무섭게 물이 끓는 소리, 무언가를 써는 듯한 소리, 그리고 폭포수 같은 거대한 물줄기가 내려가는 소리가 들린 다음, 김이 나는 세 개의 그릇이 식탁에 올려진 뒤에야 모든 상황은 끝났다. 그

다음에는 본능적으로 식탁을 향해 달려가, 의자를 붙잡고 앉는 일만이 있을 뿐이었다.

마치 우리 네 사람이 늘 같이 살았던 것처럼, 자연스럽게 식탁에 둘러앉아 너나 할 것 없이 잔치국수를 먹으며 이야기를 나누는 모습이 굉장히 살가웠다. 약간 불은 스파게티가 맑은 국물에 담겨 있는 것 같은 형상에, 녹색과 노란색이 섞인 반달 같은 애호박 조각과 김 조각들이 만다라 그림 모양으로 띄워진 국수가 내 앞에 나타났다. 애호박과 김, 그리고 국수 한 봉지라는 흔한 재료로 저런 것이 만들어질 수 있는지 의문이 들 무렵, 자기 몫의 그릇을 받았을 내 친구들은 일제히 입을 쩍 벌린 채 다물 생각을 하지 않았다.

"성현태 씨, 아니 현태 형. 앞으로 형이라고 부를게요. 와 진짜 존경스럽다…"

"허허, 남사스럽게시리 왜 이러시나. 일단 드쇼."

눈앞에 유명인이 와 있는 것처럼, 연신 허리를 굽혀 가며 인사를 하고 눈을 반짝이는 철영이의 모습에 현태 씨는 그렇게 너털웃음을 지으며 응수했다. 철영이와 현태 씨의 얼굴만 번갈아 바라보며 키득거렸던 민준이는 현태 씨의 말이 끝나기가 무섭게 자기 몫의 국수를 먹기 시작했다. '후루룩' 하고 국수가 목구멍으로 넘겨지는 소리에 왠지 나만 혼자 침을 꿀꺽 삼키고 있기 무안해서, 나도 서두르듯 내 몫의 국수 한 움큼을 입 속에 넣었다.

잔치국수가 어찌하여 '잔치국수'인가.

　요리에 관해서는 문외한이라고 해도 할 말 없는 나지만, 언제 봤는지 기억이 안 나는 한 교양 서적에 따르면 우리나라에서는 예로부터 큰 잔치가 있었을 때 국수를 많이 만들어 먹었다고 한다. 특히 밀을 재배하기가 더 쉬워서 밀이 주식이었던 (물론 지금의) 북한 쪽 사람들이 많이 즐겨 먹었는데, 밀이 재배하기 쉽다고 해도 서양인들처럼 빵을 만들어 먹을 정도의 양은 안 나와서 대신 국수를 해 먹었고, 그마저도 모자라서 메밀로도 국수를 만들어 먹었다고 한다. 예로부터도 밀이 상대적으로 귀했기 때문에 밀로 만든 국수는 평범한 백성들 입장에서 특식 취급을 받았고, 그래서 특별한 잔치나 경사가 있을 때, 특히 결혼식에서는 국수를 먹을 수 있었다고 한다. 지금도 나이 지긋하신 어르신들이 결혼 안 한 친척에게 간혹 '너 국수는 언제 먹여 줄 거냐?'라고 여쭤 보시는 게 그것 때문이라나.

　아무튼, 거창하게 말하자면 우리나라의 식문화 역사를 전부 거슬러 가는 사뭇 복잡한 유래 외적으로 지금 이 순간 내가 느낀 그 국수의 맛은 그야말로 '잔치' 그 자체였다. 그것도 비슷비슷하고 특색 없는 일정들의 연속에 하품만 나오고 '언제 집에 가나'라는 걱정만 하게 만드는 연회가 아니라, 화려하고 맛깔스럽게 내 오감을 홀리고서는 다음 일을 기대하게 만드는, 그런 축제 같은 잔치 말이다.

　파티장에서 무슨 옷을 입고 갈지, 그리고 어떤 신발을 신고 어떤 액세서리를 착용해야 사람들 사이에서 주목받을 수 있을지 옷 장 앞에서 그토록 고민해도 막상 파티의 분위기가 무르익으면 입고 온 옷에 상관없이 그저 재미있게 그 순간을 즐기면 그만이듯, 잔치국수에 들어갈 면이 소면인지 아니면 중면인지는 이제 나에게 크게 상관이 없었다. 짭쪼름하면서도 고소하고 매콤하면서도 부담스럽지 않게 부드러운 그 맛이, 어쩌면 내가 생각하는 '축제', 아니 그것을 넘어선 '일탈'의 맛 그 자체가 아닐까 싶었다. 시험이 코앞인 걸 알면서도 친구들과 함께 방 안에서 잔치국수를 먹으며 행복할 수 있는, 바로 그 기분이 현태 씨의 잔치국수가 표출해 낸 '잔치'였을 것만 같았다. 그 잔치가 왠지 나는 오래도록 계속되었으면 했다. 영원할 수는 없겠지만, 돌아와서도 그 기억을 갖고 남을 일상을 잘 보낼 수 있도록 가능한 한 오래.

"형님, 절 제자로 받아 주세요! 형님처럼 환상적인 국수를 만들 수 있는 비법 좀 전수해 주십시오!"

"아, 야. 오버야, 오버."

분명 오늘 처음 본 것 같은데 벌써 그 전에 만난 적이라도 있는 것처럼 스스럼없이 호칭을 붙이면서, 설을 맞은 친척이 많은 집 아이라도 된 듯 연신 절을 하고 있던 철영이는 내가 힘들게 말린 뒤에야 겨우 그만두었다. 다시 자리에 앉았음에도 불구하고 철영이는 입에 침이 마르도록 연신 현태 씨의 국수를 칭찬하고 있었고, 민준이는 간간히 추임새를 던지면서도 그릇을 들고 국물을 마시는 일에 열중했다. 이 모든 상황을 지켜보면서 현태 씨는 넓은 마당에 아이들을 풀어 놓은 아버지처럼 그저 자애롭게 허허 웃고만 있었고, 벌써부터 현태 씨 옆에 찰싹 붙은 철영이는 그런 현태 씨를 경외의 눈빛으로 바라보며 이렇게 말을 꺼냈다.

"형, 혹시 다른 요리도 할 줄 아세요? 국수 말고 다른 거."

그 말에 현태 씨는 잠시 철영이를 빤히 바라보기만 했다. 나조차도 다른 사람들과 별 차이 없이, 현태 씨가 그동안 국수를 만들어온 실력이라면 충분히 면식이 아닌 다른 요리들 중에서도 잘하는 것이 많을 것이라고 생각했지만 굳이 직접 물어본 적은 없었기에 몹시 궁금했다. 어떤 스타의 사생활 폭로를 기다리는 기자들처럼 눈만 번뜩이고 있는 우리들의 시선을 아는지 모르는지, 현태 씨는 어깨를 한 번 수그리고서는 태연하게 대꾸했다.

"대학 다닐 때 여러 가지 요리들을 많이 배워 봤긴 했죠. 혼자서 식사를 할 때는 별의별 것을 다 해 먹긴 하는데, 그래도 역시 제가 제일 자신 있고 잘하는 게 국수더라고요."

"그럼, 특화할 요리를 고를 때 국수 말고 다른 요리를 하고 싶다는 생각은 없었나요?"

현태 씨의 대답이 끝나기가 무섭게 민준이가 귀신같이 말을 이어 붙였다. 그 말 때문에 당황했는지, 현태 씨의 찌푸린 이마에 살짝 주름이 얽혀 있는 걸 나는 볼 수 있었다. 그러고 보니 현태 씨도 참 지독하게 한 우물만 들입다 판 것 같아 보인다. 하지만, (또래의 재일 교포 소녀와 서툰 솜씨로 만든 우동 한 그릇이 등장하는) 현태 씨의 동두천 소년 시절 '한여름 꿈'을 나는 알고 있기에 그저 웃음이 나왔다. 그런 내 기분마저 알아챌 리가 없을 현태 씨는, 눈은 지그시 내리깐 채 입꼬리만 올리며 사뭇 조근조근하게 대꾸했다.

"국수는 군주의 별미며 서민의 만찬, 빠른 시간 내에 준비해서 한 끼를 채울 수 있는 음식 중 가장 건강하고 영양가 많은 음식입니다. 그런 양면성이 매력으로 느껴졌고, 무엇보다도 그냥 국수를 만드는 모든 과정이 좋았습니다. 하찮고 별거 아닌 듯 보여도, 저는 그게 좋았습니다."

＊ ＊ ＊

그로부터 시험 공부 하랴, 건축설계 다음 과제로 제출할 도면을 완성하랴 자취방에 들어갈 새가 없었던 나날들이 조금 지나가고 있었다. 시험 전날 밤에는 현태 씨의 잔치국수가 미친 듯이 생각났다. '이럴 줄 알았으면 소면도 말아서 한 그릇 더 먹을 걸 그랬나' 하는 소모적인 망상마저 불쑥 튀어나왔다. 하지만, 그토록 나를 가슴 졸이게 했던 중간고사는 어쨌거나 다행히 별 탈 없이 마무리되었다. 물론 시험이 끝나고 자판기 앞을 지나가고 있을 때 과 차석 누나가 실내건축학과에 다니는 본인 동기에게 진짜 어려웠다고 혀를 내두르는 걸 보았기에, 한 시간 반 동안 내 머릿속에서 일어났던 피말리는 전투가 결코 헛된 것만은 아니라는 생각이 들었고 그게 그나마의 위안이었다. 그래도 시간을 그야말로 나노 단위까지 쪼개 가며 열심히 공부하던 게 있었기에 점수가 나오게 될 날이 걱정되기는커녕 되려 기대가 되었다.

시험을 본 날을 '그저께'라고 부르게 된 토요일, 그러니까 오늘 오후에 아르바이트도 별 탈 없이 복귀했다. 우리 지점에 있는 직원들 모두 젊은 분들이라 그런지, 학교에서 시험을 본다고 사유를 말했더니 다들 이해해 주시며 모르면 시원하게 다 찍고 나오라고 친절한(?) 조언까지 해 주셨다. 어쨌든, 주말이라 그런지 홈플러스 매장 안에는 사람들이 많았고, 2층에 있는 패션 매장에 들르거나 쇼핑하는 김에 네일아트까지 받고 버블티까지 사 가려는 젊은 여성들이 내가 일하고 있는 곳에도 특히 많이 몰려 눈코 뜰 새 없이 굉장히 바빴다. 내가 주로 하는 일은 본사에서 온 타피오카 펄들을 삶아서 손님이 주문한 만큼 버블티 안에 넣거나, 손님이 주문한 대로 이런저런 토핑들을 버블티 위에 올리는 일이다. 식사 시간 직전이라 그나마 한산할 때에는 연세대까지 졸업한 직원 형과 함께 다 비워진 통들을 깨끗하게 씻고, 펄 끓이는 냄비를 다시 들고 나가는 일도 하는데 냄비가 장난 아니게 무겁다는 게 문제다. 군대 시절 행군할 때 들고 가던 가방보다도 더 무겁다고 할 수 있는 그 냄비를 들고 가느라 돌아올 때는 헬스장을 두 시간 동안 갔다 온 것처럼 땀이 비 오듯이 나지만, 다음 정산일에도 점장님 명의로 내 수중에 들어올 돈을 생각하면 어거지로나마 버틸 수 있다. 복학 이후 학교에 적응하느라 학점이 잘 나오지 않을 것을 대비해서, 주변 동기들이 하는 다른 아르바이트보다는 좀 편하게 일할 수 있을 줄 알고 신청했더니만 그것은 내가 완전히 잘못 판단한 것이라는 생각이 든다. 그렇게 일은 고되고 방에 돌아오면 저녁 때까지 일어나지 못하는 게 다반사지만, 그렇게 내가 제조 과정까지 다 알고 있는 '버블티'라는 음료를 무엇 때문에 그렇게 사람들이 찾는지 궁금해서 몰래 한 잔 마셔 보고 싶은 심정이다. 무엇보다, 현란한 솜씨로 국수를 끓이는 현태 씨가 호텔 주방 시절 매 식사 시간마다 느꼈을 심정을 아주 조금이나마 이해할 수 있을 것 같았다. 언젠가는 그것에 대해서 현태 씨와 단 둘이 담소를 할 수 있겠다는 생각에, 괜히 학기 초 새로 배정된 반에서 새로 사귈 친구를 만나는 초등학생처럼 가슴이 부푼다.

매점 싱크대 앞에 있는 조그마한 탁상 시계는 어느덧 오후 세 시 반을 가리키고 있었고, 나로서는 조금 더 일하면 슬슬 퇴근 준비를 할 수 있는 시간이 되었다. 산책하듯 홈플러스 매장을 배회하는 사람들이 간간히 들렀던 것만 제외하면 평화롭기 그지없었던 시간에, 수북히 쌓였던 빈 토핑 통들을 모두 깨끗하게 씻고 '우두둑' 소리가 나도록 허리 한 번 쭉 펼 무렵 내 뒤통수에서 소곤거리는 소리가 들려왔다. 주문 담당인 미지 누나와 계산 담당인 선희 누나였다. 일거리도 어느 정도 마무리되었고 직원 형도 마침 오늘 수입을 정리하느라 내 쪽을 한 번도 쳐다보지 않는 터라, 자연스럽게 슬쩍 누나들의 망중한에 끼어들어 보았다.

"무슨 얘기를 그렇게 열심히 하세요?"

"아니, 그냥 사람이 이대로 더 안 오나 해서. 우리 입장에서는 솔직히 이득이지만, 그래도 계속 안 오면 좀 그렇잖아."

"사람 많으면 많아서 싫고, 안 오면 또 그거대로 할 일 없어서 찜찜하고. 귀찮은 건 싫은데 왜 이러나 몰라… 어! 저기 봐 봐."

　내 질문에 미지 누나가 나를 슬쩍 보고서는 받아치고, 그 말에 살을 붙여 아줌마처럼 추임새를 넣었던 선희 누나는 곧바로 오른쪽으로 눈을 돌리며 목소리를 낮췄다. 무슨 말을 하는 것인지 몰라 잠시 당황했던 나와 조건반사적으로 '어디, 어디?'라고 호들갑스럽게 대꾸하는 미지 누나의 반응에 선희 누나가 말 없이 가리킨 손가락의 방향대로 나도 시선을 돌렸다. 그 끝에는 목 중간까지 오는, 옛날 영화 속에 나오는 여고생을 떠올리게 하는 단발머리를 하고 단정한 남색 정장을 풀세트로 차려입은 한 여자가 주위를 서성거리고 있었다. 시종일관 우리 시점에서는 그녀의 왼쪽 얼굴과 왼팔꿈치에 낀 홈플러스 쇼핑백만 보였고, 오른손에는 누군가와 통화를 하는지 핸드폰을 오른 얼굴에 대고 있었지만 그런 사항들은 나에게 중요한 것이 아니었다. 고요하면서도 나지막하게 울리는 목소리 하며 한 번 바라보기만 해도 순간 압도당할 것 같은, 어떻게 보면 살벌하고 어떻게 보면 아름다운 얼굴은 차치하고, 다만 그녀가 왼손에 들고 있는 클러치백을 알아보았을 뿐이었다. 그 클러치백은 일전에 친누나의 대학 졸업식이 끝나고 다 같이 본가로 돌아오는 길에, 어머니께서 친누나에게 주었던 기념 선물이었다. 이름을 들으면 딱 알 정도의 브랜드에서 나온 것은 아니었지만, 검은색 가죽 바탕에 별들처럼 주위에 박힌 흰색 큐빅과 가운데에 박힌 금색 사각형 모양의 펜던트가 남자인 내가 봐도 세련되어 보여 상당히 인상 깊었던 가방이었다. 미사여구를 늘어놓지 않아도 어머니의 정성에 감동했는지, 누나는 어쩌다 한 번 본가에 올 때를 비롯해 어디든 그 클러치백을 가지고 다녔다. 누나는 언제나 그 가방을 왼손에 지갑처럼 들고 있었다. 지금 내가 지켜보는 그 모습처럼 말이었다.

"뭘 그렇게 봐? 준호 씨, 아는 사람이야?"

내가 확실하지는 않지만 내 친누나와 비슷해 보이는 사람을 빤히 쳐다보고 있었다는 사실을 알아챘는지, 순간 미지 누나가 내 어깨를 툭 치며 말을 꺼내자 나는 화들짝 놀랄 수밖에 없었다. 지금 내 눈앞에 있는 사람이 정말로 내 친누나라면, 내가 아르바이트를 한다는 사실을 누나는 모르는 것으로 알고 있는데 어떤 반응을 보일지 궁금했다. 그 이전에 지금 이러고 있는 내 모습을 본다면 어떡할지, 나는 괜히 밤중에 몰래 핸드폰을 하다 부모님께 걸린 것처럼 목 뒤로 식은땀이 조금씩 흘렀다. 결국 나는 '이렇게 얼버무리는 것으로 일단 위기를 모면했다…'고 생각해야 했다.

"아, 그게 아니고, 사실은 제…."

"하긴, 저 여자 진짜 이쁘다. 아니, 그냥 양민학살이네 양민학살. 옆에 가기만 해도 오징어 될까 봐 아무도 안 지나가는 거잖아. 아니, 선희 언니. 저 사람 화장품 뭐 썼을까? 어떻게 썼길래 피부가 그렇게 뽀얗고 눈매가 또 그렇게 고혹적일까? 저 여자는 화장을 아주아주 잘했든지, 아니면 그냥 본판이 예쁘든지 둘 중 하나야."

"이야… 저 립스틱이 저렇게 잘 어울리는 사람은 처음 봤네. 바비 브라운 1호 레드립, 저거 나한테도 있는 건데… 내가 하면 완전 쥐

잡아 먹은 것 같기만 하던데 역시 완성은 얼굴인가 봐."

  그렇게 눈앞에 있는 여자만 계속 바라보며 이런저런 수다를 떨어 대는 미지 누나와 선희 누나를 뒤로한 채, 나는 행여 그 사람이 나를 바라보진 않을까 무서워 다시 싱크대 쪽으로 고개를 돌렸다. 그 사람이 우연히 마주친, 알아볼 수 있는 범위를 넘어선 듯한 내 친누나이건 아니건 간에, 나는 왠지 그 사람이 나를 향해 시선을 둘까 두려웠다. 밤중에 골목길에서 무서운 사람을 마주친 것처럼 손이 부들부들 떨렸지만, 일단 열심히 설거지거리들을 마무리하는 척했다.

  내 눈앞에 있는 조그마한 탁상시계는 이제 3시 45분을 가리키고 있었고, 내 퇴근시간의 15분 전이었다. 늘 그랬지만, 오늘은 특히 더 이 순간이 나에게 한 줄기 빛이며, 무사만루의 위기에 마운드에 오른 구원 투수였다.

12. 구포국수:
특별한 인연은 색다른 곳에서 나타난다

쌩뚱맞거나 사람을 당황하게 만드는 일이 일어나면, 해결책을 누구보다 잘 알고 있음에도 불구하고 덩달아 난처해지는 게 사람 마음인 것 같다.

서울이나 수도권이 아닌 지방, 그것도 지하철은커녕 버스도 많이 다니지 않는 시골이 고향인 사람으로서 나는 여러 지역에 꽤 많이 다녔다고 생각한다. 어린 시절, 가족이나 친구들과 영화를 보기 위해 충주 성서동 일대를 돌아다닌 것부터 시작해서 청주에서 보낸 고등학교 시절에다가, 대학교를 들어가며 시작된 '서울 라이프'는 물론 겨울에는 그야말로 압도적인 추위를 자랑했던 철원과 화천에서 국방부 시계가 돌아가기만을 기다렸다. 하지만 모종의 이유로 딱 한 번 가 보고 나서는 올 일이 없었던, 그러니까 나에게는 낯선 것이나 다름없는 이 부산이라는 도시에 홀로 남겨졌을 때 나는 꼭 놀이공원에서 길을 잃은 미아가 된 것만 같았다.

물론 오는 길에는 현태 씨와 함께 부산행 KTX 객실 안에 있었다. 사실, 모든 것은 수요일 밤에 '토요일에 부산에 있는 호텔 몇 군데를 들르면서 면접을 봐야 하는데, 꼭 가지고 싶었던 것을 사 올 시간은 없을 것 같아서'라는 이유하에 현태 씨가 뜬금없이 했던 부탁 같은 전화에서 시작된 것이었다. 나는 그때 (건축학과 전공이라면 누구나 최소한 한 번씩은 그렇듯) 밤늦게까지 설계 과제에 매달려 있었고, 설계실 안에 있는 누군가가 내 커터칼을 빌려 달라고 말하기 전에 최대한 빨리 우드락을 잘라야 했기 때문에 반쯤은 얼떨결에 그렇게 하겠다고 대답을 했던 것 같다. 그날 밤 비몽사몽과 다름없는 정신 상태로 현태 씨의 전화를 받게 만들었던 그 과제도 끝난 상황에, '자그마한 일탈 겸 부산 관광도 좀 해 보자' 하는 마음으로 올라탔던 KTX 안에서 나는 현태 씨가 부탁하는 물건의 정체를 대략적으로나마 알아챌 수 있었다.

"음… 부산 지역에 되게 유명한 국수가 있었는데… 밀면은 확실히 아닌데 그게 뭐였더라…. 아무튼 이름 들으면 딱 알 법한 그런 국수… 네, 미안해요. 이번 한 번만 신세 좀 질게요."

평소 뼛속에서부터 뚝뚝 흐를 것만 같았던 무덤덤함은 배제된 채, 현태 씨는 때 아니게 말을 얼버무리며 나를 향해 갑작스럽게 묵례를 했다. '첫 만남 때 핸드폰 충전기를 쓰겠다고 했을 때에도 저러지는 않는데'라는 생각이 들었지만, 동시에 현태 씨가 가지고 싶어 하는 물건이 뭔지는 '안 봐도 비디오'였다는 것을 깨닫고 나니 맥이 좀 빠지는 느낌이었다.

"현태 씨가 부산에서 꼭 구했으면 좋겠다는 게… 국수라고요?"

"제 부탁에 국수 말고 또 무엇이 포함되어 있겠어요? 지금도 그것과 비슷한 걸 하러 가는 건데."

그렇게 말하고서 현태 씨는 나지막한 웃음을 몇 마디 뱉었지만, 만일 방금 한 말이 현태 씨가 농담으로 한 것이라면 그것은 분명 뼈 있는 농담일 것이라는 생각이 들었다. 무언가를 구해 달라는 부탁이든, 아니면 자신을 회사에 채용해 달라고 하는 부탁이든 누군가에게 간절히 요청하고, 상대방이 가지고 있는 신뢰에 따라 자존심과 노력을 포함한 모든 것의 결과가 결정되는 순간은 항상 어려운 것이라는 게, 새삼스럽게 내 머리속을 아프게 했다.

그래서 결국 내가 서 있는 곳은, 부산역을 나와 바로 앞에 있었던 광장 한가운데였다. 첫 면접 장소가 광안대교까지 건너야 할 정도로 멀다며 현태 씨가 택시를 타고 사라져 버리고 홀로 남겨진 상태에서, 야속하게도 날씨는 너무나 맑고 청명했다. 술에 잔뜩 취해 생판 모르는 남의 집에서 자며 그 집 여자와 '라면을 먹었다'는 진실을 다음 날 아침에서야 알게 된 사람이 느낄 정도의 당혹감이 순식간에 내 주위로 밀려들었고, 얼떨결에 특별 미션을 받은 초보 첩보 요원처럼 부산역 광장만 맴돌고 있던 내 목은 바싹바싹 타올랐다. '다시 역 안으로 들어갈까' 하는 생각도 안 들지는 않았지만, 그래도 생활 반경에서 한참 벗어난 도시에서 한곳에서만 머무른다는 것은 왠지 모르게 찜찜한 느낌이 들어 나는 무작정 광장을 나왔다. 서울보다는 아니지만 그래도 꽤 많은 사람들이 오고 가는 지하철역에 들어가 도로 건너편 출구까지 나왔고, 중국풍 느낌이 물씬 나는 골목 입구도 갔다가 왠지 사람들이 많이 몰려 있는 어느 음식점 앞도 스쳤다. 정처없이 떠돌아다니는 나그네처럼 음식점 앞에 있었을 때에는, 등에 '오재원'과 '24'라는 숫자가 큼지막하게 새겨진 유니폼을 커플티처럼 맞춰 입은 남녀 한 쌍이 막 안에 들어가고 있었다. 두 사람의 어깨에 가방이 들려 있는 것을 보아, 이 사람들도 나와 마찬가지로 부산역을 막 거친 사람들인 것이 분명했다. 그때 내 눈에 들어온 '밀면'이라는 빨간 글씨를 현태 씨가 언급했던 것 같아, 무엇인지 궁금하기는 했지만 바싹 타들어가는 목이 내 욕구를 '배고픔'보다는 '목마름'이라는 단어에 더 어울리게끔 만들었다. 오아시스를 찾아 드넓은 사막을 헤매는 유목민처럼, 나는 또 다시 목적 없는 발걸음을 사뭇 낯선 거리 위에 늘어놓았다. 도중에 낯익은 이름을 가진 카페들이 내 옆길을 스쳤지만, 서울에서도 볼 수 있는 일상 속 풍경의 단면을 굳이 이곳에서까지 느끼고 싶지는 않았다. 그렇게 많은 가게들을 지나 내 발걸음은 누군가가 조종하는 것처럼 골목길로 향했고, 밝은 대낮에 바라보니 느낌이 조금 껄끄러운 모텔 두 채를 지나 내 무모하고 대담한 산책이 멈춘 곳은 어느 낡은 갈색 건물이었다. 그 낡은 건물의 모습을 보자니 이 주변 환경과는 어울리지 않았고, 어쩌면 이 건물 주변 한정으로 잠시 다른 나라에 와 있는 듯한 느낌이 들었다. 햇빛 아래에 비친 그 건물은, 백발이 무성한 노인이 된 왕년의 스타 영화배우처럼 중후하고 멋스럽게도 보였다. 누군가에게 첫 눈에 반한 사람의 느낌으로, 나는 조금씩 다가가서 그 건물 안에 들어갔다.

* * *

놀랍게도, 그 건물 안에는 만든 지 얼마 안 된 듯한 카페가 있었다. 유럽의 고성에 온 것 같은 벽돌이 박혀 있었지만, 그 공간을 가득 채우고 있는 가구들은 모두 새 것인 듯 창문에 비춰지는 햇빛에 반짝였다. 손자를 껴안은 할머니 같은 그 건물 안으로, 나는 떼기 겁나는 걸음을 몇 발자국 옮겼다가 마침 눈이 마주친 점원에게 아이스 카푸치노 한 잔을 시켰다. 이것도 떠오르는 대로 내 입에서 내뱉어진 것이었다. 감정이라는 또 다른 본능에 따라 행동하는 동물처럼, 커피를 받아든 나의 둔탁한 걸음은 창가에 가장 가까운 자리로 나를 이끌었다. 건물 안에서 들여다보는 햇빛이란, 학교에서 엄하기만 했던 선생님이 자신의 어린아이에게는 한없이 다정한 모습을 보이는 것을 보았을 때의 느낌이었다. 그렇게 잠시만 이러고 있어도 괜찮을 것 같다는 생각에 잠겨 슬슬 눈이 감겨 오고 있을 때 즈음, 내 귓가에는 봄날 들판의 새들처럼 재잘거리는 목소리가 들려왔다. 그 목소리의 주인공들은 내 바로 뒤에 앉아 있는, 나이가 많아 봤자 내 또래쯤 될 법한 두 젊은 여자들이었다. 한 명은 서양인처럼 밝게 염색한 긴 금발이 말도 안 되게 잘 어울렸고, 그녀의 옆에는 검은 기타 가방이 놓여 있었다. 그 여자의 맞은편에 앉아 있는 다른 여자는 황갈색 머리를 포니테일로 묶고 있었고, 머그잔을 홀짝거리고 있었다. 그 황갈색 머리의 여자가 왠지 내가 아는 여자와 닮아, 나는 담 넘어 옆집의 모습을 몰래 구경하듯 흘끗흘끗 두 사람의 대화를 지켜보았다.

"… 재연이 니 시험이 월요일에 끝났다카데. 그하모 니 인자 시간 있나?"

"아직 실기가 남았다 아이가. 시험 성적도 파이고 이번도 몬하믄

학사경고 들어온다 하는데 힘없는 학생이 우짜겠노. 공연이나 단디 준비해야제. 아 근데 다현이… 내 지짜 우짜노. 쫌 이따 선배가 내 봐줄 낀데 역수로 걱정된다카이."

여자들의 발랄하고 어쩌면 청순해 보일 수도 있는 외모와는 상반되는, 장마철 해안가 파도 물결과 같은 거칠고 투박한 면이 있는 사투리의 향연이었다. 그 사이에서 '재연'이라는 금발머리 여자가 '다현' — 사실 '재연'의 발음은 '다혀이'에 가까웠지만 — 이라는 이름을 부르기가 무섭게, 내 입 안으로 쭉 빨았던 카푸치노 한 모금이 하마터면 목에 걸릴 뻔했다. 내가 아는 황갈색 머리의 '다현'은 단 한 명이었지만, 대한민국 오천만 국민 중에 황갈색 머리를 한 '배다현'이라는 스물 두 살의 여자는 최소한 몇 명은 될 것이다. 하지만 저 털털하게 넘기는 웃음과 빛을 담고 있는 두 개의 초승달이 된 그녀의 갈색 눈동자는 어딘지 모르게 익숙한 아우라를 풍겼다. 어쩐지 그녀가 짤막하게 잇는 목소리도, 내가 조별 과제 때 몇 번은 들었던 그 목소리였다. 다행히 '다현'이 나를 보지는 않았는지, 그녀는 다시 한 번 머그잔을 입술에 대었다 놓고서는 대답을 했다.

"마, 유재여이! 쫄지 마라. 니가 다른 아덜보다 꿀리는 기 무에 있노? 긴장만 안 타믄 잘할 수 있을 끼다. 아, 실기 끝나고 시간 있으모 서울로 함 와라. 내 니한테 니가 그케 보고잡다카던 홍대 쫙 구갱시켜줄 끼다."

"맞나? 야, 역시 내한텐 배다현 니삐다. 니캉 내캉 다 뽀사삐자카이… 야, 근데 점마는 누고? 다혀이 니 아는 사람이가?"

'재연'과 내 눈이 그렇게 맞닿는 순간, 나는 벌이 내 눈앞에 날아와 웅웅거리는 것처럼 어깨를 움찔했다. '당황스러움'이 아마 내가 그 순간 느낀 감정 그 자체였을지도 모른다. '재연'의 말을 듣고 그 앞에서 친구의 얼굴만 보고 있던 '다현'도 고개를 돌렸고, 그녀와 내 눈이 마주치자마자 나는 할 수만 있다면 더욱 소스라치게 놀랄 수밖에 없었다. 그녀는 내가 알고 있는 '다현'이 맞았다. 황갈색 머리의 같은 과 같은 학년에 다니는, 조별 과제를 같이 했던 아이, 그리고 언제부턴가 나를 보면 청량하게 맑으면서도 어딘지 모르게 아릿한 느낌이 있는 미소를 짓는 '배다현'이 맞았다. 나와 시선이 마주쳤다는 게 놀랍고 당황스러운 건 마찬가지였는지, 다현도 그저 살짝 벌어진 입을 다물지 않고 아무 말도 못한 채 계속 내 눈을 바라보고 있을 뿐이었다.

"와, 작살나네… 아, 아니다. 다혀이, 내 인자 연습실 간데이. 끝나모 연락하께."

"… 알았다. 고마 가뿌라."

'재연'은 그 전에 내내 그랬던 것처럼 웃음을 지어 보이며, 옆에 있던 기타 가방을 메고서는 자리를 떠났다. 자신의 친구에게 사뭇 부대의 카리스마 있는 엘리트 고참처럼 대꾸했던 다현, 그 뒤로 나에게 아무런 말도 하지 않았다. '재연'이 눈치 있게 행동해 준 것에 대해 나름대로 안도의 한숨을 내쉴 수 있으면 좋았겠지만, 그 고요한 카페에는 이제 나와 다현밖에 없는 것만 같았다. 카페의 풍경종 소리가 아무것도 모르는 듯 해맑게 한 번 '짤랑' 하고 울려퍼지고 나서야, 다현은 나지막하게 말을 꺼냈다.

"… 준호 오빠. 여기는 어떻게 오셨어요?"

아까 전까지 시원스럽게 내뱉던 사투리를 언제 썼나 싶게 표준어를 쓰는 다현의 말투에, 그때따라 특유의 경상도 억양이 더 두드러져 보였다. 문장 그대로 보자면 그녀의 말투에는 약간의 경계 어린 독기가 들어 있어야 했겠지만, 그렇다고 하기에는 그녀의 말끝이 조금 세게 떨렸다. 하기야 나도 내가 오늘 이 시간에 부산에 내려와 있게 될 줄은 지난주까지만 해도 상상도 못 할 일이었는데, 다현이 나와의 대면에서 당황한 것은 당연한 일이었을지도 모른다.

"그게 얘기하자면 좀 길어…. 나가서 얘기하는 게 좋겠다."

"네."

애써 자연스럽게 이은 내 말에 짤막하게 답하며 고개를 끄덕이고서는, 다현은 자신이 앉아 있던 자리 옆쪽에서 빛바랜 연두색 에코백을 들고는 다시금 내 앞에 섰다. 앞서가야 되겠다고 직감한 나는 여전히 손에 커피를 든 채 카페 문을 먼저 나섰고, 다현이 나를 뒤따라왔는데 어쩐지 걸음이 빨랐다. 맑고 상쾌한 풍경종 소리를 두 번 들은 뒤에야, 나는 비로소 햇살이 따스하다는 걸 체감할 수 있었다.

* * *

"그러니까… 오빠의 룸메이트가 오빠에게 자기가 면접 볼 동안 여기서 국수를 구해다 줬으면 좋겠다는 거네요. 기밀문서도 아니고, 하다못해 책도 아니고 국수라…. '룸메'라는 분이 한식에 관심이 많으신가 봐요."

"그렇지. 실제로 요리도 좀 하는 사람인데…. 그 사람이 원하는 국수가 뭔지는 잘 모르겠어. 확실히 밀면은 아니라고 했던 것 같은데…. 아는 건 그것뿐이야."

카페를 나와서 낡고 조그만 집들이 올망졸망 조약돌처럼 모여 있는 골목길을 걸으며, 나는 다현에게 간략하게나마 현태 씨와 면접, 그리고 국수를 구해 오는 것에 대한 이야기를 털어놓았다. 나로서는 꽤 놀랄 만큼의 통찰력으로 현태 씨의 한 가지 속성을 파악한 말을 꺼내기 전까지, 다현은 옅은 미소를 띠며 잠자코 내 말을 들어 주었다. 오늘의 첫 만남이 어쩌면 민망할 수 있었음에도 불구하고, 예상치 못하게 호의적인 다현의 반응 덕에 나는 어느새 자연스럽게 그녀에게 말을 터놓을 수 있게 되었다. 내 말을 듣고는 잠시 생각을 하듯 하늘을 한 번 올려다보던 다현은, 불현듯 회심이 가득 담겨져 있는 듯 입꼬리를 한껏 올리고서는 이렇게 대답했다.

"그래요. 오빠, 아니 오빠 룸메이트가 원한다는 국수 구하는 건 쉬워요. 근데, 전 홍대 올 때까지 쭉 여기 살아서 상관없을지는 몰라도 오빠한테는 낯설 도시에서 혼자 다니는 것보다는 좀 쉽기도

하고, 딴 걸 먹기도 하고, 뭐… 심심하지 않게 누구랑 같이 가는
게 더 낫지 않나요? 오빠가 말하는 국수가 뭔지는 대충 알겠는데,
그 국수를 구할 수 있는 데가 거의 여기랑 반대편이거든요. 타지에
서 길 잃어버리는 것보다 더 곤란한 게 어딨겠어요, 안 그래요?"

　끝까지 하면 할수록 경상도 억양이 점점 더 두드러지다 못해 툭
툭 튀어나오기까지 하는, 그 긴 말을 끝내고 나서 다현은 다시 한
번 나를 바라보았다. '다현이 내게 그렇게 길게 말을 한 적이 있었
던가' 하는 생각이 들 정도로 너무나 자연스럽게 적극적이었던 다
현의 말투는 둘째치고, 내가 더욱 신경 쓰였던 건 그녀가 나를 향
해 쏜 눈빛이었다. 아까 전 카페 안에서의 당혹스러운 기색은 온데
간데없이, 그 눈동자는 이미 자기만의 빛을 싱그럽게 내뿜고 있는
두 개의 태양이 되어 있었다. 일전에 벚꽃이 화사하고 흐드러지게
핀 중앙도서관 가는 길에서, 다현이 나를 향해서 그렇게 웃어 보인
것이 영화 속 오버랩처럼 자꾸 겹쳐 보였다. 내가 그렇게 아무 말
도 하지 못하고 있는 동안, 다현의 역공은 세심하면서도 자신감 있
게 내 귓가에 박혔다.

　"… 저녁 때까지 저랑 같이 다녀요. 특별한 건 아니지만, 그냥 놀
러 가자고요."

＊ ＊ ＊

　아까 전에는 그렇게도 눈꼴이 시렸던 화창한 날씨가 누군가와
같이 놀러 가는 상황에서는 참 다행이라고 느껴졌다. 벽에 전시회

처럼 붙어 있는 자그마한 흑백 사진들과 마지막에 드러난 드넓은 바다를 보며 다현은 지금 내가 걷고 있는 길이 '이바구길'이라고 말했다. '이바구'라는 말이 서울 말로는 '이야기'라며, 가이드라도 된 것처럼 새새거리며 걷는 다현의 눈길이 새삼 봄바람처럼 부드러웠다. 이 도시에 관한 이미지라고는 해운대, 광안대교, 억센 사투리와 그곳 사람들이 열렬하게 좋아하는 야구 팀밖에 떠오르지 않는 타지 사람으로서 언뜻 보기에는 '부산'이라는 생각이 들지 않는 이 자그마한 골목길이 햇빛 아래에 영롱하고 아름다워 보여서, 그리고 그 길을 천천히 걸을 수 있는 시간은 있을 것 같아서 참 다행이었다.

"여기서 도시락은 처음 먹어 보네요. 혼자 들어가기는 좀 그래서 여기서 뭘 먹은 적은 딱히 없었던 거 같은데… 맛있네요."

그렇게 걷다가 시장기가 생겨 들어간 어느 조그만 식당에서, 옛날 우리 부모님께서 학교에서 드셨을 법한 도시락 세트를 시켜 먹는 사이 동그란 핑크색 햄을 한 입씩 뜯어 먹으며 나현이 말을 꺼냈다. '어머니께서 언젠가 지호에게 저 햄이 진주햄이라고 말씀하셨던 적이 있었던 것 같은데'라는 생각을 하며 나는 조용히 뜨끈한 밥 위에 멸치볶음을 얹어 내 입 안으로 넣었다. 입 안의 음식을 씹으며 다현의 말에 고개를 끄덕이는 나를 보고, 다현은 다시 한 번 씽긋 웃어 보였다. 내가 아는 다현은 친절하고 성실하고 싹싹한 사람이었지만, '배다현'이라는 세 글자의 이름이 곧 그녀의 미소라고 생각할 만큼 그렇게 잘 웃는 사람도 아니었던 것 같다. 하지만 내 앞에서의 다현은, 내가 아는 그 누구보다도 잘 웃었다. 이제는 이

름을 들으면 가슴 한편이 잠시 저릿할 뿐인 그 사람이 내 마음에
서 살고 있었을 때에도, 햇살 아래의 다현의 웃음은 효과가 늦게
발휘되는 약과도 같았다. 조별 과제 첫 만남에서 다현이 내게 입꼬
리를 올린 것은 내 마음 안에 아무런 동요가 되지 않았지만, 시간
이 지날수록 그녀의 웃음이라는 것은 점점 더 또렷하고 선명한 빛
깔을 띤 그림이 되었다. 이런저런 생각을 내 머릿속에 여전히 담은
채 나는 입 안에 들어 있던 음식을 삼키고는, 다현에게 그렇게 대
답했다.

"방금 말한 거 보니까, 니 말대로 뭘 먹은 적은 없어도 여기 좀
오긴 했나 봐?"

그동안 그녀를 대했던 태도 중에서 가장 자연스럽고 어색하지
않은 태도로 그녀에게 대답한 것 같아 왠지 안심이 되었다. 진주햄
과 멸치볶음과 계란 프라이가 위에 올려진 밥의 조합은 가히 환상
적이었고, 평소 같으면 학식에 줄기차게 나오던 비슷한 종류의 국
이 떠올랐을 된장국도 유달리 감칠맛 나게 느껴졌다. 이번에는 다
현이 무언가를 먹고 있는 듯 입을 곧게 앙다문 채 고개를 끄덕였
다. 곧 무언가가 삼켜지는 소리가 들린 다음, 다현은 아까 전 내게
자신과 같이 놀러 가자고 말하던 바로 그 목소리로 말을 이었다.

"아, 그러고 보니까 다 먹고 나오면 168 모노레일 올 시간 되겠
네요. 그거 타고 가면 168계단 올라가느라 다리 아플 필요가 없어
요. 이게 말은 쉬울지 몰라도 진짜 만만치 않거든요. 게다가 모노
레일 타는 것도 공짜고."

그렇게 말하기가 무섭게 다현은 자신의 핸드폰 화면을 켜고 어떤 큼지막한 사진을 내 눈앞에 거의 들이밀다시피 했다. '여기가 168계단인가' 하는 질문이 무의식적으로 듦과 동시에, 내 등골은 얼음물을 마시지도 않았는데 서늘해져 왔다. 왠지 자대로 배치된 지 얼마 지나지 않았을 때 행군하면서 걸었던 길을 떠올리게끔 만드는 엄청난 길이의 계단 뒤로, 장난스럽게 씨익 웃어 보이는 다현의 표정이 그때 당시의 행보관처럼 섬뜩했다.

　"그… 그래. 보니까 역시 타고 가는 게 낫겠네."

　"그쵸? 진짜 여기다 모노레일 만든 게 신의 한 수라니까요. 일단 전 다 먹었으니까 천천히 드세요."

　"아냐, 괜찮아. 나도 거의 다 먹어 가."

　그렇게 도시락을 먹어 가는 동안 잠자코 아무 말도 하지 않은 채 내 모습을 빤히 바라보는 다현을 보며, 왠지 젊은 시절 어머니께서 아버지와 처음으로 단 둘이 식사를 하실 때 그런 눈길로 아버지를 쳐다보셨으리라는 상상 같은 예감이 들었다. 강원도 원주의 어느 축제에 취재차 참가한, 어느 조그만 신문사의 기자였던 아버지는 참가한 소감을 인터뷰할 마땅한 시민을 찾고 있던 중에 자신의 어머니(그러니까 나의 외할머니)가 일을 하고 있는 부스에서 일손을 돕고 있었던 한 젊은 여인에게 반했다. 그 길로 몇 번의 우연을 가장한 의도적인 접점과 만남의 연속을 거쳐 정식으로 애인이 되었고 몇 년이 흘러 결혼까지 하여, 축제에서 일을 돕던 여인은 남편의 고향인 음성으로 내려가 아이 셋을 낳고 나의 어머니가 되었다. 어머니는 단 한 번도 본인의 입장에서 그 연애담을 들려 준 적이 없었지만, 왠지 다현에게 자신의 솔직한 감정을 털어 보라고 하면 얼추 그 느낌이 무엇인지 간접적으로나마 알 수 있을 것만 같다. 동서고금을 막론하고, 그런 슬프고 찬란한 감정에 빠진 사람이 하는 행동과 그 경위는 다를 바가 없을 터였기에.

나보다도 더 어렸을 아버지의 점심시간을 설레게 만들었을 도시락 통이 다 비워졌을 무렵, 창 밖에는 사람들이 올림픽 100미터 경주라도 되는 것처럼 헐레벌떡 뛰어가는 모습이 보였다. 이미 그 단편적인 모습에서 모든 것을 직감했을 다현이 "모노레일 온다, 모노레일!"이라고 어린이날 놀이공원 앞 꼬마처럼 팔짝팔짝 뛰는 걸 뒤따라가며, 나도 모노레일 탑승이라는 메달을 향해 전력질주하는 무리 속에 합류했다.

* * *

모노레일에 걸쳐가듯 올라타기 직전 그렇게 열심히 뛰어 가던 사람들의 모습이 무색하게, 생각보다 그렇게 많은 사람들이 타고 있지 않은 열차 밖 풍경은 눈부셨다. 궂은 날씨라는 것은 애초부터 존재하지 않는 것처럼, 휘황찬란하리만큼 푸른 하늘 위에 높든 낮든 간에 모든 건물들을 형형색색 보석으로 치장한 것처럼 만드는 햇빛이 그야말로 장관이었다. '이게 일상에서 많이 비껴간 하루를 보내는 사람에게 느껴지는 특권인가'라는, 이미 답이 어느 정도 정해진 것 같은 혼자만의 질문이 내 머릿속의 한편에 지워지지 않은 네임펜으로 쓰인 것처럼 진하게 각인되었다. 그 무렵, 저 멀리 미니어처 모형처럼 보이는 광안대교의 자태에 나는 서울에 처음 오는 시골 아이처럼 무의식적으로 입을 쩍 벌리고 '와' 하는 나지막한 한 마디를 외칠 뻔했다. 광안대교 하며 부산타워와 해운대, 그리고 해안가에 자리잡은 으리으리한 빌딩숲을 몇 천 번도 더 봤을 다현은 모노레일 바깥쪽의 유리창을 칠판 삼아 초등학교 선생님처럼 여기저기를 가리키며 '이 쪽은 부산항, 저 쪽이 해운대'라며 나지막한 목소리로 키득거리고 있었다.

모노레일에서 내리기가 무섭게 롤러코스터 바로 앞의 어린아이처럼 다현이 내게 친근하게 손짓하며 달려간, 자그마하지만 외관이 깔끔해 보여서 마음에 들었던 '이바구 공작소'에서는, 현관에 쓰여 있는 부산 사투리며 관련된 이야기들이 상당히 익숙했던 건지 웃음을 터뜨리며 내 어깨를 붙잡다가 화들짝 놓아 버리던 다현과 함께 그 건물의 1층에서 부모님께서 학창 시절에 입고 다니셨을 법한 교복을 입고 사진을 찍었다. 다른 관광지에도 얼추 있는 게 이런 옛날 교복 입는 체험이라지만, 정작 나는 당최 해 본 적이 없어 그저 신기하기만 했다. 나는 나대로 검은 교복에 희고 산뜻한 카라를 곁들인 세일러복 같은 옷을 입은 다현을 보고, 다현은 그녀 나름대로 영화 속에서나 봤던 검은 교복과 호피 무늬 교련복을 입은 내 모습을 보고 서로 키득거리며 웃었다. 내가 중학생이었을 때에도 있었던 낡은 나무 책상에 걸터앉아서, 오락기 앞에 쪼그리고 앉아 어릴 때 딱 한 번 해 본 것 같은 게임을 하면서, 그리고 교회 어린이 예배에서 만나 친해진 형이 내게 종종 주고는 했던 '아폴로'와 이름이 기억나지 않는 라면 과자를 먹으며, 우리 둘은 마치 10

년 전부터 친구였던 것처럼 웃고 떠들며 내가 그녀를 알게 된 이래 처음으로 많은 이야기를 나누었다. 배의 갑판같이 생긴 건물 옥상에서 다현의 핸드폰으로 사진을 찍어 주신 아주머니 한 분이 '둘이 잘 어울린다, 그렇게 행복하고 예쁘게 살아라'라며 얼굴에 웃음기를 가득 띠고 가시기 무섭게, 내 입에서는 어색한 웃음이 흐르고 두 볼은 난데없이 뜨거워지는 걸 느꼈다. 잠시 고개를 푹 숙이고 난 뒤 다현의 얼굴을 보았을 때, 아까 전처럼 다현의 얼굴에는 미소가 담겨 있었지만 그녀의 머릿결을 매만지는 바람은 왠지 모르게 서늘했다.

'이바구 공작소'를 나와 시간을 몇 십년 정도 거슬러 간 기분으로 다시 다현과 골목길을 거닐 때, 내 핸드폰 시계는 어느새 네 시 반을 가리키고 있었다. 그간 이바구길에서 즐거운 시간을 보낸 사이에 잊고 있었던, 현태 씨가 내게 부탁한 국수가 머릿속에 떠올랐다. 하지만, 그것은 어쩌면 본인이 면접을 보고 있을 동안 부산에서 나 혼자만의 시간, 혹은 자신이 모르는 누군가와 함께하는 시간을 보냈으면 좋겠다는 마음이 있었지만 직접 말하기는 통속적이라는 생각이 들어 만들어 낸 구실일 수도 있었다. 불과 한 달 전까지만 해도 나의 방에서 국수를 만들며 공생하고 있던 한 사내에게 그런 마음이 들 것이라고는 상상하지도 못했지만, 지금의 나는 현태 씨가 면접을 보는 수많은 회사 중에서 단 한 곳이라도 현태 씨를 자신의 일부로 받아들이길 진심으로 바라고 있었다. 현태 씨가 내 방에 온 이래로, 그리고 다현이 전화기로 나를 '오빠'라고 불러도 되냐는 질문을 한 이래로 내 주위의 세상은 바뀌고 있었다. 그리고 나는, 그 변화가 사랑스럽게 흥미로웠다.

"혹시 오빠 언제까지 시간 있어요? 여기 있느라 기차 시간 놓치면 좀 그런데…."

"기차가 오후 아홉 시에 출발하기는 하는데…. 그때까지 따로 할 건 없을 것 같아."

"그래요? 그럼 쭉 따라 와요. 제가 정말 놓치고 싶지 않다고 생각하는 사람이 부산에 오면 꼭 보여 주고 싶었던 곳이 있어요."

짐짓 자기 뒤를 졸졸 따라오는 외국인 관광객들을 상대로 경복궁을 소개하는 가이드처럼, 다현은 신나게 내 앞에서 가벼운 발걸음으로 빠르게 걸어갔다. 그녀의 뒤를 따라갈수록 점점 높아지는 고도를 따라, 드넓은 바다를 마주하는 마을도 새싹처럼 점점 밑에서 솟아나고 있었다. 갈매기 우는 소리를 배경음악 삼아 성큼성큼 걷는 것은 생각보다 굉장히 마음이 상쾌해지는 일이었고, 어느 순간 내 옆에는 나를 깜짝 놀란 눈으로 한 번 쳐다보는 다현이 나와 함께 걷고 있었다. 내가 다현에게 어떤 마음이 있는지는 아직 딱 한 단어로 정의할 수 없었지만, 어쩌면 벚꽃이 만발한 캠퍼스에서 만난 그녀와 하고 싶었던 일이 바로 이것이었을지도 모른다. 아무런 허물 없는 친구 사이인 것처럼 화기애애하게 많은 이야기를 나누고, 시간에 쫓길 필요 없이 함께 걸어가며 결국에는 거짓말처럼 진짜 친구가 되는 일. 어쩌면 나는 다름이 아니라, 다현과 그저 친분을 쌓고 싶은 것이었을지도 모른다. '조별 과제'라는 유한한 우연으로 만들어진 인연을 차마 그냥 보내고 싶지 않은 마음이 있었을지도 모른다. 하지만 지금은 잘 모르겠다. 나를 향해 화사하게 웃으며, 나와 그녀가 둘 다 알고 있는 어떤 남자에게보다도 더 친밀하게 대하는 그녀의 모습이 너무나 해사해서, 그동안 내가 가지고 있던 '배다현'이라는 사람에 대한 정의가 조금씩 허물어지고 있었다.

끝없이 그럴 것처럼 한참을 걷고만 있던 다현이 발걸음을 멈춘 곳은, 조그마한 카페나 분위기 좋은 식당을 차리면 더 없이 어울릴 것 같은 자그마한 하얀 건물 앞에서였다. 주위를 둘러보아도, 출발했을 때 보였던 풍경은 어디에도 없었다. 잠시 숨을 고른 채 나는 속으로, 다현이 만일 군대에 가거나 운동선수가 되었더라면 둘 중 어느 것을 했든 아주 훌륭하게 잘 해 냈으리라는 덧없는 가정을 하고 있었다. 헐떡이는 숨이 다시 고르게 내쉬어졌을 때쯤, 다현은 잠시 가벼운 한숨을 내쉰 뒤 살짝 흥분한 목소리로 말을 꺼냈다.

"여기는 유치환 우체통이에요. 마음이 울적한 채로 이바구길을 지나가고 있을 때 여기에 와서 시를 읽거나, 옥상에 한참 동안 앉아 있으면 언제 그랬냐는 듯 기분이 좀 나아지거든요. 직접 걸어보셨다시피 운동도 많이 되고⋯. 혼자서 가끔 여기에 온다는 건 부산 친구들 중에서도 정말 친한 몇 명밖에 몰라요. 대학교 사람들 중에는 준호 오빠가 처음이고⋯. 영광으로 생각하셔도 돼요."

"그래, 그것 참 놀랍네. 내가 너한테 그만큼의 사람이었다니, 기분이 좋은데?"

말로는 그렇게 아무렇지도 않은 척 시원하게 받아쳤지만, 사실 나는 그녀가 이 조그마한 건물에 남겨 놓았을 많은 감정과 추억들,

그리고 '영광으로 생각하셔도 된다'고 할 때 오른쪽 눈을 찡그리며 또 다시 웃어 보였던 그녀의 표정에 수많은 의미를 부여할 수밖에 없었다. 내가 말을 끝내기가 무섭게 고개를 숙인 다현의 모습에도, 등골이 쓸쓸해질 정도로 또 다른 희미한 웃음이 흐르고 있었다. 그녀에게는 그녀의 볼이 어느 정도로 따스하게 느껴지는지 나는 몹시도 궁금했다.

"… 아, 들어가자. 여기를 왜 나한테 보여 주고 싶다고 하는지 궁금해 죽겠다."

한낮에 카페에서 처음 대면했을 때처럼 나와 다현 사이를 어색하게 겉돌고 있는 침묵이 거슬렸다. 결국 나는 먼저 말문을 떼며 건물의 문을 열고 들어가는, 평소에는 썩 좋아하지 않는 행동을 하고야 말았다.

* * *

널찍한 창 한가운데에 붙어 있는 유치환의 시들을 쭉 읽고 나니, 다현이 왜 이곳을 비밀스러운 마음의 안식처로 생각했는지 조금은 알 것 같았다. 그중 '이것은 소리없는 아우성'으로 시작하는 시는 수능 언어 영역을 준비하느라 샀던 필수 출제 시집에서 본 것 같았지만, 유치환 시인이 이곳에서 생을 마쳤다는 사실을 전시장 입구에서 보고 난 뒤에는 족자처럼 벽면에 붙어 있는 그의 모든 시들이 전혀 다른 의미로 다가왔다. 그가 세상을 떠난 곳에 남겨진 시들이 남겨진 사람들을 향한 그의 유서였을까, 아니면 '우체통'이라는 건물의 이름답게 그의 시를 아는 모든 이들에게 보내는 편지 같은 것이었을까. 공작소에서의 그 명랑하고 활기차던 소녀 같은 모습은 어디로 가고, 다현은 중년에서 노년의 경계선에 있는 나잇대의 여인이 지을 법한 애달픈 표정을 하고 시를 찬찬히 살펴보고 있었다. 다현은 붙어 있는 시들 중 하나를 미술 전시회의 그림 보듯 유심히 뚫어져라 바라보고 있었지만, 내가 그 옆으로 가자 언제 그랬냐는 듯 그 시에서 시선을 떼고 나를 바라보며 멋쩍은 웃음만 지어 보였다.

"너, 그 시를 제일 좋아하나 보다. 거기 서서 줄곧 그것만 보고 있던데."

"그렇긴 한데…. 아, 여기서만 계속 있지 말고 빨리 옥상에 올라가시죠. 거기가 완전 '핫플레이스'예요."

다현은 그렇게 수업시간에 만화책을 보다가 들킨 중학생이 말할 것처럼 신들리게 얼버무렸다. 말이 끝낸 다현은 내 손목을 붙잡고, 뛰어가듯 또 다시 계단을 올라갔다. 우리가 발걸음을 멈춘 곳은 단독주택인 본가의 옥상에 올라가면 보이는 풍경과 비슷했다. 차이라면 눈앞에 보이는 게 오밀조밀하고 고만고만한 낮은 집들 뒤로 얇은 선처럼 그어진 국도를 우람하고 빽빽하게 솟아난 빌딩들이 대신했고, 자그마한 상자 같은 옥상 위에는 작은 옹기들과 낮은 빨랫대, 그리고 늦여름이라는 걸 알리는 바싹 말라 가는 고추들 대신 편지지 같은 조각상과 어떤 중년의 끝물에 있는 남자의 모습이 담긴 조각상, 그리고 그 사이에 정겹게도 붉은 우체통이 있었다는 것이다.

"우체통이라…. 뜬금없긴 하지만 이름값 하네. 편지를 넣어도 되는 거야?"

"네, 그렇죠. 전 보통 여기 와서 그냥 쉬었다 가지만, 편지를 보내면 딱 1년 뒤에 자기한테 다시 되돌아오는 거래요."

"1년 뒤?"

"누구는 6개월 만에 받았다고는 하는데, 대략 1년인 것 같아요."

편지를 쓰면 1년 뒤에 다시 받게 되는 편지라. 머릿속에 전구가 또 하나 켜진 것 같은 느낌이 들면서도, 만일 단 두세 달 전에 내가 이곳에 들어왔으면 지금보다는 이것저것 쓸 게 더 많았을 것 같은 생각이 들었다. 아마 그때로부터 1년 뒤에는 '제대를 미리 축하한다', '짬밥은 또 먹고 싶지 않다', '악마 같던 맞선임과 고문관이 따로 없던 맞후임 없는 세상에서 사회 물 먹으며 행복하게 잘 살고 있느냐' 같은, 이런 종류의 '군대 생각을 하면 절절해지는 이야기들'로 가득한 편지를 받게 되지 않을까 싶었다. 하지만, 현재의 나에게 부산의 작은 골목길 위 상공을 마주하고 있는 우체통은, 검사받지 않아도 되고 행여 들킬 걱정도 없는 일기를 쓸 수 있는 몇 안 되는 기회의 장처럼 보였다. 익숙한 빨간 우체통 너머로 보이는 낯선 건물들과 그 위를 놀랍게도 익숙하게 가로지르는 전깃줄들을 쓱 올려다보던 내 입에서는 결국 이런 말이 새어나왔다.

"… 편지지가 여기에는 없네? 왠지 한 통 쓰고 싶었는데."

"네. 저도 왠지 오늘은 뭔가를 써 보고 싶었어요."

그렇게 말을 끝내기가 무섭게 다현은 오늘 내내 그랬던 것처럼 내게 웃음기 띤 얼굴을 보여 줬지만, 당돌하리만큼 똘망똘망한 두 눈이 쏘아 보내는 섬광 같은 빛에 내 어깨가 살짝 섬칫했다. 그다음부터는 무언가를 아는 듯한 다현의 손짓 한 번에, 다시 한 번 계단을 내려가 수북이 쌓여 있는 편지지 묶음 중 한 장을 집었을 뿐이었다. 건물에 들어가기 직전에 그 건물에 나름대로 자신만의 의미를 부여한 다현은, 과연 그 건물에 원래부터 살고 있었던 것만 같은 느낌을 가득 풍겼다. 내가 '이 편지를 받게 되는 1년 뒤의 내가 하는 일이 뭐든 잘됐으면 좋겠고, 무엇보다도 가족과 친구들이 건강했으면 좋겠다'는, 건전하지만 어떻게 보면 상투적인 내용을 적고 산뜻하게 접힌 봉투에 넣었을 때에도, 다현은 여전히 눈을 내리깐 채 아무 말도 않고 한없이 써 내려갈 기세로 그렇게 볼펜을 휘갈기고 있었다. 광활한 하늘 끝의 샛노란 빛이 이른 봄의 개나리처럼 그 주위를 뒤덮은 뒤에야, 다현도 편지를 접어 봉투에 찬찬히 집어넣었다. 종교 의식을 치르듯 흐트러짐 없이 조심스럽게 다현은 자리에서 일어나 다시 계단을 올라갔다. 나는 왠지 그런 다현에게 함부로 말을 걸 수 없어, 그저 그녀를 따라 조용히 바람 부는 옥상으로 되돌아왔다.

"야… 너 편지에는 뭐 썼나?"

우체통에 내 편지를 다 넣고 난 뒤에 의도치 않게 튀어나온 이 말은, 숙제를 깜빡 잊고 하지 않아 옆자리 짝꿍 것을 베끼려 하는 초등학생의 말투를 담고 있었다. 하지만, 침묵을 깨기가 무섭게 다현은 그저 고개를 설레설레 저은 채 애교살이 보일 듯 말 듯한 눈웃음만 지어 보일 뿐이었다.

"… 비밀이에요."

그런 짤막한 말 한마디만 남기고, 다현은 붉은 우체통에 자신의 편지를 넣자마자 늘상 하는 일이라는 듯 먼 곳을 내다보았다. 해는 어느덧 넓고 푸르게 깔린 매트리스 위로 보이지 않는 낙하산을 타고 내려가고 있었다. 그 흔적은 붉고 누렇게 온 땅을 덮는 융단 위로 흘러, 높이가 다른 수많은 건물들과 군데군데 보이는 언덕 같은 산, 물결치듯 흐르는 바다와 그 위를 가로지르는 광안대교까지, 우리 두 사람을 둘러싼 모든 가깝고 먼 것들이 어느 미술 전시회의 출품작 모음이라 착각하게끔 만들었다. 휘황찬란한 빛의 손길은 다현의 풀어헤친 머리카락 위에도 남아 눈이 부실 정도로 황홀한 금빛으로 만들었고, 조별 과제 모임 때와 도서관 가는 길에 그녀를 마주쳤을 때와는 달리 내 왼쪽 가슴은 나 자신까지 느낄 수 있을 만큼의 고동소리를 내고 있었다. 일상적인 풍경에서 보이는 비일상적인 아름다움에 홀린 듯 '너 오늘 예쁘다'라는 한 마디가 담배 연기처럼 불쑥 새어 나오려 할 때, 다현이 먼저 자신의 말을 덤덤한 듯 사뭇 은근한 목소리로 운을 떼었다.

"… 사실, 어렸을 때 여기서 잠시 살았었어요."

바람이 나와 다현의 머리카락을 모두 스치고 지나갈 무렵, 내 주위에 들리는 모든 소리들은 조용히 내 머릿속에서 사라져 갔다. 이 건물의 옥상이 세상의 전부고, 존재하는 것이라고는 나와 다현과 붉은 우체통뿐이라는 초현실적인 상상을 하며 나는 잔잔하게 울리는 그녀의 목소리를 들었다.

"외할머니 댁이 초량동에 계셨거든요. 그 전에도 주말이 되면 가끔 놀러 갔다가 수정동 집으로 돌아가고는 했는데, 열한 살 여름엔가… 아빠가 외국으로 출장 간 지 얼마 안 지나서 엄마가 긴 휴가라 생각하고 당분간 여기서 지내라고 말씀하시면서, 168계단 꼭대기에 바로 보이는 할머니 댁 대문 앞에 저를 세워 놓고 다시 계단을 내려가신 게 기억나요. 그 뒤로 할머니께서 돌아가실 때까지 2년 반 정도를 거기서 살았죠. 별 같은 불빛들이 쫙 깔려 있고, 아침에는 멀리서 배들이 돌아다니고 크레인이 올라가고 내려가는 모습을 보며 학교 가는 게… 좋았어요. 아무튼 할머니 돌아가시고, 초등학교 졸업하자마자 전포동으로 같이 온 엄마는 아빠 얘기를 한 번도 안 하셨어요. 전포동이랑 여기가 딱 반대편이라서 초량동에서 2년 살았던 건 잊어버릴 것 같았지만… 마음이 울적할 때나 누구 하나 내 편을 안 들어 주는 것 같으면 여기로 그렇게 돌아가고 싶더라고요. 게다가 기차 타고 내려올 때 어쩔 수 없이 많이 지나게 되기도 하고…. 그래서 고등학교 때 딱 한 번 야자 빼고 무작정 지하철 타고 와서 168계단 꼭대기까지 올라간 다음부터는, 기분이 안 좋고 부산에 있으면 누가 시키지 않아도 가게 되더라고요. 예전엔 계단 꼭대기였는데, 여기가 생기고 나서는 오면 그렇게 마음이 편해지더라고요…. 그냥 누군가에게는 여기서 이런 얘기 하고 싶었어요. 평소에는 낯간지러워서 하지 않는, 그런 사소하고 개인적인 이야기."

어느덧 해는 저물어 가고, 옥상 밑에 있는 가로등들의 불빛과 바깥쪽 건물들의 네온사인 불빛이 천천히 켜지고 있었다. 그 모습은 마치 별이 뜨는 것과도 같아, 살짝 웃음이 났다. 좋은 감정이 있는 어떤 여자, 아니, 향한 감정이 어떤지 분간하기 어려운 여자와 함께 옥상 꼭대기에서 야경의 시작을 바라보는 건 왠지 어느 멜로 영화에 출연했을 때에나 할 수 있을 거라 생각했지만, 지금 벌어지고 있는 일은 그것과 많이 비슷한 일이다. 불과 한 달도 채 지나지 않았는데, 내 머릿속에 그저 '과제 때문에 알게 된 사람' 중 하나에 지나지 않았던 여자는 '날 신경 쓰이게 하는'이라는 수식어를 얻었고, 시간이 지날수록 그 수식어는 '친절하고 성실한', '미소가 화사하면서도 애달픈', '그러면서도 밝고 활기찬 면도 있는', 그리고 '존재를 아는 사람이 얼마 없는 미지의 세계를 품고 있는'으로 기하급수적으로 늘었다. 누군가의 색다른 면모를 알게 되어 기쁜 것과 동시에, 한편으로는 '그 미지의 세계를 내가 알아도 되는가' 하는 의구심이 들었다. 그러나, 사실상 우연히 오게 된 이 낯설고 거대한 도시에서 그 안에 숨은 작은 것들을 함께 발견하고, 그러다 빌딩 숲 못지않게 높고 큰 무언가를 다름 아닌 내 길동무에게서 알아냈다는 사실이 나에게는 너무 놀랍고 경이로웠다. 일전에 상록이가 귀띔해 준 게 사실이라면, 오히려 내가 다현에게 몹시 큰 빚을 진 것만 같을 것이다.

"그러다 보니 기댈 수 있는 사람, 제가 무슨 얘기를 하든 그 이야기를 끝까지 들어 줄 사람, 그리고 어느 길이라도 기꺼이 함께 걸어갈 수 있을 만큼 든든한 사람이 흔히 말하는 제 '이상형'이 되었던 것 같아요. 그런데… 오빠한테서 그 모습이 조금 보였던 것 같아요. 처음 조별과제에서 봤을 때, 남들이 선뜻 나서지 않는데 먼저 손을 들었던 때 그렇게 될 거란 걸 이미 알고 있었어요. 그래서 오빠와는 최대한 오래 같이 있고 싶고, 우연히 마주치더라도 그 만남 자체가 더 반갑고, 결국에는 하게 될 '잘 가라', '잘 있어라'는 말을 어떻게 해야 할까… 더 고민이 돼요. 아무래도….."

수천 번 머릿속에서 생각했을 내용과는 달리, 놀랍게도 강물이 흐르듯 부드럽게 영원히 계속될 것처럼 이어지던 다현의 말은, 그녀의 가방 어딘가에서 울리는 나지막한 진동 소리에 속수무책으로 끊겼다. 잠에서 깨어난 게 강의 시간 5분 전인 것처럼 다급하게 가방에서 꺼낸 핸드폰을 켜고 모니터를 확인한 다현은, 이내 "잠시만요"라는 짤막한 한 마디와 함께 전화를 받았다.

"와? 기냥 싸돌아댕기는 기 아이라 역에 친구 배웅해 주고 왔는데? 아, 쫌! 뭐라꼬? 맞나? 알았다. 내 금방 올라올 끼다. 퍼뜩 가께. 기다리라."

그렇게 아까 전 카페에서 들었던 것보다 몇 배는 더 빠르고 짤막하고 거친 사투리를 늘어놓은 다음, 다현은 전화를 끊고 처진 눈빛으로 나를 쓱 쳐다보았을 뿐이었다.

"무슨 일 있어?"

"… 저희 엄마였어요. 가게 일을 하시는데, 원래 있었던 직원 한 분 아드님이 갑자기 쓰러졌다고 병원 가 계셔서 일손이 모자라서 저도 도와 달라네요."

또 다시 갑작스럽게 바뀐 상황에 내가 무슨 말을 하기도 전에 한숨을 내쉬며 거의 발이 보이지 않을 정도로 빠르게 옥상 위를 내려간 다현을, 나는 그 건물을 빠져 나가고 내리막길을 한달음에 달려가 168계단 모노레일 앞에서 숨을 헐떡이며 따라잡은 뒤에야 그녀에게 이렇게 다음 말을 붙일 수 있었다.

"그래도 난 아직 시간이 많이 남아 있어. 괜찮다면 내가 바래다 줄까?"

"아입니더, 개안십니… 아, 맞다. 오빠, 아직 저녁 안 드셨죠?"

나를 돌아보지 않고 그렇게 사투리를 내뱉는가 싶었던 다현은, 순간 뒤를 돌아본 뒤 나를 향해 가벼운 한숨을 내쉬었다. 그녀의 입에서는 왠지 시원한 산들바람이 불어 오는 것 같았다. 모노레일이 지나가는 소리가 조금씩 커져 갔고, 올라오는 모노레일 헤드라이트의 누르스름한 불빛에 다현의 모습은 점차 까맣게 희미해져 갔다. 그 와중에 유일하게, 다현의 목소리만 내 귀에 또렷하게 들렸다.

"저희 엄마가 일하시는 가게에서 드시고 가세요. 마침 국수집이기도 하거든요."

* * *

아까 전 보았던 풍경을 다시 거슬러 내려가 도로 하나를 건너 부산역으로 돌아가고, 거기서 급하게 구한 표로 무궁화호를 타고 구포역에서 내려 본능적으로 어깨를 쭈뼛하게 만드는 지하도를 건너고 나서야 나는 제대로 숨을 고를 수 있었다. 그 앞에 놓여진 시장은 여느 재래시장과 마찬가지로 북적했고, 다현은 검은 비닐봉지나 빛바랜 듯한 장바구니를 든 아주머니들과 오뎅을 먹는 어린아이들, 그리고 전등 아래에 있었기에 유일하게 형체를 볼 수 있었던 상인들과 그 앞에서 박력 있게 물건값을 홍정하는 손님들 사이를 그야말로 물고기처럼 유유히 헤엄쳐 들어갔다. 익숙한 듯 낯선 가게 이름들을 스치고 두 사람이 간신히 비집고 들어갈 만한 골목길마저 지나자, 곧 허여멀건한 간판 위에 '이원화 구포국시'라는 글씨가 어스름하게 비치는 가게가 나왔다. 다현은 힐끗 나를 돌아보고서는 먼저 문을 열고 들어갔고, '이 가게에서 대체 무얼 할까' 하는 혼자만의 질문을 가진 채 나도 뒤따라 들어갔다.

흔한 동네 식당만큼 작은 면적에 사람이 복작복작 모여 삼삼오오 무언가를 먹는 것으로 보아, 나는 잘 모르지만 그 가게가 꽤 유명한 곳이었을지도 모른다. 식탁마다 들려오는 '후루룩' 소리와 사람들이 떠드는 소리에 가려져, 구석에 있는 텔레비전에서 방송되는 야구 경기의 소리조차 잘 들리지 않았다. 유일하게 그 소음들을 넘어 쩌렁쩌렁하게 울리는 것은 다현을 한 번 흘겨보다가 그녀의 바로 앞에 다가온, 우리 어머니 또래로 보이는 한 아주머니의 목소리였다. 그것은 맑고 카랑카랑하게 소리치듯, 마치 마이크를 타고 퍼지는 것처럼 들렸다.

"마! 배다혀이… 아니다. 일단 오느라 욕봤다. 가서 이 국시 상자 나 아래로 쫌… 야따, 쟈는 누고? 맨날 싸돌아댕기는 줄만 알았더니 까리한 므시마를 다 데불꼬 왔네. 학생, 우리 다혀이 친구가?"

"같은 과 선배다, 선배…. 엄마, 계산대 우에 있능 거 맞제?"

"기래, 그그다 그그…. 학생, 시장할 낀데 저짝에 앉아가 쪼매 기다리래이. 이따 온국시 주께. 오믄 사양 말고 무라."

"아, 네…. 감사합니다."

다현이 마지막 말을 하고 계산대 근처로 가기 직전에 얼굴이 약간 상기되어 보였던 것은, 가게 안이 후덥지근해서 그런 것만은 아닐 거라는 직감이 들었다. 한편, 아주머니가 다현을 대하는 태도와 나를 대하는 태도가 종잇장 뒤집듯이 너무 쉽게 바뀌어서 흡사 눈앞에서 1인극을 보는 것만 같았다. 그래도 나를 향해 눈가에 주름이 다 지도록 활짝 웃으며 사근사근하게 말씀하시는 아주머니의 청을 차마 거절할 수 없어, 나는 그렇게 대꾸하고서 식당에서 가장 안쪽 구석에 있는 자리에 앉았다. 대충 수저와 젓가락을 내 옆쪽에 놓고 나서 물을 가지러 가니, 다현은 일에 몰두하면서도 흘 깃흘깃 나를 바라보고 있었고 아주머니는 내 눈을 마주치자마자 흡족한 듯 입가에 만연한 웃음을 띠셨다. 아주머니의 웃는 얼굴을 보니, 딸이라는 것을 감안해도 다현이 오늘 내게 자주 보였던 미소와 아주 쉽게 겹쳐 보였다.

텔레비전 모니터 안에서는 롯데 자이언츠와 두산 베어스의 경기가 한창이었다. 마운드에 오른 투수는 짙은 남색 유니폼 상의를 입은 것으로 보아 이번에는 홈팀인 롯데 자이언츠가 '말 공격'을 하는 모양이다. 1루에는 이미 선수가 있었고, 아웃카운트는 아직 두 개가 더 남아 있었다. 이번 타자가 출루하게 된다면, 투수 입장에서는 굉장한 위기가 될 수밖에 없는 상황이었다.

"마, 이대호 아이가 이대호! 요새 작살나던데 함 홈런 쌔리 바라!"

건너편에서 한참 국수를 먹고 있던, 삼촌뻘쯤 되어 보이는 한 남자가 뒤를 돌아보고 가래 끓는 목소리로 그렇게 소리쳤다. 그 남자의 말을 신호 삼아 곳곳에서 환호와 박수소리가 들려왔다. 저만치서 국수 상자를 밑으로 내려놓고 있던 다현은, 마치 야구장에 와 있기라도 한 듯한 사람들의 리액션을 들었는지 고개를 좌우로 젓고 있었다. 아마 그 행동에 나지막한 한숨까지 더해졌으면 더할 나위 없이 어울리지 않았을까 싶었다. 좌우간 다현이 하는 일이, 체구도 가녀린 편인 여자가 혼자 끝까지 하기에는 좀 어렵지 않나 싶어 도와줘야 하지 않을까 하는 생각에 따라 내가 다시 한 번 일어서려는 순간, 아까 전까지 나를 향해 웃음기를 잃지 않았던 그 아주머니가 김까지 솟아나는 음식 접시를 양손에 들고 아무 흐트러짐 없이 굳은 표정으로 내 자리로 저벅저벅 걸어왔다. 고향으로 금의환향한 아들을 대하듯, 시종일관 미소를 지으며 내 앞에 따끈한 국수와 그에 못지 않게 뜨거운 김을 뿜는 만두를 놓는 아주머니께 뭐라 할 말이 딱히 없어 그저 음식이 테이블에 세팅되는 것만 넋 놓고 바라보고 있었다. 그런 내 모습을 한 번 슬쩍 보고서는, 아주머니는 입꼬리를 한껏 올리고 다시 한 번 사근사근한 목소리로 말씀하셨다.

"만두는 원래 공빼기 아인데 **턱별히 써비쓰**[3]로 주는 기라. 하모, 맛나게 무래이. 우리 다혀이도 쫌 잘 부탁하고, 이."

"네, 좀 과분하긴 한데…. 그래도 감사합니다."

대충 얼버무린 내 대답에, 아주머니는 다시 한 번 눈 밑에 애굣살이 최대한 잡히도록 활짝 눈웃음을 지어 보이고는 사라지셨다. 하얗고 조그만, 정확히 말하자면 크기가 딱 꿀떡만 한 만두가 다섯 개 올려진 접시와 뜨끈한 김을 내뿜고 있는 국수가 내 앞에 어른거렸다. 그러고 보니, 조별 과제 이후로 한동안 현태 씨가 만들어 준 국수 이외의 다른 국수는 먹어 볼 기회가 별로 없었던 것 같다. 내 콧구멍을 향해 돌진하는 멸치 육수의 내음은 현태 씨가 처음 내 방에 왔을 때 삶은 국수를 떠오르게끔 했지만, 국물 위에 장작처럼 소복히 쌓여 있는 부추는 이 국수에 대한 본능적인 호기심을 이끌기 충분했다. 결국 이대로 가만히 국수를 바라보고 있다간 불어버리겠다 싶어, 나는 얼른 국수 한 젓가락을 집어 내 입 안으로 털어넣다시피 했다.

---

3) 원래는 '특별히 서비스'지만, 경상도 억양으로 나올 발음을 반영했다.

일단 내 혀끝이 처음 느낀 것은 멸치국수보다도 더 진하고 짭짤한 육수의 맛이었다. 마치 바다에 빠져 그 물을 한 움큼씩 점점 삼키는 것 같게 느껴지기가 무섭게, 부드럽고 촉촉하기까지 한 면발이 파도처럼 부드럽고 유유하게 내 입 속의 공간을 넘나들었다. 부추의 씹히는 맛은 갈매기의 깃을 만지면 느껴질 것처럼 단단했지만, 정작 신발로 해안가에 늘어진 조개를 밟는 소리가 내 귓가를 먼저 헤집어 놓았다. 구포국수의 맛은 내가 알고 있던 부산의 이미지, 바닷가에 대한 이미지 그 자체였고, 그 이미지를 이 국수에 대입하게 되어 좋았다. 하지만, 이와 동시에 내 가슴 한편은 오늘 이 도시를 누볐을 때, 심지어 가장 자그마한 골목길을 오갈 때조차 늘 나의 곁에 머물던 다현의 미소를 그리기 시작했다.

"저그 봐라. 동네 통장 양반맹키로 생겨 묵은 아가 자메로 낭창하게 던지는데 시방 장난 똥때리나? 이 새끼들 오늘만 삼진 및 개째고? 아니, 당췌 이해가 안 간다카이. 그따구로 던져뿐 공을 밥만 묵고 야구만 쌔빠지게 하넌 아덜이 와 몬 쌔리노 와?"

"아재요, 고마 하이소. 국시 묵읍시더 쫌!"

"마, 차피 쫑났다. 이번 회는 영 글러 뭇네, 으이…."

텔레비전 속 야구가 자이언츠 입장에서 영 안 풀리는지, 아까 전 이대호 선수를 그렇게 환호하던 남자는 이제 자식 꾸짖듯 혀를 끌끌 차며 팔짱을 끼고 있었다. 나중에는 감정이 폭발했는지 얼굴까지 새빨개지면서 삿대질까지 하던 그 남자를 옆에 앉아 있던 다른 남자가 말리지 않았으면, 이 조그만 식당 안에 큰 난리가 날 뻔했을 것이다. 그렇게 나지막하게 혀를 차고 물 한 컵을 한 번에 다 마셔 넘겨 버리면서도 텔레비전에서 눈을 떼지 못하는 남자를 뒤로 한 채, 나는 다시 내 앞에 놓여져 있는 음식에 집중했다.

'구포국수'라는 어딘지 모르게 익숙하면서도 확실히 낯선 느낌이 나는 음식을, 나는 어떻게 정리해야 할지 알 수가 없었다. 이바구길을 다니면서 시도 때도 없이 바뀌었던, 다현에 대한 나의 감정을 정리하는 것이 어려운 것도 마찬가지였다. 나는 그녀와 흔히 말하는 '그냥 친구 사이'가 될 수도 있었다. 다현은 확실히 내가 아는 다른 여자들보다는 함께 나눌 얘기가 많았고, 나도 그녀의 이야기에 비교적 쉽게 공감할 수 있었다. 하지만, 그렇게 단순하게 결론지어 버리기에는 그녀의 미소가 너무 찬란했고, 그녀와 걸었던 길이 매우 아름다웠으며, 그녀와 보냈던 시간의 흔적들, 예컨대 이바구 공작소에서 그녀와 함께 찍었던 사진들을 최대한 오래도록 간직하고 싶었다. 무엇보다도, 유치환 우체통에서 그녀가 했던 말들이 내 마음을 자꾸만 찔러 왔다. 다현의 말들이 특별히 드라마 속 명대사 같아서가 아니었다. 사실, 내가 본 다현의 모습은 불과 몇 주 전까지만 해도 '가질 수 없는 사람'을 마음속에 품고 있었던 나의 모습이었다. 그래서 만일 다현이 정말 나를 '남자로서' 좋아하는 마음이 있다면, 자신의 그런 마음을 이야기할 수 있는 그녀의 용기가 정말로 부러웠다. 물론 그녀도 '이 장소와 이 상황에서 그런 말을 꺼낸다면 예전으로 돌아갈 수 없게 되지 않을까' 하고 생각했을 것이다. 그런 최악의 상황을 모를 리가 없었음에도 불구하고, 그녀는 담백하면서도 하나하나 기억할 만한 말들을 진솔하게 내 옆에서 털어놓았다. 이 '독특하면서도 결국에는 가장 본질적인 고백'을 음식으로 담아낸다면, 다름 아닌 바로 이 구포국수일 것이다.

정신을 차린 순간 구포국수가 가득 담겨 있었던 내 접시는 어느새 비워져 있었다. 나는 '음식으로 만들어진 다현의 고백'은 확실히 받아들였지만, 그녀의 '진짜 고백'에 어떻게 응답해야 할지는 아무 확신이 서지 않았다. 사실, 나는 그녀가 산꼭대기 건물의 옥상에서 누구나 의도를 파악할 만한 고백을 했는지, 아니면 그녀 나름대로의 기준에 더 부합하는 때에 더 확실한 고백을 할지도 알 수가 없었다. 그렇게 복잡한 마음을 나름대로 정리할 겸 만두를 먹고 있었을 때, 혹시나 해서 옆에 놓여진 핸드폰에서 진동이 울렸다. 현태 씨의 문자였다.

'부산에서는 재밌게 지내셨죠? 오늘의 모든 면접은 다 봤습니다. 기다리고 있을 테니 지금 부산역으로 오실래요?'

'아, 저 구포역 근처에 있는데…. 열차 타고 그리로 가겠습니다.'

그렇게 짤막하게 문자를 보내고 나서, 나는 자리에서 일어나 계산대로 갔다. 구포역에서 다시 무궁화호를 타고 부산역으로 가 현태 씨를 만나는 게 최선이었겠지만, 그렇다면 한시라도 빨리 움직여야겠다는 게 내 나름대로의 판단이었다. 시종일관 웃는 얼굴로 나를 대했던 아주머니, 아니 다현의 어머니는 손사래까지 치며 거절했지만, 나는 국수 1인분 값에 만두 값까지 결국 모두 냈다. 최대한 예의 바르게 인사하고 가게를 나오려던 참에, 누군가 '잠깐만요!'라고 부르는 소리가 들렸다. '혹시 무언가를 놓고 갔나' 하는 걱정스러운 마음에 뒤를 돌아봤더니, 마치 롤케이크 상자를 좀 더 각지게 만들고 연녹색으로 칠한 듯한 국수 상자를 두 손에 꼭 든 채 다현이 꼿꼿하게 서 있었다.

"이거 가져가세요. 원래 이것도 사셔야 되는 건데, 단지 엄마가 드리라고 해서 드리라는 거… 만은 아니에요."

"아, 안 그래도 되는데…. 고마워. 잘 받을게."

처음 조별 과제 모임을 이유로 내게 전화를 걸었던 때처럼 무뚝뚝한 듯 말끝이 살가운 목소리로 말을 꺼내며 상자를 내 손에 쥐어 준 다현에게, 나는 그녀가 내내 나에게 그랬던 것처럼 애써 활짝 미소를 지으며 답했다. 그렇게 다시 뒤를 돌아 가게를 완전히 빠져나오려던 참에, 불현듯 뒤에서 누군가 내 팔목을 잡는 것 같은 느낌이 들었다. 역시나, 어느새 희미한 미소를 입가에 살짝 띠고 있는 다현이었다. 그녀는 누가 볼까 걱정되는 듯 잠시 돌아본 나음, 나에게 속삭이듯 말을 꺼냈다.

"오늘 저랑 같이 이바구길… 특히 그 우체통에 가 주셔서 고마워요. 제 개인적인 이야기를 그렇게 말 없이, 끝까지 들어 준 남자는 솔직히 오빠가 처음이었어요. 그래서 그런데…"

그렇게 잠시 말을 끊고 나서, 그녀도 나름대로 목이 칼칼했던 건지 잠시 헛기침을 하고서는 다시 말을 이었다.

"… 나중에, 오늘처럼 호젓하고 날씨 좋고… 뭘 해도 기분이 좋은 그런 날에, 편지에 제가 뭐라고 썼는지 알려 드릴게요. 오늘 한 이야기만큼 제게는 개인적인 이야기지만 누군가에게는 꼭 하고 싶었던 이야기거든요."

그렇게 말하고서 다현은, 벚꽃이 핀 캠퍼스에서처럼 조금은 슬퍼 보이는 웃음을 한껏 지었다. 가로등 아래에 어스름하게 비친 그녀의 얼굴에 두 눈만 그야말로 별이 박힌 것처럼 밝게 빛나고 있었다. '무언가를 결심한 사람의 얼굴은 저렇게 아름다울 수도 있구나' 하는 마음속 독백이 절로 튀어나오려 했다.

"그래, 알았어. 오늘 정말 고마웠어."

"아니에요, 뭘… 제가 더…. 아, 가 보세요. 기차 늦겠다."

그렇게 급하게 꺼내는 다현의 채근에 따라, 나는 떠밀리다시피 가게 앞쪽으로 걸어갔다. 아무래도 작별 인사를 제대로 하지 못한 것 같아 뒤를 돌아보고 싶다는 생각이 몇 번이나 들었지만, 여전히 다현이 웃는 얼굴로 서 있을 것만 같아 차마 그럴 수가 없었다. 붉은 우체통이 있는 건물 옥상에서 해가 지는 걸 바라보며 '갈수록 헤어지는 말을 어떻게 해야 할지 고민된다'고 말한 사람은 다현이었지만, 정작 그 말에 더 마음속으로 공감하게 된 사람은 바로 나였다. 내 이성이라는 것은 그것이 아니라고 고개를 젓고 싶었겠지만, 가슴 한편에 있는 또 다른 나는 어느새 그것이 맞다고 고개를 끄덕이고 있었다.

몇 주 전까지만 해도 인정하기 싫었겠지만, 어느덧 내 마음속 캔버스 위에 그려지는 '배다현'이라는 그림은 밋밋한 스케치에서 조금씩 윤곽선을 드러냈고, 단숨에 화사한 빛깔이 묻어 나오기 시작했다. 나의 머릿속에 자리 잡은 그녀의 무게가 내 손에 들려 있는 국수 박스가 늘어나는 듯 무거워지는 것이 두려웠지만, 한편으로는 그 마음이 국수처럼 불어나길 내심 기대하고 있었다.

그 양면적이고 복잡한 모든 생각들을 경멸하면서도, 나는 나도 모르게 그것을 즐기고 있었다.

13. 탄탄면:
그래도 피는 물보다 진하다

현태 씨는 다행히 내가 부탁을 들어줄 겸 기념품 겸 그렇게 겸사 겸사 가지고 온 구포국수 한 상자를 좋아하는 눈치였다. 아마 그 게 부산행 KTX에서 현태 씨가 언급했던 국수가 맞았을지도 모른 다는 짐작을 하면서, 일요일에 방에 있을 때면 현태 씨가 멸치 육 수와 함께 삶은 '구포국수 소면'을 먹었다. 솔직히 '이원화 구포국시' 에서 먹었던 것과 똑같다고는 할 수 없었지만, 어머니께서 일전에 챙겨 주신 파김치를 얹어서 먹으니 그럭저럭 부산에서의 '추억'을 떠올릴 수 있었다. 밑반찬처럼 늘상 따라오는 것은 다현의 미소와 '유치환의 붉은 우체통'에 보냈던 나와 그녀의 편지, 그리고 언젠가 그 편지에 대해 말해 주겠다던 다현의 마지막 목소리였다.

최대한 늦게 왔으면 좋겠다고 생각한 시험 성적이 기어이 나오고 야 말았다. 철영이는 내 옆에서 자꾸 주문을 걸듯 "괜찮아, 어차피 최종 학점에 들어갈 비중은 작아"만 중얼거렸고, 상록이 녀석은 의 외로 시원스럽게 가슴을 쓸어내리며 가벼운 숨을 내쉬었다. 자기 성적을 보는 눈치였다가 곧 친구들과 새새거리며 학생식당으로 사 라졌기에, 다현의 반응은 그렇게 자세히 알지 못했다. 내 성적은 군대 가기 전 보았던 마지막 시험 성적과 비교해서 무려 40퍼센트나 상승했고 과 10등에 들어갔다고 하지만, 아쉽게도 9등과의 점수차가 무서울 정도로 높았다.

"건축학과 오늘 성적 나왔다면서요? 어땠어요? 아, 내가 다 떨린다 내가!"

"말도 마, 아슬아슬하게 턱걸이했어."

"아뇨, 이 형 거짓말하는 거예요. 완전 잘 봤어. 와, 진짜 준호 형와…."

시험 성적이 각 단과 대학, 그리고 각 과마다 속속들이 발표되는 모양이다. 얼마 남지 않은 풍물패 정기공연을 연습하는데도 쉬는 시간마다 부원들도 하나같이 시험 성적 이야기밖에 하지 않는다. 장구를 맡은 수다쟁이 현지가 오늘도 역시 말문을 뗐고, 내가 그렇게 어물쩍하게 대답하자 상록이 녀석이 바로 받아쳤나. 오래된 드라마 속에서 남자 주인공이 낯간지러운 대사를 한 것을 눈앞에서 본 것같이 팔에 닭살이 쫙 돋는 걸 느낄 수 있었지만, 그나마 다행히 상록이는 거기서 말을 끝내고서는, 부장 주은 누나와 이야기를 나누고 있는 징 담당 명호를 왠지 미간을 살짝 찡그리며 바라보고 있었다. 하지만 상록이가 가만히 있는 것을 현지가 가만둘리 없었다. 지금 딱 봐도 상록이를 바라보는 눈빛이 거의 '먹이를 노리는 매의 눈'이나 다름없다. 그렇게 눈을 반짝이고 입꼬리는 소름끼칠 만큼 쭉 올리며, 현지는 상록이 옆으로 좀 더 바싹 다가간 채 다시 말을 꺼냈다.

"그럼 우리 상록이는? 대학교 와서 첫 시험 어땠어? 에이, 솔직히 못 봤어도 괜찮아. 1학년 때는 원래 막 놀러 다니고 캠퍼스 라이프도 즐기고 그러는 거야. 내가 새내기였을 때는 전과목 F를 겨우 면해서 학장님께도 불려 가고 막… 아무튼 이 누나가 그랬어요. 상록아~ 그래도 지금은 많이 나아졌으니까 모르는 거 나오면 누나한테 언제든지 톡해. 알았지, 응?"

"첫 시험치고는 나름 선방한 거 같아요. 다행이죠, 네. 그래도 조언 감사합니다, 헤헤."

그렇게 멋쩍은 너털웃음만 털어 놓으며 아까 전의 나처럼 얼버무리던 상록이는, 금세 쪼르르 주은 누나 옆에 앉아 (젊고 좀 귀엽게 생긴 저학년의 전통 수법인) 눈꼬리가 거의 반달 모양이 될 정도로 씽긋 웃으며 그렇게 말을 이었다.

"주은이 누나, 누나네 과는 아직 성적 안 나왔어요? 국문학과 친구가 누나 공부 되게 잘한다던데…. 공부도 잘하고 얼굴도 예쁘시고 꽹과리도 잘 치시고. 진짜 멋져요, 누나."

"어이 새내기, 너 진짜 적극적이네. 나중에 교생 됐을 때 내가 맡게 될 애들도 저랬으면 참 좋겠다, 야."

"1년 전에는 너도 딱 저랬어, 명호야…. 상록아, 그 친구가 다른 과여서 잘 모르나 보다. 이번 시험 되게 어려웠는데…. 아, 5분 뒤에 연습하러 가자. 저번에 알려 달라고 했던 거 천천히 가르쳐 줄게."

"네, 누나."

볼멘소리로 말을 툭 던지는 명호와 늘 그렇듯 친절하고 사근사근하게 대답하는 주은 누나, 그리고 부산에서 다현이 나를 바라봤을 때처럼 시종일관 주은 누나를 보는 얼굴에 웃음을 잃지 않았던 상록이의 모습을 교차해서 보자 저절로 '풋' 하는 외마디 웃음이 나왔다. '아무래도 상록이 저 녀석이 주은 누나를 굉장히 좋아하는 것 같다'라는 지레짐작이 머릿속에 정리될 무렵, 누군가 뒤에서 내 어깨를 툭툭 건드리는 느낌이 들었다. 나와 동기이자 풍물패에서 같은 북을 맡은 김경식이다.

"너… 공연 뒷풀이 끝나면 내 방에서 〈12인의 성난 사람들〉 보지 않을래?"

느릿느릿한 목소리로 말을 꺼낸 경식이를 말 없이 보며, 역시 녀석답다는 생각이 들었다. 경식이 저 녀석은 항상 저렇다. 우리 아버지도 아니고 할아버지 또래의 남자들이 젊었을 때 좋아하셨을 법한 것들을 좋아하고, 방금 경식이의 입에서 나온 영화는 저 녀석이 가장 좋아하는 영화란다. 나도 수없이 많은 영화들을 봐 왔지만, 이 듣도 보도 못한 제목의 영화를 같이 보자는 경식이의 제안이 얼토당토않을 수밖에 없었다. 그래도 경식이는 사람 자체가 그럭저럭 괜찮은 편이고, 영화를 같이 보자는 것으로 보아 아무래도 나와 친해지고 싶어 하는 모양이다. 그래서 그런지 한 번쯤은 녀석의 취향을 함께 공유해 주는 것도 괜찮을 것 같았다. 어차피 '그 영화가 내 취향에 맞는지'에 대해서는 녀석의 노트북으로 그 영화가 나와야 판단할 수 있는 것이었으니 말이다.

"그래, 그러지 뭐."

그렇게 흘러 넘기듯 대꾸하고 나서, 나는 내 북을 꺼내 슬슬 다시 연습을 하기 위해 사물함으로 걸어갔다.

* * *

공연 연습이 끝나고 내 방에 들어왔는데 내가 본 것은, 활짝 열려 젖혀진 냉장고 문과 그 앞에서 가지고 온 물건들을 정리하고 있는 현태 씨였다. 앞에 있는 택배 박스에서 현태 씨는 붉은 라벨이 붙어 있는 된장 통같이 생긴 것, 빨갛고 작은 구슬 아이스크림같이 생긴 것, 빨간 머스타드 통처럼 생긴 것과 땅콩 한 봉지를 냉장고 안에 넣었다. 이 낯선 재료들의 조합을 보자마자 냉장고 앞으로 달려나갔더니만, 현태 씨는 마치 예상했던 일이었다는 듯 어깨를 으쓱하고서는 이렇게 대꾸했다.

"뭐, 저번에 짜장면 만들었던 게 생각이 나기도 하고, 가끔씩 입맛이 없을 때 중국 음식을 하면 좋을 것 같아서 두반장, 고추기름, 페퍼콘과 이것저것 시켰는데 택배가 마침 오늘 왔네요. 간장은 있으니까 됐고…"

"제가 도와 드릴 일은 없어요?"

"네, 뭐. 그냥 가서 앉아 계쇼. 이래 봬도 값이 꽤 나가는 건데 조심성 없게 다루다 뭐 쏟아지고 그러면 안 되니까."

그렇게 말하고서는 계속 익숙한 듯 낯선 식재료들을 냉장고에 집어넣는 현태 씨가, 애초에 이것들을 살 돈이 어디서 났는지 몹시 궁금했다. 혹시 내가 모르는 요리 프로그램에 몰래 출연하거나, 아니면 전직 호텔 요리사라는 이유로 내가 모르는 전관예우라도 받거나 하는 일이 있는지 혼자 상상의 나래를 펼치는 동안, 현관문 쪽에서 비밀번호를 누르는 소리가 들려왔다. 평상시에 그 비밀번호를 누르고 들어오는 사람은 나나 현태 씨뿐일 텐데, 둘 다 집에 있으니 등골이 아주 약간은 시릴 수밖에 없었다. 그 외에 비밀번호를 알고 있는 사람은 본가에 있는 가족들이겠지만, 본가에 계실 어머니나 퇴근 준비를 하고 계실 아버지는 물론, 지금쯤 학교에서 야간 자율 학습을 준비하고 있을 지호와 이 시간쯤에는 한참 업무로 바쁜 친누나까지 이 시간에 이 방에 구태여 비밀번호까지 누르며 들어올 가족 구성원은 없다고 생각했다. 하지만 그렇다고 생각하기엔 비밀번호를 너무나 빠르고 정확하게 눌렀고, 게다가 내 귓가에는 '띠리리리' 하는 문 여는 효과음이 소름 끼치도록 경쾌하게 들려왔다. 그럼 과연 이 시간에 비밀번호까지 눌러서, 기막힌 국수를 만드는 전직 요리사 말고는 특별히 눈여겨볼 만한 것도 없을 내 방에 들어올 한가한 사람은 누구인가? 그 자는 왜 이 시간에 이 장소에 들어오는가? 혹시 건물주 아저씨가 기어이 비밀번호를 해킹해서 알아낸 것인가?

이런 내가 봐도 말도 안 되게 비약적인 상상을 머릿속에 자꾸만 그려 가며, 나는 떨면서 한두 발짝쯤 뒤로 간 다음 현관문을 뚫어져라 쳐다보았다. 두려운 마음을 '이 위험천만한 시대에 이 상황에서 지극히 평범하고 상식적인 사람이라면 당연히 느낄 기분이야'라며 애써 나 혼자만의 위로를 했다. 그렇게 내 생각에 가장 느렸던 5초 중 하나였을 시간이 지나고, 문은 기어이 열렸다. 그 문을 열고 신발을 벗는 사람을 본 순간 나는 안도의 한숨을 내쉬었고, 동시에 '왜 들어왔는가?'라는 또 다른 중요한 질문이 아직 해결되지 않았다는 사실이 불안했다.

봄날의 꽃샘추위처럼 그렇게 내 방으로 느닷없이 들이닥친 사람은, 다름 아닌 나의 친누나였다.

"누나. 어쩐 일이야? 지금 일할…."

"쉿, 나 취직한 지 2년 만에 상사 몰래 칼퇴근하고 온 거야. 내가 여기 온 건 지금부터 너와 나, 우리 둘만의 비밀이야. 알았지? 어, 저 분은 누구셔? 룸메이트니?"

그렇게 하이힐을 힘겹게 벗고 들어온 누나는, 방 안으로 들어온 순간에야 현태 씨를 보았는지 놀람과 호기심이 반반씩 섞여 있는 얼굴을 하고 있었다. 냉장고 문을 아직 채 닫지 못해 현태 씨의 주변은 더운 것과 거리가 있었겠지만, 현태 씨의 볼은 웬일인지 아주 보기 좋게 두반장 포장지 빛으로 익어 버렸다.

"아… 안녕하십니까. 준호 씨의 룸… 아니 친… 아니, 동료인 성현태입니다. 만나서 정말 반갑습니다. 잘 부탁드립니다. 그리고 초면에 실례지만 정말 아… 아, 아닙니다."

"아하하, 그렇게 놀라지 않으셔도 되는데. 전 준호 친누나 안지원이에요. 회사가 합정동에 있지만 바빠서 잘 오지는 못했는데, 같이 사는 사람이 있는지는 몰랐네요. 아무튼 반가워요…. 그런데, 냉장고 문은 닫으셔야 할 것 같은데요?"

"아, 네. 알겠습니다. 닫아야죠, 물론."

현태 씨가 처음 보였던 반응에 한 손으로 웃는 얼굴을 가리는 듯 하면서도 짐짓 시원스럽게 대꾸하는 누나의 말이 끝나기가 무섭게, 그렇게 말까지 더듬으면서 여러 번의 '90도 인사'와 함께 냉상고 문을 화들짝 닫는 현태 씨의 모습이 우스워 나도 모르게 외마디 웃음이 터져 나올 뻔했다. 현태 씨가 이 방에 있게 된 이래로, 그가 당황스러워하거나 긴장한 것을 온몸으로 보여 주는 것은 이번이 거의 처음이었다. 시종일관 세상살이를 벌써 다 깨우친 듯 무덤덤하고 무심했고, 그동안 누구에게든 그 태도를 여실히 물리적으로 증명했던 현태 씨를 옆에서 지켜보던 나로서는, 현태 씨의 지금 그 행동 양식이 흥미로울 수밖에 없었다. '천하의 현태 씨도 여자 앞에서는 별 수 없구나'라고 하지만, 생각해 보니 현태 씨는 내가 그 전에 이 방에 들여 왔던 **'그 여자'** — 내가 **그 여자**를 쉬이 잊을 수 있을 것 같지는 않다만, 버스킹을 보러 간 날 이후로 그녀의 이름 세 글자마저 내 가슴을 아리게 하니 차마 되뇔 수가 없을 것 같다 — 앞에서는 전혀 다른 태도를 보였다. '일전에 우동을 먹으며 현태 씨가 들려 준 회상 속 '남혜미'라는 여인을 대했을 때에도 똑같겠구나' 하는 짐작이 막 머릿속에 굴러 다닐 무렵, 어느새 내 맞은편에 털썩 앉은 누나의 살짝 잠긴 목소리가 내 귓가를 울렸다.

"… 너, 방에 술은 있냐?"

"술? 있을 텐데, 나도 방에서 마셔 본 지는 좀 돼서 잘…"

"여기 있습니다! 준호 씨가 방에서 소주는 잘 안 마시는 것 같지만 혹시 몰라서 여러 병 사 놨는데, 여… 역시나 이렇게 남아 있었군요."

그렇게 내 말을 불쑥 끊어 버리고 대뜸 부엌 너머에서 큰 소리로 말을 이은 사람은 다름 아닌 현태 씨였다. 마치 와인을 나르는 웨이터나 소믈리에라도 된 듯 소주병을 하나씩 양손에 들고 은근한 시선으로 누나를 바라보니, 현태 씨가 '원래는 굉장한 미남'이라는 새삼스러운 사실이 다시금 내 머릿속에 각인되었다. 하지만 여전히 발그레한 두 볼은 현태 씨의 모습을 한층 더 첫사랑에 빠진 소년 같아 보이게끔 만들었다.

"네, 좋아요. 그럼 두 병 주세요."

오케스트라 연주 동영상 속 마림바의 가장 낮은 건반을 치고 난 소리처럼 나지막하면서도 경쾌한 누나의 말소리가 끝나기 무섭게, 현태 씨는 내가 본 요리를 하고 있지 않는 모습 중에서 가장 재빠르게 냉장고 문을 열고 그 안에서 소주 두 병과 소주잔 두 개를 들고는 나와 누나가 앉아 있는 탁상에 왔다. 그 병들을 바쁜 택배 기사가 택배 박스를 놓듯 그렇게 내려놓고 나서, 현태 씨는 도망치듯 다시 부엌으로 돌아가면서도 나를 의미심장한 눈빛으로 바라보면서 슬쩍 미소를 지었다. 그렇게 다시 부엌으로 돌아간 현태 씨는 다시 냉장고 문을 열어 아까 넣었던 것 같은 재료들을 꺼내고, 마지막으로 그에게 있어 거의 상징이나 다름없는 면 한 봉지를 꺼낸 다음 다시 냉장고 문을 닫았다. 그 모든 재료들을 싱크대와 가스레인지 사이에 있는 공간까지 가지고 가는 것까지는 평소의 현태 씨와 전혀 다를 바 없었지만, 왠지 이 동작들을 반복하는 것이 너무도 재빠르다 못해 무언가 어수선해 보였다. '그래도 잘하겠거니' 하고 넘어가려는 순간, '우두둑' 하는 소리가 내 귀를 찔러 왔다. 하지만, 그것은 내 맞은편에 앉아 있는 누나가 소주의 병 뚜껑을 박력 있게 돌려서 따는 소리일 뿐이었다.

"일단 너도 한잔 해. 이대로면 혼자 술이나 마시러 여기 온 거 같잖아."

그렇게 대뜸 말하면서, 텅 빈 소주잔에 언뜻 보면 물 같은 소주를 콸콸 따른 다음 가련한 미소로 나를 바라보는 누나의 목에 걸려진 사원증이 나눈 몹시 신경 쓰였다. 형광등 아래에서 부담스러우리만큼 번쩍거리는 노란색 테두리가 감겨진, 마치 고등학교 때

쓰던 학생증을 떠올리게끔 만드는 그 사원증에 내 시선은 자꾸 고정되었다.

"누나, 어차피 회사 안 돌아갈 거잖아. 그러니까 이거 빼고 있어."

"아… 아, 그렇겠구나. 하긴, 내가 돌아갈 마음이 있었다면 여기 오지도 않았겠지."

넘칠 것 같은 소주를 위태롭게 담은 소주잔을 받자마자 참다 못해 내가 툭 던지다시피 한 말에, 누나는 그 번쩍거리는 초록색 술병을 내 앞쪽으로 밀려다 말고 고개 밑과 내 얼굴을 한동안 바라본 다음, 가벼운 한숨과 함께 받아쳤다. 말이 끝나기가 무섭게 누나는 인상을 살짝 찡그리며 머리끈 풀듯 사원증을 목 밖으로 빼내고, 항상 가지고 다니는 검은 클러치백에 계란말이처럼 돌돌 말아서 집어넣었다. 지난번 아르바이트를 하던 도중에 본 것과 같은, 흰색 큐빅과 금색 테두리 사각 펜던트로 장식되어 있는 클러치백이었다. 그 클러치백을 다시 여닫는가 했더니만, 누나는 재빠르게 그 안에서 립스틱을 꺼내 입술 가운데로 대충 선을 그었다. 잠시 입술을 오므리며 다시 립스틱을 그 작은 가방 안에 넣은 다음, 누나의 다시 새빨개진 입술은 나지막하면서도 뭉근한 목소리를 내고 있었다.

"자, 우리 동생님. 복학한 지 2개월 만에 술자리에 얼마나 갔는지 보자."

누나의 말투는 가스레인지에 불을 켜는 것처럼 조용하던 거실 안을 확 데울 듯 낮고 뚜렷했지만, 누나의 잔을 채우느라 초록색 술병을 잡고 있는 손은 오히려 차가웠다. 순간적으로 '만약 우리 둘 다 아직 초등학교도 들어가지 않은 어린아이들이고, 이 '소주'가 사실 집에 널린 병에 담겨진 물이었다면 얼마나 웃겼을까' 하는 망상이 머릿속을 유랑하고 있었다. 하지만 그렇다고 믿기에는 과학실에서 가끔 날 법한 냄새가 너무 진했고, 잔 안에 담겨 있는 액체는 분명히 내가 생각하던 그 맛을 낼 것이 뻔했다. 누나의 잔이 채워지고 얼얼해진 손이 초록색 병을 내려놓은 순간, 놀랍게도 아주 의례적인 '건배'가 동시에 나왔고 몇 초 동안 알싸한 알코올의 폭포수가 내 입천장 주위로 흩어졌다. 저번에 내가 어떻게 이런 걸 셀 수 없이 많이 마시고 기억이 끊겼는지 알다가도 모를 지경이었다.

"술 좀 하는 것 같네. 아빠가 아셨으면 뭐라고 하셨을지 안 봐도 비디온데?"

"아니 뭘… 부담스럽게. 그동안 어떻게 지냈어? 회사는 별 일 없고?"

술잔 두 개가 모두 비워진 뒤에야 우리의 대화는 다시 이어질 기미를 보였다. 하지만, '회사'라는 말이 들리기가 무섭게 누나의 눈매가 살짝 매서워졌다는 것을 느꼈다. '당연히 회사가 싫어서 굳이 내 방으로 왔을 텐데 왜 이럴 때 눈치를 챙기지 못하나' 하고 나 자신을 자책하고 싶어질 즈음에 부엌에서는 한창 달그락대는 소리와 경쾌한 난타음밖에 나지 않았다. 현태 씨가 부지런히 요리를 하고 있는 것이려니 하고 넘어가려는 순간, 그로부터 한동안 들리지 않을 것 같았던 누나의 말소리가 다시금 속삭이듯 귓가를 파고들었다.

"… 너, 복학하고 돌아간 곳이 회사가 아니라 학교라는 것에 감사해야 해. 졸업하고 회사에 가는 순간, '안준호'라는 이름에 '사원'이 붙기 시작하는 순간, 그 이름 석 자는 한동안 없는 거야."

"어? 마지막에 뭐라고?"

"아직도 잘 감이 안 와? 니 나이때쯤이면 그런 건 어렴풋이라도 알 텐데? 꿈 깨서. 세상은 개나 소나 다 재벌이고 만수르가 될 수 있는 곳이 아니라고. 돈나무도 없어, 이놈아. 땅 파 봐라, 돈이 나오나. 백날 로또 사 봐라, 당첨금이 그렇게 쉽게 나오나. 노력을 해도 어려운 게 남의 돈 먹고 사는 거고, 결국 그 와중에도 해 먹을 놈들은 다 해 먹는데. 정신 차려, 안준호. 너도 매일 밤 나 같은 볼 멘소리 할 날이 얼마 안 남았어."

순간 '아니 내가 언제 그랬냐고'라는 말이 목구멍까지 거의 차올랐지만, 지나가는 누군가가 들어도 모질다고 생각했을 그 말을 내뱉기가 무섭게 별안간 누나는 막 웃기 시작했다. 그것도 세상에서 가장 웃긴 장면을 눈앞에서 본 듯, 아니 그것보다는 '실성했다'라는 표현이 더욱이 잘 어울리는 박장대소였다. '술기운 때문인가' 하는 생각이 들기에는 얼굴색이 변한 것이 없었고, 낯빛을 본 순간 누나의 웃음소리만큼의 큰 돌이 마음 한편을 깔고 있는 것만 같았다.

파운데이션을 바른 뽀얀 얼굴, 곧고 짙게 그려진 눈썹에 새로 칠한 붉은 립스틱, 얼룩이라고는 찾아볼 수 없는 흰 와이셔츠와 검은 치마 정장에 (나름 우아하고 화려하게 장식된) 아끼는 클러치백까지, 마치 이 술을 마시고 곧 클럽으로 갈 것처럼 새삼 예쁘장하게 차려입은 누나였다. 하지만, 누나의 곱게 치장한 모습은 내 눈앞에서 그렇게 광대가 되었다. 그것도 화려한 외양에 귀 밑까지 찢어진 입술을 그려 넣었지만, 정작 검고 캄캄한 눈물이 앞을 가리는 삐에로였다. '누나보다는 차림새가 조금 더 단출하겠지만 나도 언젠가 내 직장이라는 무대 위에 오르는 정통 프랑스식 삐에로가 되는 것이 아닌가' 하는 생각이 내 두 어깨를 몸서리치게 만들었다.

"… 미안하다. 오늘 나 왜 이렇게 주책이냐. 그런 의미에서 한 잔 더 따라 줘."

그렇게 말하며 별안간 내 눈앞에 다시 빈 술잔을 내미는 누나의 목소리는, 어느새 어느 발라드의 잔잔한 도입부가 되어 있었다. 그 멜로디 없는 노래에 박자를 맞춰 주는 것처럼, 나는 나시 술병을 잡고 누나의 잔에 기울였다. 변함 없이 콸콸 흐르는 물 같은 술 앞에서, 나는 아무런 말도 할 수 없었다. 아니, 할 말을 떠올리는 것 자체가 어려웠다. 순간 명동 카페에서 만났던 정웅이 녀석의 얼굴이 생생히 내 머릿속에 그려졌다. 그날 이후로 녀석과 연락할 일은 없었지만, 당당하면서도 애처로운 모습의 누나를 보니 갑자기 바로 몇 시간 전에 있었던 일처럼 선명해졌다.

결국 우리는 아무런 말도 하지 않았고, 그 침묵이 더욱 어색해지게 부엌에서는 둔탁한 타격음과 물이 보글보글 끓는 소리, 그리고 무언가가 마찰되는 소리가 끊임없이 들려왔다. 세 살 터울의 친남 매라는 것이 무색하게, 이 단출하고 간편한 술자리 자체가 나를 더 없이 외롭게 만들었다. 내 앞에 있는 누나는 어떤 심정이기에 통 말이 없을까 하고 잠시 고개를 들어보니, 술병이 바닥을 드러내면 드러낼수록 누나는 점점 더 평안한 미소를 짓고 있었다. 행여 누나 에게 세상 만사에 대해서 물어본다면 모두 대답해 줄 수 있을 지경 이었다. 가면 갈수록 증폭되는 내 왼쪽 가슴의 북소리와는 상반되 게, 누나의 표정은 너무도 평안했다. 어쩌면 누나는 남의 눈치 보 지 않고 편안하게 술 한잔이라도 하고 싶어서, 그러니까 혼자만의 시간을 가지고 싶어 이 방에 온 것일지도 모른다는 생각이 들었다. 누나는 자신이 회사에서, 더 옛날로 거슬러 가자면 학교에서, 그리 고 더 포괄적으로 넓히자면 우리 가족 사이에서 본인이 마음속에 가지고 있을 수밖에 없었던 부담감이 바닥나는 술과 함께 사라져 간다고 생각했을 것이다. 아니, 그렇게 믿고 싶었을 것이다. 아직 나는 그런 것이 이해가 가지 않는다고 말할 수 있었다면 좋았겠지 만, 불행히도 나는 그 기분을 누나가 이 방에서 술을 마시기 전에 겪어 버리고 말았다. 물론 누나와는 사뭇 다른 이유에서였지만, 나 는 차마 누나에게 더 이상 술을 따라 줄 수가 없었다.

"… 요새 많이 힘들었구나."

내 입 밖에서 순간적으로 이런 (내 기준에서는 약간 상투적이어 보이 는) 위로가 튀어나온 순간, 누나는 술잔을 기울이던 것을 멈추고 아주 간만에 나를 바라보았다. 아마 속으로 '애가 무슨 말을 하려고 하나라고 생각했던지 잠시 미간을 찌푸리던 누나는, 퉁명스러움과 장난스러움, 그리고 약간의 긴 미련이 섞인 목소리로 이렇게 대답했다.

"뭘, 한두 번 이런 것도 아닌데. 언제부터 날 그렇게 신경 써 줬다고."

그렇게 말하기가 무섭게, 방금 한 문장의 내용과는 다르게 누나는 활짝 웃음을 지었다. 이 방에 들어온 이래 누나가 처음으로 보인 표정이었고, 그게 아니더라도 그 자체가 상당히 오랜만에 보는 표정이었다. 미래의 내 아이가 나에게 생애 처음으로 '아빠'라고 부를 때 어떤 기분이 들겠는지 벌써부터 알 것만 같았다. 보기만 해도 눈물이 핑 돌 수도 있었을 그 표정을 계속 유지한 채, 누나는 그렇게 말을 이었다.

"그래도 취직한 이래로 그런 말 해 준 사람은 너밖에 없다. 역시 이럴 때는 가족이 좋아."

내 앞에서 대놓고 활짝 웃는 표정을 한 것도 신기한데, 평소 같으면 낯간지럽다고 못 견뎌 했을 말을 나지막하지만 또박또박 늘어놓은 누나의 행동에 내 심장은 또 한 번 내려앉을 뻔했다. '아무리 누나가 술에 강하다지만 이런 건 취기에 어쩔 수 없는 것인가' 하는 생각이 든 순간, 느닷없이 달그락거리는 소리가 다시 한 번 들려왔다. 그때까지 줄곧 앞만 보고 있던 누나마저 돌아볼 정도가 되었을 때, 현태 씨가 김이 모락모락 나는 큰 그릇 두 개를 들고 거의 달려오다시피 했다. 그릇의 크기와 추정되는 내용물의 무게 탓에 현태 씨의 전완근 선이 평소보다 살짝 강렬하게 보일 무렵, 현태 씨는 그 그릇들을 마치 중국집 배달부처럼 능숙하게 탁상에 올려놓고 난 뒤 누나와 마찬가지로 낮게 깔린 목소리로 말을 꺼냈다.

"의외로 소주하고 잘 어울리는 탄탄면입니다. 맛있게 드… 세요."

그렇게 말끝을 흘리듯이 던져 놓고 쟁반을 오른팔에 낀 채 부리나케 돌아가려 한 현태 씨의 남은 왼팔을 별안간 붙잡은 사람은, 다름 아닌 누나였다. 누나는 그렇게 나지막하게 한숨을 내쉬며 통명스럽게 말을 했지만, 왠지 말끝에서는 직전에 나에게 그랬던 것처럼 환한 미소를 다시금 내보였다.

"잠깐만. 뒤돌아서 맛 평가 해 주기 귀찮으니까 여기 좀 앉으세요."

"아, 네…. 그러죠."

다시 낮고 고요하게 깔린 목소리로 대답은 했지만, 누나의 눈도 잘 못 마주치며 쭈뼛거린 채 엉거주춤 앉는 현태 씨의 모습에 나는 다시 한 번 웃음이 나왔다. 현태 씨가 나를 보는 눈빛이 꽤나 날카로웠다는 사실을 애써 외면한 채, 나는 뜨겁게 김을 내뿜고 있는 그릇을 보았다. 그릇 안에 있는 내용물, 그러니까 현태 씨가 '탄탄면'이라고 했던 것은 그야말로 토마토 소스가 모자란 상태로 손님에게 주고 만 스파게티처럼 보였다. 그 위에 나물처럼 자작자작

올려진 채소하며 다진 고기들이 비빔밥의 고명처럼 정갈하게 올려진 모습이, 누나 앞에서의 현태 씨의 어색한 행동거지처럼 우습게 느껴졌다. 나는 그 전까지 그런 음식을 본 적이 없었지만, 나름 예상했던 것과는 완전히 다른 그림이 내 눈앞에 어른거리는 게 흥미로웠고 겁이 났다.

"… 정통 탄탄면은 국물이 적고 면이 많습니다. 즉, 중국식 비빔국수인 셈이죠."

내 머릿속에 구름처럼 피어 올라오고 있던 의구심을 파악했는지, 새삼 다소곳이 앉아 있는 현태 씨가 차근차근하게 설명했다. 하지만 누나의 의아함은 아직 풀리지 않은 듯, 누나는 그 안에 바퀴벌레 조림이라도 둥둥 떠 있냐는 듯 오른쪽 미간을 살짝 찡그리며 그릇을 바라보았다.

"그럼 우리, 아니 제가 알고 있는 '탄탄면'은 뭔가요? 그 뭐냐… 면이 들어가 있는 육개장 같은데 땅콩 냄새가 약간 나는 그런 거."

"지원 씨가 드신 건 일본식 탄탄면일 겁니다. 물론 중국에서도 기름이나 육수를 부어 먹기는 하는데, 짬뽕처럼 일본식으로 개량해서 만든 게 우리에게는 더 익숙하죠…. 아무튼, 새로운 음식에 도전하는 것도 나쁘지는 않습니다. 비빔국수 드시는 것처럼 비벼 드시면 돼요."

어려운 문제에 대해 선생님께 질문하는 여고생처럼 살짝 앙칼진 목소리로 내뱉은 누나의 질문에 답하는 현태 씨의 나긋나긋함에 이제는 조금 적응할 수 있을 것 같았다. '그럼 그렇지, 첫눈에 반해 버린 상태에서 그 상대에게 별수 있겠나'라는 독백이 머릿속에 울렸다. 누나 몫의 국수를 손수 비벼 주려는 듯 현태 씨가 누나의 팔에 손을 가져다 대기도 전에, 누나는 그야말로 재빠르고 노련한 속도로 탄탄면을 비볐다. 그야말로 현태 씨 말마따나 '비빔국수 먹는 것처럼' 그릇을 거의 뒤집듯 휘저으며 비비던 누나는, 허여멀건했던 국수가 붉은빛 소스 범벅이 다 될 무렵 그릇에서 고개를 들고 넌지시 나에게 말했다.

"안 비비고 뭐 하냐? 다 불겠다, 불겠어."

"뭐, 어차피 불 것도 없잖아."

그렇게 볼멘소리로 대답을 하긴 했지만, 왠지 누나 말이 틀리지는 않은 것 같아 나도 젓가락을 들고 짜장면 비비듯 탄탄면을 비비기 시작했다. 고추와 후추를 섞은 것 같은 매콤한 냄새가 내 코 끝을 찔렀고, 그 끝에는 땅콩 냄새가 걸쳐지듯 걸려 있었다. 국수에 소스가 모두 적당히 묻었을 무렵, 별안간 '이렇게 앉아서 라면이라도 같이 먹어 본 게 오늘이 오기 전까지 몇 년 전이었더라' 하는 감상적인 생각이 들었다. 내가 고등학교에 입학할 무렵부터, 나는 '서울대 다니는 자랑스러운 누나'를 얻었고 대신 '집에서 함께 자라며 티격태격하던 누나'를 잃었다. 누나가 순탄한 학교 생활을 한 큰 도시에 나도 들어오게 되었지만, '3년 터울의 남매'라는 한 끗 차이로 우리가 걷는 길이 평행선처럼 보이게 되었다. 내 과잠에서 아직 새

옷 냄새가 사라지지 않았을 때 누나는 이미 새 정장을 입고 여러 군데에 면접을 보고 있었고, 군대에 있는 시간이 가면 갈수록 '누나는 직장에 다닙니다'라는 말이 너무도 익숙하게 되었다. 그렇게 나와 누나가 유년기를 같이 공유했다는 사실마저 잊을 정도가 되기도 전에, 누나가 내 앞에 나타나 국수를 먹고 있는 순간이 정말 고마웠다.

아무튼, '육개장 같은데 땅콩 냄새가 나는 것'이라는, 탄탄면에 대한 누나의 묘사는 꽤 정확했다. 물론 내가 먹고 있는 것은 국물이 자작해서 오히려 집에서 간간히 해 먹는 비빔국수와 비슷하다는 느낌이 들었지만, 혀끝에서 느껴지는 진한 땅콩 냄새는 놀랍게도 한결같았다. 그것도 시판용 땅콩버터 같은, 흔해 빠진 견과류의 향이 아니라, 달짝지근하면서도 왠지 모를 건조함이 숨을 텁텁하게 하는 그런 향이었다. 하지만 그 향 때문에 내 입 안에서는 계속해서 침이 고였고, 젓가락을 놀리는 속도를 더 빨리 해야 할 것만 같은 본능은 계속해서 내 손 안에 내장되어 있는 소근육 하나하나를 자극하고 있었다. 그다음으로 찾아오는 것은 매운맛이었다. 그것도 된장찌개에 들어 있는 청양고추가 선사하는 식스센스급의 반전과 언젠가 나에게 관심이 있다는 여자 선배와 함께 식사하러 간 어느 태국 식당에서 무심코 건드렸다가 큰 낭패를 본 쥐똥고추의 아찔한 뒤통수치기가 적절히 섞여진 그런 맵싸함이었다. 난데없이 라이브로 촬영되고 있는 이 '맛의 스릴러'를 누나는 의외로 꽤 즐기는 듯했지만, 젓가락을 두어 번 더 놀리고 나서는 손바닥으로 부채질을 하며 술잔을 한 번에 비웠다. 그걸 지그시 지켜보기만 하던 현태 씨도 누나에게 조심스럽게 말을 붙일 정도였다.

"물 좀 드릴까요? 아니면 우유…."

"전 술 한 잔이면 됐고요, 물이라도 주시려면 준호한테나 주세요. 쟤가 이래 봬도 의외로 매운 거 못 먹거든요. 그 있잖아, 어릴 때 가족끼리 갔던 식당에서…."

나를 지그시 쳐다보며 누나가 또렷하게 말을 이어 가기가 무섭게, 나는 하마터면 먹고 있는 국수를 뱉을 뻔했다. 어릴 때 이름이 기억나지 않는 어느 식당에서 고기를 먹고 식사로 나온 된장찌개 안에 있던 청양고추를 모르고 씹었다가 된통 당한 이야기를 그렇게 아무렇지도 않게 말하고 있는 누나의 입을 막아 버리고도 싶었고, 그 이야기를 들으며 나를 향해 기분 나쁜 눈웃음을 치는 현태 씨를 보는 것도 마음에 들지 않았다. 누나가 언급한 그 일이 있는 뒤로 국에 있는 고추는 무조건 덜어내서 먹고 매운 음식을 정말 좋아하는 편도 아니게 되었다. 하지만, 솔직히 말해서 이 매콤한 국수마저도 맛있으니 그저 머릿속에 '참을 인' 자를 써야겠다. 내 몫의 국수를 삼키자마자, 결국 나는 누나에게 한마디를 툭 뱉어 버렸다.

"됐어, 누가 이 국수가 맵대? 그리고 그 얘기는 갑자기 왜 해?"

"왜? 재밌잖아? 그리고 내가 이 사람한테 얘기하지 않은 너의 흑역사가 한두 개가 아닐 텐데? 오늘 한 번 신명나게 폭로전 해 봐?"

"아니, 됐어. 됐어. 뭔진 몰라도 내가 다 잘못했어. 그러니까 제발

현태 씨한테는 그 얘기 하지 마, 응?"

　그렇게 뭔지는 모르겠지만 3년 전에 했던 사소한 잘못이든 무엇이든 간에 무조건 누나에게 빌어야 '나의 공간'인 이 방에서 늘상 함께해야 할 현태 씨에게 약점이 잡힐 것 같지가 않아서, 나는 학생주임 앞에 불려 간 비행 청소년의 어머니처럼 거의 싹싹 빌었다. 역시, '남자의 자존심'이라고 할 수 있는 것마저 내려놓아야 할 정도로 독해야 우리 안지원 누나지. 비록 본인은 아무런 말도 하지 않았지만 본능적으로 누나의 빈 술잔을 채우기까지 하면서 마음속으로 몸부림을 치기까지 할 정도였다. 그러기가 무섭게, 누나는 그 잔을 한 번에 다 비우고서는 현태 씨를 향해 조그마하게 입을 열었다. 순간 현태 씨가 알면 이 방을 나갈 때까지 두고두고 틈틈히 써 먹을 나의 '영 좋지 않은 추억'들을 기어이 털어놓을까 봐 침까지 삼켰던 나는, 누나 입에서 나오는 말에 다른 의미로 놀라고 말았다.

　"그래도 쟤가 참 착해요. 중학교 때 학교 축제에서 공연하다가 옷이 다 벗겨져도 화내지도 않고 그냥 웃어 넘기던 애고요, 원더걸스 보러 서울에 안 보내 준다고 홧김에 집을 나갔어도 바로 다음날 돌아와서 부모님 대신 집안일을 다 혼자 한 애예요. 제가 실제로 더 챙겨 줘야 하는 막내 여동생도 있지만, 얘는 또 달라요. 제 동생이지만 아직 정에 약하고, 상처도 잘 받고 순진한 구석도 있는 애예요. 그러니까 앞으로도 잘 부탁드려요, 내 남동생. 그리고 그동안 고마웠어요."

그 말을 하고서 누나는, 탄탄면이 오기 직전에 지었던 것처럼 화사하고 아름다운 미소를 지었다. 어떠한 조롱도 다른 안 좋은 의미도 없는, 그저 맑고 티 없이 순수한 미소였다. 잠시 넋을 잃은 것처럼 멍했던 현태 씨도 조용히 고개를 끄덕이며 '네… 알겠습니다'라는 나지막한 답변을 꺼냈다. 별안간 후추를 그 위에 뿌린 것처럼 코 끝이 찡해 왔다. 누나 말마따나 '내가 매운 것을 못 먹는다는 게 틀린 말은 아니었나 보다' 하고 믿고 싶었다. 그렇게 "오늘 누나 좀 멋진데"라는 말을 붙이고 싶었지만, 누나는 그저 다시 한 번 국수를 본인 입에 갖다 대었을 뿐이었다. '후루룩' 하는 소리가 국수 먹는 소리인지, 아니면 누군가가 흐느끼는 소리인지 분간이 가지 않았을 때 누나는 그 국수를 삼켜 버렸고, 아까 전과 비슷하게 누나는 부채질을 하며 애써 가볍게 입을 떼었다.

"어휴, 장난 아니네요. 중국 음식이라 그런가…. 아, 매워서 그런 거예요. 눈물 나거나 뭐 그런 건 아니라고요."

* * *

"많이 어두워졌을 테니까 조심해서 돌아가. 집에 다 오면 연락하고."

"지하철 한 정거장이면 금방 가. 걱정 말고 너 할 일이나 잘해."

결국 땅콩 냄새와 중국식 매운맛이 점철된 그 독특한 국수를 다 비우고 나서, 누나는 다시 그 힘들게 벗었던 하이힐을 신고 내 방을 나섰다. 오늘은 뭔가 따뜻한 말 한마디라도 해 줘야 가는 내내 누나가 마음이 편할 거고, 나도 마음이 불편하지 않을 것이라는 생각에 붙였던 이 말에 누나는 애처롭게 웃으며 받아쳤다. 조심해서 돌아가라는 말에도 '알겠어'나 '고마워'가 아니라, 지금처럼 너나 잘하라느니 아니면 너보다 내가 그 길을 더 잘 안다느니 하고 꼭 불평하듯 말을 하는 게 내 친누나인 안지원이라는 '사람'다운 모습이다. 그러나, 그 모습마저 평소와 전혀 다를 바가 없는 우리 누나였다. 비록 지금 걸어가고 있는 길은 조금 비껴갔지만 나와 유년시절을 공유한, 그야말로 '우리 누나'였다.

"혹시 공부나 알바 때문에 힘들거나 다른 것 때문에… 아, 그냥 못 참을 정도로 힘들면 연락해. 내가 엄마는 아니지만, 그래도 지금처럼 술 들고 찾아가는 것까지는 얼마든지 할 수 있으니까."

"어… 알았어. 고마워."

그렇게 찔막한 한마디만 대답해 주기가 무섭게, 누나는 학생 빌라의 계단을 쳇바퀴 도는 햄스터의 네 다리가 널 법한 속도로 빠져나왔다. 밖은 어느새 많이 어둑어둑해져 있었고, 작은 창틀 사이로 달무리가 아름답게 지어져 있었다. 누나의 마지막 말을 생각해 보자면 내가 아르바이트를 했을 때 보았던 '누나를 닮은 사람'은 정말 누나가 맞았겠지만, 그것은 사실 그렇게 중요한 것이 아니었다. 누군가 나를 뒤에서 바라보고 있다는 것, 그리고 설령 말뿐일지라도 언제나 곤란한 상황의 나를 지켜 주겠다는 형제가 있다면 그것만큼 믿음직한 것은 없다는 걸 새삼 깨달았다. 맵기만 했다고 생각했던 탄탄면을 감싸 주는 땅콩의 고소한 향처럼, 그 든든한 감정은 내 미뢰뿐만 아니라 기억 자체에 평생 간직하고 싶었다.

*　*　*

　누나가 그렇게 내 방에서 잠시 탄탄면을 먹었다가 떠난 이후, 현태 씨는 틈만 나면 '지원 씨'의 얘기를 계속 언급하며 아련한 눈빛으로 나를 한 번 바라보았던 것 같지만 사실 거기에 신경 쓸 여력은 없었다. 그 와중에 복학 이래 처음이라 내심 긴장했던 풍물패 정기 공연은 다행히 별 탈 없이 잘 마쳤다. 마무리 인사굿이 끝나기가 무섭게 박수 소리가 한창 때의 풍물 소리보다 더 크게 들려왔고, 썰물처럼 떠나는 군중 속에서 우리 동아리 멤버들과 개별적인 친분이 있는 몇몇 사람들이 갯벌 속 맛조개처럼 올라왔다. 그자리에 있을 것이라 쉽게 예상이 되는 사람들이 찾아와, 내가 굉장히 대단한 일이라도 한 듯 웃으며 등을 두드려 주고 칭찬을 쏟아 붓는 것에 부담스러우면서도 내심 기쁜 생각이 든 순간이었다. 동규와 승현이가 슬슬 과제하러 가 봐야 한다며 무대를 나가고 철영이와 민준이도 뒷풀이 잘 하라며 끝까지 장난기 어린 투로 마지막 인사를 날릴 무렵, 내 시선은 관객석 바로 앞쪽에서 현지와 함께 재잘거리고 있던 황갈색 머리 여자에게 돌아서 있었다. 그녀가 나름대로 요즘 인기가 있는 편이라는 분홍색 생활한복을 입고 있어서 더 눈에 띄었을지도 몰랐다. 우연 같은 찰나에 그녀가 고개를 돌아본 순간, 나는 단번에 지금까지 내 눈길의 주인이었던 사람이 다현이라는 사실을 파악했다. 그 사실은 내 목에 서늘한 기운이 순간 들어앉게끔 만들었다.

방에 느닷없이 나타난 바퀴벌레처럼 들이닥친 그 기운을 어떻게 처리해야 할지 머릿속으로 고민하던 사이, 회포와 공연 소감을 나누며 상류층 간의 사교 파티를 하고 있는 것처럼 웃고 떠들고 있는 군중 사이에서 다현은 나에게 손을 흔들어 보였다. 그녀가 그렇게 손짓하며 미소를 짓는 순간, 기억 어느 편에 묻혀 있는 부산항의 전경 사이로 벚꽃잎이 연분홍색 눈처럼 하늘하늘 떨어질 것만 같은 착각이 들었다. '후배'나 '아는 동생'이라는 단순명료한 관계에서는 아득히 멀어져 버린 배다현이라는 사람에게 나는 어떤 감정을 가지고 있는가, 이 흔하면서도 고통스러운 독백이 그녀를 보자마자 내 머릿속에 스위치를 켰다. 자신의 홈그라운드인 부산에서 다현은 내 마음 안에 들어오자마자 축지법을 쓰면서 움직였고, 그 이후로도 도망칠 생각을 하지 않았다. '다행'과 '불행', 그 사이를 오간다고나 할까?

* * *

그렇게 차츰 나에게 성큼 다가오고 있는 다현은, 최대한 명료하게 설명해 보자면 나에게는 망고스틴이나 패션푸르츠 같은 낯선 열대 과일 같은 존재다. 갖은 극찬과 미사여구들, 그리고 눈길을 끄는 외형이 기억에 선명하게 낙인이 찍히지만 그와 동시에 본능적으로 드는 생소함이 섣불리 그 과일을 입에 대는 것을 막는다고 그렇게 믿어 왔던 나에게, 나름대로 적극적인 모습을 보이는 다현은 굉장히 매력적인 요소가 많은 사람임에는 분명했다. 하지만, 그녀에게 미세하게 남아 있는 '낯선 사람'의 향기가 나에게는 낯설었고 두려웠다.

내가 어떤 표정을 짓고 있는지조차 모를 정도로 머릿속이 폭설에 파묻힌 상태에서, 나도 다현을 따라서 손을 까딱 흔들어 주었던 것 같았다. 여전히 계속되는 군중의 소음에 내 눈이 반짝 떠진 순간, 그녀는 신기루와도 같이 사라졌고 가슴 한편에 왠지 공허한 냉기가 흐르고 있는 것만 같았다.

"… 다현 누나, 오늘 좀 차려입은 것 같아요. 오늘 무슨 날인가…"

풍물패 공연을 하지 않은 사람들이 모두 떠나 상대적으로 텅 비어 보이는 무대 위의 부원들이 너나할 것 없이 악기들과 갖가지 현수막을 정리하고 있을 무렵, 어수선한 백색소음을 깨고 제일 먼저 입을 연 사람은 명호와 현지 사이에서 꽹과리를 걷고 동그란 가방 안에 넣고 있던 상록이였다. 그 순간에도 애써 내색하지 않고 꿋꿋히 내 북을 정리하고 있었긴 했지만, 왠지 귓가에 들려오는 '다현 누나'의 이름이 내 고막을 후벼파는 것만 같았다.

"현지 누나, 뭐 아는 거 있어? 다현 선배랑 친한 거 같은데…"

"당빠, 오티 때 맨 처음 만났던 동기에다가 자취방도 바로 옆집인데. 우리 다현이가 평소에도 옷에 신경은 쓰고 살기는 하는데, 요즘 들어 뭔가 더 관리를 하는 것 같긴 하더라. 특히 오늘은 8만 원 주고 사 놓고선 때 탄다며 평소에 안 입었던 생활한복까지 입고… 아무래도 얘가 뭔가 있어."

명호가 툭 던지듯 물어본 질문을 받아 현지는 그렇게 화려한 혀 놀림으로 드리블을 했고, 마지막에 미간까지 살짝 찡그리고 말을 끝냈을 때는 정말 훌륭한 자유투를 보는 것처럼 두 남자의 시선이 집중되어 있었다. 덩달아 내 마음의 한편까지 찝찝하게 만드는 화제를 더 이상 그냥 지나칠 수 없었다고 생각한 나는, 꽤 충동적으로 세 사람이 이야기를 하고 있는 쪽으로 걸어갔다. 내가 아직 오고 있는 걸 몰랐는지, 현지는 동그랗게 눈을 뜬 두 사람 앞에서 여름밤 귀신 이야기를 하는 사람같이 목소리를 낮추고 이야기를 계속했다.

"… 아, 다현이가 저번에 좋아하는 사람이 있다고 말해 줬던 거 같은데 누구더라? 분명 '같은 과 선배'라고 한 건 기억나는데…. 아, 준호 오빠! 언제 왔어요? 간 떨어지는 줄 알았잖아."

* * *

그렇게 나와 시선을 마주치자마자 정말 깜짝 놀랐는지 어깨를 움츠리며 눈을 동그랗게 뜨던 현지는 애써 아무렇지 않은 듯 평소와 전혀 다를 바 없이 시원시원하게 굴었다. 하지만, 이미 이 장면에서 무언가를 알아챈 듯 입을 가리고 키득대는 상록이와 당황한 듯 나를 멍하니 쳐다보는 명호의 표정이 모든 상황을 대략적으로 알려 주었다. 물론 어느 정도 짐작하고 있는 이야기였지만 현지 귀에까지 들어간 이상 언제 일파만파 퍼질지 모르는 일이었기에, 나는 심호흡을 먼저 가다듬고 애써 자연스럽게 말을 이었다.

"다 들리거든요? 야, 사춘기도 아니고 누가 누굴 좋아하는지 솔직히 알 게 뭐냐? 한창 청춘인데 다 그렇게 사는 거지."

"왜요, 완전 흥미진진한데…. 아, 형이 다현 선배 좋아하는 거 아니에요?"

명호가 그 말을 한 순간 상록이는 얼굴까지 빨개지면서 숨 넘어 갈 듯이 웃었고, 덩달아 같이 웃던 현지까지도 은근슬쩍 옆에 있던 상록이의 어깨를 감싸쥐며 술 취한 듯 박장대소를 터트렸다. 내 입장에서는 나름대로 진지한 상황인데 다른 사람들에게는 한 편의 콩트가 되어 버린 상황이 어이가 없어 저절로 헛웃음이 나왔지만, 정작 명호의 질문이 과녁을 명중한 화살처럼 박혀 들어온 곳도 내 가엾은 심정이었다. 부산에 다녀온 이후 내 머릿속에서는 간간히 그녀와 걸었던 이바구길이며 구포국수의 짭짤함이 파스텔을 듬뿍 바른 그림처럼 펼쳐졌고 심지어 내가 상상해 왔던 온갖 로맨스 영화의 장면 속에 다현의 얼굴을 끼얹은 여주인공들의 얼굴이 환각처럼 보일 때도 있었다. 그렇기에 곰곰히 생각해 보면 명호의 말도 틀린 것은 아닐지도 몰랐지만, 내 마음의 다른 쪽에서는 두려움과 경계가 섞인 신중함이 지배하고 있었다. 결국 내 '진짜 마음'에 어느 정도는 들어맞지만 어느 정도는 완전한 거짓인, 아이러니한 말이 느닷없이 볼에 나타난 열기처럼 내 입 밖으로 튀어나와 버렸다.

"아… 아니야. 그건 진짜 아니야."

"에이, 강한 부정은 강한 긍정!"

그렇게 말하며 (물론 내가 원한 건 그게 아니었지만) 명호는 오랜만에 내게 웃는 얼굴을 보였다. 그 옆에서 우스움과 반가움과 아쉬움이 뒤섞인 표정으로 나와 명호를 번갈아 쳐다보고 있는 현지 뒤쪽으로, 경식이와 현수막을 걸고 있는 주은 누나 옆에서 금세 활짝 웃는 얼굴로 조잘거리고 있는 상록이가 보였다. 문득 드는 생각이지만, 나도 상록이 녀석만큼의 적극성이 있었다면 여자 문제에서 얼마 전처럼, 그리고 지금처럼 그렇게 힘들지는 않았을 것이다. 하지만, 지금의 감정선을 나도 파악하기 어려우니 '배다현'이라는 사람 앞에서는 다시 사춘기로 되돌아간 것 같은 기분이 든다. 그저 최대한 빨리 이 거대한 불씨 같은, 사람을 그야말로 '미치게 할 수도 있을 것 같은' 감정을 해결하고 싶을 뿐이다. 현재 시점, 그리고 '이성관계'라고 하는 것에서 내가 바라는 건 단지 그것이다.

14. 팥칼국수:
과연 이 길이 내게 맞는 길일까

영화는 생각보다 재미있었다.

왠지 모르게 내 기분과는 전혀 어울리지 않는 왁자한 회식에서 빠져나와 마치 야반도주라도 하는 듯 조용히 빠져 나온 나와 경식이는, 경식이의 자취방에 가자마자 노트북을 켜고 떡하니 켜져 있는 흑백 영상에 나오는 남자 열두 명의 동태를 생생하게 볼 수 있었다. 어디서 구해 왔는지, 짙은 녹색 콜라병에 들어 있는 콜라를 빨대로 마시며 본 〈12인의 성난 사람들〉이 두 시간가량 경식이의 노트북에서 나오는 동안, 솔직히 반쯤은 이 영화를 보며 부족했던 수면을 취할 수 있을 것이라 생각했던 내 눈은 어느샌가부터 그 옛날 감성이 물씬 묻어 나는 법정 드라마의 이야기에 집중하고 있었다. 중간중간 '어때, 이 영화 괜찮지?'라는 무언의 메시지를 남기기라도 하듯 나를 빤히 쳐다보던 경식이의 시선은 좀 부담스러웠지만, 엔딩 크레딧이 짤막하게 오르는 순간 나는 이 영화를 참 흥미진진하게 보고 있었다는 것을 스스로 인정할 수밖에 없었다.

'그 영화 속 주인공으로 등장한 헨리 폰다 같은 (흔히 말하는) '포스가 있다면 이런 것쯤은 하지 않아도 교수들에게 확실한 눈도장을 받을 텐데'라고 속으로 늘 생각만 하고 있다. 그래 봤자 현실은, 오늘도 설계실에서 과제물 모형을 만들 골판지나 자르고 있는 게 내 신세일 뿐이지만 말이다. 내가 앉아 있는 책상 바로 옆에 있는 창틀 바깥으로 보이는, 켜지고 꺼지기를 반복하는 가로등과 밝아지고 어두워지기를 반복하는 하늘만이 내가 근 사흘 동안 본 바깥 세상이라니. 생각만 해도 기분이 울적해지지만, 군대 시절 고참의 눈치를 보며 깜깜한 오밤에 망을 보고 있었던 것보다는 훨씬 낫다. 의자에 걸터앉아 자는 쪽잠, 배달음식으로 해결하는 식사, 그리고 모형 만들기에서 무언가 다른 일이 비집고 들어갈 틈이 없는, 요즘 내 일상의 단조로움을 굳이 군대와 비교해야 겨우 안심할 수 있는 내 상황이 조금은 씁쓸할 뿐이다.

"야, 준호. 모형은 어떻게 돼 가나?"

방금 잠에서 깬 것처럼 잔뜩 잠긴 목소리로 철영이가 나를 게슴츠레 바라보며 말을 길었다. 딱 봐도 최소한 일주일 전부터 설계실에 서식하는 한 마리 야생 짐승이 되어 버린 듯 꾀죄죄한 얼굴을 한 철영이를 본 순간 헛웃음이 나올 뻔했지만, 어차피 나나 그 녀석이나 비슷한 몰골일 테니 평정심은 그럭저럭 유지할 만했다.

"그럭저럭. 내일이면 다 만들 거 같아."

"좋~ 겠네. 난 이틀 더 걸릴 거 같은데."

나지막한 한숨과 함께 뜬구름 잡듯 뭉근하게 들려오는 철영이의 대꾸가 왠지 서글프게 들려오던 순간, 막 자른 골판지의 얄상한 옆면에 접착제를 바르려던 나는 잠시 고개를 철영이가 있는 쪽으로 돌렸다. 하얀색으로 칠한 아크릴판으로 두바이에 있는 어떤 고층빌딩을 연상시키게 만드는 철영이의 모형을 보자마자, '이틀 뒤에 완성하는 것도 굉장히 빠른 편일 것'이라는 너무나도 초 치는 생각을 해 버리고 말았다. 그렇게 철영이의 모형에서 고개를 돌리고 다시 골판지의 옆면에 접착제를 바르던 순간, 이번에는 내 앞쪽에서 다른 목소리가 들려왔다.

"준호 형, 이거 언제부터 만들었어요? 되게 아기자기하다."

그 목소리에 흠칫 놀라 얼른 비어 있는 모형의 옆면에 골판지를 붙이고 고개를 들어 보니, 내 앞에서 특유의 똘망똘망한 눈동자로 내 모형과 철영이의 모형을 번갈아 바라보고 있는 상록이였다. 이 상황을 만약에 누가 만화로 그렸다면 분명 상록이 녀석의 눈에는 항상 별을 박아 놓았으리라. 좋은 의미로든 아니면 (누군가에게는) 나쁜 의미로든 그 밝고 활기참이 이 지긋지긋한 설계실에서도 시들지 않는 것은, 녀석의 옆쪽에서 벌써 '휴' 하는 한숨을 내쉬며 조막만한 모형을 만들고 있는 남학생을 봐도 확실한 비교가 되는 건 사실이었다. 그나저나 상록이 옆에 있는 학생은 녀석의 동기일 텐데, 이름이… 정수던가?

"어… 사흘 전부터 여기 있었어."

"사흘… 와, 사흘이라니. 대단해요. 전 벌써부터 막 힘들고 집에 가고 싶은데…. 와 정수야, 이거 봐 봐. 철영이 형 모형 진짜 엄청 크다! 나도 저런 거 만들어 보고 싶다…. 근데 못 할 것 같아…. 어떡하지?"

그때까지만 해도 잠자코 모형만 만들고 있던 정수는, 새삼스러웠지만 이 순간 유독 말이 많은 것 같았던 상록이 녀석을 학교 앞에서 손 들고 벌 받고 있는 학생을 보는 담임이 된 듯 한 번 흘겨보고 나서는 나지막히 이렇게 대꾸했다.

"선배들 거 자꾸 간 보지 말고 니 과제나 해, 권상록. 우리 이거 내일 모레까지잖아."

"아, 맞다. 그랬지? 하, 내일 모레라니…. 건축설계 교수 진짜 싫어!"

"그건 나도 인정!"

까마득한 후배들의 대화에 제법 호기롭게 그런 혼잣말 같은 말을 툭 던져 버린 철영이의 목소리가 아주 크게 내 귓가에 들려왔다. 그러자마자 나는 하마터면 힘들게 뚫린 지붕 쪽으로 붙이고 있던 작고 네모난 골판지를 바닥으로 떨어뜨릴 뻔했다. 그런 나를 흘낏 보면서 장난스러우면서도 날카로운 눈매가 도드라지게 웃던 철영이 녀석은, '끼익' 하고 문이 여닫는 소리가 들리자마자 후다닥 다시 과제로 시선을 돌렸다. 그 소리에 내 앞에 있던 두 후배 녀석들도 똑같이 고개를 돌렸고, 곧 그쪽을 간간히 흘겨보며 자기들끼리 수군거리기 시작했다. 술렁이는 분위기에 과제에 전념하기에는 쉽지 않아서, 나는 순간적으로 고개를 돌리고 말았다.

목이 늘어난 진회색 티셔츠에 본인에게는 품이 너무 큰 듯한 트레이닝복 바지를 입고 마치 안방이라도 된 듯 슬리퍼를 질질 끌며 새하얀 아크릴 판자를 팔에 낀 채, 한 남자가 걸어 들어오고 있었다. 한 손은 며칠째 빗질을 하지 않은 듯 헝클어진 머리를 제멋대로 긁으며 다른 한 손에는 자판기에서 뽑아온 듯한 캔커피를 손에 쥔 것으로 보아, 이 남자가 과제에 얼마나 매여 있었는지 대강 알아챌 수 있었다. 우리 앞쪽으로 지나가 벽 쪽에 조금 더 붙어서 앉은 그 남자는, 캔커피를 한 모금 빨아들이고 늘어진 하품을 한 번 내뱉고 나서 책상에 널브러진 아크릴 판을 차곡차곡 정리하기 시작했다. 무의식이 약간은 담긴 듯, 어떻게 보면 좀비가 사람의 몸을 만질 때의 그 손길처럼 느릿하게 아크릴 판자 하나와 준비해 온 도식을 꺼내는 그 남자를 물끄러미 바라본 채, 철영이가 들릴 듯 말 듯 말을 꺼냈다.

"… 저 선배 웬일로 여기 있다냐?"

"왜요? 저 사람이 대체 누구길래…."

눈썹을 살짝 찡그린 채 뒤쪽을 흘겨보며 딱 봐도 난처해 보이는 표정을 짓고 철영이에게 질문한 정수와 그 옆에서 굉장히 당황한 기색이 역력한 상록이의 머리 너머로, 나는 그제서야 그 남자의 얼굴을 제대로 볼 수 있었다. 나는 그 사람이 누군지 알고 있었다. 다만, 그 사람을 학교에서 자주 보는 일은 없었기에 철영이가 내뱉은 말과 같은 의문을 머릿속에서 하고 있었을 뿐이었다.

"저 사람이 우리 과 과탑이야. 일명 '전설의 과탑'이라고 하지. 학점이 4.3점 밑으로 떨어져 본 적이 없는 데다가, 얼마나 공부에만 집중하면 저 사람의 이름과 학과, 자세해 봤자 학번밖에 건축 대학 애들한테 알려진 게 없거든."

"그래서 저 사람… 아니, 저분 성함이 어떻게 돼요?"

"… 변지섭. 우리보다 형 맞는 것 같았는데…. 준호, 저 선배 학번이 뭐였더라?"

"지섭 선배? 음, 아마 우리보다 한 살 더 많았던 것 같은데…."

그렇게 어물어물 말을 이으면서도, 나는 지섭 선배가 왠지 신경쓰여 자꾸만 그 쪽으로 시신을 둘 수밖에 없었다. 지섭 선배의 이름을 물어보았던 상록이도, 왠지 그 앞에서 감히 딴짓을 할 수 없다는 것을 특유의 빠른 눈치로 알아챘는지 침만 꼴깍 삼킬 뿐이었다. 워낙 캠퍼스에서는커녕 와우관에서도 지섭 선배의 모습을 보기는 쉽지 않았기 때문에, 그 선배는 여전히 우리에게 '다가서기 어려운 사람', '속을 알 수 없는 사람'이었다. 그 선배의 훌륭한 성적은 물론 나와 철영이를 포함한 많은 건축학과 학생들에게 분명히 동경의 대상이 되었겠지만, 지섭 선배의 '꿈의 4'를 달리는 전설적인 성적이 입증되면 입증될수록 학생들 사이에서 그의 존재도 '전설'

이 되어 갔다. 존재를 알고는 있지만 본 적이 없는, 그리고 다가서기엔 왠지 모를 경계심과 경외감이 생겨 차마 친근해질 수 없을 것 같은 그런 '전설'이자 학생들 사이에서만 통하는 '신화'였던 것이었다. 내가 그렇게 뚫어져라 쳐다보았지만, 지섭 선배의 시선은 잠시도 쉴새 없이 도식과 모형에만 집중되어 있었다. 초췌한 몰골에서 그 눈빛만은 영롱하고 빛나 보였기에, 그 과제에 대한 선배의 절실함이 만들어 낸 아우라를 차마 비집고 들어갈 수 없었다. 입학 때부터 군대에 가기 전까지, 내가 본 지섭 선배는 늘 그런 사람이었다. 전설과 신화의 범주를 뛰어넘어, 과제물과 함께하는 순간 나와 철영이를 포함한 다른 학생들이 모두 자신들을 하찮은 미물로 여기며 자괴감을 느끼게끔 만드는 그런 '성자'였고 '초인'이었다. 그리고 그의 모습을 오랜만에 본 순간, 잊고 있었던 경외감이 내 머릿속을 휘감았다.

* * *

여차저차 모델 과제를 모두 끝내고, 내일 아침에 학교에 오자마자 꺼내서 건축설계 교수님께 제출해야 했기에 설계실 사물함에 넣어 놓고서는 설계실 밖을 나오는 길이었다. 문을 나서는 나를 향해 철영이가 보내는 부러움 가득한 눈길과 나와 철영이가 주고받은 시선이 무슨 의미인지 이해가 가지 않는 듯 동그랗게만 뜨고 있는 상록이와 정수 녀석의 눈동자들이 최소한 오늘 밤까지는 잊히지 않을 것만 같았다. 하루종일 쭈그리고 앉아 있었더니 본능적으로 무언가를 해결해야겠다는 신호가 내 머릿속에 은밀하게 울렸고, 내 발걸음은 자연스럽게 화장실을 향했다.

볼일을 다 보고 나서 그동안의 과제로 인한 스트레스까지 모두 몸 밖으로 보내 버렸다고 생각했기에 완전히 홀가분한 마음이 들어야 했겠지만, 세면대에서 손을 씻고 있는 지섭 선배를 본 순간 가슴 한편이 다시금 꽉 막히는 느낌이 들었다. 이 시간에 이곳에서 벌어질 수 있는 가장 어색한 상황 중 하나가 현실이 되어 버렸으니, 여기서 최대한 자연스럽게 벗어날 수 있는 방법이 없을까 하고 생각했다. 그러나, 내 심정을 아는지 모르는지 손을 잠자코 씻던 지섭 선배는 고개를 들고 거울을 지그시 쳐다보며 손을 까딱할 뿐이었다. 그러기가 무섭게, 콸콸 흐르던 수돗물 소리는 잦아들고 선배의 느긋하고 고요한 목소리가 화장실 전체에 울려퍼질 뿐이었다.

"오랜만이다. 군대는 잘 갔다 왔냐?"

"아… 네. 2개월 전에 제대했습니다."

"그런 깃치고는 직웅이 벌써 다 끝난 것 같네…. 후배들과도 잘 어울리는 것 같고. 부럽다."

내 쪽으로 고개를 돌리고 지그시 꺼냈던 지섭 선배의 '부럽다'라는 말이 왠지 서글퍼서, 그 전 선배의 말에 어색하게 대꾸했던 것이 조금은 미안해졌다. '선배도 쉬는 시간이 필요한 사람이었구나' 하는 생각이 듦과 동시에, 내 목소리도 아까 전의 어색함을 조금 빼려 노력했지만 그러기가 몹시 힘들었다.

"아… 아닙니다. 친한 친구들 중 대부분이 다 비슷한 시기에 제 대했고 도와주는 후배들도 많아서 그렇게 보일 뿐입니다. 사실 아 직 모르는 것도 많고…."

그렇게 말하고 나니 희미한 백열등만으로 조명을 의지하는 이 작은 화장실 안에 퍼지는 공허가 너무나 커서, 내 입에서는 저절 로 허탈한 너털웃음이 나왔다. 이제 내 쪽으로 완전히 몸을 돌린 지섭 선배는, 그럼에도 불구하고 날 향해 지그시 웃기만 할 뿐이었 다. 내가 하는 무슨 부탁이든 다 들어줄 수 있을 것 같은 자애로운 미소였지만, 아이러니하게도 그럴수록 선배에게 몇 마디를 더 하기 가 더욱 어려워졌다. 내가 지섭 선배를 어려워하는 게, 내가 생각 해도 어느 타당한 이유가 보이지 않는 것 같아서 더욱 마음이 쓰였 다. '선배로서의 나를 이렇게 별다른 이유없이 어려워하는 후배도 있겠지' 하는 생각이 절로 든 순간, 나도 모르게 내 입에서는 이런 말이 나와 버리고 말았다.

"힘든 점도 많습니다. 어려운 것도 너무 많고…. 가끔씩 어떻게 해야 할지 모르겠습니다."

이 말이 나온 순간, 나는 왜 내가 지섭 선배에게 이런 속 깊은 말 을 꺼냈는지 가늠이 오지 않았다. 가족도 아닌, 친한 동기도 아닌, 평소에 말을 많이 했던 선배도 아닌, 심지어 현태 씨도 아닌 사람 에게, 그것도 내가 가장 어려워하는 사람이라고 생각했던 지섭 선 배에게 왜 이런 말을 했는지 알다가도 모르겠다. '아마 고해성사 같 은 것인가' 하고 생각하기엔 화장실에 감도는 침묵이 너무 길게 느껴졌다. 역시 이를 의아하게 느낀 듯 잠시 이리저리 고개를 돌리던 지섭 선배는, 곧 다시 내 쪽으로 옮겨 가던 눈길을 고정하고는 이렇게 말을 이었다.

"… 막막하지?"

"네?"

"입학하고 나서 어영부영 지내다가 1년이 지나고, 이제 막 학과 과정에 적응할 때쯤 군대에 가야 하고, 그러다가 학교에 다시 돌아오니 너무 많은 게 바뀌어 있고 뭐부터 해야 할지 감이 오지 않아 막막하지? 괜찮아, 너만 그런 게 아냐. 원하든 원치 않든 '복학생'이 되어 버린 사람이라면 누구나 그런 비슷한 일을 겪기 마련이야. 일단 2년 동안 밖에서 고생하고 오느라 수고했다…. 사실 이건 복학하자마자 내가 제일 듣고 싶었던 말인데."

그 뒤로 지섭 선배는 별 밀 하지 않았지만, 다시 한 번 나를 돌아보는 선배의 눈길은 쓸쓸했고 뒤이어 내뱉어진 한숨은 서늘했다. 그것으로 충분히 선배가 다음에 뭐라고 말하고 싶은지 알 것만 같았다. '전설'이자 '신화'였던 선배는 그렇게 내 앞에서 서서히 인간성을 드러내고 있었지만, 어쩌면 지섭 선배는 그저 선배의 내면을 들여다보려 하지 않은 많은 이들에게 강제로 우상화된 사람일지도 몰랐다. 나만 해도 당연히 내 일과 내 입장에서 익숙한 사람을 먼저 돌아볼 수밖에 없기 마련이라 생각하며, 내가 이름과 명성만 알고 있던 사람들을 담아낸 틀에 박힌 '이미지' 밖에서 꺼내는 데에는 꽤 시간이 걸린다는 것을 현태 씨를 통해 깨달아 버렸기 때문이었다.

"선배가 부러웠어요. 제가 만약 선배 같은 학점이라면 방방 뛰었을 텐데 당연하다는 듯 그 성적을 계속 유지하고 계시고, 과제도 항상 일찍 내시고 정말 건축이라는 걸 좋아하시는 것 같았고… 혼자 다니시는 것도 형이 다른 무엇보다도 공부를 정말 좋아해서 그랬을 거라고 당연하게 생각했던 건데… 선배가 그동안 속으로 그런 생각을 하시고 있을 줄은 몰랐습니다."

술김에 하는 고백처럼 중구난방하면서도 다행히도 나름대로의 목적을 지니고 있는 듯한 나의 말을, 지섭 선배는 그저 경청하며 고개를 느긋하게 끄덕이고 있을 뿐이었다. 지섭 선배는 여전히 나긋했고, 어떻게 보면 나른해 보였다. '어쩌면 내가 선배의 촉박한 시간을 방해하고 있지는 않은가' 하는 걱정과는 달리, 선배의 희미한 웃음은 너무나도 태연해 보였다. 또 다시 긴 침묵이 이어졌고, 그 사이에 아무도 화장실에 오지 않는다는 것이 너무나도 다행스러웠다.

"… 준호야."

그렇게 잠시 아무 말도 할 수 없었던 내 귓가로, 마이크 앞에 있는 듯 울려퍼지는 지섭 선배의 고요한 목소리가 내 이름을 부르는 순간 나는 다시 한 번 화들짝 놀랄 수밖에 없었다. 이에 아무렇지 않게 대하기엔 침묵은 너무나 길었고, 지섭 선배를 앞으로 뭐라고 생각해야 할지 혼란스러웠다. '아니 그건 그렇고 내 이름은 어떻게 알지' 하는 의문이 자연스럽게 내 머릿속에 들어왔지만, 지섭 선배의 동기들이 나를 부르는 것을 봤겠거니 하고 생각했을 뿐이었다. 이렇게 머릿속을 오가는 수많은 미답의 질문들은, 지섭 선배의 한마디로 새하얗게 표백되어 버렸다.

"… 너는 왜 건축학과에 왔니?"

"네?"

예상치 못한 질문을 내 머릿속에 야산을 향한 수류탄처럼 터트려 버리고서는 잠시 폐허가 된 내 이성을 정리할 시간조차 주지 않은 채, 지섭 선배는 그렇게 말을 이으며 핸드드라이기 쪽으로 물기 묻은 두 손을 털었다.

"난 어렸을 때 잠시 일본에서 살았었어. 알다시피 지진이 많이 나니 집들은 튼튼하게 지어져 있었고 그러다 보니 아주 오래되어 보이는 집들도 그 상태로 굉장히 튼튼했어. '왜 일본의 집들은 그렇게 튼튼할까' 하는 생각이 들다가, '우리나라에도 지진이 일어나지 않으리란 법은 없는데 어떻게 하면 오래 유지될 수 있는 튼튼한 집을 지을 수 있을까' 하는 궁금증으로 바뀌다 보니 건축을 하고 싶어지더라고. 그래서 내가 짓고 싶은 집이 있다면, 그 집은 예쁜 집도, 큰 집도 아닌 튼튼한 집일 거야."

비록 나는 그 말에 '아' 하는 어정쩡한 외마디 말을 내뱉으며 가만히 손을 말리는 지섭 선배를 보았을 뿐이었지만, 지섭 선배에 대한 경외감은 어느새 동경으로 바뀌고 있었다. 화장실에 들어왔을 때보다 '전설의 과탑'에 대한 더 많은 것을 알게 되었다는 뿌듯함보다도, 지섭 선배의 숨겨진 이야기들 자체가 내가 생각했던 선배의 이미지에 생각보다 아주 많은 생동감을 불어넣어 주고 있었던 것이었다.

"… 성적에 맞춰서 어쩔 수 없이 온 게 아니라면, 어떤 면에서든 너에게도 건축이 하고 싶었던 이유와 비전이 있었겠지. 그 이유를 다시 기억해 내서 지금 너에게 타당하지 않다면 좀 더 맞는다고 생각하는 공부를 하는 거고, 지금도 타당하다면 그 이유를 끊임없이 되뇌이며 힘든 일을 버텨 나가는 거야. 잘 생각해 봐. 그리고 잘 해 봐."

그렇게 말하고 나서 지섭 선배는 그렇게 사라졌지만, 희미하게 깜빡이는 백열등 아래에서 나는 잠시 아무런 행동도 할 수 없었다. 다시 정신을 다잡고 손을 씻고 무언가 붕 뜬 기분으로나마 집으로 돌아갈 수 있을 때까지는 생각보다 꽤 오랜 시간이 흘렀다.

* * *

사흘 만에 돌아 온 자취방에서는 왠지 팥 끓는 냄새가 나고 있었다. 어린 시절, 눈이 내리면 이왕 직접 만든 팥죽을 먹어야 몸에 좋지 않겠냐며 할머니께서 끓여 주시던 것을 먹었던 이후로는 일부러 찾아서 먹지는 않았던 터라 굉장히 익숙하면서도 낯설었다.

"하도 안 들어오니까 음성으로 다시 내려갔나 했지. 뭐 하다 이제 왔수?"

"아, 과제 끝내고 왔습니다."

인기척을 들었는지 고개를 현관 쪽으로 빼들고 나를 맞는 현태 씨의 목소리가 왠지 학창시절 때 집으로 돌아오는 나를 맞이했던 어머니 같았던 것은 역시나 애완견처럼 함께 따라 들어오는 음식 냄새 때문이었을 것이다. 자취방에서 식욕을 자극하는 냄새가 나면 어느 순간부터 늘 그랬던 것처럼, 신발을 벗은 내 발걸음은 반사적으로 부엌 쪽으로 향했다.

밥 짓는 것처럼 뿌옇게 올라오는 연기와 함께, 조약돌처럼 몽글몽글한 팥알들 위로 연분홍색 거품이 연못 위의 연밥처럼 뒤덮고 있었다. 어떻게 보면 '붉은색'을 콘셉트로 한 온천 같고, 어떻게 보면 떨어진 벚꽃 잎이 표면을 뒤덮는 작은 호수와도 같았던 냄비 속 내용물을 나는 그저 물끄러미 바라보고 있었다. 그 와중에, 어느새 바로 옆에서 보이는 현태 씨는 사연스럽고 노련한 손길로 숟가락을 냄비 안에 넣어 팥알 몇 개를 떠 냈다. 반짝거리는 은회색 숟가락을 꽉 채우는 통통한 팥알은 왠지 팥빙수나 팥죽 안에 들어 있는 그것과는 다른 요소로 내 침샘을 자극했다. 어떻게 보면 한 번도 본 적이 없는 작은 주머니들처럼 속이 터져 있는 팥알들을 한참 동안 보던 현태 씨는, 잠시 나를 돌아보더니 이렇게 말을 걸었다.

"일단 씻어요. 준호 씨가 할 일이 있으니까."

                                    * * *

   그릇 위에 얹어진, 새삼 다시 보니 꽤 촘촘해 보이는 체 위에 얹어진 팥알들 위에서는 김이 모락모락 솟고 있었다. 힘들었던 과제와의 사투 끝이라 몹시 피곤한 상태였지만, 희뿌옇게 타오르는 수증기의 불길 속에 콧망울을 대고 있자니 어린 시절 아빠 따라 갔었던 읍내 목욕탕이 떠올랐다. '아마 바나나 우유를 사 준다는 말에 따라갔으려나' 하고 생각이라도 하려던 즈음 현태 씨의 말이 한 치 뒤돌아봄도 없이 그렇게 이어졌다.

   "저번에 콩국수 국물 만드셨던 거 기억나시죠? 이거랑 비슷해요. 다만 콩 대신 팥을 갈고 믹서기에 팥물도 좀 넣어 주고 그러는 거지. 알아서 해 보쇼. 준호 씨 요리에도 재능이 있는 것 같으니까."

   뭔가 서비스성 멘트 같아 보이는 마지막 말을 남기고 현태 씨는 다시 본인 할 일에 집중했다. 하지만, 왠지 요리할 때마다 다부져 보이는 그의 어깨 너머로 보이는 수증기를 잠시 바라보다 다시 팥알들로 눈길을 돌리려니, '현태 씨가 그런 말을 선불리 할 사람이 아니다'라는 결론만 머릿속에 들어찼다. 나한테 요리를 할 만한 재능이 있었나… 그러고 보니 나는 왜 하고 많은 분야 중에 건축을 공부하려고 대학에 들어가기 위해 그토록 준비를 해 왔던가.
   삶은 팥알들이 행여 식탁 위로 쏟아질라 숟가락으로 조금씩 담아서 믹서기에 넣는 동안, 팥알들은 구슬처럼 굴러다니는 것이 아니라 마치 한 덩어리라도 된 듯 뭉텅뭉텅하게 떨어졌다. 아무 생각 없이 최면 영상처럼 이 광경을 말 없이 볼 수 있는 여유가 있었으면 좋았으련만, 내 머릿속에는 조금 전 공동화장실에서 보았던 지섭 선배의 굳어 있으면서도 어딘지 모를 여유가 드러나는 표정만 선명했다. 알 수 없는 몇 년 후까지 나는 가질 수 없을, 그런 부러운 여유였다.

지섭 선배의 짐작이 맞았다. 나는 성적이 나온 대로 홍익대학교 건축학과에 들어오지 않았다. 내가 정말 성적에 맞춰서 갔더라도 서울 안에 있는 대학교에 갈 수 있었겠지만, 그 목적지가 '홍익대학교 건축학과'가 되지는 않았을 것이었다. 아르바이트를 하는 가게, 고향 동네, 아니 학교 밖이라면 그 어디가 되었든 내가 다니는 대학과 전공을 알려 주게 된다면 꽤 놀라는 반응을 보이는 사람도 간혹 있다. 그 의미가 긍정적이건, 아니면 부정적이건 나는 오히려 그 사람들에게 놀랄 뿐이었다. 대학에 들어갈 시점에, 아니 어쩌면 그 이전까지 나는 건축에 대해 관심이 있었을 것이었다. 하지만, 사실 나는 오랫동안 그 관심의 원천이 어디에서 왔는지, 언제부터 생겼는지에 대해 떠올릴 겨를이 없었다. 아직 캠퍼스와 홍대 거리에 익숙하지 않았던 때부터 과제 하나 끝내고 나면 다시 과제가 있었고, 군대 가기 전까지 눈코 뜰 새 없이 바빴기 때문일까. 친한 동기들과 이야기를 나누어도, 굳이 휴식을 취하는 순간까지 전공 얘기를 하고 싶지는 않았던 것도 어느 정도 상관있는 것 같다. 그래서 누군가가 왜 건축학과에 왔는지에 대해 물어본다면, 외울 만한 느낌이 드는 노래 가사처럼 술술 말할 자신이 없다.

덩어리같이 뭉쳐졌던 팥알이 믹서기를 빼곡히 채워 갔고, 그에 따라 팥물도 조금씩 채우다 보니 어느새 믹서기의 반이 진한 보랏

빛 내용물로 가득 차 버렸다. 믹서기의 버튼을 누르자마자 '위잉'하는 강렬한 진동 소리와 함께 팥들이 갈렸고, 그동안 내가 '대학생'으로서 해 왔던 것들이 머릿속에 기억에 남았다. '정말, 나는 내 대학 생활에 대해 성찰하고 진지하게 생각했던 적이 별로 없구나'하는 헛헛한 후회 아닌 후회가 믹서기 속 팥알들처럼 내 머릿속을 휘감았다. 그렇다고 내가 학과 적응을 아주 못한 건 딱히 아니었는데. 과제도 제때제때 하고, 시험 준비를 소홀히 하지 않았고, 복습도 챙겨서 하고, 동기들과 좋은 관계를 맺으려 했고, 학과 성적도 최소한 부모님께 보여 드리기엔 떳떳할 정도였고. 군대에 가기 전까지는 어렴풋하게나마 생각이 났을 수도 있었겠지만, 나는 군대에서도 하루하루가 눈코 뜰 새 없이 바빴던 것 같았다. 군대에 가면 사회에서 겪었던 번뇌 같은 것들은 어느 정도 잊게 된다지만, 그만큼 2년 동안 무의식적으로 잃어버리게 되는 기억도 많아졌을 것이었다. 아니, 바빠서 그런 성찰 같은 것을 못했다는 것은 다시 생각해 보니 핑계인 것 같다. 나보다 몇 배는 더 바쁠 지섭 선배도 어렸을 때 가졌을 계기를 지금도 마음속에 가지고 살면서 후배인 나한테까지 말할 수 있을 경지에까지 다다른 것이 아닌가. 아직 서른은커녕 스물다섯도 되지 않은 내가 초심을 잃었다는 생각을 한다는 게 우스운 일이기는 하지만, 지섭 선배를 보니 나 자신에 대해 그런 느낌이 드는 것은 부정할 수 없었다.

만일 내가 그런 고민을 용기 내서 누군가에게 털어놓는다면, 그 누군가는 지금이라도 건축에 소질이 없는 것 같으면 전과를 하든지 아니면 다른 진로를 찾아보라고 말할 것이다. 아니면, 그저 '힘내'라는 조금은 어줍잖은 위로를 하지만 표정만은 진심으로 나를 동정하는 듯한 반응을 하는 사람도 있을 것이다. 그러나, 둘 중 무엇도 내 마음에 썩 내키지는 않을 것이다. 전과를 하기에는 너무 늦은 것 같다는 생각도 들뿐더러, 최소한 지금으로서는 다른 전공을 하며 다른 진로를 꿈꾸는 나를 쉽사리 상상해 볼 수 없다. 너무나 애매한 상황에, 그것도 한순간에 내 이성이라는 것은 그렇게 닳아 버렸다.

정신을 차린 순간 믹서기에 들어 있던 팥은 어느새 곱게 갈려진 채 팥물과 섞여 완벽한 액체가 되었다. 팥죽이라기보다는 팥빙수위의 단팥과 얼음이 녹은 채 섞인 것이 더 쉽게 떠올려지는 그 액체를 가스레인지 앞의 현태 씨에게 가져다주고, 나는 핸드폰을 켰다. 웬일로 카톡도, 문자도, 어느 알림도 뜨지 않았지만 그게 오히려 잘됐다는 생각이 들었다. 꽤 오랫동안 들어가 보지 않았던 페이스북에 들어가 보니, 예전에 맺은 듯한 네트워크 속 '친구들'은 아무렇지도 않게 제각각의 일상을 잘 보내고 있는 것 같았다. 총천연색으로 화려하게 모니터를 수놓는 음식 사진, 여행 사진과 달달한 연애의 순간을 찍은 사진들을 지나, 나는 2년 전과 별반 나를 게 없어 보이는 내 타임라인으로 들어갔다. 내가 지금 본가에 있었다면 내 방 책장에 꽂혀 있는 낡은 앨범과 일기장들을 찾아볼 수 있었겠지만, 지금으로서는 핸드폰 모니터로 바라본 타임라인이 임시 방편일 수밖에 없었다.

'시간이 멈춰진 방'과도 같은, 내 정지된 타임라인 안에는 유독 그림들이 참 많았다. 아마도 교원대학교 건물을 그렸을 것 같은 스케치부터 약간은 장난스럽게 친구 얼굴을 그린 것까지, 누가 보면 미대생의 페이스북 계정이라고 할 정도로 그림들이 많이 올라왔다. 그러고 보니 고등학교 3학년까지 미술 동아리를 했고 전시회도 했던 것으로 기억한다. 지금의 나는 그때만큼, 아니 그때의 반푼어치조차 그림을 자주 그리지 않는다. 생각해 보면 그것의 변명은 늘상 반 진심, 반 핑계 삼아 말하는 '시간이 없어서', '바빠서'인 것 같았다. 페이스북 하단의 좋아요 개수가 아닌, 페이지 위쪽에 올려진 아무런 필터 없는 사진들에는 유독 건물들이 옹기종기 모여 있었다. 큰 건물, 작은 건물, 아파트부터 음성 본가의 다소 소박한 내 방까지. 아마 그 순간의 나는, 형광펜과 참고서를 드는 것과 비슷한 횟수의 나날들을 반듯이 깎은 4B연필과 스케치북을 든 채 보냈을지도 모른다. 다른 사람이었다면 '아, 이분 그림 좀 그리네'라고 생각하며 조금은 대수롭지 않게 타임라인을 나올 일이었겠지만, 스쳐 지나가려던 어느 가게 앞에서 아는 사람이 일하고 있는 모습을 보기라도 한 것처럼 내 시선이 멈출 수 없던 곳이 생겨 버렸다. '좋아요' 개수가 특별히 많았기 때문은 아니었다. (이제 와서 이런 말을 하기도 새삼스럽지만, '좋아요' 개수가 100개를 넘기는커녕 두 자리 수도 겨우 넘긴 것 같았다.) 나 자신도 놀랄 정도로 눈이 휘둥그레지게 그림을 잘 그린 것도 아니었다. 단지 기나긴 공부로부터 나 자신에게 바늘구멍만큼이나마 숨통을 틔워 주기 위해 방학 도중 그렸을, 분명히 사진을 보고 그렸을 게 확실한 교회 첨탑 그림이었다. 하지만, 내 눈이 간 곳은 그 그림 자체가 아닌, 그 아래에 쪽지처럼 달린 누군가의 댓글이었다.

'너 진짜 건물에 관심 많은가 봐. 자주 올리네.'

나 자신은 초등학교 때 이후 또래와의 대화에서는 단 한 번도 쓴적 없었던 이모티콘과 줄임말 없는 나긋나긋한 말투로 보아 분명히 나이 지긋한 사람이 썼을 것으로 보이는 댓글이었지만, 어쩌면그 댓글이 쓰인 시점 언저리에 내 진로의 방향은 '건축학도'를 향하기 시작했을 것이었다. 그리고, 10대의 마지막 해를 육지가 어디에있는지도 모르는 망망대해를 건너며 보냈던 나는 그 댓글에 이렇게 대답했었다.

'그렇지 않아도 수능 끝나면 〈건축학개론〉 챙겨 보고 싶네요. 진로도 그쪽으로 생각해 보고 있어요.'

＊ ＊ ＊

그렇게 나는 페이스북 타임라인을 통해 기억에서 잠시 내려놓고있었던, 낯선 사람 같으면서도 오랫동안 보지 못했던 남동생을 만난 것 같은 느낌을 자아낸 또 다른 나의 단면을 만났다. 그동안, 믹서기로 잘게 갈아진 팥물은 어느새 팔팔 끓어진 팥죽이 되어 있었다. 그새 현태 씨가 칼국수를 넣었던 것이었는지, 헌태 씨의 왼팔옆쪽에는 한숨만으로도 금방 날아갈 것 같이 아무렇게나 놓여진비닐봉지와 팥물의 남은 부분만 담은 채 텅 비어진 믹서기 통이 놓여 있었다.

"간 맞추려고 소금을 넣긴 했는데 여기다 설탕을 넣을까요, 아니면 그냥 놔둘까?"

가스레인지의 푸른 불 위에서 면을 품은 채 점차 걸쭉해지는 팥죽을 뒷짐 진 채 물끄러미 바라보며 현태 씨는 툭 던지듯 그렇게 물어봤다. 마치 오늘 점심으로 먹을 것을 물어보듯 당연해 보이면서도 덤덤한 현태 씨의 태도에 입 밖으로 살짝 외마디 웃음이 나올 뻔했다. 그러나, 국수만 빼고 동그란 새알심만 얹으면 영락없는 동지 팥죽인 냄비 안 내용물이 수증기를 내뿜는 것을 보며 내 입술을 이렇게 운을 떼었다.

"설탕을 좀 넣어 주세요."

"아, 전라도식을 좋아하시는구만."

그렇게 대꾸를 하던 현태 씨는, 본인의 입가에 희미한 미소를 얹는 속도만큼 펄펄 끓는 냄비 안에 설탕을 솔솔 뿌렸다. 그런 현태 씨의 모습은 보글보글 끓여지고 있는, 정체 모를 멀건 국에 다른 세계에서 오는 힘을 더해 주는 신비의 가루를 뿌리는 마법사 같기도 했고, 이미 수확이 끝나고 붉은 대의 끝동만 남은 수수밭에 가느다란 눈을 뿌리는 조물주 같기도 했다. 그렇게 하얗고 빛이 나는 깨와도 같은 설탕이 뿌려진, 이 완전한 액체도 고체도 아닌 팥과 밀가루 덩어리를 현태 씨는 가만히 젓고 있었다. 하얗던 노끈이 염색되는 것처럼, 그저 여타의 것들과 다름없었던 국수의 면발에도 짙은 붉은색 고명이 묻어 나기 시작했다. 내가 살짝은 알딸딸하게 냄비 속만은 멍하니 바라보는 것을 눈치챈 걸까, 현태 씨는 고개를 다시 내 쪽으로 돌리고 이렇게 권했다.

"한 젓가락 먹어 볼래요?"

"아, 네…"

그렇게 나온 내 대답이 새삼 우물쭈물하다는 것에 잠시 헛웃음이 나왔지만, 내 입술은 지렁이를 잡아 온 어미의 동태를 기다리는 아기새처럼 조막만하게 벌어졌다. 아니, 정확히 말하자면 조막만하게 벌리려 나름대로의 노력을 했을 것이었다. 그러기가 무섭게, 내 입 안은 길고 가느다란 미꾸라지 몇 마리가 우글거리는 연못이 되었다. 어쩐지 묽은 칼국수 맛이 나기도 했고, 희미해져 가는 기억 속의 팥죽 맛이 나기도 했다. 내 혀는 뭐라고 정확히 짚기에는 걸리는 것이 많은 느낌을 가지게 되었지만, 단 하나 확실한 것은 잊어도 괜찮을 것이라 생각했던 어린 시절의 기억, 할머니의 얼굴과 그 두 손에 들린 팥죽 그릇이 이른 봄날의 새싹처럼 다시 움트고 있었다는 것이었다.

"음, 괜찮네…. 어렸을 때 먹었던 팥죽 생각이 나네요."

"팥칼국수 먹는 사람들은 하나같이 팥죽 맛이 난다고 하더라고요. 뭐, 맞는 말이기도 하고 맛있었다니 됐수. 사실 준호 씨가 팥을 잘 갈아 줘서 잘된 거지…"

그간 같은 공간에서 살아 온 바에 따르면 현태 씨는 공치사를 하는 것에 능숙한 사람은 아닌 것 같았지만, 그렇게 내가 다 무안해질 정도로 공로를 나에게로 돌리니 왠지 손사래가 쳐졌다. 순간,

오늘 이후로 그냥 기억 속에서 지워진 채 넘어갈 수 있었던 현태 씨의 말 한 마디가 내 뇌리를 고속도로 하이패스라도 되듯 빠르게 가로질렀다. '요리에 재능이 있다'는 말이었나…. 내가 어떻게든 반응을 하려고 할 무렵, 현태 씨는 내 눈을 똑바로 쳐다보더니 나지막한 목소리로 이렇게 말을 이었다.

"… 준호 씨는 어째 건축학과를 하고 있나?"

현태 씨의 치켜올려진 눈썹에서 순간 지섭 선배가 보였고, 부엌의 누르스름한 조명은 설계실 옆쪽 화장실의 희끄무레한 조명 색으로 보였다. 조금 전이었다면 '현태 씨까지 왜 이러세요'라고 투덜대지는 않더라도 가슴 한편에 짐이 조금 더 늘어나는 기분이 들었겠지만, 이제 나는 오히려 웃음이 나왔다. 나중에 마주치게 된다면 지섭 선배에게도 당돌하게 웃으면서, 대답 대신 팥칼국수를 먹어보라는 말을 할 수 있을 것이다.

그래, 가끔은 그것이 정확히 무엇인지 설명하지 못하더라도 가슴을 뭉클하게 하는 것, 잃어버린 자아의 일부를 찾을 수 있게 하는 것은 누구에게나 있는 것이다. 그중에서 내 가슴 한편의 아궁이에는, 팥죽도 아니고 칼국수도 아니건만 감칠맛 하나로는 꿀릴 것이 없는 팥칼국수가 끓여지고 있는 것이었다.

"팥칼국수 같아서요. 뭐라고 딱 집어서 말하긴 어렵지만… 그냥 대하는 것 자체가 좋아서요."

15. 올챙이국수:
당신을 웃게 할 수는 없겠지만

　자취하는 사람 입장에서 봤을 때, '어머니'라는 존재는 신과 거의 동급으로 생각해도 무방할 존재인 것은 분명하다.

　어떤 분야에서든 주제넘게 조언을 하기에는 한참 모자라다고 생각하지만, 지금 이 순간에도 집에 있는 철없는 자식 때문에 골머리를 앓고 있는 수많은 사람들에게는 일주일만이라도 작은 방 하나를 빌려 그 자식을 아무 도움 없이 혼자 살게 하는 것도 나쁜 방법은 아니라고 감히 진심으로 말하고 싶다. 지독한 냄새를 풍기는 쓰레기 봉지를 버리러 가면서, 집 앞 슈퍼에서 힘들게 사 온 식재료를 '요리를 망치는 방법'이라는 책이라도 쓸 것처럼 사용하면서, 진공 청소기가 내는 굉음에 몸을 맡기면서, 그리고 드럼 세탁기 속에서 자신이 며칠 동안 입었던 옷이 돌아가는 모습을 멍하니 지켜보며 '어머니, 정말 고생 많으셨습니다'라는 독백을 수도 없이 되뇌게 될 터이기 때문이다. 3~4년 전의 내가 그러했듯이.

　그런 경외와 존경을 가짐과 동시에, 아무런 준비가 되지 않은 어머니의 갑작스러운 방문이란 자취생들에게 뭐라 형용할 수 없는 당혹스러움을 자아내기 마련이다. 특히 그 작은 공간 안에 어머니와 터놓고 공유하기에는 마음 한편에 찝찝한 것이 있는, 어머니의 입장에서는 '미지'의 무언가가 존재할 때는 말이다.

"… 인사하세요. 여기는 제 룸메이트 성현태 씨예요. 현태 씨, 이쪽이 저희 어머니와 여동생입니다."

"아… 그러시구나. 안녕하십니까."

이 방을 찾아오는 다른 이들에게 늘 둘러대듯 현태 씨를 '룸메이트'라 칭하며 소개하는 내 목소리가, 어머니와 여동생 지호가 내 자취방에 봄비처럼 불현듯 찾아온 이후 거의 처음으로 제대로 방 안에 울려퍼진 사람의 음성이었다. 쭈뼛거리며 다시금 이 현관 앞에서 처음 보았던 그 덥수룩한 수염의 사내로 변해 가는 현태 씨의 모습과 쌩긋 웃는 입술을 하고 악수를 하면서도 눈동자는 여전히 가만히 그 쪽을 응시하고만 있는 어머니의 모습을 보아 그 태세는 충분히 납득할 수 있을 것만 같았다. 어색함의 끝을 달리는 이 순간이 내게는 시험을 치는 것과 같은 심정이 들게 만들었다. 오지 않았으면 했지만, 언젠가는 마주쳤을 법한 상황과 느낄 수밖에 없는 감정을 나는 느끼고 있었다. 하필, 이 햇빛이 내리쬐는 5월 초의 어느 날에 나는 이런 상황과 대면해야만 했었다.

"헐! 대박. 완전 잘생겼어."

그 와중에 내 귀에 대고 이렇게 속삭이는 지호의 목소리가 왠지 내 귓가에는 크게 들렸다. 그렇게 말을 하면서 계속 현태 씨와 나, 그리고 어머니를 번갈아 쳐다보는 지호의 시선은 신경을 쓰지 않을 수 없었다. 그 와중에, 어머니와 악수를 마친 현태 씨의 눈빛도 어머니와 지호, 그리고 내 쪽을 부대끼며 무언가를 찾고 있는 것만 같았다. 그 눈빛은 마치 잃어버린 중요한 물건을 찾는 그것과 같았기에, 내 직감이 틀리지 않았다면 분명히 이 자리에는 애초부터 오지도 않았던 지원 누나를 찾고 있었을 것 같았다. 그런 생각이 머릿속에 스치니 괜스레 어울리지도 않는 웃음이 나려 했지만, 이 어색한 분위기를 조금이라도 가볍게 할 수 있다면 그걸로 족했다.

"아… 준호 씨한테 여동생도 있었군요. 누나만 있는 줄 알았더니."

역시, 그렇게 말하는 것으로 보아 내 추측이 틀리지는 않았나 보다. 말을 끝낸 현태 씨의 시선이 바닥으로 서서히 가라앉는 것을 보니, 무섭기만 한 줄 알았던 선생님의 어수룩한 모습을 두 눈으로 목격한 것처럼 웃음이 나와 버렸다. 아무도 딱히 뭐라 하지는 않았다 해도, 지금으로 말할 것 같으면 이 남자가 내 친누나를 마음속에 담게 된 상태인 것 같았다. 그 모습이 오히려 조금은 귀여워 보인다는 생각이 들었던 참에, 어머니의 시선은 줄곧 본인 입장에서 낯선, 자기 아들이 아닌 것만은 확실한 키 큰 사내만을 노리고 있었다. 곧, 현태 씨의 내리간 시선만큼의 높낮이를 가진, 어딘지 모르게 생경한 어머니의 목소리가 내 귓가를 타고 울려왔다.

"네, 저도 이렇게 만나니까 반갑네요…. 현태 씨. 덕분에 준호가 잘 지내고 있는 것 같아 다행이네요."

"아, 네…. 잠시 앉아서 기다려 주시겠어요?"

그렇게 다시 무심한 듯 느릿한 말투로 말을 끝내고 난 후, 현태 씨는 터벅터벅 주방으로 걸어 들어갔다. 부엌에 들어서기가 무섭게 냉장고 문을 열어 제끼는 현태 씨의 반응에서 유독 동물적인 느낌이 강렬하게 들었지만, 이에 못지 않은 상황도 꽤 봐왔던 터인지라 내게는 무던했다. 현태 씨는 알고 보면 그런 사람인 것이다. 무뚝뚝하고 과장된 것을 좋아하지는 않는 면이 없지 않아 있으면서도, 요리 한 그릇으로 환영과 고마움 같은 것을 표현할 줄은 아는 사람이었던 것이다.

"오오오… 요리도 할 줄 아나 봐. 와…."

그렇게 대뜸 큰 소리로 감탄하며 한 손을 입술에 가져다 대는 지호를 뒤로한 채, 현태 씨는 나를 지그시 바라보며 손가락을 까딱였다. 직감적으로 내 도움이 필요한 것이라는 걸 깨달은 나는 현태 씨를 따라 부엌으로 몇 걸음을 옮겼다.

＊ ＊ ＊

"준호 씨, 어머님 고향이 어디죠?"

내가 부엌으로 오자마자 현태 씨가 슬쩍 건네듯이 꺼낸 그 말에,

나는 길거리를 지나가다 나에게 대뜸 '도를 아십니까'라고 말을 건네는 낯선 사람을 만난 것 같은 느낌이 들었다. '이 갑작스러운 호구조사를 하는 이유는 무엇인가'라고 속으로 생각하면서도 "강원도 원주요"라고 자연스럽게 대답해 버린 나에게, 현태 씨는 조용히 고개를 끄덕이며 냉장고 문을 열고서는 이렇게 말을 이었다.

"원주라…. 혹시 몰라서 장 볼 때 옥수숫가루도 좀 사 왔는데, 이게 여기서 쓰이게 되네."

그 말이 나오기가 무섭게, 현태 씨의 손에는 어느새 해바라기 꽃잎같이 샛노란 가루가 가득 담긴 비닐봉지가 들려 있었다. '대체 이런 건 어디서 알고 사는 건가'라는 의문이 내 머릿속에서 피어났다. 나도 모르는 사이에, 내 방 안에 있는 조그만 냉장고는 어느새 자취생으로서는 흔히 접해 보지 못할 꽤 다양한 식재료가 들어 있었다. 한 다발의 이쑤시개를 늘려 놓은 것처럼 묶여 담겨 있는 소면 봉지들은 둘째치고, 현태 씨가 '옥수숫가루'라고 칭한 그 노란색 가루가 우리 집에 있다고 하면 당장 내 친구들은 뭐라고 반응할까?

"에, 이런 건 또 언제… 아니, 그건 그렇고, 옥수숫가루로 뭘 만드시게요?"

"뭐긴 뭐요. 올챙이국수지."

내 물음에 특유의 무뚝뚝하게 들리는 투로 대꾸한 현태 씨는, 그

노란색 가루를 무심하게 냄비에 담고 있었다. '올챙이… 국수? 그것이 대체 무슨 국수길래 어머니의 고향을 묻고 나서 반사적으로 그것을 만들기 시작한 것인가'라는 생각이 머릿속에 파고들었다. 순간 어머니께서 서 계실 거실 쪽을 돌아보니, 내 옷장 문을 열어 죽 훑어보고 계시던 어머니의 시선을 마주친 것 같다는 생각이 들었다. '올챙이국수'라는 말을 그 사이에 들으셨는지 부엌을 향한 어머니의 두 눈에서 반사되는 햇빛이 왠지 따스해 보였다. 그걸 깨닫기가 무섭게, 내 시선을 의식하셨는지 어머니는 나를 향해 손사래를 치시며 다시 당신의 일에 집중하셨다. 어머니의 그런 모습을 물끄러미 보고 나니, 내 마음 한편은 어딘지 모를 뭉근한 기분에 휩싸였다. 어머니의 고향과 아버지와 어떻게 만나셨는지는 알았건만, 어머니께서 좋아하시는 음식이라던가 그런 것은 알 겨를이 없었다. '어머니께서 직접 내색하지 않으셔서'라는 말은 구차한 변명뿐이라는 것을 알게 된 지는 시간이 지났건만, 여전히 나는 내 '어머니'이기 이전 나와 같은 '사람'으로서의 어머니에 대해서는 아직 많은 것을 모르고 있었다.

조금은 찜찜하고 무거워진 고개를 다시 부엌을 향해서 돌려 보았더니, 아니나 다를까 물컵에 물을 받아서 옥수수가루를 담은 냄비에 붓고 있었던 현태 씨는 나를 향해 희미한 미소를 지어 보이면서 어깨를 으쓱했다. 굳이 말을 하지 않아도, 나는 현태 씨가 내게 무슨 의미를 전달하고 싶었는지 어느 정도는 알아챌 수 있었다. '올챙이국수'라는 것이 무엇인지는 아직도 감이 오지 않았지만, 손님대접을 제대로 하려 하는 것처럼 보이는 현태 씨의 모습은 내 마음속에 있었던 부담을 조금이나마 덜기에 충분했다. 현태 씨가 조용히 내민 냄비를 가스레인지에 올리고 가스불을 켜는 순간, 누군가 내 어깨에 올린 손길이 주는 느낌과 함께 이런 목소리가 들려왔다.

"오, 웬일? 오빠가 요리도 다 하고."

아니나 다를까, 손길에 놀라 뒤를 돌아보니 그 끝에는 지호가 뒷짐을 진 채 서 있었다. 지호의 슬쩍 올린 입꼬리와 눈 밑에 진하게 붙은 애굣살에서 짓궂은 장난기가 가득 느껴져 왠지 울화통이 터진 나는, 지호를 향해 이렇게 대답했다.

"나 원래부터 여기 있을 때는 내가 해 먹고 살았거든? 그러는 너는 웬일로 내 신경을 그렇게 잘 썼다고…"

"사실 오빠 말고, 옆에 계신 저분 보러 왔거든? 그니까 좀 비켜 줄래?"

그렇게 나에게는 한마디도 안 진 채 잘도 받아치면서, 어느새 양념장을 만들 재료를 냉장고에서 꺼내고 있던 현태 씨를 향해서는 매우 의미심장한 눈길을 보내고 있는 저 열여덟 살짜리 여자애가 이 순간에는 몹시 얄밉게 느껴졌다. 그래도 친동생인데 어쩌겠냐는 혼자만의 체념을 하면서, 나는 마치 소세지를 든 꼬마를 쫓아가는 떠돌이 개처럼 현태 씨 옆쪽을 기웃거리는 지호를 물끄러미 지켜보았다. 그러다가, 어떻게든 내 '룸메이트'에게 말을 붙여 보려는 지호의 말소리만 슬쩍 엿들은 채 나는 계속 점점 묽게 변하는 옥수숫가루를 말 없이 휘저었다.

"저… 우리 오빠랑 같이 사시면 오빠도 대학생이시겠네요?"

"아, 그런 건 아닙니다."

"에? 그러면 졸업하셨겠네요…. 그럼 지금은 무슨 일 하세요?"

"뭐, 여기서 이것저것 하면서 직장 구하고 있죠. 근데, 여기 계속 있으면 학생이 좀 심심할 텐데?"

"아이, 학생 말고…. 제 이름은 안지호예요! 그리고 필요하신 거 있으면 말씀하세요! 제가 이래 봬도 조리과학고 입시 준비한 적 있으니까, 헤헤."

 지호의 마지막 말을 듣는 순간, 그간 아무 말도 하지 않았던 내 입은 거의 '얼씨구'라는 말을 내뱉을 뻔했다. 이 아이가 평소에 집 안일을 좀 돕긴 했고 중학교 때 기술가정 내신이 좋았다고는 하지만, 조리과학고 얘기는 단언컨대 의심할 것 없이 거짓말이라고 할 수 있다. 현태 씨도 두 눈을 빛내며 본인 앞에서 자꾸만 말을 걸고 있는 새파란 여고생을 어떻게 다뤄야 하는지 모르겠다는 듯, 슬쩍 내 쪽을 돌아보았다. 나한테 도움을 구하는 건 무리라는 의미로 내가 어깨를 으쓱해 보이자마자, 다시 지호에게로 고개를 돌린 현태 씨는 다시 한 번 자기 앞에 있는 내 친동생을 물끄러미 바라보다가, 이렇게 무심한 듯 말을 꺼냈다.

"음… 그러면 지호 학생, 혹시 저쪽 싱크대 옆에 있는 지퍼백 좀 갖다줄 수 있을까요? 그거 말고는 마땅한 도구가 없을 것 같아서."

평소라면 "대체 그걸 어디다 쓰게?" 이런 식으로라도 한 번쯤은 꼭 되물어봤을 지호였겠지만, 오늘의 그 아이는 입꼬리가 귀에 걸릴 듯 활짝 미소지은 채 군말 없이 현태 씨에게 지퍼백을 가져다줬다. 왠지 그 잠깐의 순간에 "와, 지호 학생이래"라는 나지막한 속삭임을 들은 것 같았지만, 나는 애써 외면했다. 지퍼백 상자를 받고 서는 지호를 향해 가볍게 목례했던 현태 씨는, 이제 슬쩍 내 쪽을 보더니 이렇게 말을 이었다.

"음, 이제 곧 옥수숫가루가 잘 풀렸을 텐데. 준호 씨, 이제 웬만하면 불 끄고 냄비 이쪽으로 가져와요."

김이 모락모락 솟는 판에 젓고 있던 국자로 조금 떠 본 옥수숫가루는 이제 조금 색깔이 연한 호박죽과 같은 질감을 가지게 되었다. 이 정도면 충분하겠거니 생각하며, 나는 불을 끄고 냄비 손잡이를 잡은 채 현태 씨가 꺼내 온 양념장 재료의 옆에 냄비를 가져다 놓았다. 그러기가 무섭게, 현태 씨는 팔을 뻗어 그릇 두 개를 꺼냈고, 그중 하나에 물을 받은 뒤 지호가 가지고 온 지퍼백에 국자로 샛노란 액체를 조심스럽게 담았다. 그 과정을 모두 마칠 때까지 나와 현태 씨 사이에는 어떤 말도 주고받지 않았다는 것을, 현태 씨가 가위로 지퍼백의 한쪽 끝을 자르고 난 뒤에야 알아차릴 수 있었다. 그런 생각이 들기가 무섭게, 나는 간만에 무슨 작전이라도 치른 어린애처럼 괜히 마음이 들떴다. 그렇게 침묵은 현태 씨가 슬쩍 묘하게 입꼬리를 올린 채 지호에게 이렇게 말을 이을 때까지 계속되었다.

"저, 지호 학생. 재밌는 거 하나 해 볼래요?"

그 말이 끝나기가 무섭게, 눈을 동그랗게 뜨고 연신 고개만 끄덕이는 지호의 모습이 영락없는 갓 태어난 아기 고양이의 모습이었다. 노란 반죽이 가득 든 비닐백을 순순히 받으며 얼굴에는 진실된 웃음을 잃지 않는 지호의 모습을 만일 나와 그 애를 둘 다 알고 있는 사람이 본다면 무슨 반응을 보일지는 굳이 상상하지 않아도 될 것 같았다. 그런 지호의 표정은 신경 쓰지 않은 듯, 현태 씨는 덤덤하게 이렇게 말을 이었다.

"여기 이렇게 들고 짤주머니 짜는 것처럼 짜 주세요. 쭉 짜진 마시고 조금씩 끊어서 짜 주세요. 어차피 준호 씨가 옆에서 봐 줄 거니까 상관없으려나."

"헉! 이걸 저한테! 감사합니다!"

현태 씨가 내민 지퍼백을 받자마자 그렇게 연예인을 눈앞에서 본 것처럼 호들갑스럽게 대답하는 지호가 뭔지 모르게 재미있어 보였지만, 역시나 현태 씨는 이러한 점에서는 전혀 신경 쓰지 않은 듯 '그렇게 어려운 것도 아닐 텐데'라고 나지막하게 중얼거리며 다시 냉장고 쪽으로 저벅저벅 걸어갔다. 그렇지만 그렇게 나긋나긋하고 곰살궂은, 성격적으로 호감이 가는 모습은 동생으로서는 상당히 오랜만에 보는 터라 나도 지호에게 슬쩍 다가가 장난스럽게 말을 거는 것이 망설여지지는 않았다.

"저 사람이 맘에 드나 봐? 볼 엄청 빨개 보이던데?"

"뭐? 왜 갑자기 나타나고… 난리야? 그리고 그런 거 아니거든!"

"어랏? 웬일로 욕을 안 하네? 강한 부정은 강한 긍정인 거 알지?"

"아니라고 그런 거! 방해되니까 저리 꺼져!"

내가 현태 씨를 슬쩍 가리키며 장난기 가득하게 건넨 말에 그렇게 버럭하며 대답했던 지호였지만, 말끝을 흐린 데다가 내 말마따나 두 볼이 누가 봐도 정말 상기되어 보였기에 내 입에서는 그저 순수한 의미의 외마디 웃음이 나와 버렸다. 뭐, 이런다고 십수년 간 볼 것 못 볼 것 다 보면서 자라왔던 애가 하루아침에 사랑스러워 보인다고 말하는 건 아주 많이 낯간지럽긴 하지만, 그래도 이 정도라면 충분히 신선하게 느껴졌다. 그렇게 지호는 처음으로 부엌에 들어선 어린아이처럼 또렷하고 반짝이는 눈빛으로 자신의 소일 거리에 골몰해 있었다. 만일 그 애가 단지 길거리를 지나가다 마주친 학생일 뿐 그 이상도 이하도 아니었다면, 나마저도 그에게서 왠지 모를 진중함과 야무짐밖에 읽을 수 없었을 것이었다. 지난번 누나를 마주치고 탄탄면을 함께 나눠 먹었을 때처럼, 나는 내 동생이라는 아이 역시 나와의 관계로 규정된 것에서 벗어난 '다른 모습'이 있었다는 것을 새삼 느끼고 있었다. 그렇게 지호가 실험에 몰두해 있는 과학자같이 온 신경을 집중한 비닐백 끝에서는, 마치 초코송이에서 초콜릿 모양 버섯갓만을 뺀 것만한 노란 물체가 새어나오고 있었다.

"이게 그 올챙이국순가?"

샛노란 반죽처럼 툭툭 끊기며 나온 지호의 나지막한 말에, 나는 반사적으로 그쪽으로 고개를 돌릴 수밖에 없었다. 내가 그렇게 본인을 잠시 보고 있었다는 것을 알아챘는지, 지호는 고개를 들지 않은 채 말을 이었다.

"왜, 그거 있잖아. 가끔 엄마가 드시고 싶다고 하셨던. 기억 안 나?"

"어? 어…"

본인의 말이 씹지 못한 채 그대로 삼켜 버린 덩어리처럼 내 목을 얽매는 듯한 느낌을 주었다는 것을 아는지 모르는지, 어물어물한 내 대답에 지호는 그저 어깨를 으쓱한 채 다시 본인의 '일'에 집중했다. '그 애야 나보다 집에 있는 시간이 훨씬 더 많았을 터이니 더욱더 어머니에 대해서 잘 알았겠지' 하고 애써 합리화를 시켜 보려 했지만, 그것은 말 그대로 '합리화'일 뿐이었고 젖은 수건처럼 축 늘어져 버린 내 마음을 가볍게 할 수 없었다.

지호는 이 부엌에서 본인의 할 일을 마친 후, 마지막으로 남아 있는 샛노란 반죽을 다 짜내고 현태 씨에게 한 번 웃어 보인 다음 나가는 대신 식탁 앞에 앉아 있었다. 마치 먹이를 기다리는 비둘기처럼 오롯이 자리 잡고 있는 지호를 흘깃 쳐다본 다음, 냉장고 쪽으로 다가선 현태 씨는 조용히 나에게 이쪽으로 오라는 손짓을 보냈다. 냉장고에서 파와 마늘, 고추장과 고춧가루 따위의 향신료와 양념을 꺼내며, 현태 씨는 이렇게 말을 꺼냈다.

"이제라도 잘하면 되죠."

"네?"

"이제라도 어머님의 취향을 아셨고 이렇게 레시피까지 익히셨으니, 가끔이라도 챙겨드릴 날이 많아질 거라고요."

그렇게 말을 끝내고서 어깨를 으쓱한 현태 씨의 입가가 슬쩍 올라간 것을 보니, 아까 전 나와 지호의 대화를 다 엿듣고 있었겠거니 하는 짐작이 들었다. '어머니가 가끔 올챙이국수를 드시고 싶어 하셨다'고 한 지호의 말을 들었을 때처럼 나는 순간 아무런 말도 떠오르지 않았다. 그러나, 이 말은 나에게 오히려 잠자리에서 깨우는 알람시계 비슷한 것이 되어 버렸다. 그런 상황에 놓여졌을 때 으레 나왔을, 예를 들어 '있을 때 잘 챙겨 드리세요' 같은 말이 아니라서 더욱 그랬다. 현태 씨도 어느새 내 가족만큼 나를 잘 아는 사람이 되었다는 게, 가끔 이 문을 열고 나가면 있는 곳에서 그를 처음 마주쳤을 때의 순간을 떠올리는 나로서는 새삼 놀라웠다.

현태 씨가 참기름과 고춧가루를 섞고, 마늘을 으깨는 동안 나는 옆에서 파 한 대를 썰었다. 섬유질이 금속과 만났을 때 나는 소리라 그런지, 기다란 파가 동그랗게 썰리는 소리는 흡사 가위로 옷감을 자르는 소리와 비슷했다. 내가 어렸을 적에 보았던, 본가에서 요리를 하고 옷을 수선하던 어머니도 당신의 본가에서 요리를 하고 옷을 수선해 주었을 그녀의 어머니가 있었을 것이라는 것을, 나는 무심하게도 잊어 가고 있었다. 서걱거리는 소리가 내 귓가에 울려퍼졌고, 뭐라 표현할 수 없을 만큼 깊고 진한 여운 같은 것이 내 마음에 퍼져만 갔다.

그렇게 한동안 부엌에서는 아무런 말도 들리지 않았다. 현태 씨는 내가 썰었던 파를 본인이 섞은 양념간장에 넣은 채 휘휘 볶았다. 지호는 생선가게 근처에서 떠돌이 고양이가 그러할 것처럼 현태 씨 뒤에 슬쩍슬쩍 붙어 있는 것만 같았지만, 현태 씨는 이에 아무런 눈길도 주지 않은 채 본인 할 일만 하고 있을 뿐이었다. 들려오는 소리라고는 냄비 안에서 육수가 목욕탕에서 흔히 보듯 뿌연 수증기를 내뿜으며 보글보글 끓는 것뿐이었던 그 평온한 적막 속에서 나는 왠지 콧날이 시큰거렸다. 이 영원할 것만 같았던 침묵이 깨진 것은, 현태 씨가 가스레인지의 불을 끄고 부엌 찬장 위의 그릇을 꺼내면서 동시에 내민 말이었다.

"어머님, 식사 드시죠. 이제 거의 다 됐습니다."

* * *

내 방의 조그마한 탁상에 둘러앉아 아직 김이 식을 기미를 보이지 않는 각자의 올챙이국수를 마주한 우리는, 만일 현태 씨가 없었고 거기에 지원 누나와 아버지만 계셨으면 딱 영락없는 본가에서의 저녁식사 시간 그 자체였을 것이었다. 아까 전 부엌에서 사령관처럼 자신감을 굽히지 않았던 모습과는 달리, 마치 잘못된 모임에 들이닥친 것처럼 눈길을 쭈뼛거리는 현태 씨의 굽은 어깨가 앙상해 보였다. 그렇게 친근한 듯 어색한 분위기 속에서, 일단 배라도 채워야겠다는 생각에 결국 온기가 채 가시지 않는 그릇을 부여잡고 젓가락으로 흘러내릴 것만 같은 샛노란 반죽 조각 하나를 잡았다. 그러기가 무섭게 내 옆쪽에서 '호록' 하는 소리가 들려왔고, 곧이어 지호의 호들갑스러운 목소리가 꼬리를 물고 터져 나왔다.

"와! 국물이 진짜 진하고 맛있어요. 잘 넘어가기도 하고…. 음식 솜씨 진짜 좋으시다! 대박…. 내가 오빠를 부러워하게 될 줄이야."

"지호야, 너 저 사람이 마음에 들어서 그런 건 아니지?"

"아, 아니거든요?"

어머니의 말에 그렇게 퉁명스러운 듯한 대꾸를 하는 지호였지만, 발그레해진 얼굴은 역시나 거짓말을 하지 않았다. 그러자, 왠지 현태 씨와 지호를 번갈아 쳐다본 채 숟가락을 들었던 어머니는, 한 술 드시고 나서 얼굴에 웃음기가 핀 채 다시 나를 바라보았다. 마치 당신 앞에 놓여진 올챙이국수가 마지막 음식이라도 된 듯 소중하게 그릇까지 들고 한 사발 더 뜨셨던 어머니의 두 볼에 피어 있던 웃음꽃은 곧이어 주름진 눈가에까지 활짝 피어 올랐다. 그 전까지 자신의 그릇에서 끝도 없이 올라가는 수증기만 물끄러미 바라보던 현태 씨마저도, 그 시선이 어머니와 마주치자마자 푸근한 미소를 한껏 지어 보였다. 대체 어떠한 연유로 식탁 분위기에 동화 속 마법처럼 훈훈한 분위기를 흩뿌리고 다니는지에 대한 마음속에서의 질문에 답하고자, 나도 젓가락으로 무던히 짚고만 있던 반죽한 그릇을 입 안으로 넣어 보았다. 그다음에는 양념장과 잘 섞여진 육수와 국수 몇 가닥을 함께 넣어 먹어 보았다.

지호가 보였던 것처럼 수선스러운 호들갑은 필요 없었다. 다만, 쫀득하면서도 끝맛이 단 옥수수 전분 특유의 풍미와 진하디진한 멸치 육수, 그리고 매콤하면서도 달짝지근한 끝맛의 조화가 마음을 울렸을 뿐이었다. 뜨거운 국물에 콧날이 시큰거려서인지, 아니면 낯선 모양새에서 느껴지는 정겨운 맛 때문인지 내 눈에서는 멸치 한 마리로 우린 만큼의 짠물이 나올 것만 같았다. 고향의 맛이라고 한다면 나만 해도 지체 없이 지금 맛본 올챙이국수를 떠올릴 수 있을 것 같다만, 하물며 어린 시절부터 수많은 올챙이국수를 맛보았을 어머니의 심정은 어떠할 것인가. 다시 소녀 시절로 돌아간 것같이 화사한 미소를 얼굴에 띠시며 한참을 맛있게 잡수시던 어머니는, 혼연히 부엌으로 향해 냄비에서 또 다시 수증기를 펄펄 풍기는 올챙이국수를 다시 한 번 집으셨다. 그러고서는, 여전히 만면에 핀 미소를 거두지 않으신 채 잠시 다녀오겠다고 말씀하고서는 현관문을 닫고 사라지셨다.

"아마 누구한테 나눠 주시고 오는 거겠지, 뭐."

어머니께서 문을 닫고 나가기가 무섭게, 별로 대수롭지 않은 듯 꺼낸 지호의 대답에 문득 잊고 있었던 내 어린 시절의 여러 일화가 주마등처럼 스쳤다. 시골 정서가 다 그렇다지만, 어머니는 좋은 것이 있으면 누군가에게 나눠 주는 것을 망설여하지 않으시는 분이셨다. 김장철이 되었을 때도, 명절이 막 지났을 때에도 늘 음식을 잔뜩 담은 그릇을 들고 집 밖으로 나가시고, 텅텅 빈 그릇에 뿌듯한 웃음만 담아 오신 채 돌아오셨던 것이었다. 내 키가 자라면서 '그러지 않으셔도 되는데'라고 생각해 본 적도 있었지만, 그때마다 어머니의 얼굴에 피어오르던 미소에서는 어떤 가식도 없는 진심만이 보였던 것 같았다. 문득 내 코 끝이 핑 돌았던 것은, 단지 현태 씨의 식성에 맞춰져 있었을 양념장이 내 입맛에는 조금 매웠기 때문만은 아닌 것 같다.

"지호 학생이 반죽을 되게 잘 짠 것 같네요. 덕분에 잘 완성된 것 같아요."

방 안에서 스멀스멀 올라오기 시작하는 어색한 분위기를 뚫고 꺼낸 듯한 현태 씨의 한마디에, 아무렇지도 않게 국수만 마시듯 먹고 있던 지호의 얼굴에서는 다시금 활짝 핀 미소가 돌았다. 비슷한 상황에서 내가 말을 걸면 눈에 쌍심지를 켜곤 했던 모습을 생각하면 그야말로 실소가 나올 수밖에 없었지만, 아무튼 본인이 칭찬을 받은 듯 싱글거리며 반색하던 지호는 그렇게 말을 이었다.

"아, 아니에요! 오빠가 하신 거에 비하면 제가 한 거는 아주 소소하고 미미하죠. 네, 헤헤. 그래도 칭찬해 주셔서 감사합니다. 헤헤."

그러면서 슬쩍 나를 돌아보는 지호의 눈빛이, 왠지 무언으로 '물론 이쪽 오빠는 아니고'라고 말하는 것 같았다. 그렇게 다시 현태 씨를 향해 사족을 못 쓸 것처럼 싱글거리는 지호의 표정이 왠지 지원 누나가 이 방에 왔을 때 현태 씨가 보였던 표정과 겹쳐 보였다. 내가 그런 여동생을 빤히 바라보고 있다는 것을 아는지 모르는지, 여전히 눈 아래의 애굣살을 지우지 않은 채 지호는 덧붙였다.

　"아, 저희 오빠랑 살면 어때요? 힘들지는 않아요? 원래…."

　"힘들기는요, 허허. 제가 준호 씨한테 많이 신세 지고 사는 겁니다. 전 그냥 이것밖에 해 줄 게 없고요."

　그렇게 대답하면서 현태 씨는 나를 슬쩍 돌아보았다. 나로서는 점점 잊어 가고 있었던, 현태 씨가 이 방에 처음 들어온 날이 불현듯 떠올랐다. 지금 생각해도 정말 갑작스러웠던, 꿈이라고 해도 충분히 믿을 만한 상황이었다. 그렇지만, 만일 이 방 문 앞에서 충전기를 빌려 달라고 한 낯선 사람을 내가 내쫓았다면, 이 시대의 지극히 평범하고 상식적인 선에서 '잠재적 위기'를 해결했을지는 몰라도 과연 이런 관계에까지 갈 인연을 만날 수 있었을까? 그 질문을 머릿속에 여실히 남겨 둔 채, 나는 조금씩 온기가 잦아드는 올챙이 국수를 아무 말 없이 조용히 비웠다.

　"그랬군요. 다행이에요. 진짜! 아, 맞다. 그건 그렇고, 오빠 혹시…."

이렇게 호들갑을 떨며 대꾸를 하다가, 정말 본인 입장에서 중요한 질문을 한다는 듯 목소리를 낮추며 현태 씨를 똑바로 바라본 채 한쪽 눈썹을 드는 지호의 '회심의 일격'은 다시금 벌컥 열리는 문 소리에 사그라들었다. 텅텅 빈 그릇을 한 손에 소중하게 쥐신 채, 어머니는 그렇게 다른 손으로 현관문을 조심스레 닫으셨다. 그렇게 다시 지호의 옆쪽, 현태 씨의 맞은편에 자리를 잡으신 어머니는, 사람 좋은 미소를 지어 보인 채 이렇게 말씀하셨다.

"… 고마워요."

짤막한 이 말을 나지막하게 끝낸 어머니의 시선은 현태 씨에게 고정되어 있었고, 그 시선은 아까 전과는 달리 올라간 입꼬리와 함께 차분하게 내려져 있었다. 눈시울 끝에 제비 꼬리 모양 주름이 잡힐 정도로 따스하게 웃으시던 어머니는, 이윽고 이렇게 말을 이으셨다.

"덕분에 잊고 있었던 추억이 많이 생각이 났네요. 젊었을 때 친정에서 어머니께서 해 주신 것과 비슷한 맛이 났거든요…. 아들 둔 엄마 입장으로서, 군대 다녀와서 쉴 시간도 없이 굉장히 바쁘게 사는 것 같아 혹시나 밥은 잘 챙겨 먹을까, 마음고생하고 있지는 않을까 하고 걱정이 됐었는데…. 현태 씨를 실제로 보니 그 마음의 짐이라는 게 덜어진 것 같네요. 현태 씨 같은 사람과 함께 있어서 준호에게도 정말 다행이에요. 앞으로도 그렇게 잘 지내 주세요."

그렇게 말씀하시고, 어머니는 잠시 고개를 돌리시는 것 같았다.

수다스럽던 지호마저도 그 말이 끝나자 숙연한 표정으로 조용히 고개를 끄덕이기만 했다. '어머니께서 아마 흐르는 눈물을 닦아내시려는 것일까' 하는 생각이 든 순간, 내 시선은 현태 씨의 반응이 여실히 드러날 얼굴에 닿을 수밖에 없었다. 넋이 나간 듯 입만 조그맣게 벌리고 있던 현태 씨는 곧이어 눈썹을 살짝 들어올리더니, 곧 어머니와 비슷한 미소를 얼굴에 지그시 걸어 놓을 뿐이었다. 비록 별 말은 하지 않았지만, 나는 현태 씨의 낯빛이 무엇을 의미하는지 알아챌 수 있었다. 그러자 마치 전염이라도 되는 것처럼, 내 입꼬리도 슬며시 올라갈 수밖에 없었다.

* * *

현태 씨를 향한 짤막한 감사인사와 나를 향한 돌아간다는 짤막한 인사만을 남겨 놓은 채 어머니는 지호와 함께 그렇게 돌아가셨다. 문이 닫히고 나서, 나는 한참 동안 현관문을 조용히 바라볼 수밖에 없었다. 비록 그렇게 떠들썩한 분위기는 아니었지만, 다시 이 방 안으로 찾아 온 적막을 그대로 감당할 수만은 없을 것 같았다. 현태 씨가 말 없이 싱크대에 쌓인 그릇들을 씻기 위해 내려놓기 시작한 사이, 한동안 열리지 않을 것만 같았던 현관문을 두드리는 인기척이 들려왔다. 쿵쿵거리는 소리와 함께 내 심장도 그렇게 뛰는 것을 가까스로 참으며, 나는 보물 상자를 열듯 조심스럽게 문을 열었다.

"준호 씨, 자네 그… 누구냐. 친척이라는 사람 지금 안에 있나?"

그렇게 반색을 하면서 나를 향해 점점 다가오려고 하던 건물주 아저씨의 눈동자가 유달리 반짝이는 것처럼 보였다. 눈빛뿐만이 아니라 머리칼 몇 가닥만 듬성듬성 휘날리고 있는 아저씨의 정수리 쪽에도 따사로운 햇빛이 반사되고 있는 것을 보고도 차마 웃을 수 없는 기분을 참은 채, 나는 "아, 네…"라는 짤막한 대답만 남긴 채 아직 부엌에 있는 현태 씨를 향해 곁눈질을 했다. 다행스럽게도 나의 무언의 시그널을 파악했는지, 굉장히 간만에 짓는 것 같아 보이는 무표정을 한 채 현태 씨는 주춤주춤 현관 앞으로 다가섰다.

"아, 자네! 그… 뭐냐. 올챙이국수, 자네가 만든 거라고 준호 씨 어머님께서 전하시던데? 그거…"

그렇게 말을 얼버무리고서, 건물주 아저씨는 잠시 무안한 듯 헛기침을 했다. 내가 학교에 가 있는 사이 최소한 나보다는 오래 이 방에 지박령처럼 붙어 있었을 현태 씨와 건물주 아저씨 사이에 무슨 특별한 일이 있었는지는 모르겠지만, 내가 알기로 현태 씨에 대한 건물주 아저씨의 평가는 그렇게 좋지 않았던 것으로 보였는데. 그가 온 첫날 아침, 아저씨로부터 걸려 온 전화에서는 아마 '구석에서 자고 있는 거지 같은 놈'이라던가 비슷한 말을 들었던 것 같다. 그 말을 하면서 지었을 표정과는 달리. 지금의 건물주 아저씨는 치아까지 모두 드러내며 활짝 웃는 얼굴을 하고는 이렇게 말씀을 이으시는 것이었다.

"… 한 그릇만 더 주면 안 되나?"

그 말을 들음과 동시에, 나는 현태 씨의 눈동자가 동그랗게 커지는 것을 보고야 말았다. 그렇게 누가 봐도 깜짝 놀라는 듯한 모습을 보이니, 현태 씨 본인이 보아도 그와 아저씨와의 관계는 딱히 별다른 일이라고는 보이지 않았던 모양이다. 잠시 왼쪽 집게손가락만 가만히 턱에 가져다 대고 있던 현태 씨는, 이윽고 이제는 익숙해질 대로 익숙해진 특유의 덤덤한 목소리로 대꾸했다.

"아, 맛있었다니 다행이네요. 헌데 죄송합니다만, 지금은 남은 게 없어서."

"아? 아하하하. 그래, 그럴 수 있지. 준호 씨 어머님이 오신 날이었으니. 암, 그럼 그럼. 그렇지만 자네 요리 솜씨가 그렇게 좋을 줄은 몰랐어. 솔직히 그동안 자네 첫인상… 만 보고 판단한 것 같아 미안하기도 했고. 그래도 내 공간에서 살아가는데, 내가 사람을 제대로 못 본 것 같아 마음이 쓰였네."

그렇게 말을 이으면서 본인이 머쓱한 듯 뒷머리를 긁는 아저씨로부터 잠시 시선을 뗀 채, 나와 현태 씨는 멀뚱멀뚱 서로를 쳐다볼 수밖에 없었다. '저분이 약주라도 한 잔 하셨나' 하는 생각이 내 머릿속에서 들긴 했지만, 한편으로는 이렇게 갑작스럽게라도 건물주 아저씨와 현태 씨 사이에 있던 오해가 풀린 것 같으니 다행이라는 생각이 들었다. 머쓱하면서도 다행인 기분을 느낀 것은 현태 씨도 마찬가지였는지, 그도 뒷머리를 슬쩍 긁으며 입가에 옅은 미소를 띤 채 대답했다.

"뭐, 그럴 수도 있죠. 그때는 제가 봐도 제가 몰골이 말이 안 됐던 것 같아서…. 허허. 아무튼 괜찮습니다."

"그래. 그럼 앞으로도 간간히 찾아올게…. 준호 씨 친척 양반. 국수 고마웠네!"

"네, 안녕히 돌아가세요."

그렇게 살갑게 손까지 흔들면서 건물주 아저씨는 돌아가고, 방안에는 다시금 고요한 적막이 찾아왔다. 여전히 찾아들 새가 보이지 않는 햇살과 창문을 타고 들어오는 산들바람이 내 코 끝을 간질였다. 아까 하던 일, 즉 먹고 남은 그릇이며 냄비를 씻으려 수도꼭지를 다시 켜고서, 현태 씨가 방 안을 요요히 감싸고 돌던 침묵을 깼다.

"아, 맞다. 준호 씨 어머님, 좋으신 분 같아요. 동생분도 어… 음…. 활달하니 보기 좋았고. 아무튼, 그린 기분 느낀 것 굉장히 오랜만이네."

그렇게 말을 끝내고서는, 현태 씨는 입가에 사뭇 의미심장해 보이는 미소만 올린 채 잠자코 설거지만 했다. 왠지 모르게 지호를 언급할 때에는 조금 머뭇거리다 대답한 것만 같았지만, '그래도 같이 사는 사람의 가족을 만났으니 현태 씨도 그렇게 새삼 본인의 가족이 그리워지겠지' 하고 내 머릿속으로 한 예상이, 현태 씨의 다음 말을 들은 순간 확실시된 느낌이었다.

"제가 준호 씨한테 부러운 한 가지가 바로 가족끼리 굉장히 화목해 보인다는 거예요. 형제들과도 사이가 좋아 보이고. 외로움이야 뭐, 오래 전부터 제 천성이니 하고 생각하고 있었지만⋯. 그래도 요즘은 가끔씩 그러더라고요."

그렇게 늘 그렇듯 무덤덤하게 대답했지만, 그릇에 묻은 세제 거품을 닦아 내는 현태 씨의 얼굴에 여전히 걸린 빛바랜 미소와 그에 상반되는 서늘하게 내려 앉은 눈동자가 더없이 쓸쓸해 보이는 것은 어쩔 수 없었다. 수도꼭지에서 나오는 물줄기의 소리는 점점 사그라들고, 현태 씨는 나에게 무언가를 말하려 입을 조심스레 벌린 것 같지만 내가 그의 눈동자를 바라보자 아무것도 아니라는 미심쩍은 말로 얼버무렸다. 이쯤 되면 현태 씨가 몇 달 동안 같은 공간에서 공존한 나를 정녕 어떻게 생각하고 있는지에 대한 의문이 점점 머릿속에서 증폭되어 갈 무렵, 내 바지주머니 속에서 진동이 울려 왔다. 그 속에서 낚아채듯 꺼낸 핸드폰의 모니터에는, 어머니로부터 이런 문자가 와 있었다.

'지금 서울역에 왔어. 학교 생활이 바빠서 식사까지 거를까, 잠은 제대로 잘까 걱정이 많았었는데 이렇게 잘 지내고 있으니 다행이다. 군대 다녀와서 이렇게 집 떠나서도 알아서 잘 살아가는 네가 점점 어른이 되어 가는 것 같아 엄마는 뿌듯하다. 늘 고맙고, 사랑해 아들. 이대로 건강하게만 잘 있어다오⋯.'

이번에도 그렇게 내 코 끝은 찡해졌다. 올챙이국수 양념장의 매운 기운 때문도, 이맘때쯤 부엌에 퍼지는 뜨거운 수증기 때문도 아니었다. 바람이 매워서, 햇살이 따사롭다 못해 따가워서도 아니었다. 새삼스러운 기분, 그러니까 늘 받아온 것만큼의 표현을 해 주지는 못하는 것에서 오는 미안함과 이와 동시에 일렁이는 고마움이 내 마음에 진하고 따스한 불을 켜는 것만 같았다. 어머니 앞에서, 그렇게 난 늘 작은 사람이 되는 것만 같았다. 그와 동시에 그런 사람이, 그렇게 다른 사람을 위할 줄 알고 다정하며 사람의 마음을 울릴 줄 아는 사람이 나를 스물 몇 해 동안 낳고 키워 준 어머니라서 다행이었다. 집을 떠난 지 길다면 길고 짧다면 짧은 기간이었지만, 시간이 지날수록 사그라들기는커녕 이런 기분은 더욱 강해지고 증폭될 것만 같았다. 그리하여 내가 이런 소중하고 가치 있는 기분을 느끼게 해 준 첫 번째 사람이 내 어머니라서 느끼는 그 고마움은, 올챙이 국수의 면발처럼 짤막하게 튀어 나오는 내 말솜씨로는 차마 표현할 수 없었다. 그렇지만, 짤막한 말이라도 하나둘 모으다 보면 누군가의 허기를 채울 수 있는 양식이 되듯, 나도 지금부터라도 어머니께 조그맣게나마 자주 표현을 해야겠다는 다짐이 내 마음속에서 우러나왔다. 말했듯 어머니로부터 받는 것에 비하면 한없이 모자라겠지만, 그래도 조금이나마 보답은 되지 않을까. 그래서, 나는 핸드폰 키보드가 눌리는 소리의 박자에 맞춰 그렇게 '무한한 사랑 노래'의 짤막한 답가를 보냈다.

'네, 어머니. 늘 고마워요. 그동안 표현 못 하는 무뚝뚝한 자식이라 미안했어요. 건강하게 잘 살아갈게요. 그리고… 사랑해요.'

16. 안동 건진국수:
떠나가더라도 인연은 이어지리

그렇게 어머니께서 내 방에 오셨다가 사라진 지 얼마 되지 않아, 학교에서는 건축설계 실기 과제 중간 마감이라는 큰 산이 기다리고 있었다. 지난번에 했었던 과제를 마무리하고 발표를 한 다음에 하늘을 보니 무척이나 맑고 쾌청하기 그지없었다. 아직 학기가 지나려면 짧지 않은 시간이 남아 있었지만, 일단은 이 가슴속에서 벅차오를 듯한 해방감을 방출하고 싶었다. 돌아가야 할 집이 있는 것을 아는 강아지가 맑은 날 공원으로 잠시 산책을 나왔을 때 바로 이 느낌이었을까.

"거기 너 아 팬시 유~ 아무나 원하지 않아! 헤이! 알~ 러뷰! 럽야! 그래 너 아 팬시 유~ 꿈처럼 행복해도 돼! 커즈! 아~ 니듀! 왓!"[4]

맥주 한 캔으로 세상을 얻은 것 같은 기분을 만끽할 수 있었던 한강 공원에서의 시간과 삼겹살에 소주를 걸쳐 먹으며 바라보던 저녁 노을을 그렇게 '과거'라는 책의 마지막 페이지에 끼워 넣은

---

4) 트와이스의 〈Fancy〉(미니 7집 《Fancy You》 수록곡, 작사·작곡 블랙아이드필승, 편곡 라도).

채, 나와 친한 동기들은 참새가 방앗간 마당에 오고 고양이가 생선 가게 근처를 기웃거리듯 그렇게 흘러흘러 노래방으로 왔다. 걸그룹의 신곡을 그렇게 목청껏 부르며 안무까지 정확한 박자에 곁들이는 동규를 보자니, 왠지 내가 입 안에 음료수를 머금고 있지 않은 게 정말 다행이라는 생각이 들었다.

"야, 장동규 언제 안무까지 다 외웠다냐? 싱크로율 오지는데?"

"쟤 트와이스 엄청 좋아하잖아. 그것도 공식 팬클럽 1기."

동규의 춤사위를 지켜보면서 슬쩍 승현이에게 귓속말로 속삭이는 철영이와 이에 사뭇 아무렇지도 않은 척 응수하는 승현이의 태도마저 까만 바탕 속 형형색색으로 돌아가는 전등 아래에서 바라보니 흡사 만담처럼 느껴졌다. 어느덧 클라이맥스 부분까지 고조되는 노래의 분위기 속에서도, 민준이는 말 없이 조용히 리모콘을 조종하며 폭풍처럼 힙합 노래들을 리스트 안에 넣었다.

"욜 도끼~! 간만에 닉값 좀 하는 거냐?"

"아, 좀 조용히 해 봐. 진짜 하고 싶은 게 있는데 그거 못 찾겠으니까."

"팬시~ 유우~ 누가 먼저 좋아하면~ 어! 때에~ 팬시~ 유우~ 지금 너에게로 갈래!"

"야, 다음 노래! 다음 노래 누구야?"

"나야 나~!"

"이요요오오오올 안준호우!"

노래방 기계 모니터 위에서 깜빡이는 '다음 곡'을 흘낏 쳐다본 후 철영이로부터 마이크를 건네받자, 여전히 노래에 심취해서 "팬시! 트와이스!"를 외쳐대고 있는 동규를 제외한 나머지 사람들이 나를 향해서 외쳐대는 과도한 리액션에 나는 그만 무안해졌다. 아무리 내가 고른 노래가 쉽게 부를 수 있는 노래는 아니다만, 그래도 간만에 노래방에 왔으니 불러 보고는 싶었던 건데. 그래도 한데 달아오른 분위기는 펄펄 끓는 용광로라도 된 듯 식을 생각을 하지 않았고, 온몸을 바쳐 노래를 부르고 온 동규가 나머지 일동의 박수를 받은 채 마이크를 나에게 건네주기가 무섭게 화면에는 동글동글하게 귀여운 남색 글씨가 이런 모양으로 선명하게 비쳤다.

SG워너비 '내 사람: Partner for life'.

뭔가 누구나 알 법한 팝송의 전주가 떠올려지는 전주가 울려퍼짐과 동시에, 괴성을 연상케 하는 환호성이 곳곳에서 터져 나왔다. 콘서트를 방불케 하는 장면에, 마치 번지점프를 하기 직전인 것처럼 팬시리 내 심장이 두근거렸다. 그래도 한때 내가 정말 좋아했던 노래였던지라, 기억이 나는 대로 애드립을 하고 화면에서 사라지는 숫자들을 바라보며 노래가 시작하기를 기다렸다. 험상궂게 생긴 남자들이 여자를 납치하는 듯한, 3류 범죄극이 떠올려지는 뮤직비디오를 배경으로 나타나는 가사 자막을 응시한 채, 나는 노래하기 시작했다.

"내 가슴속에 사는 사람~ 내가 그토록 아끼는 사람~ 너무 소~중~해~ 마음껏 안아보지도~ 못했던… 누구에게나 흔한 행복~ 한 번도 준 적이 없어서~ 맘놓고 웃어본 적도 없는~ 그댈 사랑합니다."[5]

화면 속의 여자는 한 손목이 수갑에 묶인 채 침대에 무기력하게 앉아 있었다. 까만 비니에 까만 민소매 셔츠를 입은 남자가 갑작스럽게 혼자서 섀도복싱을 하는 장면에서, 동규와 민준이가 이렇게 쑥덕거리는 소리가 들렸다.

"준호 노래하는 거 보는 게 거의 2학년 엠티 이후로 처음이지 않냐?"

"안준호 그때 진짜 거의 셀럽 될 뻔했잖아. 홍건 케이윌!"

"아냐 홍건 박효신이었어! 그리고 준호는 그 별명 엄청 싫어했고, 크크큭."

---

5) SG워너비의 〈내 사람: Partner For life〉(3집 《The Third Masterpiece》 수록곡, 작사 안영민, 작곡 조영수, 편곡 조영수).

"아 맞다, 홍건 박효신!"

중간에 철영이까지 끼어들면서 노래방 뒤쪽은 또 다시 괴성이 떠올려지게끔 하는 웃음소리로 가득 찼다. 리모콘을 부여잡고 진지한 표정을 짓고 있는 승현이를 제외한 동기들이 지금 열을 올리는 그 일이라면 나도 생생히 기억이 난다. 그때 엠티 숙소에 있던 조그만한 노래바 기계로 '눈의 꽃'을 불렀는데 그날따라 컨디션이 너무 좋았었고 그것 때문에 그런 부담스러운 별명까지 얻게 되었다지… 아무튼, 평소 같았으면 '뭐라는 거야'로 받아쳤을 말이었지만, 지금의 나는 ― 동규가 그러했듯 ― 그저 자막이 흘러가는 대로 노래를 부르고 있을 뿐이었다.

"내가 기쁠 때나~ 슬플 때나~ 함께 울고 웃어주던 그댈 위해~ 할 수 있는 건 뭐든 해 주고 싶어~! 안녕 내~ 사랑 그대~ 여~ 이젠 내가 지켜 줄게~ 요."

노래는 어느덧 후렴으로 다다라 곡조의 분위기가 바뀌고, 화면 속 뮤직비디오의 장면은 바뀌어 까만 비니에 까만 라이더재킷을 입은 남자가 만두집 앞에서 만두를 사는 장면으로 바뀌었다. 영상에서는 남자가 다시 집으로 돌아와 아까 전의 그 수갑을 채운 여자의 입에 붙여진 테이프를 떼고 만두를 먹이려는 장면이 나오고 있었지만, 나는 그저 화면 속에 있는 사람들이 나의 관객이라도 되듯 가락에 취할 뿐이었다.

"못난 날 믿고~ 참고 기~ 다~ 려 줘서~ 고마워요~ 안녕 내 사랑

그대~ 여~ 영원토록 사랑할게요~ 다시 태~ 어나서 사랑~ 한~ 대~
도~ 그대이고~ 싶어요~ 오오~!"

"이야! 스윗하다 스윗해!"

"준호 여자 생겼냐?"

후렴이 끝나고, 2절이 바로 시작되어 갈 무렵 들려오는 승현이의
도발적인 질문을 듣자마자 나는 더 이상 참지 못하고 '풉' 하는 외
마디 웃음을 뱉어 버렸다. 질문을 듣기가 무섭게 불현듯 다현의 얼
굴이 떠올랐지만, 그녀를 생각하며 이 음악을 고를 생각이라고는
전혀 없었기 때문이었다. 그랬기 때문에 2절의 첫 부분을 놓쳐 버
렸지만, 나는 다시 시선을 흘러가는 가사에 고정했고 다현의 잔상
은 그렇게 지워졌다.

"내가 힘들 때나 아플 때~ 나~ 내 곁에 있어~ 준~ 그대 미안하
던 말로 고맙던 말을 대신하던 나였죠."

* * *

그렇게 시간이 어떻게 가는지도 모른 채, 우리는 네온 불빛만이
감싸도는 방 안에서 세상의 마지막 순간을 감상할 것처럼 그렇게
놀았다. 조금이나마 기억나는 게 있다면 내가 부른 노래의 점수가
98점이었다는 것과 민준이가 〈쇼미 더 머니〉에 나왔던 〈요즘 것
들〉을 꽤나 잘 불렀고, 철영이가 〈She's gone〉을 부르다가 두번

째 고음 부분에서 삑사리가 났고, 동규가 트와이스의 거의 모든 타이틀곡을 연달아 부르기가 무섭게 승현이가 갑자기 트로트를 맛깔지게 부르면서 모두를 박장대소하게 만들었다는 것이었다. 그렇게 추가 시간을 거의 한 시간 내지로 더 얻으면서 영원할 것처럼 노래를 부르고 시간을 보니 벌써 새벽 한 시가 되어 있었고, 우리는 뭉그적뭉그적 기어가듯 각자의 집으로 돌아갔다. 그렇게 비몽사몽한 상태로 방 안으로 들어갔지만, 나는 내 눈앞에 보이는 풍경을 보고 눈이 번쩍 뜨여 버렸다.

나름 말쑥하게 양복을 입고 머리를 단정히 빗은 채, 현태 씨는 담담한 얼굴로 검은 가방에 짐을 싸고 있었다. 가방 안에 든 흰 티셔츠며, 내가 그에게 사 준 듯한 슬랙스 같은 것들이 들어 있는 것을 보고 할 말을 잃은 나였지만, 이에 전혀 아랑곳하지 않은 듯한 현태 씨의 검은 양복은 빛이 바래져 있을망정 구겨져 있지는 않았다. 마치 곧 어딘가로 떠날 사람인 것처럼, 현태 씨는 태연한 듯 느릿하게 본인의 소근육이 자아내는 행동을 하고 있었다. 내가 조심스럽게 신발을 벗고 현관 안으로 들어오기가 무섭게 인기척을 느꼈는지, 현태 씨는 굳게 다물던 입을 떼고 말을 꺼냈다.

"아, 준호 씨. 미리 말씀드리는 걸 잊어버렸네. 저, 그때 부산에서 면접 봤던 곳 중 한 곳에 합격했수."

그 말을 끝냄과 동시에, 현태 씨는 슬쩍 회심의 미소를 지어 보였다. 부산이라면, 내가 다현과 함께 초량동의 높은 산자락과 구포시장을 주마등 속 그림처럼 누비고 있었을 때 있었던 현태 씨의 '볼

일'이 성공한 것이 분명했다. 분명히 좋은 일을 말하는 것일 텐데, 입꼬리를 내리며 다시 잠자코 짐을 싸고 있는 현태 씨의 모습은 왠지 장례식이 마치고 난 직후 상주의 모습을 연상시켰다. 검은 가방의 지퍼를 여닫는 현태 씨의 그런 표정을 의식하지 않은 척, 나는 친구에게 하듯 애써 여유롭게 대꾸했다.

"오, 그러시군요. 축하드려요!"

"그래서 말인데…."

그렇게 이어진 말에서, 중간에 말을 끊은 채 한 손으로는 턱을 지그시 만지며 눈을 내리까는 현태 씨의 모습이 여러모로 평소의 그 사람답지는 않았다. 이 다음에 무슨 말이 오든 간에, 지난 몇 달 동안 나와 함께 같은 공간에 공존한 탓에 내 무의식 속에도 아로새겨지게 된 그 사람이라면 특유의 무덤덤한 태도로 마치 당연하다는 듯 대답했을 것이었다. 그러나, 지금 이 시점에서 그의 낯빛은 '포커페이스'와는 거리가 있어 보였다. 다시 나를 똑바로 바라보며 입꼬리를 슬쩍 올린 채, 현태 씨는 이렇게 말을 이었다.

"… 저, 내일모레 아침에 여기서 나갈 것 같아요."

이 말을 듣기가 무섭게, 내 머릿속 어딘가에 숨어 있는 종이 섣달 그믐날 밤 보신각에서 울리는 그것처럼 '덩' 하고 크게 울리는 것만 같았다. 고개를 떨구며 다시 짐을 싸는 현태 씨의 모습 때문이었을까, 덤덤한 것을 넘어 건들건들하기까지 했던 평소 말투와는 전혀 상반된 어투 때문이었을까, 아니면 그 말 자체 때문이었을까. 아마 내 생각에는 모두 다였던 것 같았다.

"알아요, 많이 당황한 거. 전에 미리 귀띔해 주지도 않았잖아. 그래도 그동안 고맙다고 말하고 싶었수. 아주 많이."

"아, 아니에요. 제가 오히려 고맙죠. 뭘 새삼스럽게…."

냉장고를 물끄러미 바라본 채 서늘하면서도 사뭇 쓸쓸하게 떼는 현태 씨의 목소리에 애써 태연한 척 그렇게 대답하고, 짤막한 인사를 한 다음 방으로 들어선 나는 평소처럼 간단하게 씻고 불을 끈 채 침대에 누웠다. 하지만, 휴식을 취하고 있는 천장 한가운데의 전등만 멍하니 바라보는 내 머릿속에서는 온갖 생각이 꼬인 실타래처럼 엉키기 시작했다.

'몇 달'이라고 해도, 사실 현태 씨와의 공존은 생각해 보면 그렇게 길지는 않은 시간이었던 것이었다. 게다가 현태 씨는 내가 둘러댄 대로 '친척'은 당연히 아니라는 것은 고사하고, 친한 선배도, 하다못해 학내에서 조금이나마 인연이 있는 사람도 아니었다. 생각해 보면 나와 그는, 각자의 삶을 살아가면서 아무런 접점이 없었다해도 전혀 이상하지 않을 관계였던 것이다. 그럼에도 불구하고, 나는 이틀 뒤 이 시간이면 현실이 되어 있을 현태 씨의 부재가 믿겨지지 않았다. 그 시간부터 그의 무덤덤한 말투도, 찬장에 머리를 부딪힐 것만 같은 그의 뒷모습도, 늘 끊이지 않던 보글거리는 소리도 사라지고 소멸된다면 어떤 느낌일까. 그의 부재를 느끼며 내가 떠올릴 장면은 무엇인가. 어린 시절 키웠던 강아지가 병으로 찰나 같은 생을 마쳐 버린 순간일까, 아니면 초등학생으로서의 6년을 함께한 로봇 장난감이며 낡은 축구공 같은 것들이 교회 바자회에서 다른 아이의 손에 들어가는 것을 보았던 순간이었을까. 그만큼 현태 씨와의 관계가 그렇게 가까워진 것일까, 아니면 그저 함께 생활했던 사람이 떠나간다는 것에 대한 아쉬움일까.

알 수가 없을 것이다. 그 일이 막상 나에게 현실로 닥쳐오기 전까지는.

* * *

결국 순간 다시 수능을 치기 하루 전날 밤으로 돌아간 것처럼, 나는 좀처럼 잠을 이루지 못하다 셀 수 없을 정도로 뒤척이며 억겁의 양을 센 끝에야 겨우 눈을 감을 수 있었다. 당연히 아침에 일어나도 피곤함은 가시지 않았고, 철근콘크리트 구조학 수업을 듣기 위해 강의실에 들어서기가 무섭게 철영이가 내 눈 밑에 다크서클이 진하게 생겨버렸다는 것을 굳이 알려주고 나서야 나는 천천히 현태 씨의 이야기를 꺼냈다. 아니나 다를까, 현태 씨가 곧 떠난다는 소식에 입만 떡 벌리고 넋을 잃은 표정을 지었던 철영이는 거의 울부짖을 듯 호들갑을 떨기 시작했다.

"헐, 말도 안 돼! 현태 형이 가신다니…. 형님 가시면 이제 그 레전드 국수는 어디서 먹냐…"

"그러게 말이다. 그건 그렇고, 그 사람한테 답례로 뭘 주면 좋을까?"

"글쎄, 그래도 같이 지낸 지 좀 됐는데 가장 필요해 보이는 걸 주면 되지 않아? 음… 예를 들면 시계나 신발이라든가."

"시계? 신발? 흠… 시계라면 나쁘지는 않을 것 같고."

본인이 내 방에 왔을 때 먹었던 현태 씨의 잔치국수가 여간 기억에 오래 남아서 그랬을지도 모르지만, 아무튼 처음 반응이 영 경망스러웠을지라도 내 (일시적이기를 바라는) 고충을 나름대로 자기일처럼 진지하게 들어준 철영이가 나는 내심 고마웠다. 나는 그 언젠가 내 알바비를 털어 그 사람을 이발소에 데려다 주고 새 옷을 선물해 주었던 날처럼, 현태 씨가 왼손목에 시계를 차고 새 신발을 신는 모습을 떠올렸다. 시계라면 나쁘지는 않을 거라고 말했지만, 찬찬히 생각해 보니 그 무엇도 현태 씨의 실생활과는 조금 거리가 있는 것 같았다. 음식 재료를 다루고 눈코 뜰 새 없는 시간에 여러 가지 식기를 다뤄야 하는 일에서 손목에 찬 무언가는 거추장스럽기만 할 것이고, 꽤 단조로운 현태 씨의 옷차림으로 말미암아 신을 신발까지 열심히 고려하지는 않을 것으로 보였다. 그렇게 내 머릿속에서 다시금 그 보이는 것만큼 단순하지는 않은 질문에 몰두할 준비를 할 동안, 뒤쪽에서는 이런 카랑카랑한 목소리가 들려왔다.

"이별 선물이라면 그 사람이 형을 기억할 수 있는 걸 줘야겠죠. 음, 말하자면 형과의 추억이 떠오를 수 있는 것."

"아, 깜짝아. 깜빡이 좀 켜고 들어오지 그랬냐, 권상록!"

철영이의 당황스러우면서도 내심 싫지는 않은 것 같은 말투에 싱긋 웃으면서 손바닥만 흔든 상록이는, 내가 앉은 자리의 바로 한 칸 뒤쪽에 가방을 내려놓고 그 자리에 털썩 주저앉았다. 비록 우리 앞에 나타난 시점은 조금 갑작스러웠지만, 상록이의 말에서 틀린 것은 하나도 없었다. '그렇게 인간관계에 대해 너무나도 잘 알고 있으니 입학한 지 한 학기도 채 지나지 않았는데도 학내 여기저기서 예쁨받는 거겠지' 하고 생각하자마자 내 의식은 그간 현태 씨와 있었던 일들이 기억나는 대로 주마등처럼 빠르게 스쳐 지나가기 시작했다.

현태 씨의 정체는 고사하고 이름도 몰랐던 시절, 그가 충전기를 빌리겠다고 느닷없이 내 방으로 불청객이나 다름없이 들어왔던 다음 날 '답례로' 멸치국수를 만들어 보인 날부터, 그가 지원 누나부터 지호, 그리고 어머니까지 차례로 (아버지를 제외한) 우리 가족을 만났던 순간까지 잘 엮어진 책처럼 눈앞에 어른거렸다. 그렇지만, 기억을 되뇌면 되뇔수록 내 머릿속에는 단 한 가지 매개체만이 갈수록 뚜렷한 그림을 그리고 있었다. 아마 지금의 모든 나날들이 번지는 수채화 물감처럼 점점 흐릿해진다 해도, 그것만은 내 머릿속에 또렷하게 남아 있을 것이었다. 마치 영화 속 '신 스틸러'인 것처럼 잊을 만하면 나타나 자신의 존재감을 드러내곤 하는 그 매개체는, 다름 아닌 국수였다. 결국 나와 현태 씨가 그렇게 가까워질 수 있었던 것은, 어쩌면 그가 부엌에서 온 열정과 노력을 다해 만들었던, 그리고 우리가 매번 식사 때마다 함께 먹었던 국수 덕이었던 것이었다. 그렇게 내 머릿속 조그만 부엌에 김이 모락모락 피어오르는 국수 한 그릇이 오롯이 담겨지자마자, 정말 놀랍게도 나를 잠시 고민하게 했던 모든 것이 너무나도 명쾌해졌다.

"아, 그 사람한테 마지막 한 끼로 국수를 만들어 줘야겠다!"

"올~ 대박. 그 사람 국수 되게 좋아하셨나 봐요? 누군지는 몰라도…"

"말도 마. 그분, 국수를 진짜 잘 만드셨어. 국수장인이셔, 장인."

스릴러의 클라이맥스 부분을 지켜보는 듯한 눈을 하고 나를 바라보며 잇는 상록이의 말에, 대뜸 끼어든 철영이의 어깨가 왠지 너무 올라간 것 같아 내 입에서는 하마터면 외마디 웃음이 나올 뻔했다. 나도 같이 동조하거나 하다못해 철영이를 말리기라도 할 여유가 있다면 좋으련만, '그럼 어떤 국수를 만들어 줘야 하나?'라는, 다시금 꽤나 복잡한 질문이 내 의식을 휘감기 시작했다. 어쩌면 그와 같은 공간에 있을 수 있는 마지막 날인지라 최대한 나의 고마움과 호의를 가장 잘 드러낼 수 있는 것을 만들고 싶다는 생각이 들었지만, 국수에 대해서는 거의 전문가나 다름없는 현태 씨의 성에 찰 수 있을지에 대해서는 조금 의문이 들고 만 것이었다. 그런 내 속생각을 읽기라도 한 것인지, 생선을 바라보는 고양이의 눈빛을 한 상록이가 다시금 이렇게 나에게 물어보았다.

"준호 형! 그럼 어떤 국수를 만들 생각이에요?"

"글쎄다, 바로 그게 문제이긴 한데…. 아, 니가 먹어 본 국수 중에 제일 맛있는 게 뭐였어?"

"그래. 저번에 간 막국수집도 그렇고, 너 은근히 맛집 많이 아는 것 같은데."

그렇게 내 말에 철영이까지 합세하고 나서, 상록이의 얼굴을 똑바로 보니 그도 한 손에 턱을 괴고 아무 말도 하지 않은 채 가만히 있었다. 그렇게 잠시 로댕의 「생각하는 사람」을 떠올리게끔 했던 자세를 취한 다음에야 상록이는 특유의 사근사근한 말투로 이렇게 대꾸했다.

"아, 저희 외가댁이 안동에 있어서 가끔 놀러가곤 하는데 거기서 유명한… 어, 이름이 뭐였더라. 아! 건진국수가 괜찮더라고요. 시원한 국물에다 먹으니까 소바 같은 면도 있기도 하고."

그렇게 대답한 상록이가 말을 이어 가려고 할 참에 강의실 문이 열렸고, 교수님이 사뭇 느긋하게 강단에 오르기가 무섭게 시끌벅적하던 교실은 언제 그랬냐는 듯 조용해졌다. 뒤쪽을 향해 돌아보던 우리의 고개도 재빨리 앞으로 돌아가려던 무렵, "한번 인터넷에 쳐 보세요!"라고 속삭이듯 귀띔하는 상록이의 목소리만 귀를 파고들 뿐이었다.

                              * * *

　그렇게 그날따라 더욱 영원같이 느껴졌던 한 시간 반이 지나가
고, 나는 마치 큰일이라도 난 것처럼 쏜살같이 내 방 안으로 달려
오듯 돌아왔다. 수업 시간 내내, 원래는 강의 내용을 필기하려고
꺼내 두었던 노트북 창에는 '안동 건진국수'라는 이름이 큼지막하
게 적혀진 검색창이 떠 있었다. 강의실 책상을 푹신한 침대로 착각
했는지 세상 편하게 졸고 있던 철영이를 교수님이 자꾸 힐끔힐끔
쳐다보는 덕분에 나까지 덩달아 들킬까 봐 노심초사했지만, 인터넷
으로 본 '건진국수'라는 것의 사진은 내가 원했던 대로의 느낌이 있
었다. 조선시대 때부터 안동 종갓집에서 갖은 정성을 들여 해 먹었
다는 이 국수는 전통적으로 은어(銀魚)로 육수를 우려냈다고 하지
만, 이 물고기를 쉽게 구할 수 없는 옛 시절 서민층 그리고 요즘에
와서는 닭, 다시마, 멸치 같은 상대적으로 더 익숙한 재료로 육수
를 우린다고 한다. 내가 찾아본 몇 가지 레시피만 하더라도 닭이나
멸치로 육수를 우려내라고 적혀 있었다. 어찌됐든 간에 오늘 이전
까지 나는 그 국수를 먹어 보기는커녕 이름조차 한 번도 듣지 못
했지만, 적당히 진해 보이는 육수며 색색의 고명까지 내 시선을 집
중시키기에는 충분했다. 특히 내 시선을 홀리듯 잡아끈 것은, 그릇
위에 작은 빙하처럼 둥둥 떠다니는 살얼음 조각들이었다. 상록이
가 귀띔해 준 대로, 그 국수에는 정말 판메밀이나 콩국수 같은 요
소도 보였던 것 같았다. 사진으로 한 번 보고 레시피를 찾아보느
라 다시 한 번 본 그 국수는, 왠지 지금보다도 더 더운 여름날에 한
그릇을 뚝딱 비우면 그 자체로도 훌륭한 피서가 될 것만 같았다.
이 정도면 충분히 성취감이 있을 요리일 것 같다고 나는 믿어 의

심치 않았다. 과연 전문적으로 요리를 하기는커녕, 평소에 밥을 잘해 먹지도 않았던 내가 성공 자체를 할 수 있을지가 문제였지만 말이다.

선물 포장을 뜯듯 조심스럽게 신발을 벗고 들어간 방 안에는 다행히도 현태 씨가 보이지 않았다. 벌써부터 무언가 빠진 것 같은 허전함이 바람처럼 잠시 스쳐 왔지만, 그런 공허에 대해 의식할 시간도, 현태 씨가 무엇을 하러 어디로 갔는지 생각해 볼 시간도 나에게는 없었다. 겨우 저장해 온 레시피를 보려 핸드폰을 꺼냈고, 그에 따라 냉장고를 열어 볼 때 부엌 외출한 어머니 몰래 게임을 하려 컴퓨터 전원을 켰던 중학생 시절이 냉기와 함께 감겨 들어오는 것만 같았다. 모니터에 적혀 있는 재료 목록을 등불 삼아, 나는 그 차갑고 깊게 느껴지는 얼음 동굴을 눈으로 탐험했다. 레시피에 적혀 있는 대로라면 밀가루, 김, 애호박, 달걀, 소량의 쇠고기, 멸치 육수, 양념장을 만들 온갖 양념이 필요했고 다행히 그것들은 모두 냉장고에서 쉽게 찾을 수 있었다. 다만, 아무리 두 눈을 부릅뜨고 냉장고를 샅샅이 훑어봐도 콩가루는 어디에도 보이지 않았다. 건진국수를 만들 때 반드시 필요하다는, 그러니까 한마디로 건진국수의 '알파이자 오메가'라는 콩가루가 없었다는 것이었다. 세상에 존재하는 거의 모든 곡기로 국수를 만들어 버릴 기세였던 현태 씨가 콩가루를 준비하지 않았다는 건 꽤나 충격적인 일이었지만, 현태 씨가 언제 들어올지도 모를 마당에 굳이 지금 방 밖으로 나가기는 마음이 영 내키지가 않았다. 하루종일 굶은 도둑고양이가 방금 비워진 음식물 쓰레기 통을 뒤지는 심정으로 나는 다시 한 번 꼼꼼히 냉장고를 뒤져 보았다. 그렇게 냉장고 안에 있는 모든 음식

물들을 이제라도 외울 것처럼 살펴본 결과, 지난날 콩국수를 만들 때 현태 씨가 썼을 법한 콩이 락앤락 속 담긴 채 어머니께서 주신 깻잎장아찌 옆쪽에 가지런히 놓여 있는 것을 보았다. 마치 사막 한 가운데를 정처 없이 헤매던 와중에 오아시스를 찾은 기분이 들어, 나는 꽤나 가벼운 손길로 그 콩을 들었다. 그러나 한 고개를 넘으면 또 한 고개가 나오듯, 방 안에서 한 발짝도 나가지 않고 콩을 구하는 데에 성공하긴 했지만 그다음에 이것을 어떻게 가루로 만들어야 할지가 의문이었다. 현태 씨에게 물어보려니 결국 내가 본인을 위한 '이별 선물'로 국수를 만들어 주고 있다는 것이 미처 젓가락을 대기도 전에 들켜 버릴 것이 뻔했고, 어머니께 여쭤 보려니 괜한 폐를 끼치기는 또 내키지 않았다. 이럴 때, 필요한 것은 역시나 건진국수의 레시피와 재료 목록을 오롯이 담고 있는 핸드폰이었다.

핸드폰에 적혀 있는, 이른바 '콩가루 만드는 법'은 허탈해질 만큼 간단했다. 생각보다도 더 간단한 나머지, 순간 언젠가 보았던 영화처럼 "어이가 없네"라는 혼잣말이 절로 나올 뻔했다. 그렇지만, 그 쉬운 제조법마저도 일단 나처럼 광활한 대양 같은 요리의 세계를 종이배를 타고 홀로 헤맬 사람들을 위해 누군가 만들어 주었을 나침반이었을 것이다. 결국 그 나침반이 가리키는 방향에 따라, 나는 콩을 프라이팬에 담아 볶고 식히고 그리고 고소한 냄새가 나는 그 뭉치를 믹서기에 곱게 갈았다. 자갈이 모래가 되듯 그렇게 믹서기 안에서 형체가 사라져 가는 콩들을 물끄러미 바라보니, 현태 씨가 콩국수를 만든 날 그 옆에서 콩국물을 만드는 것을 거들었던 일이 불현듯 머릿속에 떠올려졌다. 그때의 내 마음을 어지럽혔던, 다단계 회사 직원으로 다시 내 앞에 나타났던 동창 문정웅 녀석과의 만남도 믹서기와 함께 갈렸는지 그렇게 생생하게 느껴지지는 않았다. 그렇지만, 현태 씨의 콩국수가 없었다면⋯. 아니, 내가 결국 그 짠맛 나는 두유 같은 콩국수의 국물을 마셨을 때 현태 씨가 건넸던 말 한마디가 아니었으면 내가 과연 그 뒤로 정웅이 녀석과의 연락을 피하면서도 마음의 짐을 덜어낼 수 있었을지 모르는 일이었다.

솔직히 말하자면, '이 음식을 먹을 동안 사라질 걱정이라면, 사실은 그렇게 별거 아니었을 걱정'이라는 현태 씨의 말이 정말 앞으로 나의 모든 번뇌와 고민에 들어맞는 것 같지는 않을 것 같다. 다만, 이제 정웅이 녀석을 생각하면 콩국수가 떠오르고, 내 마음을 한동안 헤집어 놓고 돌아간 **'그 여자'**에 대한 기억은 한 그릇의 뜨끈한 우동에 오롯이 담겨진다. 그렇게 보면, 현태 씨와 그가 만들어 낸 국수는 한겨울의 추위를 몰아낼 수는 없어도 그것으로부터 나를 보호하는 외투쯤은 되었던 것 같다. 이 생각을 하니 괜히 눈시울이 시큰해지는 건, 다만 돌아가는 믹서기를 가만히 보는 것이 어지러워서는 아닐 것이다.

그렇게 믹서기에서는 즉석에서 되는 대로 만든 콩가루가 갈려 나왔지만, 나는 이것이 겨우 시작일 뿐이라는 것을 현태 씨를 통해 잘 알고 있었다. 다시 한 번 '건진국수'라는 보물을 찾기 위한 모험에 나선 나는, 그 첫걸음으로 일단 큰 그릇에 콩가루와 냉장고에서 꺼낸 밀가루를 넣고 물을 조금 부었다. 이 상태에서 어떻게 반죽이 되는가 싶었지만, 숟가락으로 조금씩 젓고 나니 조그만 공 같은 덩어리들이 그릇 한가운데에 엉글기 시작했다. 그렇게 라디오에서 흘러나오는 노래 한 곡이 모두 끝나고, 블랙핑크의 우리은행 광고가 울려퍼졌을 때에야 하나의 묽은 듯 꾸덕한 반죽이 되었던 것이었다. '짜장면을 만들었을 때, 그리고 얼마 전 올챙이국수를 만들었을 때 현태 씨가 반죽을 만드는 모습은 굉장히 쉬워 보였는데 사실은 이런 과정이 있었구나' 하는 것을 새삼스럽게 깨달을 수 있었다.

그렇게 반죽을 만들었건만, 또 다른 문제는 언뜻 보면 빵 반죽 같은 덩어리로 어떻게 국수를 만들 수 있나에 대한 것이었다. '무(無)'에서 '유(有)'를 창조하는 것까지는 아니었지만, 그래도 꽤나 수고스러운 과정이 또 다시 필요할 것이라는 건 아무리 요리를 많이 해 본 적이 없더라도 쉽게 알 수 있을 것이었다. 일단 내 유일한 길잡이가 된 레시피에는, '홍두깨로 민 반죽을 접어 칼로 썰라'고 나타나 있었다. '빵이나 만두피를 만드는 것처럼 하라는 건가'라고 속으로 질문하면서도 나는 홍두깨를 대신할 물건을 찾으러 부엌을 뒤지다 구석에서 초록색 소주병을 들고 다시 그 자리로 돌아왔다. 전문가의 손길로 만들어진 콩가루 대신 내가 직접 간 콩가루로 만든 반죽을, 번듯한 홍두깨 대신 소주병으로 얇게 펼치며 남은 밀가루를 뿌리는 내 모습이 왠지 소꿉놀이를 하는 어린아이의 모습과도 같아 보일까 봐 잠시 웃음이 나왔다. 그러면서도 어떻게든 공장 굴뚝에서 피어오르는 연기처럼 얄상하게 주위로 퍼져 나가는 반죽의 모습에, 내 목청은 다시 한 번 외마디 웃음이 터져 나왔다. 첫사랑 소녀를 위해 서툰 솜씨로나마 우동을 만들었다는, 소년 시절 현태 씨가 동두천 본가의 부엌에서 느꼈을 마음이 바로 지금 내가 느끼는 이 기분과 엇비슷하지 않았을까? 아무튼 이 시간 동안만은, 이걸 두 눈으로 지켜본다면 현태 씨가, 어머니께서, 누나가,

지호가, 아니면 하다못해 친구들과 후배들이 뭐라고 생각할지에 대한 질문마저 굉장히 바보 같은 사치라고 느껴졌다. 아쉽게도 작자의 이름을 까먹은 어떤 시의 한 구절대로, 나는 그렇게 넓게 부침개처럼 퍼진 반죽을 접고 썰면서 '아무도 듣고 있지 않은 것처럼' '요리'라는 노래를 부르고 있었다.

그러다 보니, 행여 지루할까 봐 미리 틀어 놓았던 라디오에서는 어느덧 저녁 6시 정각을 알리는 시보가 울려퍼졌다. 아직 분명히 한여름도 아니건만, 마치 내리쬐는 땡볕에 운동장 열 바퀴라도 돈 것처럼 내 이마에는 땀이 스위치 켜 놓은 수돗물처럼 쏟아졌다. 그래도 모두 썰린 채 도마 위에 가지런히 놓여 있는 아이보리색 면을 바라보니, 건축설계 실기 과제를 끝낸 직후에 느꼈던 보람이 다시금 물밀듯이 내게로 다가왔다. 그렇지만 여기서 안도할 시간 따위는 없을지도 모른다는 것을 나는 너무 잘 알고 있었다. 그랬기 때문에, 나는 그저 잠시 두 팔을 부여잡고 허리를 양옆으로 기울이는 것으로 찰나의 휴식시간을 보냈다. '우두둑' 하는 둔탁한 소리가 양쪽 어깻죽지에서 연주되었고, 그 순간 내 눈앞에는 부엌에서 간혹 비슷한 소리를 내곤 했던 현태 씨가 다시금 어른거리는 것만 같았다. 내 '룸메이트'가 앞으로 당분간은 그렇게 내 잔상 속에서만 보일 것을 생각하니 다시금 무거워진 마음을 겨우 억누른 채, 나는 냉장고에서 국거리용으로 쓰는 커다란 멸치 서너 마리, 간장 그리고 다진 마늘을 꺼내고 멸치를 냄비 하나에 넣어 둔 채 물을 부었다. 냄비불을 올리고 조금 있다가 느낌대로 적당히 간장과 다진 마늘을 넣은 뒤에야 내 마음이 약간이나마 편해졌다. 육수가 적당히 진하게 우러나오려면 시간이 좀 걸릴 터이니, 그 사이에 냉장고에서 애호박과 달걀과 쇠고기를 꺼내 고명을 만들면 딱 적당할 것 같았다. 그러나, 시간이 지나면 지날수록 내 뇌리에 가장 강렬하게 남은 것은 셰프들과 식당 주방장, 그리고 모든 요식업계 종사자에 대한 존경심과 경외감이었다. 계란지단을 부치고 적당히 양념한 쇠고기를 볶는 것은 둘째치고, 애호박을 썰어 소금에 절인 다음 볶는 것을 다시 한 번 하라고 한다면 차라리 신입생 시절 교양과목으로 들었던 영문학개론 기말 레포트를 다시 쓰겠다고 말할 자신이 생겨 버렸다. 쇠고기를 다 썰었다 싶으면 지단을 뒤집어야 하고, 애호박을 다 썰었다 싶으면 소고기에서 조만간 탄내가 날 것만 같았고, 지단을 썰려면 어느새 냄비가 보글보글 끓는 소리가 나서 불을 조금 줄여야만 했다. 정말 정신 사납기를 넘어, 함께 공존하기 불편한 조원들을 만나 어려운 발표 주제를 받은 조별 과제를 떠올리게끔 했다. 이 시간 동안 그러고 싶지는 않았건만, 이 모든 것을 하루 일과로 너무나 쉽게 하는 것처럼 보였던 현태 씨의 잔상 뒤통수에 밝게 빛나는 후광이라도 생길 것만 같았다. 그래도 재료가 하나하나 만들어질 동안, 나의 '요리'라는 노래는 점점 웅장하고 화려해지며 한 편의 교향곡이 되는 것만 같았다. 그리고 모든 것이 준비되었을 때에야, 그 장엄하고 비장하고 영원할 것만 같았던 연주는 끝이 났다.

다 끓여져 진한 꿀과 같은 색을 띄고 있는 멸치 장국을 그릇 두 개에 담아 냉장고에 넣어 놓고 났더니, 형용할 수 없을 만큼의 자랑스러움이 내 마음속에 온전히 파고들어왔다. 그러나, 이에 자축하려 만세라도 외치기에는 내 온몸에 힘이 쭉 빠진 것만 같았다. 신입생 시절 갔던 엠티에서 일출을 볼 지경까지 술을 마시고 놀았어도 이렇게 피곤하지는 않았을 터였다. 결국, 폭풍우처럼 내리는 땀을 샤워로 겨우 식히고 난 채 나는 침대 위에 쓰러지듯 누웠다. 이번에는 양을 세기는커녕 무의식 속의 목장을 찾아갈 필요도 없었다. 열이 뜨끈뜨끈하게 오른 채 배터리가 방전된 핸드폰처럼, 그렇게 정신 없이 나는 눈을 감았다.

* * *

내가 다시 눈을 떴을 때에는 시계가 어느새 저녁 아홉 시를 가리키고 있었지만, 여전히 방 안에는 나 혼자뿐이었다. 내 허리에서는 요란한 마찰음이 났고 사실 여전히 꿈 속에 들어가 있는 듯 몽롱한 기분이었지만, 이번에야말로 현태 씨의 용무가 대체 무엇이길래 이제까지 들어오지 않는가 하는 의문이 생길 여유는 있었다. 그렇게 핸드폰을 꺼내고 다른 읽지 않은 문자들은 다 제쳐둔 채 현태 씨에게 문자를 보내려 한 찰나, 누군가 현관 비밀번호를 누르고 들어오는 소리가 들려왔다. 그 소리에 번쩍 떠진 눈과 식혀 놓았던 장국을 가지러 냉장고 문으로 향하는 내 발걸음이 마치 주인의 인기척을 들은 개처럼 반사적이어서 나는 다시 한 번 나 자신에게 웃음이 터져 나올 뻔했다. 그렇게 충분히 차가운 황갈색 장국에 국수를 담고, 젓가락으로 애호박, 지단, 볶은 소고기를 올리고 남은 재료들은 모두 현태 씨가 그랬듯 빈 락앤락을 꺼내 넣어 놓은 다음에야 내 눈은 자연스럽게 신발을 벗어 두고 들어오는 현태 씨의 눈과 마주칠 수 있었다.

평소와는 달리 현관문 안을 들어오는 자신을 내가 부엌에서 맞는 것이 본인에게도 신기할 따름이었는지, 현태 씨는 잠시 나를 빤히 쳐다보더니 너털웃음을 지으며 이렇게 말을 꺼냈다.

"허허, 이게 무슨 일이람. 나 간다고 깜짝 파티라도 준비했수?"

"어서 식탁에나 앉아요. 만드느라 진짜 힘들었거든요?"

식탁 위에 올려진 건진국수를 빚어 내기 위해 겪었던 모든 과정이 내 앞에 다시 주마등처럼 펼쳐져 버린 바람에 말투가 의도치 않게 조금 퉁명스럽게 나와 버렸지만, 다행히 식탁으로 걸어 들어오는 현태 씨는 다시 한 번 호탕하게 웃으며 자리에 앉았다. 그렇게 너무나 여유로워 보이는 현태 씨와는 반대로, 내 심장은 고든 램지에게 요리를 평가받아야 하는 〈마스터 셰프〉 속 요리사의 그것처럼 강렬하고 빠른 북 소리만 주구장창 내고 있었다.

"오, 안동 건진국수네요. 진정한 '양반의 국수'라고 하니, 만들기 힘들었다는 말이 빈말은 아닌갑네. 그럼, 어디 한 번 맛이나 보겠수."

그렇게 만사가 자신과는 전혀 상관없는 듯 툭툭 내던지는 무덤덤한 말투로 나지막히 내뱉는 현태 씨의 모습을 굉장히 오랜만에 보는 것만 같았다. 그렇지만, 그랬기에 나는 그 모습이 간만에 만난 오랜 친구처럼 반갑고 보기 좋았다. 그런 내 본심을 아는지 모르는지, 현태 씨는 젓가락으로 면발을 집고 숟가락으로 육수를 떠서 그 모두를 본인의 입 안으로 넣고 천천히 음미했다. 그가 음식을 삼키는 순간까지, 나는 내 수능 최종 성적표가 나오는 날이라도 된 듯 숨 죽이며 앞쪽을 응시할 뿐이었다. 숟가락을 지그시 내려놓은 현태 씨는, 이내 내려놓았던 젓가락을 집고 면을 한 술 더 떴을 뿐이었다. 현태 씨 몫의 그릇에 젓가락이 닿을 때마다 잡힌 면의 양도, 고명의 양도, 그리고 중간중간 떠먹는 육수의 양도 점점 많아졌다. '후루룩' 하는 음식 삼키는 소리도 목청에 스피커를 단 듯 점점 더 증폭되고 웅장해졌다. 그러나, 이 모든 과정을 수행하는 동안 현태 씨에게서는 단 한 마디의 말도 없었다. 말 한마디도 없이 그저 진지하게 먹기만 할 뿐이었지만, 그것이 무엇을 뜻하는 것인지 나는 알아챌 수 있었다. 마음의 짐이 여러 개 덜어지고 새로운 날개를 그 위에 단 마음으로, 나 역시 냉기가 채 사그라들지 않은 내 몫의 건진국수를 집어 내 입 속으로 가져갔다.

가장 먼저, 멸치 육수가 자아내는 짭조름한 바다의 내음이 내 입 천장을 간질였다. 서걱서걱한 애호박과 부드러운 지단, 그리고 달짝지근한 불고기까지 쫄깃한 면발과 함께 환상의 삼중주를 연주하는 것만 같았다. 그 국수에서는 판메밀과 멸치국수와 냉면의 맛이 동시에 느껴졌지만, 어느 하나만이 강조되지 않고 그저 그 열거한 국수들의 좋은 점만이 눈에 띄는 것만 같았다. 평소에 자화자찬을 좋아하는 성격은 전혀 아니었지만, 이번만큼은 정말 이대로가 딱 좋을 정도로 완벽했다. 앞으로 요리를 그렇게 많이 할 수는 없을 것 같지만, 나의 노고에 이런 보상이 주어진다는 것이 내 발을 너무나 가볍게 만들었다. 그렇게 정신을 차리고 보니 어느새 내 몫의 그릇은 깨끗하게 비워져 있었다. 현태 씨도 자신의 몫을 다 끝냈는지, 지그시 나를 바라보며 이렇게 말을 꺼내었다.

"… 고맙수."

조명이 모두 꺼진 무대의 한가운데에 등대 불빛 같은 스포트라이트만이 비춰지고, 반주마저 들리지 않을 때 노래의 첫 소절을 시작하는 가수의 목소리처럼 현태 씨의 목소리가 그렇게 내 귓가를 파고들었다. 이에 순간 내가 아무 말도 하지 못한 것을 알아챘는지, 현태 씨는 슬쩍 왼쪽 입꼬리만 올린 채 이렇게 말을 이었다.

"그동안 아주 많이 고마웠수. 준호 씨가 아니었으면 언제 또 이렇게 제가 아닌 다른 누군가가 만들어 준, 그것도 잘 만든 국수를 먹을 수 있겠나 싶고…. 거 봐요, 준호 씨. 요리에 재능 있는 거 맞다니까?"

"아뇨, 뭘요. 남사스럽게…."

"… 그럼 이왕 이렇게 된 거, 솔직하게 한 번 말해 볼까요?"

갑작스럽게 내 말 중간에 운을 떼며, 정확한 의미를 알 수 없는 시선으로 나를 바라본 현태 씨의 두 눈이 희미한 형광등 빛을 받아 왠지 아리고 공허해 보였다. 길쭉하고 날카로운 선을 그리며 위로 치켜올라가 있던 그의 눈썹도 그때따라 축 쳐져 있는 것처럼 보였다. '삶의 전부라고 생각했던 모든 것과의 이별을 치른 적이 있던 사람에게도 헤어짐이라는 것은 매 순간 쓸쓸함을 자아내는 것인가' 하는 혼잣말 같은 생각이 들 무렵, 따끈한 국수에서 배어 나오는 수증기처럼 살포시 현태 씨의 목소리가 다시금 들려왔다.

"전 직장에서 내보내진 이후로 제 삶은 정말 정처 없었수. 어디로 가야 할지, 무슨 일을 해야 할지, 또 누군가를 믿어야 할지, 아니면 제 자신만을 믿고 살아야 하는지. 이 중 아무것도 저에게 확실하게 다가오는 건 없었죠. 뭐라고 하면 좋으려나…. 아, 낯선 곳에서 길 잃은 아이가 부모를 찾으러 정처 없이 헤매는데 그 흔한 안내 사무소 하나도 보이지 않고, 부모의 위치를 알려 줄 친절한 사람 하나 보이지 않는 상황과 비슷했다고 하면 되겠네. 이 방에 들어가 준호 씨를 처음 봤을 때도, 솔직히 말해서 이래도 되는 건가 싶기도 했죠. 딱히 오래 머물 곳도 없이 떠돌아다니느라 제대로 이발을 하지도 못하고, 수염을 다듬지도 못해서 그야말로 '거지꼴'에 아무 곳이나 들어가는 것이, 상대방 입장에서는 썩 기분 좋은 건 아니잖수. 많이 놀라셨겠죠, 준호 씨. 그때 제가 뭐라고 하면서 들어갔었수?"

"음… 아, 충전기 빌려 달라고 하면서 들어왔었죠."

넉 달 전 밤, 지금 내 눈앞에 있는 현태 씨가 고요한 바다 한가운데에 부는 태풍처럼 내 방으로 용틀임을 하며 들어온 것을 겨우 끄집어 내며 나는 대꾸했다. 결과적으로 생각해 보면 나로서 좋은 일로 마무리되었지만, 그때 당시에는 당혹스러움과 섬뜩함이 내 의식을 지배했던 것 같았다. 애달픈 동정심에 하룻밤은 재워 주고 내일 아침에 내가 일어난다면 다시 돌려보낼 생각도, 멸치 육수 우리는 냄새가 나의 다음 날 아침을 열어 주기 직전까지 하고 있기도 했었다. 그렇지만 그의 국수는 너무할 정도로 맛있었고, 그가 이 방에 머무는 시간도 그만큼 점점 길어지는 계기가 되었다. 입 속에 들어간 면발처럼 흐르는 순간순간마다, 그 '낯선 사내'는 '국수장이'가 되었고 '국수장이'는 '성현태'가 되었다. 그동안 그가 부엌에서 창조하는 여러 가지 종류의 국수는 물론, 그의 훤칠한 키와 무심한 듯한 태도 그리고 냉장고를 향해 비구름처럼 아릿하게 돌았던 눈동자까지도 내 일상의 한편에 담기게 되었다.

"사실 그 말은 그저 하룻밤을 자기 위해 머릿속에서 굴려 낸 핑계거리에 불과했을 거예요. 뭐, 실제로도 핸드폰이 방전 직전이긴 했지만, 허허. 아무튼, 초면인 사람에게 신세 지는 것도 좀 그래서 그다음 날에 이 방에서 나가야겠다고 생각하고 눈을 감았고 허기가 제 잠을 깨웠죠. 그러고 보니 가정집 같은 곳에서 끼니를 때우는 건 오랜만이라고 생각해서 냉장고를 열어 보니 한쪽에 소면이 있었던 거예요. 그 소면을 본 순간… 이러면 안 되는 것이겠지만, 눈물이 왈칵 솟고 그 봉지를 빨리 집어서 꼭 끌어안아 주고 싶을 정도였수. 제가 가장 돌아가고 싶었던 그 순간, 매일이 행복하지는 않더라도 내 자신이 조금 더 안정되었던 순간으로 다시 돌아갈 수 있을 것만 같았어요. 한 개인으로서 제 삶의 시작도 국수였고, 불과 몇 년 전까지만 해도 제 일상의 전부나 다름없었던 것이었으니까…"

그 말을 끝내고 나서 현태 씨는 잠시 물끄러미 빈 그릇만 바라보았다. 이발소에서 짧게 잘린 그의 머리칼이 흑백 사진에 찍힌 잔디처럼 무성하게 돋아나 있었다. 그저 '아…'라는 짧고 애매모호한 추임새를 내뱉는 것만이 내가 이에 대해 할 수 있는 유일한 반응이었다. 물론 마음속에서는, 그간 현태 씨에 대해 미지근하게나마 들어

왔던 의문이 봄에 얼음장이 녹는 것처럼 파르르 풀렸겠지만. 그런 내 심정에는 아랑곳하지 않는 것처럼, 현태 씨는 계속해서 나와의 시선을 마주한 채 말을 이었다.

"… 단지 그런 일만이 아니라, 좀 뻔한 것일지도 모르지만 준호 씨를 보면서 제 과거가 보였어요. 저와는 전혀 다른 삶을 살고 있는 것 같았던 준호 씨를 보면서 이런저런 생각도 많이 한 것 같았어요. 처음에는, 나도 '요리 대신 다른 길을 선택했더라면 그때 이러고 살았겠지' 하고 생각했었어요. 무엇이든 할 수 있는 가능성이 있어 보였던 준호 씨의 일상이, 쑥스럽지만 조금은 부럽기도 했고요. 그런데 가면 갈수록, 그렇게 최근 1~2년간 한심하고 초라하게만 보였던 저라는 사람 자체를 준호 씨는 내치기는커녕 받아 주고 마음을 열어 준 것 같았어요. 그저 같이 식사를 하며 제가 하는 요리를 맛있다고 칭찬해 주는 것만이 아니라 같이 고민을 들어 주고, 가족과 친밀한 사람을 소개하고, 꿈이나 상처에 대해서 이야기하고…. 이미 아셨을지도 모르지만, 저는 누군가에게 개인적인 얘기를 하는 데에 익숙한 사람은 아니에요. 사실 성인이 되면서 그럴 일이 별로 없었기도 하고. 그렇지만, 제가 준호 씨에게 제 과거 이야기와 첫사랑 이야기를 하고 이런저런 이야기를 한 건, 저 역시 준호 씨에게 마음을 열게 되었기 때문에 가능한 일이 아니었을까 싶어요. '아, 지금 내 앞에 있는 이 사람이라면 믿고 내 있는 그대로를 보여 줄 수 있겠구나' 하는 생각이 들었으려나요? 그래서 이 방에 있었던 동안, 잠시 놓고 있었던 일을 다시 시작해 보자는 의지가 숯에 다시 불을 붙인 것처럼 되살아나더라고요. 그래서 이곳저곳에 면접을 본 것 같기도 해요. 이렇게 새 직장을 구하게 된 것은, 그랬기 때문에 결론적으로 준호 씨 덕분이라고 말하고 싶었어요…. 그동안 고마웠어요, 아니 고마워요. 제 룸메이트이자 동료이자 '친구'가 되어 줘서."

　그렇게 말을 끝내고 나서 동그란 운동장 같은 정수리를 한 손으로 감싸쥔 채 애달프게 웃고 있는 그의 모습에서, 그간 내 이미지 속에서 변화해 온 현태 씨의 이미지가 제대로 드러나 버렸다. 남자라도 인정할 만한 외모, 싹싹하고 다정하지는 않지만 그런 대로 매력적인 성격에 특정한 한 분야에 탁월한 재능을 지니고 있었지만, 그도 결국 신도 어떤 특별한 이종족도 아닌 '사람'이었다. 그에게도 앳되고 어리숙했던 소년 시절이 있었고, 짧다면 짧고 길다면 긴 삶에 돌아가고 싶은 황금기와 다시는 겪고 싶지 않은 시련이 공존했으며, 자신에게 순탄하지만은 않았던 운명에 그만의 방법으로 투쟁했다. 그 모든 인생의 한가운데에 그저 한 그릇의 따뜻한 국수가 관통하고 있었을 뿐이었다. 그리고 나는 그런 모습을 가진 '성현태'라는 사람이 좋았다. 그의 덤덤한 말투, (거의) 누구에게나 시원시원한 태도, 그리고 가끔씩 숨겨 왔던 비밀처럼 내보이는 씁쓸한 미소까지, 그 모든 것이 다 좋았다. 현태 씨에 대한 내 감정은, 어쩌면 〈어린 왕자〉에서 왕자가 '길들인' 사막여우가 왕자에게 가지고 있었을 감정이었을지도 모른다. 결국 그 '어린 왕자'가 자신이 지구에 내려온 목적을 달성하러 다시 떠나갈 즈음, 사막여우가 느꼈을 감정은 지금 내가 느끼고 있는 만감과 어느 하나 다를 바가 없었을 것이었다.

　앞으로 살면서 수없이 많은 관계를 만들어 간다 하더라도 그가 보여 준 소박한 진심과 덤덤한 자애로움을 결코 잊을 수 없게 되리란 걸 나는 알았다. 그걸 알았기에, 나 역시 현태 씨에게 고마운 마음이 무척 컸다. 아니, 그가 이 방에 함께 살지 않았더라면 이 작은 방에서 다시 맞아야 했을 고독과 혼자 삭여야 했을 걱정들, 그리고 말로 표현할 수 없는 공허감을 생각하니 내가 오히려 현태 씨에게 고마웠다. 게다가, 그냥 지나갈 수도 있었던 인연을 현태 씨는 그의 말마따나 룸메이트와 동료, 그리고 친구로 불러 주었다. '친구'라 불러 주는 수식어 한마디가 상대방에게 얼마나 따스하고 아름다우며 숭고하기까지 한 감정을 불러일으킬 수 있는지, 나는 그 직후가 되어서야 비로소 진중하게 깨달을 수 있었다. 그랬기에 하고픈 말은 많았지만, 정작 내 입에서 나온 말은 바로 이 짧은 한마디였다.

"… 저야말로 그동안 고마웠어요."

* * *

여러 가지 감정이 교차하는 것을 겨우 진정한 채, 나는 그 서녁 건진국수 한 그릇에 얽힌 좋은 기억만을 가슴에 품기로 결정하고 잠이 들었다. 그날 밤에는 꿈조차 나타나지 않았고, 굉장히 편안하고 깊게 또 다른 세계로 여행을 떠난 것만 같았다. 무의식으로의 긴 여정을 끝내고 눈을 떴을 때, 부엌에서 바지런히 움직이고 있거나 아니면 정장을 입고 평상 근처에 앉아 있을 현태 씨는 어디에도 보이지 않았다. 좋아하던 텔레비전 프로그램이 마지막 회를 끝내고 종영할 것처럼, 나는 그가 잠시 후면 돌아오리라고 생각하지 않았다. 지난 며칠 동안 그랬던 것처럼 아쉽지도, 서운하지도, 하다

못해 충격적이지도 않았다. 다만 그가 말했던 것처럼 정말 이곳에서의 추억이 행복했기를, 그리고 그의 새로운 출발이 이번에는 추락 없이 순항하는 여행길로 이어지기를 바랐다. 아직 멸치 육수의 달짝지근한 향내가 채 가시지 않은 방의 창문을, 나는 활짝 열어 제쳤다. 역시 새소리는커녕 왁자지껄한 사람들의 소리가 들려오고, 빽빽한 건물이 나무 대신 울창하게 쨍쨍한 하늘을 뚫고 자라나는, 언뜻 보면 꽤 삭막해 보일 풍경이었다.

하지만, 창문을 타고 넘나드는 한 줄기 바람만큼은 상쾌하고 산뜻했다.

에필로그

또 다른 인연, 그 새로운 시작

현태 씨가 떠나고 며칠 동안, 나와 그를 둘 다 알고 있는 사람들이 현태 씨의 행방을 찾았었다. 철영이와 민준이 그리고 우리 가족은 둘째치고, 건물주 아저씨까지 가끔 내 방에 찾아와 "자네 친척이라는 분이 있었으면 무슨 무슨 국수를 해 달라고 하려 했는데 참 아쉽구먼"이라는 볼멘소리 아닌 볼멘소리를 털어 놓고 가시고는 하셨다. 그런 현태 씨에 대한 세간의 관심도 조금씩 희미해져가고 그렇게 한 달이 지나가지만, 나는 그가 오기 전에 그러했듯 혼자만의 자취방에서 아침을 맞고 학교에 돌아와서는 식사를 해결하며 잠을 청하는 일상을 여전히 보내고 있다. 토요일 오후에는 여전히 버블티 체인점에서 아르바이트를 하고 있지만, 다음 학기까지 하고 그만둘 예정이라는 것은 아직 그곳에 같이 일하는 누구에게도 말하지 않았다. 다만, 달라진 점이 하나 있다면 그것은 주식이 국수가 되었건 아니면 밥이 되었건 간에 내가 직접 요리한 음식으로 끼니를 챙기는 때도 적지 않게 되었다는 것이었다. 건진국수를 만든 이후로 특별히 요리에 대한 관심이 생겨서는 아니지만, 그래도 그런 편이 무언가 내 마음을 더 만족시켰기 때문은 아닐까.

여전히 현태 씨, 아니 이제는 현태 형과는 시간이 날 때마다 연락하고 있다. 이름을 들어 본 적이 있을 법한 모 호텔의 부산 지점에서, 몇 년 전에 그러했듯 뷔페 식당에서 쌀국수와 우동을 만들고 있다고 하는 현태 형과 카카오톡을 하며 밤을 셀 수는 없지만 그래도 그의 덤덤한 듯 살가움도 느껴지는 말투가 카카오톡 문자에서 육수처럼 진하게 우러나오는 것이 느껴진다. 그럴 때마다, 고등학교 때 정말 친하게 지냈던 친구를 다시 만난 것처럼 지난 몇 달간의 추억이 물밀듯이 연기처럼 피어오르는 것 같다. 그곳에서도 현태 형은 1년을 동두천에서 보냈던, 일본어와 한국어를 모두 할 줄 아는 '남혜미'라는 재일 교포 여인을 찾지는 못했지만, 대신 출장차 부산에 내려와 그 호텔에 묵게 된 지원 누나를 다시 만나게 되었다. '준호 씨 누나'에서 '지원 씨'에서 '지원이'로 호칭이 바뀌는 동안 둘 사이에 어떤 일이 있었는지 내가 알 길은 없다만, 광안대교가 수평선 너머로 보이는 바닷가에서 두 사람이 서로의 손을 맞잡고 있는 현태 형과 지원 누나의 카카오톡 프로필 사진을 보고 지호가 뭐라고 반응할지는 이미 안 봐도 블루레이 최고화질 영상이었다.

* * *

시간은 그렇게 지나갔고, 영원할 것 같았던 기말고사 기간도 어느새 끝난 지 얼마 안 돼서, 대학교 생활의 진정한 '꽃'이라고 할 수 있는 축제가 올해도 어김없이 시작되었다. 축제 이튿날, 정기 공연 이후 지난 두 달 동안 연습했던 길거리 휘모리를 끝내고 옷을 갈아입고 나니, 내 앞에서는 이미 동기들이 왠지 신이 난 표정으로 기다리고 있었다.

"뭐야, 이 휴가 가는 것 같은 분위기는?"

"뭐긴 뭐냐, 술 마셔야지 술!"

"아 나, 왜 하필 내가 제대하고 나서 주점이 없어진 거야…"

"그러게 말이다, 예전에는 진짜 재밌었는데."

"역시나~ 하루라도 술을 안 마시면 입이 근질근질해야 그게 니네지. 니들 몸에 사실 피 대신 알코올이 흐르고 있는 거 아냐?"

내 말에 이렇게 운을 뗀 철영이가 별안간 내 어깨에 팔을 두른 옆쪽에는, 한 손에 묵직한 비닐봉지를 손에 들고 투덜대는 민준이와 승현이, 그리고 이 둘에게 따끔하면서도 짐짓 짓궂게 한 소리를 하는 동규가 차례대로 느릿느릿 걸어오고 있었다. 이 무리에 이끌려, 나는 저만치서 어느 순간 주춤주춤 손을 맞잡고 핑크색과 붉은색으로 번쩍거리는 밤거리로 나오는 상록이와 주은 누나를 뒤로한 채 그 반대편으로 향했다. 시험과 갖은 과제와 레포트의 굴레에서 벗어나 자유를 얻은 학우들은 그 자체로도 완벽히 장날의 시장에서 들리는 것과 비슷한 사운드를 만들어 내었다. 남자든 여자든 몇 명이 한 무리에 있든 상관없이 모두가 한데 모여 왁자하게 웃어제끼고, 그중 몇 명은 새빨개진 얼굴로 어순이 뒤죽박죽한 말들을 내뱉고 있는 것을 거리를 지나가면서 보자니 다른 의미로 만인은 평등하다는 것을 온몸으로 느낄 수 있었다. 작년부터 대학 축제의 주점이 없어진 것이 무색할 정도로 분위기는 점차 혼돈에 가까워지고 있었다. 그렇게 유수풀을 지나가듯 뉘엿뉘엿 취한 사람을 한둘씩 끼고 있는 군중을 지나가던 와중, 어디선가 많이 들어 본 높고 새된 목소리가 나를 부르는 소리가 들렸다.

"준호 오빠! 오빠아!"

그 소리에 뒤를 돌아 본 내 시선 끝에는, 언제 옷을 그렇게 빨리 갈아 입었는지 검은 데님 핫팬츠에 흰색 민소매 티셔츠, 그리고 연한 하늘색 청재킷 차림의 현지가 사뭇 살갑게 나에게 손을 흔들고 있었다. 나에게 살짝 다가오는 동안 옆눈으로 슥 우리 일행을 살펴보던 현지는, 입가에 장난기 넘치면서도 회심이 가득한 미소를 씨익 지은 채 이렇게 말을 이었다.

"아, 딱 맞네. 딱 다섯 명이네! 저기 오빠들, 잠깐만 저 좀 따라와 주시죠."

그렇게 말이 끝남과 동시에, 잠시 멍한 얼굴로 가만히 서로를 둘러보던 우리는 흰 토끼를 따라가는 앨리스의 마음으로 마치 날기라도 할 것처럼 가벼운 발걸음으로 저만치 앞서가던 현지를 따라갔던 것 같았다. 가는 내내 조그맣게 "저 사람, 준호랑 아는 사이었어?"라든지 "아, 우리 미팅 같은 거 하나 봐!"라는 중얼거리는 소리가 들려왔지만, 현지는 그저 "가면 아주 깜짝 놀랄 거예요!"라는 말 한 마디만 하고 옛날에 봤던 그림책 속 거대한 인삼을 캔 심마니의 표정으로 하고 잠자코 갈 길만 갈 뿐이었다. 멀리서 들려오는 클럽 음악의 빠르고 강렬한 비트에 맞춰 폴짝거리던 현지의 걸음도 이내 멈췄고, 그 자리에는 돗자리 위에 술병 몇 개를 올린 채 수다를 떨고 있던 다섯 명의 여학우들이 앉아 있었다. 이 중에서 길고 밝은 파마머리를 한 여자와 검은 머리를 당고머리로 묶고 마치 패션쇼라도 나갈 것처럼 진하게 화장을 한 여자가 우리를 의식했는지 (현지가 그랬듯) 옆눈질로 우리 일행을 슬쩍 볼 뿐이었다. 다시금 내 주위에서 시시덕거리는 내지 자그마한 환호성이 들렸지만, 나는 아무런 말도 할 수 없었다. 한쪽에서 빨간 뷔스티에 원피스를 입고 조용히 종이컵에 든 소주를 음미하고 있는 여자는 다름 아닌 다현이었기 때문이었다. 다현도 본인의 시선 내에 내가 들어왔는지, 종이컵 사이로 희미한 웃음기가 보이는 것만 같았다.

"와 진짜 남자 다섯 명 데려왔네? 역시 손현지 친화력~!"

"데려오란다고 진짜로 데려올 줄은 몰랐다…"

"자, 신사 여러분. 와우관의 자랑거리! 와우산의 숨은 얼굴! 건축대학의 마스코트들입니다. 그야말로 홍건 꽃밭이에요, 홍건 꽃밭. 이미 알고 계셨을지도 모르지만."

밝은 파마머리 여자의 호들갑과 얼굴을 살짝 찡그린 당고머리 여자의 볼멘소리를 모두 무시한 채, 옛날식 쇼의 진행자라도 되는 것처럼 호탕하게 떠벌거리던 현지가 왠지 말을 잠시 끊고 나를 지그시 쳐다본 것 같았지만, 나는 그 부담스러운 시선을 애써 무시하고 말았다. 다시 우리 일행과 여학우들을 번갈아 바라보며, 현지는 이렇게 말을 이었다.

"자, 자! 그러면 서로 자기소개 하시고, 내친 김에 공연도 보시고 재밌게 노세요. 전 선약이 있어서, 이만."

그렇게 현지가 다시 만화영화 속 캥거루처럼 팔짝거리며 반대쪽으로 뛰어간 후, 우리 일행이 하나둘 돗자리에 앉기 시작했지만 셋을 셀 동안 우리 모두 말이 없었던 것 같았다. 격투기를 처음 시작할 때처럼, 모두들 자기 앞에 있는 상대방을 향해 탐색전을 시작하려는 것만 같았다. 밝은 파마머리 — 자세히 보니 위는 분홍색이고 아래는 파란색인, 아마도 지갑이 꽤나 깨졌을 것 같은 머리색이었다 — 여자는 눈에 레이더라도 달려 있는 듯 우리를 돌아보다가 승현이에게 그 시선이 멈춰선 것만 같았고, 당고머리 여자는 미간을 오므렸다가 편 채 무표정으로 종이컵에 맥주를 가득 들이부었을 뿐이었다. 그 와중에 쑥덕거리는 동규와 민준이의 시선은 당고머리 여자에게 향해 있는 것만 같았고, 철영이는 다현의 오른쪽 옆에 있는, 종이컵을 얌전히 홀짝대는 쇄골 길이의 갈색머리 여자와 눈이 마주치자 입을 그대로 벌린 채 넋을 잃은 것만 같았다. 다현의 왼쪽 옆에 있는, 빨간 머리를 말총머리로 묶은 여자는 나와 눈이 마주치고 짤막한 인사를 하기 무섭게 바로 다현에게 속닥거렸고, 이에 대한 다현의 반응은 그저 외마디 웃음 몇 마디일 뿐이었다. 이 어색한 듯 어색하지 않은 침묵은, 곧 말 없이 소주병만 흔들어 회오리 모양을 만들고 있던 승현이가 이렇게 깼다.

"… 처음 뵙겠습니다. 경제학과 4학년 김승현입니다."

"아~ 이름이 김승현이었구나! 얼굴도 부잣집 도련님처럼 생기셨는데 이름에서도 귀티가 나네요! 전 실내건축학과 3학년 신지현이에요. 제가 한 살 더 어리니까 '오빠…'라고 불러도 돼요? 승현 오~빠?"

자신을 '신지현'이라고 칭한 투톤 머리 여자의 밝은 미소와는 대조적으로 승현이의 얼굴 표정은 그야말로 만감이 교차하는 표정이었고, 이에 승현이의 어깨를 두드리며 "이야, 김승현 좋겠다?"라고 말하는 철영이와 이에 키득거리는 민준이를 꽤 못마땅하게 바라보며, 당고머리 여자가 검은 아이라인이 짙게 그려진 눈을 깜빡인 채 짤막하게 받아쳤다.

"실내건축학과 3학년 한다원이에요."

그렇게 말을 하고서, '다원'은 나를 제외한 남자들이 손을 입에 모으고 외쳐 대는 환호를 가뿐하게 무시하고 승현을 흘낏 바라본 채 이렇게 사뭇 무덤덤한 말투로 말을 이었다.

"불편하시다면 미안하게 됐어요. 신지현 쟤가 워낙에 좀 적극적이어서, 여기 있는 내내 좀 힘드실지도 모르네요. 그냥 친구들끼리 술 마시러 온 건데 애초에 심심하다고 남자 다섯 명 부르자고 한 사람도 쟤였고."

"야아~ 언제 나 혼자만 부르자고 한 거야? 너도 그때 상관 없다고 했었잖아. 그리고 학내에서 새로운 사람들 만나는 거 좋지 뭐. 안 그래요? 승현 오빠아~?"

꽤나 강렬하게 비음을 내며 다원의 말에 끼어드는 지현이 다시금 승현이를 바라보며 윙크를 하자, 승현이의 입에서 왠지 '에휴'라는 짧고 굵은 한숨이 들린 것 같았지만 그 여운은 맥주를 벌컥벌컥 들이키며 별안간 들이닥친 민준이의 말 때문에 흩어졌다.

"서민준입니다. 다원 씨와 지현 씨와는… 같은 과 같은 학년이 되겠네요. 앞으로 만나면 아는 척 해요 우리?"

"어머, 저 오빠도 귀엽다~! 래퍼 도끼 닮았어 도끼!"

이 말을 하며 뒤따라오는 지현의 코멘트를 뒤로한 채 다원에게 건배를 하려 살며시 잔을 내민 민준이었지만, 정작 다원은 주춤주춤 겨우 짧게 건배를 하고 후다닥 종이컵을 비워 버렸다. 그렇지만, 다현 옆에 있는 빨간 머리 여자가 왠지 민준이가 앉아 있는 방향으로 다정한 미소를 한껏 올리는 것만 같았다.

"조소과 3학년 장동규입니다. 저 역시, 사실상 그냥 술 마시러 온 걸로 생각하려고요."

"어머 어머 어머. 저 오빠는 터프함이 장난 아니다."

그렇게 짤막하게 말을 끝내고 종이컵에 든 소주를 단숨에 비운 동규에게도 어김없는 지현의 호들갑 넘치는 코멘트가 울려퍼졌다. 그렇지만, 시종일관 무뚝뚝함으로 일관하던 다원의 얼굴에서 희미한 미소가 피어나는 것은 왠지 기분 탓만은 아니었을 것이었다. 그렇지만 대화의 흐름은 계속 진행되었고, 이번에는 지금까지 단 한 마디도 없이 조용히 소주만 여러 번 따르며 종이컵을 홀짝대던 갈색머리 여자가 조곤조곤하게 말을 이었다.

　"… 전라도 광주에서 온 건축학과 3학년 민채이입니다. 반가워요."

　"아따 너도 전라도여? 반갑다이~ 나는 목포여 목포! 근디 너는 얼굴맹키로 목소리도 허빠 곱다잉."

　지금까지 여학우들에 대해서 ─ 승현이를 향한 지현의 적극적이다 못해 부담스럽기까지 한 애정공세에 장난스럽게 좋겠다고 한 것을 제외하고 ─ 별다른 이야기를 하지 않았던 철영이가, 한 손에 종이컵을 살포시 잡은 채 입꼬리가 귀에까지 닿을 기세로 웃으며 이렇게 대답하자 사람들의 시선은 모두 그쪽으로 향했다. 더러는 휘둥그레한 채, 더러는 웃음을 참을 수 없다는 표정으로 자신을 바라보고 있다는 것을 의식한 철영이는 이내 잔뜩 돋아 있던 웃음기를 싹 거둔 채 헛기침을 하고 여학우들 모두를 향해 말을 이었다.

　"엣헴, 건축학과 3학년 최철영입니다. 특별한 건 없고요, 전남 목포에서 왔습니다, 네. 엣헴 엣헴."

"어머, 이 오빠 갭차이 좀 봐. 그냥 말할 때는 시크한데 사투리 쓸 때는 완전 스윗해~ 어떡해! 매력이란 게 흘러 넘쳐버려엇!"

"이야, 우리 지현이가 아직 술이 모자란가 보다."

이번에도 어김없이 이어지는 지현의 코멘트를 뼈가 있는 농담으로 일축한 채, 정말로 과일소주 병을 들고 웃는 얼굴로 그쪽으로 다가간 빨간 머리 여자는 그렇게 술을 따르면서 자신을 소개했다.

"대부분 다 같은 건물에서 공부할 텐데 그동안 안면을 안 텄었네요, 호호. 건축학과 3학년 고은결입니다. 만나서 반가워요."

'은결'이 말을 끝내기가 무섭게, "오~"라고 중얼거리듯 환호하는 낮은 목소리가 곳곳에서 들려왔다. 특히 한 손에 여전히 와인잔처럼 종이컵을 붙잡은 채 고개를 끄덕이며 눈을 동그랗게 뜨고 은결을 바라보는 민준이를 보니, 누구나 만면에 미소를 띤 모습이 가장 예뻐 보인다는 말이 괜한 것은 아니라는 생각이 절로 들었다. 이윽고 사람들의 시선은 서서히 날 향했고, 그러기가 내가 본격적으로 내 소개를 할 차례가 되었다는 것을 안 것은 내 눈을 보자마자 깜짝 놀란 듯 두 손을 입술에 곱게 모은 채 이렇게 다시 한 번 호들 갑을 떨듯 내뱉은 지현의 외침이었다.

"헐… 오 마이 갓… 이 오빠 뭐야? 왜 이런 오빠가 이 학교에서 평범한 대학생으로 살고 있는 거지? 진작 연예기획사로 가서 아이 돌이나 배우 했어야 되는 거 아냐? 아니, 사실 비공개 연습생일 수도 있겠다. 아무튼 이건 위험해. 이런 비주얼을 영어로는 '일리걸 (Illegal)'이라고 한다던데…."

그렇게 '일리걸'이라는 단어까지도 최대한 버터 내음이 물씬 느껴지게 굴리며 이어지던, 내 외모에 대한 (지극히 부끄럽고 남우세스러운) 지현의 코멘트는 다현이 그쪽을 한뜻 쏘아봐 주고 이를 직감으로 느꼈을 채이가 소심하게 그녀의 허리를 툭 친 뒤에야 멈춰졌다. 그제서야 좌중에는 다시 안정된 침묵이 다가왔고, 철영이가 그랬듯 나도 딱 한 번 헛기침을 하고 난 뒤 말을 꺼냈다.

"흠, 네. 건축학과 3학년 안준호입니다. 뭔가 고향을 말하는 것 같은 분위기인 것 같은데… 전 충북 음성에서 왔습니다. 반갑습니다."

내가 말을 끝낸 후 좌중에서 일어난 반응은 꽤나 다양했던 것 같다. 높고 새된 환호성과 박수가 들리는가 하면 무언가 쑥덕거리는 소리도 들리는 것 같았고, 왠지 이 자리에서 처음으로 웃음기 띤 얼굴을 한 승현이가 "애가 좀 괜찮게 생겼죠"라고 뿌듯한 목소리로 말을 꺼내는 것도 들리는 듯했다. 그 와중에 여전히 종이컵을 한 손에 들고 지그시 나를 응시하는 다현의 시선이, 그냥 무시하고 지나칠 수 없을 만큼 눈에 밟혔다. 그렇게 내가 그녀와 눈이 다시 한 번 마주치자, 다현은 아무렇지 않은 듯 씽긋 웃음을 지으며 이렇게 말을 받아쳤다.

"건축학과 3학년 배다현입니다. 고향은 부산이고… 어, 다원아.

거거 맥주병 나한테 줄래? 고맙다."

그렇게 싱글싱글 웃는 얼굴을 한 채 특유의 경상도 사투리가 억세게 배어 있는 말투로 말을 끝내며 다원으로부터 맥주병을 건네받은 다현을 보니, 조별 과제 때 그녀가 전화를 걸고 나더러 '오빠'라고 불러도 되냐고 물어봤던 때가 생각났다. 그 순간을 머릿속에 떠올리고 나니, 주위의 다른 소리는 아무것도 들리지 않았다. 단지 조별 과제 모임 때 하늘색 원피스 차림으로 비닐봉지에서 재료를 꺼냈던, 벚꽃이 분홍색 눈처럼 내리던 날 작업복 점퍼를 입고 설계실에 가던, 공연이 끝나고 무대인사에서 연꽃 같은 분홍색 생활한복을 입고 있던 다현의 모습이 내 눈에 보이는 풍경 위에 아로새겨지기 시작했다.

그렇게 각자의 자기소개가 끝나고 나서, 아마도 내 눈앞에서는 그야말로 왁자한 시장통 같은 분위기가 막 무르익었을 것이다. 민준이가 들고 온, 술병이 든 봉지가 열린 지는 꽤 되었던 것 같다. 한참 동안 전공이며 개인사까지 화제가 중구난방한 지현의 질문에 어물어물 대답은 하는 승현이, 오래전 알고 지낸 것처럼 전라도 사투리로 정답게 담소를 나누며 술잔을 기울이는 철영이와 채이, 어느새 무리에서 조금 떨어져 나란히 앉은 채 조곤조곤 속삭이고 있는 동규와 다원은, 내 머릿속에서 파스텔빛으로 희미하게 채색되어 가는 이바구길의 구불구불한 산길과 저만치 보이는 부산항의 바다에 오버랩되듯 포개졌다. 이제는 서서히 잊힌 줄만 알았던, 지금 돌아보면 이후 모든 것이 달라졌다고 장담할 수 있게 된 그날의 풍경들이 서서히 다시 선명한 윤곽을 그리고 있었다. 그렇게 다현은 되살아나는 추억 속 108계단 모노레일 위에서, 그리고 구포행 열차에서 내려 내 눈앞에서 종이컵 안에 있는 소주를 차처럼 느긋하게 마시고 있었다. 이번에는, 아니 이번에야말로, 그런 그녀의 모습을 지그시 바라보았다. 놀랍게도, 그다음부터는 이렇게 말을 건네는 데에 전혀 망설임이 없어졌다.

"다현아, 잠깐 조용한 데로 가자. 나, 할 말 있어."

이랬던 내 말이 생각보다 꽤 크게 증폭되었는지, 각자 서로를 알아가는 데에 온 정신과 시간을 투자할 것만 같았던 네 쌍 남녀의 시선이 모두 한쪽으로 몰렸다. 아까 전 그 일연의 당돌함은 어디로 가고 꽤나 난처해진 나는, 나지막하게 '아하하' 하고 수줍은 듯 웃고 있는 다현이 먼저 일어나자 이에 뒤따르듯 일어났다. 우리가 그 자리를 떠날 무렵, 왠지 민준이 옆에 앉아서 살짝 건배를 한 다음 종이컵을 고양이처럼 홀짝거리던 은결이 다현을 향해 "요올 드디어~!"라고 환호성을 질렀던 것 같지만, 쑥스러운 듯 나지막히 내뱉는 다현의 "빨리 가요"라는 한마디에 발걸음을 더욱 재촉했다.

이윽고 내 발걸음은 와우숲 속 한가운데 동글넙적한 돌이 깔린 오솔길 옆쪽에 있는 벤치에 멈춰졌다. 사방으로 우거진 나무는 병풍처럼 나와 다현을 감싸는 것만 같았고, 어스름한 달빛이 울창한 가지와 풍성한 잎줄기 사이로 깨진 유리병 조각처럼 우리 두 사람을, 그리고 희뿌연 빛을 내뿜은 짧은 가로등에 영롱하게 닿았다. 잎새 사이사이로 비치는 밤하늘을 바라보며 벤치에 털썩 주저앉은 다현의 머리카락이 뜻밖의 솔바람에 치맛자락처럼 하늘하늘하게 휘날렸다. 천천히 다현의 옆쪽에 앉은 나를 지그시 응시하는 다현은 '그래서 할 말이 뭔데요?'라는 말을 목소리 없이 보내는 것 같았지만, 가로등과 달빛에 반사된 다현의 눈동자에서 나는 몇 개월 동안 제대로 본 적이 없었던 하늘의 별들을 보았다. 그 빛에 홀려 깜빡 눈을 감을 뻔했지만, 아까 전에도 그러했듯 겨우 헛기침으로 무마하고 이렇게 말을 꺼냈다.

"으흠… 일단 구포국수 잘 먹었어. 좀 많이 늦었겠지만…."

그렇게 말하고 나서 고개를 돌리니, 여기저기에서 들려오던 사람 소리가 유일하게 막혀 있는 이 숲 속에 흐르는 침묵이 너무나도 어색했다. 그 영원할 것 같은 적막 속에서 '왜 하필 이 시점에서 다시 국수더냐'라고 내 머릿속 한편에서는 외치고 있었다. 그러나, 그날 결국 내 손에 들려 있었던 구포국수 상자에는 다만 그 국수 자체만이 들어 있었던 것만이 아니라는 것을 나는 알고 있었다. 주인 아주머니가 공짜로 주신 만두, 복작복작했던 시장, 이바구길가의 높다란 산동네, 그 꼭대기에서 바라보던 노을, 그리고… 지금 내 옆에 있는 '배다현'이라는 이 여자가 있었다. 그 낯설고 자그마한 동네에 얽힌 자신의 추억과 구포시장에 얽혀진 연을 이야기하던, 그리고… 아, 유치환 기념관의 자그마한 옥상 위에 있었던 빨간 우체통. 그 기억 속에는 분명히 그 우체통도 살아 있었던 것이었다. 나의 바람과 다현의 비밀이 들어 있는 편지는 그 안에 있을 테지만, 내 비밀은 오로지 내 마음속에 있을 뿐이었다. 원효대사가 간밤에 마신 물이 해골물이었다는 것을 깨달은 이야기가 담겨진 플래시 애니메이션에 나오는 것처럼, 내 눈은 불현듯 번쩍 떠졌다. 내 마음은 결국 보석함이 아니라, 프린터가 되야 하는 것이었다. 그 내용을 읽는 상대방이 만족하든 그렇지 않든 그것은 상관없는 일이었던 것이다. 보석함에 두어도 영원토록 빛나지는 못할 바에야, 팩시밀리로든 스캐너로든 나만의 빨간 우체통 안에 들어 있는, 다른 것도 아니고 내 진심을 전해야 했던 것이었다.

"… 그리고 요즘 생각해 본 건데, 시간이 지날수록 나도 고민을 많이 하게 되는 것 같아. '잘 가라', '잘 있어라'는 끝맺음을 어떻게 해야 하는지, 어떻게 하면 최대한 오래 같이 있을 수 있는지, 우연히 만나더라도 빛이 나는 그 만남을 어떻게 소중히 다뤄야 할지. 그것에 대한 정답을 찾으려 해도, 그게 영 마음처럼 쉽지가 않더라. 그래도 그렇게 고민을 하면서도 그 고민이 행복해지고, 그런 생각을 할 수 있다는 것 자체가 감사해지더라. 그리고 끝맺음이 어렵다는 건, 그냥 그게 당연한 일이라고 생각하기로 했어. 만날 때 '안녕'이라는 말을 하면 헤어질 때에도 '안녕'이라는 말을 하겠지만, 그 느낌은 전혀 다르겠지. 특히, 너를 만나고 헤어질 때에는 더욱더."

두 번 다시는 입 밖으로 꺼내지 못할 정도의, 그러니까 평소에 나라면 낯간지럽다며 쓰지 않았을 말들이 그대로 술술 나와 버렸다. 어쨌거나 사람들은, 한 번 편지를 쓰기 시작하면 각자 나름대로 가장 감상적이고 서정적인 문체를 쓰게 되어 있으니까. 그런 내 말을 들었을 다현의 표정을 보니, 어느새 그 어렵다는 끝맺음을 할 차례였다. 역시나, 좋은 마무리를 짓는다는 것은 어려운 일인가 보다. 결국 참다 못한 내 입술은, 이렇게 움직이기 시작했다.

"좋아해. 널, 좋아하게 되어서 그래."

그것이 내가 해야 하는 말, 그리고 만일 전하지 못했다면 '해야 했었던'이라는 후회가 담긴 말로 수식했을 말이었다. 여전히 어스름한 달빛과 가로등 불빛은 텅 빈 도심의 작은 숲을 가득 채웠고, 바람이 내 콧잔등을 시큰거리게 만들었다. 이번에는 도무지 다현의 얼굴 표정을 바라볼 수 없었다. 잠자코 내 이야기를 듣고 있던 다현이 이렇게 말을 꺼내기 전까지, 내 일련의 감정에는 아마 '두려움'과 '불안'이 포함되었을지도 모른다.

"… 저도 그렇게 썼어요."

그 말을 하는 다현의 밝은 머리칼에 달빛이 눈처럼 소복히 내렸고, 그녀의 눈동자 한가운데에서 돌고 있는 별이 반짝였다. 붉은 초승달이 그녀의 얼굴 아래쪽에 선명하게 그어져 있었고, 그 그림은 눈물겹도록 아름다웠다. 어쩌면 그녀도, 그녀 마음속에 있는 프린터나 타자기로 느리게나마 나에게 그녀의 진심을 출력하고 있을지도 모른다.

"오빠를 부산에서 만나 이바구길로 올라갔을 때, 유치환 우체통 속에 저도 그렇게 썼어요. 지금 내 옆에 있는 이 사람과 앞으로도 최대한 오래도록 함께 있을 수 있게 해 달라고. 놓아 버리기에 내 마음속에 담긴 그는 너무 크고, 행여 그와의 인연의 끈이 끊어진다 해도 다시 묶어 영원토록 잇고 싶다고. 그동안 향하고 싶었던 장소로 달려가는 열차를 놓친다면 오랜 시간 동안 후회로 남듯, 그는 나에게 있어 그런 사람이라고. 그러니 그 사람, 놓치지 않고 꼭 잡을 수 있었으면 좋겠다고, 그렇게 썼어요."

그렇게 말하고 나서 지어 보이는 다현의 눈빛은 거의 울먹일 것 같았지만, 입가에 돋아난 초승달은 여전히 저물 기미가 보이지 않았다. 서툰 문장이라도 그 표정 하나로 충분히 그 마음이 진심이라 믿어 의심치 않았겠지만, 그녀의 문장은 단순한 수려함이 아니라 받는 사람의 마음을 진하게 울리는 부분이 있었다. 그녀도 나와 같은 마음이라는 것이 막 확인된 참이라서 더욱 그랬을지도 모르지만.

"제가 그날 구포국수집에서 오빠한테 바로 편지 내용을 말하지 않았던 것은, 사실 확신이 서지 않아서였어요. 혹시나 당황해하거나, 거절하거나, 아니면 부담스럽다며 저와 다시는 연락하지 않는다면 어쩌나 하는 생각에 저도 힘들었던 것 같아요. 여기서 더 다가가는 게 맞는 걸까 하는 의문도 들었었어요. 그렇지만 이렇게 저와 같은 마음이라는 걸 알았으니, 그 마음을 여기까지 계속 간직하길 잘했구나 싶어요. 좋아해요. 저도, 많이 좋아해요."

결국 이 말이 끝나기가 무섭게 어쩔 줄을 모르던 내 두 손을 그녀의 손으로 꼭 잡은 채, 다현도 자신만의 편지에 끝맺음을 이뤘다. 무대 위에서 스포트라이트가 내려오는 것처럼, 투명한 은빛으로 빛나는 달빛은 이제 다현만을 또렷하게 비춰 주는 것만 같았다. 내가 좋아하게 된 그녀의 미소처럼 따스한 그녀의 작은 두 손에 흐르는 맥박이, 비로소 내 손의 마디마다 흐르는 맥박과 하나의 선인 것처럼 이어졌다. 그녀의 우주가 나의 우주에, 나의 우주가 그녀의 우주에 그렇게 들어온 순간, 학내에 생태사업 차원으로 지어진 작은 숲일 뿐이었던 이 공간마저 우리만의 에덴 동산이 된 것만 같았다.

어느덧 먼발치에 있는 무대에 초대 가수가 올라온 듯, 쿵쿵대는 반주 소리와 환호성이 동시에 터져 왔다. 이와 동시에 벤치에서 일어난 우리는 이제 보다 더 자연스럽게 서로를 마주보았다. 대화 같은 것은 필요 없었다. 그렇게 나는 내 오른손에 이제는 자연스럽게 잡힌 다현의 왼손을 그대로 놓지 않은 채, 부서진 달빛이 앉은 아름다운 밤을 선사해 준 숲을 빠져나오는 오솔길을 내달렸다.

또 다른 이와의 길고 길 인연은 그렇게 시작되었다.